孟繁华作品系列

历史叙事和时间意识：与文学史和文学现场有关

孟繁华 著

GUANGXI NORMAL UNIVERSITY PRESS

广西师范大学出版社

· 桂林 ·

历史叙事和时间意识：与文学史和文学现场有关

LISHI XUSHI HE SHIJIAN YISHI:

YU WENXUESHI HE WENXUE XIANCHANG YOUGUAN

图书在版编目（CIP）数据

历史叙事和时间意识：与文学史和文学现场有关 /
孟繁华著. -- 桂林：广西师范大学出版社，2025. 8.
（孟繁华作品系列）. -- ISBN 978-7-5598-8368-1

Ⅰ. I206.7-53

中国国家版本馆 CIP 数据核字第 2025149YD2 号

广西师范大学出版社出版发行

广西桂林市五里店路 9 号　　邮政编码：541004

网址：http://www.bbtpress.com

出版人：黄轩庄

全国新华书店经销

北京博海升彩色印刷有限公司印刷

北京市通州区中关村科技园区通州园金桥科技产业

基地环宇路 6 号　邮政编码：100076

开本：880 mm × 1 230 mm　1/32

印张：15.375　　字数：270 千

2025 年 8 月第 1 版　　2025 年 8 月第 1 次印刷

定价：78.00 元

如发现印装质量问题，影响阅读，请与出版社发行部门联系调换。

目录

I

历史和叙述

III　小说现场

I

历史和叙述

前现代的趣味、想象和最后的挽歌

——关于"慢的美学"一个
文学史视角的札记

"慢生活"指的是人与时间的关系。现代宇宙学理论认为，宇宙大爆炸"之前"没有时间可言。"永远向前"指时间的增量总是正数。时间表达物体的生灭排列。时间就是物质的运动和能量的传递。因此，"时间"是人类的一个发现。我们最初的对时间的认知，是"日出而作日落而息"，日出和日落是时间，"作"和"息"是运动形式。这是对时间最朴素的表达，也是最符合自然形态的一种表达。但是，随着时代的发展，"快"变得重要起来。"两岸猿声啼不住，轻舟已过万重山""春风得意马蹄疾，一日看尽长安花""十年生死两茫茫，不思量，自难忘""浮云一别后，流水十年间"等。但古人的这个时间，基本是形容心情或情感的，也基本是虚指，更重要的是通过时间强化诗文的感染力和文学性，因此时间还是一种修辞。但进入现代之后，时间是

003

具体的，是可以感知的，时间就是速度。或者说，速度就是"现代"的表征，它本质上就是对"慢"、对"老"的纠正、反驳和超越。高铁要风驰电掣，飞机要一日千里，体育要更高更快更强。清晨的地铁里，挤满了争先恐后的年轻人，他们要快速地奔向城市的四面八方，特别是战争，火炮、飞机和导弹的速度，几乎决定了战争的胜负。现代化的一切都是速度，速度。快是这个时代的神话、图腾、尺度和标准。而这个时代的科技神话通过强大的"算力"，更是将速度制造成了无所不能的意识形态和价值观。在速度的围剿下，世界犹如遭遇旋风、龙卷风一样，被刮得团团转，几乎所有人都患有"快"的强迫症，在"快"的挤压下，人被"异化"得日甚一日。于是我们看到了另一种再纠正、反驳和超越的力量，这就是对"慢生活"的执着、迷恋和兴致盎然。

一、对"慢生活"的向往，来自古典美学

中国对"慢生活"的选择和书写较早的诗人，大概是陶渊明。陶渊明最后一次出仕为彭泽县令，八十多天便弃职而去，从此归隐田园。他是中国第一位田园诗人，也被称为"古今隐逸诗人之宗"。鲁迅评价陶渊明的这一选择时，认为"陶潜站得稍稍远一点"。鲁迅的这一评价，隐含了陶渊明这一选择与时代

环境的关系。那是个"这边一面清谈,那边一面招权纳货"的时代,被陶渊明斥之为"真风告逝,大伪斯兴,间阎懈廉退之节,市朝驱易进之心"的时代。因此,陶渊明的"隐逸"与个人性情、家庭背景均有关系,但与世风的关系恐怕是更为重要的。陶渊明不喜欢这些人和这样的社会,于是敬而远之远走他乡。尽管陶渊明的选择和趣味"并非浑身是'静穆'",却成了文学的一个传统,从魏晋一直到今天,这个传统绵延不绝时隐时显。这就是对隐逸、闲适、闲情等"慢生活"的青睐和迷恋。

传统中国士阶层对生活的态度和今天是大异其趣的。近年来,对宋代文化的追捧从一个方面表达了现代人的某种文化心理。宋人当然也有陆游的"王师北定中原日,家祭无忘告乃翁"的忧患传统,但进入日常生活,更有四般"闲事":烧香、点茶,挂画、插花。"四般闲事"是文人聚会——雅集的重要方式。他们抚琴、调香、赏花、观画、弈棋、烹茶、听风、饮酒、观瀑、采菊、写诗和绘画,而这没有目的性的生活情趣,恰恰是他们生活践行的主要内容。明代洪应明的《菜根谭》中这样描绘闲适的境界:昼闲人寂,听数声鸟语悠扬,不觉耳根尽彻;夜静天高,看一片云光舒卷,顿令眼界俱空。古代文人求闲、求适的闲适生活,闲并不是无事可做,反而是有太多事要做。清代张潮《幽梦影》中说:"人莫乐于闲,非无所事事之谓也。闲则能读书,闲则能游名胜,闲则能交益友,闲则能饮酒,闲则能著书。天下之乐，孰大于是？"因此，如何度闲是古人的重要生活课题。古时，焚香、品茗、鼓琴、栽花、种竹等，都是专供闲适消遣的雅事，其中品茗与焚香，是最能体现文人审美情趣。这种"慢的生活"为"慢的美学"提供了生活基础。从这个意义上可以说，美学是在城市建立的，但美的对象却是前现代的。

进入现代之后，这一传统在梁实秋、丰子恺、林语堂、张爱玲等人的散文或其他作品中得以延续。周作人《喝茶》中的"喝茶当于瓦屋纸窗之下，清泉绿茶，用素雅的陶瓷茶具，同二三人共饮，得半日之闲，可抵十年的尘梦。喝茶之后，再去继续修各人的胜业，无论为名为利，都无不可，但偶然的片刻优游乃断不可少"，从一个方面表达了士大夫生活美学在现代的延续。进入当代，这个传统即便没有中断，但只能作为一种潜流。大约从 1992 年前后，"闲适文学"再度兴起，这个传统才被再度接续。于是，我们不仅在不同作家那里读到了关于对"慢的美学"的理解，更读到了他们对"慢的生活"方式的践行。

作家东君的小说创作境界高远，神情优雅，叙事从容，修辞恬淡。他的小说端庄，但不是中规中矩；他的小说风雅，但没有文人的迂腐造作。他的小说有东西方文化的来路，但更有他个人的去处。他处理的人与事不那么激烈、忧愤，但他有是非，有鲜明的批判性，也有一种隐秘的、尽在不言中的虚无感。他对"慢"的处理，在这个时代格外抢眼。这些特点决定了东君小说的独特性，也是他近年来受到越来越多关注的重要原因。

东君被谈论最多的可能是中篇小说。比如《阿拙仙传》《黑白业》《子虚先生在乌有乡》等。东君对文人生活的边缘性、自足性或对中国古代美学中文人"清"的自我要求等都熟悉或认同。尤其是，东君对古代文人的这些内心要求和表现形式了如指掌。比如他写洪素手弹琴、写白大生没落文人的痴情、写"梅竹双清阁"的苏教授、写一个拳师的内心境界，都有六朝高士的趣味和气质。

作为传统美学趣味的"清"，本义就是水清，与澄互训。《诗经》中的"清"主要形容人娴淑的品貌，在《论语》和《楚辞》中是形容人的峻洁品德，但作为美学在后世产生影响的还是老子的说法：

> 昔之得一者，天得一以清，地得一以宁，神得一以灵……
>
> 大成若缺，其用不敝。大盈若冲，其用不穷。大直若屈，大巧若拙，大辩若讷。静胜躁，寒胜热。清净为天下正。
>
> ——《道德经》（中华书局2021年版）第三十九章、第四十五章

魏晋以后，"清"作为士大夫的美学趣味，日渐成为文人的自觉意识和存心体会。东君对"清"的理解和意属在他的作品中就这样经常有所表现。也就是这样一个"清"字，使东君的小说有一股超拔脱俗之气。但更重要的是，东君要写的是这"清"的背后的故事，是"清"的形式掩盖下的内容。"清"是东君的坚持而不是小说人物的内心世界和行为方式。无论是《风月谈》中的白大生、《听洪素手弹琴》中的徐三白，还是《拳师之死》中的拳师，他们最后的命运怎样都不重要，重要的是他们面对世俗世界的气节、行为和操守。东君对这些人物的塑造的动机，背后显然隐含了他个人的趣味和追求。他写的是小说，但他歌咏的却是"言志"诗篇。当然，东君毕竟是当代作家而不是旧时士大夫，因此，他对那些貌似清高实为名利之徒的人也竭尽了讽喻能事，比如《风月谈》。

东君的小说写的似乎是与当下没有多大关系的故事，但是，就在这些看似无关宏旨、漫不经心、暧昧模糊的故事中，表达了他对世俗世界无边欲望滚滚红尘的批判。他的批判不是审判，而是在不急不躁的讲述中，将人物外部面相和内心世界逐一托出，在对比中褒贬了清浊与善恶，比如《拳师之死》《苏静安教授晚年谈话录》等。东君在小说中不是要化解这些，而是呈现了这种文化心理的后果，是以"清"的美学理想观照当下红尘滚滚的世俗万象。在人心不古的时代，表达了对古风的向往和迷恋。

对"慢生活"的呼吁倡导，还有来自西方的作家。梭罗的《瓦尔登湖》，曾名噪一时。在《我生活的地方；我为何生活》中，梭罗描述了他生活的霍尔威尔"真正迷人之处"。他在想象中下田园并耕耘。他描绘了美丽的田园风光。他说"生也好，死也好，我们仅仅追求现实"。这个现实是他正面对的现实，是缓慢、难以察觉变化和速度的现实。在《寂寞》中，他讲述了一个人生活共同的感受，那就是寂寞。但寂寞中他有另一种不曾有过的经验："牛蛙鸣叫，邀来黑夜，夜莺的乐音乘着吹起涟漪的风从湖上传来。摇曳的赤杨和松柏，激起我的情感，使我几乎不能呼吸了，然而如镜的湖面一样，晚风吹起来的微波是谈不上什么风暴的。"因此宁静和寂寞并非一成不变，重要的是你的感受方式。是"慢"带给梭罗新的生命体验。

米兰·昆德拉移民法国后用法文创作的第一部小说就是《慢》。昆德拉发问的是：当下世界，慢的乐趣怎么失传了呢？民歌小调中的游手好闲的英雄，在露天过夜的流浪汉，怎么不见了？《慢》的开头写"我和妻子"去一个城堡，妻子薇拉说："在法国公路每五十分钟要死一个人，你看他们，这些在我们周围开车的疯子。就是这批人，看到街上老太被抢包时，知道小心翼翼，明哲保身。一坐到方向盘前，怎么就不害怕了？"这种荒诞的行为既是一种现实，也是一种隐喻。它从另一个方面表达了昆德拉对"快"的凶险的认知和态度。

009

但对中国作家来说，对"慢生活"的践行或书写，一方面是传统文化的魅惑，一方面是文化理性对某些事物的拒绝。谢冕先生是中国新诗研究的第一人，谢先生对当代新诗潮的倡导，显示了他对文学发展的敏锐眼光和格局。但这只是谢先生的一面。他的另一面在《觅食记》中一览无余。这就是他的生活情趣和人间情怀。谢先生喜欢"吃"，但他"吃"的不是排场和身份。他的吃与普通人无异。《觅食记》中的《面食八记》《小吃四记》《燕都五记》《寻味十一记》，前言《味鉴》和末篇《觅食寻味》，凡三十篇，记述了各种食物。比如北京的灌肠、卤煮火烧、炒肝、面茶、门钉肉饼、煎饼果子，以及豆汁、焦圈、萨其马、爆肚、粉肠、豌豆黄，他都赞不绝口而非敬谢不敏。至于家乡福建的鱼丸、肉燕、光饼、牡蛎、虾酥等，更是兴致盎然，如数家珍。20 世纪 80 年代中期，我曾陪他去福建各地，在福州街边，他驾轻就熟地买了鱼丸，与我等站在街边悠然自得。当然，他也记下中国不同的菜系，鲁菜、川菜、淮扬菜、粤菜等。但他更有兴致的还是寻常百姓家的吃食。比如抚顺市新宾县的"八碟八碗"、北大周边的"红辣子"、天桥剧场边上的"卤煮"等。更有甚者，他吃了牛汉先生所在的太阳城老年公寓的馅饼后，不仅念念不忘，而且每年与学生一起举办"谢饼大赛"，成为文坛一道风景，一时传为佳话。但谢先生《觅食记》中好像没有写过"快餐"。他欣赏的食物，与两宋时期文人的"四般闲事"大体相似，未必排场，但求合宜。洪子诚先生不喜欢表面的熙熙攘攘，他喜欢独处，一个人听音乐。他在周志文先生的《冬夜繁星：古典音乐与唱片札记》一书中说（看他是怎样写莫扎特的吧——）：

> 他的风和日丽是天生的，他的气度不是靠磨炼或奋斗得来……既没有外在的敌人，也没有内心的敌人，所以可以放松心情，无须作任何防备，对中国人而言，这是多么难得的经验啊。孟子说入则无法家拂士、出则无敌国外患者，国恒亡；《中庸》说君子戒慎乎其所不睹，恐惧乎其所未闻。中国人习惯过内外交迫、戒慎恐惧的生活。莫扎特告诉我们无须如此紧张，他悠闲得有点像归隐田园的陶渊明，但陶渊明在辞官归里的时候，还是不免有点火气，"误落尘网中，一去三十年"……不像莫扎特，他的音乐云淡风轻，快乐中充满个人的自信与自由。

这位周先生是地地道道的音乐欣赏专家，但他的叙述中又有中国思想文化史的深厚底蕴；洪子诚在《亲近音乐的方式：读吕正惠的〈CD流浪记〉》中写到，肯普夫录制了《舒伯特钢琴奏鸣曲全集》后曾写下一段评论，吕正惠将它翻译摘录在这本书里。相信其中许多话，也是他打算说出来的：

011

他大部分的奏鸣曲不适合在灯火辉煌的大音乐厅演奏。这是极端脆弱的心灵自白，更准确地说，是独白……不，他不需要外露的炫技，我们的工作就是陪伴着舒伯特这个永远的流浪者行走于各地，怀着不断追求的渴慕……当舒伯特奏响他的魔琴，我们难道没有感觉到我们正漂流在他的声音之海，从一切物质世界中获得了自由？舒伯特是大自然的精灵，漫游于太空，既不严峻，也没有棱角。他只是流动着……这是他生命的本质。

音乐的"慢"不是体现在旋律上，而是体现在给人带来的冥想，人在音乐的感召下可以天马行空遨游星河。那种"慢"是一个人的安静，但有星河灿烂或千军万马，也可以在想象中瞬间掠过。那里的快慢是个人任意掌控的。

像谢冕、洪子诚这些德高望重的老先生对"慢生活"有溢于言表的热爱，像南帆、丁帆、王尧、王彬彬、郜元宝等江南才俊，或写曾经经验的乡村生活，或写少年时代的怀想，他们对前现代乡村"慢生活"的流连和迷恋，全然忽略了自己作为"现代"知识分子的角色。因此，逐渐消失的"慢生活"，已然成为这些作家、教授们的一种挥之难去的"乡愁"。

二、前现代的乡村叙事和现代梦幻的终结

在当代乡村小说的叙述中，对乡村中国"慢生活"的描述，应该隐含了两种含义：一种是乡村前现代生活的真实描摹；一种是"风景的政治"。当下生活日新月异一日千里。"新生活"随处可见并不日翻新，对"新的追逐"已经成为我们生活的常态。但是，新的生活并不是从今天开始的。中华人民共和国成立之后，我们每天经历的都是"新生活"，但这个"新"和今天的"新"并不是同一个概念。比如，周立波1958年出版的反映农业合作化的长篇小说《山乡巨变》，作品叙述的是湖南一个偏远山区——清溪乡建立和发展农业合作社的故事。正篇从1955年初冬青年团县委副书记邓秀梅入乡开始，到清溪乡成立五个生产合作社结束。续篇是写小说中人物思想和行动的继续与发展，但已经转移到成立高级社的生活和斗争当中。在当时的历史语境中，周立波也难以超越阶级斗争、路线斗争的写作模式，这当然不是周立波个人的意愿，在时代的政策观念、文学观念的支配下，无论对农村生活有多么切实的了解，都会以这种方式去理解生活。这是时代为作家设定的难以超越、不容挑战的规约和局限。但是，周立波毕竟是一个跨时代的伟大作家。我曾经对周立波有过这样的评价——

013

如果还原到具体的历史语境，可以说，周立波的创作，由于个人文学修养的内在制约和他对文学创作规律认识的自觉，在那个时代，他是在努力地寻找一条属于自己的道路：他既不是走赵树理及"山药蛋"派作家的纯粹"本土化"，在内容和形式上完全认同于"老百姓"口味的道路，也区别于柳青及"陕西派"作家以理想主义的方式，努力塑造和描写新人新事的道路。他是在赵树理和柳青之间寻找到"第三条道路"，即在努力反映农村新时代生活和精神面貌发生重大转变的同时，也注重对地域风俗风情、山光水色的描绘，注重对日常生活画卷的着意状写，注重对现实生活人物的真实刻画。也正因为如此，周立波成为现代"乡土文学"和当代"农村题材"之间的一个作家。①

在《山乡巨变》中，周立波描述了那个时代的巨变。这个巨变不仅是时代生活的巨变，同时也在巨变的讲述中建构了社会主义的价值观。因此，《山乡巨变》才有可能被后来的文学史家命名为"十七年"的"三红一创保山青林""八大经典"之一。对具体生活场景的呈现，同样表现了周立波的过人之处——

---

① 孟繁华：《周立波：伟大的艺术家是时代的触须》，《光明日报》2018年11月30日13版。

太阳落了山，一阵阵晚风，把一天的炎热收去了。各家都吃过夜饭，男女大小洗完澡，穿着素素净净的衣裳，搬出凉床子，在禾场上歇凉。四到八处，只听见蒲扇拍着脚杆子的声音，人们都在赶蚊子。小孩子们有的困在竹凉床子上，听老人们讲故事，有的仰脸指点天上的星光。

　　"那是北斗星，那是扁担星。"桂姐指着天空说。

　　"哪里呀？"桂姐的唯一的听众，菊满问。

　　一只喜鹊，停在横屋的屋脊上，喳喳地叫了几声，又飞走了。对门山边的田里，落沙婆（一种小鸟。水稻快要成熟的季节，雌性在田里下蛋，并彻夜啼叫）不停地苦楚地啼叫，人们说：她要叫七天七夜，才下一只蛋。鸟类没有接生员，难产的落沙婆无法减轻她的临盆的痛苦。

　　"扁担星到底在哪里呀？"菊满又问。

　　"那不是，看见了吗，瞎子？"桂姐骂他。大人们摇着蒲扇，谈起了今年的收成。都说，今年的早谷子不弱于往年的中稻，看样子，晚稻也不差。

　　这是《禾场上》开篇的场景。这个场景是前现代乡村常见的场景，无论是人的状态——收工之后、晚饭之后人的休闲状态，还是纳凉、驱赶蚊虫、老人讲故事、有人望北斗等，这就是乡村傍晚的田园牧歌；但那同时隐含着"风景的政治"：那是社会

015

主义的新农村，也只有社会主义的新农村才会有如此悠闲、散淡和适宜的新生活。而关于收成的议论，也是对社会主义优越性的另一种表达。因此，周立波等作家对乡村慢生活场景和人物的塑造，也有鲜明的政治意味。

对"慢生活"的书写，散文大概是最丰富最复杂。这当然和这个文体的传统有关系。这个最古老的文体本身就具有一种"古董"气息。这个古老的文体因体式的限制，既难革命又难先锋，因此，在这个"争夺眼球"的时代便很难被瞩目被热捧。于是，散文的寂寞也就是它的创作者的寂寞。但我发现，只要走进这个古老文体的深处，它可以言说的内容还是让我们深感震惊。苏沧桑是一位散文作家，她生活在南中国的湖畔竹林边，执笔为文二十余年，有多种文集问世并获过"冰心散文奖"。她的《所有的安如磐石》，被称为是"散文中的天籁之音"，是苏沧桑十年磨一剑的散文精品集。这些命名和它的内容，基本在昭示一个声音，那就是书的扉页提示的"像祖先那样，依从心灵的声音休养生息"。如果用现在时髦的说法来分析的话，这是"反现代的现代性"——现代的步伐一日千里，GDP 的数字不断攀升，高楼大厦鳞次栉比，公路街道拥堵不堪……现代化将我们世代梦想的物质丰盈幻化为现实，同时我们也终于尝到了它酿造的如影随形的苦果。于是，反省或检讨"现代"的一厢情愿，就成为苏沧桑散文锋芒锐利指向的一个方面。她写竹、写水、写地气、写树、写米、写地痛，这些外部事物一经她的表达和讲述，就不仅仅借景抒情、抒怀状物，她要表达的是与现实、与我们有关、切近而紧迫的问题——

> 儿时学自行车摔到农田里，那沁人心脾的泥腥味……翘檐的老屋……后山的小溪、映山红和一座座老坟……外塘姨婆家海泥鳅的无比鲜美，沙子炒蚕豆让人心碎的香，刚出锅的小葱炒土豆，鸡鸭狗打架……黑白照片里母亲的纯美……上学路边一丛比太阳还艳的野菊花……毛竹搭的戏台……母亲亲手做的嫁衣……异乡街头飘来的家乡海鲜汤年糕的味道……泛黄的手写书稿……黑板上熠熠生辉的词语——淳朴、诚信、正直、坦荡、理想、快乐……（《地气》）

"现代"就这样将诗情画意和田园风光永远地变成过去。"战胜自然""改天换地"的口号实现了，但是，在这远非理性的观念和道路上，我们可能还没有找到我们希望找到的东西。在苏沧桑的比照下，我们看到的只是触目惊心的沧海桑田。

当然，这还只是"现代"铸就的外部事物。在财富和金钱成为一个社会价值观的时候，社会道德的跌落便是它结出的另一个畸形恶果。苏沧桑曾在书的后记中表达过她近年来对现实生活的真实感受："最近这一个十年，我表面平静，内心汹涌。夜

017

深人静时，我清晰地看到自己以及和我一样匍匐在大地上的动物们、植物们、人们的生态堪忧——离最初的朴实、纯真、安宁、诗意，越来越远；离一种安如磐石的幸福感，越来越远。"她的这些言说，隐含了她的文化隐忧。

苏沧桑散文的书写对象，大多应该是诗的题材，特别是题目，极富诗意。从她的散文中可以明显感知，她有良好的传统文化修养，尤其是古典文学的功底。她对传统文学中的诗词歌赋、琴棋书画显然情有独钟。多年来，苏沧桑不断地走向民间，汲取了大量的文化营养，逐渐形成了个人相对稳定的书写对象和审美趣味，创作了大量受到广泛好评的作品。在生活中，她找到了一条适于自己的创作道路，用她的话语形式和讲述对象，发现了另一个我们不熟悉、已经远去却还存活在当下的历史，这是活的化石，是散落在民间的历史脉搏的有力回响。这就是《纸上》。

这些作品在结集前曾先后发表过。曾在《人民文学》头条重点推出，《新华文摘》转载，《跟着戏班去流浪》《与茶》《春蚕记》《牧蜂图》《冬酿》《船娘》等先后在《人民文学》《十月》《人民日报》《光明日报》等报刊刊出，在读者中引起热烈反响。这些作品，都实有其人实有其事。如朱中华与古法造纸、邵云凤、沈桂章与春蚕，潘香、阿朱、赛菊等与戏班，黄建春等与"茶"，沈建基与养蜂人，灵江叔等与酿酒，虹美等船娘们。内容是"非虚构"的，笔致是散文。当我们阅读其中一篇作品的时候，觉得别致但也没有多大的冲击力，但是，当集中阅读这些作品时会猛然发现，一个不一样的江南在苏沧桑的作品集中被塑造出来。

《纸上》写的是富阳一个古老村落里唯一坚持古法造纸的传承人。"京都状元富阳纸，十件元书考进士。"元书纸是富阳竹纸的精品，是富阳传统手工制纸品的代表。富阳在唐末宋初开始制造竹纸，工艺技术随时间推移渐趋成熟，生产的竹纸质地优良、洁白柔韧，微含竹子清香，落水易溶，着墨不渗，久藏不蛀，成为书写公文用的首选纸品。朱中华出身于造纸世家，家族最辉煌时，曾有八个纸槽五十个工人。到了朱中华这里，他的愿望就是造出世界上最好的纸，让会呼吸的纸、让纸上的生命留存一千年、一千零一年、更多年。这是一个了不起的愿望。这个愿望看起来诗意无限，背后隐含的却是无尽的艰难。人们更多关注的是纸上的字、纸上的画、谁的印章，却没有人关注一张纸本身，也没有人关心一种纸的消失、一门手艺的失传将意味着什么。作者以诸多现场细节、观察，讲述了古法造纸人朱中华和继承他志业的后人的不易。《纸上》洋溢的不是盎然的诗意，而恰如这古法造纸的历史一样少有欢欣。

《跟着戏班去流浪》是我更喜欢的一篇作品。题材浪漫，写得也浪漫。戏里戏外真真假假，人生如戏戏如人生。不同的场

019

地，不同的观众，自然也有不同的遭遇。不明白戏班流浪人生的作者和戏班人说："演戏多好啊，我从小就想当做戏人"。但赛菊的一句"太苦了呀"，大家就都不响了。流浪的戏班本质上是苦中作乐，他们是中国民间的"大篷车"。还有那常年徜徉在湖光山色间的船娘，表面看，她们就生活在诗意间，或者说她们本身就是诗意的一部分，但没人知道的是她们每一天过的是"眼睛的天堂，身体的地狱"般的日子。还有那养蜂人，辗转在天山、伊犁河谷、果子沟、赛里木湖，这是何等的浪漫诗意。但是，一旦需要转场，火车说走就走，途中就如现代性一样不确定，于是，吃饭、上厕所都成了问题。如果火车开走了，要么你"扒车"去追，要么找火车搭车去追，下了火车还要找马队驮蜂箱，一波三折的仍是故事的主体：马失前蹄，车翻了，受惊的蜜蜂疯狂乱窜，一头大马竟然被惊慌失措的蜜蜂活活蜇死。翻车要人命，蜜蜂受惊也会要人命。这是生活，但也只是生活的一部分。作者追逐的养蜂人，居然是一个年届七十的诗人。他将养蜂遭遇的所有艰辛，都幻化成生活的诗篇。诸如此类，《纸上》描述的人与事，恰如东边日出西边雨，让人喜忧参半悲喜交加。但生活的本质不就是这样吗？苏沧桑在自序《春天的秒针》中说："三年多来，'我'深入'他们'的生活现场，亲身体验捞纸、唱戏、采茶、养蜂、育蚕、酿酒、摇船，截取鲜活的人生横断面，深度挖掘其间所蕴含的中华民族特有的精神价值、思维方式、文化意识、文化自信，抒写新时代新精神，讴歌中华民族山水之美、风物之美、传统之美、劳动之美、人民之美。"这是作者走向民间的真实体悟。

《纸上》所有的作品，都来自作者的亲历。这不仅使作者与她的书写对象有了同呼吸共命运的情感联系，同时，她也发现了另一个不一样的、我们不了解的江南。在文人墨客的眼里，江南被描摹得草长莺飞花团锦簇，风光无限诗意无限，江南就这样成了人间天堂。这是诗人的江南。苏沧桑的不同，是她透过历史构造的诗意江南，在民间、在生活中看到的另一个江南。这个江南同样诗意无限，它与历史、与风物风情、与华夏文明息息相关。但是，维护、传承、光大这一文明的人们，不可能在花前月下，在茶肆酒楼完成。他们要在生产实践中、在劳动中完成。于是，苏沧桑的散文，承继了一个伟大的主题，这就是劳动的主题。"劳者歌其事，乐者舞其功。"我们在理论层面，从来不否定劳动的意义和劳动者的价值。但是，许多年以来，在我们的文学中，还有多少劳动者的身影被歌颂，还有多少劳动者的形象被塑造？当苏沧桑将这些默默劳作的"人民"跃然纸上时，我们才发现，我们与这样的形象已经久违了。

这是苏沧桑走向民间的发现。这个发现不只是对民间生活的发现，同时也是对民间美学的再发现。民间美学就是前现代美学，前现代美学的审美对象是自然、乡村和劳动，美的观念

021

是建立在自然原生态基础上的。如果是这样，我们就不难理解为什么有怀旧、乡愁等与前现代相关的离愁别绪，为什么乡村美学在中国是如此强大甚至不可撼动。审美对象的选择，也隐含了作者对某种审美对象的拒绝。对乡村的意属，是"反现代的现代性"。当然，我们不可能将苏沧桑的选择愚蠢地认为她在倒退或复古。事实是，她书写的那种生活方式或生产方式，于今天来说，是只可想象难再经验的过去。但是，这些场景或前现代的生产、生活方式，是她用文字构建起来的另一座"博物馆"，让后来者也能够了解甚至直观这些"陈年旧事"，并通过这种方式进入历史。过去的事物在生活中可能失去了实用功能，但它在生活中并没有消失，它还潜移默化地作用于我们的心灵和精神世界，那是我们的文化血脉。苏沧桑身体力行，用她的纤笔一支，抚今追昔，用文字打造了一座非遗博物馆，实在是难能可贵。当然，她的努力有了令人鼓舞的回响，她曾获得了许多奖项。"十月文学奖·散文奖"授奖词说："她在纸间供养中国江南最后的蚕桑，蚕声如雨，笔落成茧。一个民族星云闪烁的记忆，耕织社稷的文明初心，一带一路上的远方与乡愁，她以蚕桑之事织就对世界的整体性想象。它是桑间地头行走的辞章，是千年蚕事女儿心与文心在当代田野的相会，一曲灵动幻美、文质皆胜的非虚构农事。以美文的形式抵达如此宏大深邃的主题，苏沧桑外，罕有人及。"这样的评价，苏沧桑当之无愧。

三、这是只可想象而难再经验的生活

"慢生活"和"慢的美学",我们在书写边地生活的作品中会看得更充分。龙仁青生于青海湖畔的纯藏族地区铁卜加草原。民族文化和边地环境,是龙仁青最初的文化记忆。任何一个作家的创作,都与他原初的文化记忆有关。因此,我们可以把龙仁青这样的出身和生活背景看作是他小说风格或特点的一个依据:他的小说简单清澈、阳光温暖。那里洋溢的草原气息随风飘荡,芬芳却也简约。但是,这只是事情的一个方面。在全球化的语境中,再也没有隐秘的角落,特别是对于作家而言。因此,就小说呈现的特点和风格而言,既与作家的出身和生活背景有关,同时也是作家有意选择的结果。

简化,是龙仁青小说的基本方式之一。这种方式有现实依据,在地广人稀的草原上,简单的人际关系是生活的原色。但是如何在小说中完成这种关系的处理并不是一件简单的事情。《情歌手》中的歌手,自从父亲去世以后,他变得沉默寡言,从此就迷上了纯真质朴的情歌,并以此缓解他失去亲人的巨大隐痛,慰藉他心中的孤独。在一种极为简约的关系中,他的小说却流淌着一种令人心动、挥之不去的苦涩之情。那简单的生活里少有现代气息和元素,但也有现代生活稀缺的简约和单纯。简单的人际关系里,却有任何事物都不能换取的真情。比如父子、夫妻、母子的情感等，它是如此感人而真挚。面对"现代"，龙仁青的小说选择了"过去"。龙仁青写草原、写藏地的小说之所以独特，与龙仁青小说选择的面对现实的情感方式有关。比如对"现代"的认识，在早期"底层写作"作家那里，更多的是对"现代"负面后果的痛切批判，于是小说大多是泪水涟涟苦难无边。但是，作为文学作品，即便是批判显然也有多种方式。

　　面对"现代"，龙仁青选择了"慢生活"。现代就是"快"，快是现代最值得炫耀的事物之一。但是，面对现代的速度，龙仁青的小说却选择了"慢生活"。如上所述，龙仁青的小说关系极为简约，简约的关系与速度无关，有关的是作家的讲述能力。在龙仁青这里，他经常用大量的笔墨篇幅状写自然景物和风情风物。比如山河、草原、花草、帐篷，他不厌其烦。看起来似闲笔，其实是小说重要的组成部分。比如《情歌》："层层叠叠的绿色像波浪一样翻滚着涌向远方，其间随意点缀着红的黄的蓝的白的野花。野花中最多的是那种叫馒头花的一簇簇白花，那一缕缕若有若无的淡淡芬芳就是从这花上散发出来的。草原上有牛羊群，有远远近近随意散落着的牧民的帐房。有一个关于帐房的谜语是这样说的：远看像牛粪，近看八条腿。很贴切，是个不错的谜语。"类似的文字在龙仁青的小说中比比皆是。这是一个非常传统的方法，叫作"景物描写"，现在的小说很少看到景物描写，作家似乎都很急切地奔向主题。龙仁青不急不躁，他反而钟情于这个陈旧的方法，在景物状写中表达他对"慢生活"的意属和向往。对"慢生活"的理解和接受，才有可能使龙仁青的小说有散文化的倾向并富有诗意。比如他小说的题目《雪青色的洋卓花》《绛红色的山峦》《牧人次洋的夏天》等，如果说是散文的题目也完全可以。因此，表现在具体文字上，就无意识地接续了现代白话小说的抒情传统。这个抒情传统来自沈从文、孙犁、汪曾祺一脉。这一文学脉流在主流文学史的叙述中，一直不如对现实主义文学传统的评价。这与百年中国的历史处境有关，也与主流意识形态对文学功能的理解有关。20世纪80年代以后，这个传统被逐渐钩沉出来，其价值才得以在不断阐释中被发现。龙仁青显然与这个文学传统有关。但龙仁青的生活背景和文化记忆又决定了他接受的限度：他使用了抒情的形式，书写的却一定是自己的经验。

龙仁青在他的小说集《光荣的草原》后记中说："我一直认为并坚信，作家首先要做的，就是净化和洗涤自己，使自己变得洁净、纯粹甚至透明。作家的肉体和心灵因此要经受净化和洗涤过程中的磨难和疼痛，在一个作家的身上和心里，伤痕和孤独在所难免。"如果是这样的话，我认为龙仁青的净化和洗涤自己的方式，就是不断地用简约、过去、前现代和对慢生活的接受来实现的。应该说，是现代复杂多变的生活，照亮或发现了草原和过去，是现代文明照亮或发现了龙仁青的过去和记忆。

有了现代，过去才有了诗意，就像城市的现代文明照亮了乡村文明一样。但是，过去或乡村是只能想象而不能经验的。"不可能性"的诗意和理想化感动了我们，于是成了我们共同的想象。因此，龙仁青讲述这些故事，并不是要我们回到那种生活——那既不必要也不可能，而是希望我们能拥有憧憬、怀念那种生活状态的心境，并不一定要一味地前赴后继唯恐人后。读龙仁青的小说，特别容易想到席慕蓉的《父亲的草原母亲的河》，想起张承志某些作品的忧伤或愁绪。那里有赞美、有怀念，但更多的是一览无余的诚恳和眷恋。

我曾有机会路过沙湾和黄沙梁，同行的新疆朋友告诉我：那是刘亮程的家乡，他曾在这里生活过三十年。沙湾和黄沙梁——在广袤的天地间，古旧甚至破败，静穆而寂寥：这当然是一个过客的浮光掠影，这貌不惊人的遥远边地我们几乎一无所知。但这里因为有了《一个人的村庄》《晒晒黄沙梁的太阳》而名满天下广为人知，这就是文学和叙事的力量。

他的小说《凿空》，不是我们惯常理解的小说。它没有可以梳理和概括的故事和情节，没有关于人物命运升降沉浮的书写，也没有刻意经营的结构。因此与其说这是一部小说，毋宁说这是刘亮程对沙湾、黄沙梁——阿不旦村庄在变动时代心灵深处感受的讲述。在刘亮程的讲述中，更多呈现的是场景，人物则是镶嵌在场景中的。与我们只见过浮光掠影的黄沙梁——阿不旦村不同的是，刘亮程是走进这个边地深处的作家。见过边地外部的人，或是对奇异景观的好奇，或是对落后面貌的拒之千里，都不能理解或解释被表面遮蔽的丰富的过去，无论是能力还是愿望。但是，就是这貌不惊人的边地，以其地方性的知识和经验，表达了另一种生活和存在。阿不旦在刘亮程的讲述中是如此漫长、悠远。它的物理时间与世界没有区别，但它的文化时间一经作家的叙述竟是如此缓慢：以不变应万变的边远乡村的文化时间确实是缓慢的，但作家的叙述使这一缓慢更加悠长。一头驴、一个铁匠铺、一只狗的叫声、一把坎土曼，这些再平凡不过的事物，在刘亮程那里津津乐道乐此不疲。虽然西部大开发声势浩大，阿不旦的周边机器轰鸣，但作家的目光依然从容不迫地关注那些古旧事物。这道深情的目光里隐含了刘亮程的某种拒绝或迷恋：现代生活就要改变阿不旦的时间和节奏了。它将像其他进入"现代"生活的发达地区一样：人人都将被按下了"快进键"，"把耽误的时间抢回来"变成了全民族的心声。到了当下，环境更加复杂，现代、后现代的语境交织，工业化、电子化、网络化的社会成形，资源紧缺引发争夺，分配不平衡带来倾轧，速度带来烦躁，便利加重烦躁，时代的心态就是再也不愿意等。什么时候我们丧失了慢的能力？中国人的时间观，自近代以降历经三次提速，已经停不下来了。我们需要的是时刻看着钟表，计划自己的人生：一步到位、名利双收、嫁入豪

027

门、一夜暴富、三十五岁退休……没有时间感的中国人变成了最着急最不耐烦的地球人，"时间就是金钱，效率就是生命"①，这是对"现代"人急切心态的绝妙描述。但阿不旦不是这样。阿不旦是随意和惬意的："铁匠铺是村里最热火的地方，人有事没事喜欢聚到铁匠铺。驴和狗也喜欢往铁匠铺前凑，鸡也凑。都爱凑人的热闹。人在哪扎堆，它们在哪结群，离不开人。狗和狗缠在一起，咬着玩，不时看看主人，主人也不时看看狗，人聊人的，狗玩狗的，驴叫驴的，鸡低头在人腿驴腿间觅食。"这是阿不旦的生活图景，刘亮程不时呈现的大多是这样的图景。它是如此平凡，但它就要消失了。因此，感伤是《凿空》中的"坎儿井"，它流淌在这些平凡事物的深处。阿不旦的变迁已无可避免。于是，一个"两难"的命题再次出现了。

《凿空》不能简单地理解为怀旧，事实上自现代中国开始，对乡村中国的想象就一直没有终止。无论是鲁迅、沈从文还是所有的乡土文学作家，他们一直存在一个不能解释的悖论：他们怀念乡村，他们是在城市怀念乡村，是城市的"现代"照亮了乡村传统的价值，是城市的喧嚣照亮了乡村"缓慢"的价值。一方面他们享受着城市的现代生活，一方面他们又要建构一个乡村乌托邦。就像现在的刘亮程一样，他生活在乌鲁木齐，但怀

---

① 《新周刊》，2010 年 7 月 15 日。

念的却是黄沙梁——阿不旦。在他们那里，乡村是一个只能想象却不能再经验的所在。其背后隐含的是这样的逻辑——现代性没有归途，尽管它不那么好。如果是这样，《凿空》就是又一曲对乡土中国远送的挽歌。这也是《凿空》对"缓慢"如此迷恋的最后理由。

当然，这只是对乡村"慢生活"的最后的挽留。汪曾祺在《说短》中说："现代小说是忙书，不是闲书。现代小说不是在花园里读的，不是在书斋里读的。现代小说的读者不是有钱的老妇人，躺在樱桃花的阴影里，由陪伴女郎读给她听。不是文人雅士，明窗净几，竹韵茶烟。现代小说的读者是工人、学生、干部。他们读小说都是抓空儿。他们在码头上、候车室里、集体宿舍里、小饭馆里读小说，一面读小说，一面抓起一个芝麻烧饼或者汉堡包（看也不看）送进嘴里，同时思索着生活。现代小说要符合现代生活方式，现代生活的节奏。"

历史的逻辑与生活的逻辑并不完全一致，有时甚至是抵牾的。特别是进入审美层面，前现代的美，构成了现代美学的基础。这一点我们从国画、书法等艺术形式中一览无余。这种美对生活而言，只具有装饰性而没有支配性。比如书法中的古代文化或文学中的名言名句、古代诗词等，它可以表现一个人的趣味、兴致和修养，但就书法内容而言，它没有对生活的支配功能。绘画也一样，中国传统绘画的题材，比如梅，剪雪裁冰，一身傲骨；兰，空谷幽香，孤芳自赏；竹，筛风弄月，潇洒一生；菊，凌霜自行，不趋炎势。这种象征性的审美趣味，在当下年轻人那里还有多少影响力是大可怀疑的。因此，传统书法、绘画，是最典型的内容与形式的分裂。它的不断式微已不可避免，这一点和"慢的美学"的命运是一样的。

2023 年 12 月 16 日于北京寓所

一个文学批评概念的沉浮与消失

——关于"写中间人物"论的再认识

六十年前的 1962 年 8 月 2 日至 8 月 16 日，中国作家协会在大连召开了农村题材短篇小说创作座谈会，亦称"大连会议"。会议在中国文坛酿成了一场巨大的风波，这就是被概括为"写中间人物"的文学史事件。在 1964 年 9 月出版的《文艺报》第八、九期合刊上，《文艺报》编辑部发表了重要文章：《"写中间人物"是资产阶级的文学主张》，并附发了《关于"写中间人物"的材料》。1964 年 10 月 31 日，《人民日报》全文转载了《文艺报》编辑部的文章《关于"写中间人物"的材料》，并加了编者按语："社会主义文学创作的首要任务，是努力创造工农兵的英雄形象，还是'写中间人物'？这是当前有关文艺创作问题的一个重要争论。这是一个原则性的分歧，是关系到文艺走社会主义道路还是走资本主义道路的一场大是大非之争。《文艺报》

编辑部写的这篇文章，对'写中间人物'这种资产阶级的文学主张进行了严肃的批评。"全国性的批判运动旋即展开。

4月18日，《解放军报》发表社论《高举毛泽东思想伟大红旗，积极参加社会主义文化大革命》，在没有提及座谈会和《纪要》的情况下，公布了《纪要》的全面观点。1967年5月29日，《人民日报》等报刊公开发表了《纪要》全文。《纪要》认为，文艺界在中华人民共和国成立以来，被一条与毛泽东思想相对立的反党反社会主义黑线专了我们的政，"这条黑线就是资产阶级的文艺思想、现代修正主义的文艺思想和所谓30年代文艺思想的结合"。然后提出了以"黑八论"为代表性的论点，其中"'中间人物'论"赫然在列。1979年5月3日，中共中央批转解放军总政治部的请示，正式决定撤销《纪要》这一中共中央文件，连同"'中间人物'论"的"黑八论"得以平反，各地学者和批评家也发表了众多为包括"'中间人物'论"在内的"黑八论"正名的文章。作为一个重要的带有鲜明政治色彩的"文学事件"，"'中间人物'论"所引起的风波早已烟消云散。但是，六十年过后，当我们回过头来重新考察这一事件的具体内容和历史背景，并以此来观察我们今天的文学状况，一定会有许多新的认识和启发。或者说，那个事件作为一种历史参照，它并非无关紧要。

一、"前史"：关于人物创造的讨论

"中间人物"的提出和对它发起的批判，不是突如其来的事件，也不是邵荃麟或批判者各自头脑一热的产物。客观地说，这是中华人民共和国成立之后在探索社会主义文学艺术道路的过程中必然会出现的事件。面对全新的事物和生活，文学艺术的探索之路也是一条不确定的道路，是一条不断试错的道路。一方面，文学规范要求文学能够在统一的文学功能观的指导下进行创作和生产；一方面，新的社会制度对作家，特别是对来自解放区的作家和青年作家有极大的感召力。因此，对新时代的赞颂自然形成了文学创作的主流。但原有的文学经验和传统并没有，也不会全部消失，它仍以不同的形式在新时代里延续。于是，一个带有明显的实验性质的文学局面在共和国初期形成了。这种文学的实验性质就是中国文学的现代性，或者说，文学对现实和未来关怀的混杂性以及不确定性，构成了这一时期文学鲜明的特征。我们既可以看到宣传阵地上到处流播的"颂歌"，同时也可以看到革命者进城后的对城市生活的向往和迷恋；既可以看到对农村发展道路关怀的小说，也可以看到知识分子矛盾、犹疑和彷徨的复杂心态。但这种似乎是"多样"的文学格局并没有持续多久，当"多样"的文学还没有形成规模的时候，那些不符合文学新规范的作家作品，就受到理所当然的整

033

肃和批判。当然，这种不断匡正的文学"一体化"要求，本身就是中国现代性的一部分。不然我们就不能解释为什么从 1951 年批判萧也牧开始，在文学艺术界开展的批判运动一直没有终止。这是一种莫名的焦虑，也是一种整体性的焦虑。在一段时间里，这种焦虑集中表现在人物塑造的问题上。

"人物"的问题，是马克思主义文艺思想的核心命题之一，它最早是由恩格斯在《致玛·哈克奈斯》中提出的。他认为："现实主义的意思是，除了细节的真实外，还要真实地再现典型环境中的典型人物。"在这里，恩格斯是将"典型环境"和"典型人物"作为一个完整的理论来表述的，并形成了他对现实主义理解的核心内容之一。但是，当代文艺学除了集中讨论典型问题时会把恩格斯的表述作为主要依据之外，对"人物"问题的讨论基本上是游离于恩格斯的典型论之外的。当代文艺批评对人物做出了类型化的划分，这就是"英雄人物""正面人物""反面人物""中间人物"等。这些人物的类型及对其做出的界定，极大地影响了当代文艺创作，并形成了"十七年"文艺批评重要的特征之一。

创造英雄人物或正面人物的理论依据，是来自毛泽东的《在延安文艺座谈会上的讲话》，毛泽东要求文艺工作者创造出"新的人物新的世界"。周扬在第一次文代会上的报告，有一节专门论述"新的人物"。"新的人物"被解释为"各种英雄模范人物"。他说:"我们是处在这样一个充满了斗争和行动的时代,我们亲眼看见了人民中的各种英雄模范人物,他们是如此平凡,而又如此伟大,他们正凭着自己的血和汗英勇地勤恳地创造着历史的奇迹。对于他们,这些世界历史的真正主人,我们除了以全副热情去歌颂去表扬之外,还能有什么别的表示呢?"[1]在第二次文代会上,周扬在报告中又提出:"当前文艺创作的最重要的、最中心的任务:表现新的人物和新的思想,同时反对人民的敌人,反对人民内部的一切落后的现象。"[2]周扬在表达这一看法之前,征引了毛泽东对电影《武训传》批评中的一段话,毛泽东说:

> 在许多作者看来,历史的发展不是以新事物代替旧事物,而是以种种努力去保持旧事物使它免于死亡,不是以阶级斗争去推翻应当推翻的反动的封建统治者,而是像武训那样否定被压迫人民的阶级斗争,向反动的封建统治者投降。我们的作者们不去研究过去历史中压迫中国人民的敌人是些什么人,向这些敌人投降并为他们服务的人是否有值得

---

① 周扬:《新的人民的文艺》,《周扬文集》第1卷,人民文学出版社1984年,第516页。

② 周扬:《为创造更多的优秀的文学艺术作品而奋斗》,《周扬文集》第2卷,人民文学出版社1985年,第251页。

称赞的地方。我们的作者们也不去研究自从 1840 年鸦片战争以来的一百多年中，中国发生了一些什么向着旧的社会经济形态及其上层建筑（政治、文化等）作斗争的新的社会经济形态，新的阶级力量，新的人物和新的思想，而去决定什么东西是应当称赞或歌颂的，什么东西是不应当称赞或歌颂的，什么东西是应当反对的。[①]

因此，周扬报告的内容，背后有一个强大的思想依据。周扬只不过是对这一思想作了具体的阐发，并努力付诸创作实践。

我们在冯雪峰的另外一种表达中同样可以看到类似的观点。1953 年年底，冯雪峰写了一篇题为《英雄和群众及其它》[②]的文章，参加关于创造英雄人物问题的讨论。他在论证了"创造正面的、新人物的艺术形象，现在已成为一个非常迫切的要求，十分尖锐地提在我们面前"之后，也提出了如何塑造"否定人物的艺术形象"的问题。他认为否定人物的创造同样是重要的，这是因为："从文学的社会教育的任务说，描写各种各样的否定人物所代表的社会势力，是为了使读者认识，并鼓舞和斗争，是不能不在描写正面人物的同时也描写否定人物的。对于读者，不

---

① 毛泽东：《应当重视电影〈武训传〉的讨论》，《人民日报》1951 年 5 月 20 日。
② 冯雪峰：《英雄和群众及其它》，《冯雪峰论文集》（下），人民文学出版社 1981 年，第 68 页。

仅正面人物的艺术形象是教育和鼓舞的工具，一切否定人物的艺术形象也同样是教育和鼓舞的工具。"①这些论述使我们有可能理解了"人物"创造问题为什么如此受到重视。也就是说，"人物"创造问题只有纳入到功能范畴内，它的重要性才有可能得到揭示和回答。但是我们发现，与50年代前期关于创造英雄人物讨论有很大不同的，是60年代的关于《创业史》《百合花》《青春之歌》等作品的讨论。这些讨论引发了与主流话语不尽相同的另外一些思路和结果。

1958年3月号的《延河》杂志发表了茹志鹃的短篇小说《百合花》，同年6月号的《人民文学》转载，不久文学界便发生了一场围绕《百合花》而展开的讨论，其核心问题也是人物问题。欧阳文彬在《试论茹志鹃的艺术风格》②一文中，虽然肯定了茹志鹃在人物塑造上"有自己的独特方法"，"作家完全有权利按照自己的个性和特长选择写作对象并从不同的角度加以描写"，但仍然强调指出："我们面临着史无前例的壮丽时代，广大的劳动人民正在党的领导下创造惊天动地的业绩，现实生活中涌现了成千上万的英雄，他们不是什么神话传奇式的人物，他们也都是平凡的劳动者，他们的性格在斗争中发展，在矛盾冲突中

---

① 冯雪峰：《英雄和群众及其它》，《冯雪峰论文集》（下），人民文学出版社1981年，第74—75页。
② 欧阳文彬：《试论茹志鹃的艺术风格》，《上海文学》1959年10月号。

放出夺目的异彩。为什么不大胆追求这些最能代表时代精神的形象呢？"在论者看来，茹志鹃"对普通人物的兴趣远远超过对突出人物的兴趣"，这是"对自己的趣味和倾向""过于执拗了"。欧阳文彬虽然批评了茹志鹃没有写出"最能代表时代精神的形象"，但同时也暴露出了自己"情感与理智"的矛盾。一方面为作者"所刻画的普通人的精神美和充溢在字里行间的诗情画意而感动"，一方面又不满意作者"刻意雕镂"的"小人物"。这一矛盾是欧阳文彬在自己的文章中也没有解决的。

　　侯金镜在《创作个性和艺术特色》①一文中，肯定了茹志鹃刻画人物的方法。他认为作者善于"向人物内心活动的纵深方面去挖掘""常常更多借助心理过程的变化来把握人物的性格"，对人物作"针脚绵密、细致入微的心理刻画"。他不同意欧阳文彬对作者的劝告，为了去反映"现实中的主要矛盾"，把人物"提高和升华到当代英雄已经达到的高度""放弃她目前所熟悉、所擅长的那些方面，而去选择有关大题材和创造高大的英雄人物"。侯金镜的文章在艺术分析上的独特见解和判断力，显示了那一时代文学评论的健康力量和说服力。

　　细言批评了欧阳文彬的观点，但他也不同意侯金镜对茹志鹃作品的三种类型的划分和评论。这应属另外一个问题，就他

<hr />

① 侯金镜：《创作个性和艺术特色——读茹志鹃小说有感》，《文艺报》1961年第3期。

们对茹志鹃作品的爱护和褒奖来说，并无实质性的差别。①

尤其值得注意的，是茅盾对《百合花》的评论。茅盾完全疏离了文艺功能观的考虑，而是使用了另外一套分析话语，他说："《百合花》可以说是在结构上最细致严密，同时也是最富于节奏感的。它的人物描写，也有特点；人物的形象是由淡而浓，好比一个人迎面而来，愈近愈看得清，最后，不但让我们看清了他的外形，也看到了他的内心。"结构、节奏、描写、由远而近、由外而内等，茅盾完全是从艺术处理上进行分析的。他尤其肯定了茹志鹃对人物的塑造，从人物出场到人物举止，从细节到呼应，这些精到的艺术分析，不仅显示了茅盾的艺术眼光，同时融入了他个人的艺术经验。因此，他认为《百合花》是他那一个时期读到的"最满意""最感动"的一个短篇小说。② 但有趣的是，茅盾的这篇文章发表一个月之后，作家出版社欲重印《百合花》等小说，并将茅盾的这篇文章一并收入时，茅盾又写了一篇"附记"，指出：这篇"文章在刊物上印出以后，我自己重读一遍，不免有点忧虑。为什么？怕起副作用。怎样的副作用呢？就恐怕有些青年误以为这些所谓技巧是在下笔以前必须预先安排的。事实上不是这么一回事。技巧上的安排，是在构思过程中结合着主题思想同时产生的，而不是脱离了主题思想

---

① 细言：《有关茹志鹃作品的几个问题》，《文艺报》1961 年第 7 期。
② 茅盾：《谈最近的短篇小说》，《人民文学》1958 年第 6 期。

039

另作布置的；因为技巧必须为主题思想服务。我们在欣赏一篇作品时，既分析其思想内容，同时也分析它的艺术性（包括技巧），但我们在写作的时候，我们不应当也不会画好一个技巧法则的框子然后把故事情节填进去。例如《百合花》的作者不会事先计划要在小说里写这么几处的前后呼应，而是从素材提炼时敏锐地感觉到通讯员枪头插的树枝和野花这些细节很能说明问题（衬托通讯员的内心世界），于是用不多不少、恰好的笔墨点染出来"。茅盾的这些表白，恰恰是他内心紧张的透露，尽管他的分析入情入理，但仍因其游离于主流而忧心忡忡。对《百合花》的讨论，被认为是那一时代水平最高、最具学术性的一场讨论。

与《百合花》讨论不同的，是对长篇小说《青春之歌》的讨论。讨论不是围绕着如何塑造人物的艺术处理问题，而是主要人物林道静的思想改造过程问题。首先发难的是郭开的文章《略谈对林道静的描写中的缺点》。文章三个部分的标题集中表达了作者批判的要点："书里充满了小资产阶级情调，作者是站在小资产阶级立场上，把自己的作品当作小资产阶级的自我表现来进行创作的"；"没有很好地描写工农群众，没有描写知识分子和工农的结合，书中所写的知识分子，特别林道静自始至终没有认真地实行与工农大众相结合"；"没有认真地实际地描写知识分子改造的过程，没有揭示人物灵魂深处的变化。尤其是林道静，从未进行过思想斗争，她的思想感情没有经历从一个阶级到另一个阶级的转变，到书的最末她也只是一个较进步的小资产阶级知识分子，可是作者给她冠以共产党员的光荣称号，结果严重地歪曲了共产党员的形象"①。郭开几乎完全是用流行的政治语言来评价《青春之歌》和林道静这个人物的。这不大像是有过文学评论训练的人写出的文章。

奇怪的是，郭开的文章发表之后，虽然很多人肯定了《青春之歌》是一部好作品，但在指认林道静的小资产阶级知识分子感情时，却是一致的。甚至茅盾也认为，"让林道静实行了和工农结合，那自然更好"②。在一片要求林道静与工农相结合的呼声中，作者杨沫在 1960 年出版了修改后的《青春之歌》。她在"再版后记"中说：《中国青年》和《文艺报》上的讨论，以及读者所提出的其他意见，已经"把它们逐条解决"③了。她认为林道静原是一个充满小资产阶级感情的知识分子，在她没有参加革命、没有经过思想改造之前，她不流露这种感情是不真实的，但在她接受了革命教育、参加了农村阶级斗争和监狱锻炼后，这种情感就不应流露了。杨沫说："我在修改本中原来对她的小资产阶级感情仍然改动得不太多，可是当我校看校样的时候，看

---

① 郭开：《略谈对林道静的描写中的缺点》，《中国青年》1959 年第 2 期。
② 茅盾：《怎样评价〈青春之歌〉》，《中国青年》1959 年第 4 期。
③ 杨沫：《〈青春之歌〉"再版后记"》，《读书》1960 年第 1 期。

I
历史和叙述

到她在小说的后面还流露出不少不够健康的感情，便觉得非常不顺眼，觉得不能容忍，便又把这些地方做了修改。"① 同时，为了解决林道静和工农结合的问题，作者又特别加进了这样的章节。修改后的《青春之歌》确实可以称作知识分子思想改造的教科书了。

二、作为"事件"的核心内容

如果说《青春之歌》的讨论，关乎的是知识分子思想改造的问题，那么，对赵树理、周立波、柳青三位当代中国最杰出的农村题材作家的创作的讨论，所涉及的问题的严重性和政治意味显然要重大得多。我们知道，赵树理是贯穿延安文学到新中国文学的一位大作家。他声名显赫，美国记者贝尔登曾说他可能是共产党地区中除了毛泽东、朱德之外最出名的人。② 在 1947 年夏天，专门召开了赵树理创作座谈会。会上陈荒煤做了《向赵树理方向迈进》的讲话，盛赞他的作品可以作为衡量边区创作的一个标尺，由此正式确立了"赵树理方向"。周扬后来也评价说："中国作家中真正熟悉农民、熟悉农村的，没有一个能超过

---

① 杨沫：《〈青春之歌〉"再版后记"》，《读书》1960 年第 1 期。
② ［美］杰克·贝尔登：《中国震撼世界》，邱应觉等译，北京出版社 1980 年，第109 页。

赵树理。"[1]

对赵树理的批评，到 20 世纪 50 年代后期再次被提出来。这次批评的缘起主要是短篇小说《锻炼锻炼》的发表。作品发表后，《文艺报》刊发了一篇题为《一篇歪曲现实的小说》[2] 的文章。文章认为小说"所持的态度是错误的"，不符合农村现实，对劳动妇女和农村干部进行了歪曲污蔑。但不久后《文艺报》又发表了王西彦的《〈锻炼锻炼〉和反映人民内部矛盾》。王西彦读完小说后，"内心充满喜悦，觉得是一篇很好地反映了农村人民内部矛盾的作品"。文章几乎逐一驳斥了武养的观点，认为作品"成功地描写了农村社会里两个落后的妇女，'小腿疼'和'吃不饱'"，[3] 并对轻率粗暴的批评风气提出了批评。对赵树理评价的变化和反复，事实上是文学观念的改变。这个观念主要是塑造什么样"人物"的问题。当代文学批评中经常使用的关于人物的概念，已经将"人物"作了等级和类型化的区别和划分。

1956 年至 1959 年，周立波先后写出了反映农业合作化的长篇小说《山乡巨变》及其续编。作品叙述的是湖南一个偏远山区——清溪乡建立和发展农业合作社的故事。正篇从 1955 年初冬青年团县委副书记邓秀梅入乡开始，到清溪乡成立五个生

---

① 转引自张玉瑶：《赵树理的"方向"》，《文摘报》2019 年 4 月 27 日。

② 武养：《一篇歪曲现实的小说》，《文艺报》1959 年第 7 期。

③ 王西彦：《〈锻炼锻炼〉和反映人民内部矛盾》，《文艺报》1959 年第 10 期。

产合作社结束。续篇是写小说中人物思想和行动的继续与发展，但重心已经转移到成立高级社的生活和斗争。在当时的历史语境中，周立波也难以超越阶级斗争、路线斗争的写作模式。比如，对待合作化的态度，一定有左、中、右之分：贫农，尤其是代表农村未来的青年农民，坚定不移地走社会主义道路；中农一定是怀疑、观望、动摇；地主、富农一定是破坏合作化运动，而一些"顽固分子"则要与合作社进行"和平竞赛"。在党内，也一定有推进合作化运动的干部，也有代表资本主义倾向的干部，这些干部也一定是内外勾结。于是，合作化运动的复杂形式就这样人为地形成了。这当然不是周立波个人的意愿，在时代的政策观念、文学观念的支配下，无论对农村生活有多么切实的了解，都会以这种方式去理解生活。即便如此，《山乡巨变》还是取得了重要的艺术成就。这不仅表现在小说塑造了几个生动、鲜活的农民形象，对山乡风俗风情淡远、清幽的描绘，也显示了周立波所接受的文学传统、审美趣味和属于个人的独特的文学修养。小说中的人物最见光彩的是盛佑亭。这个被称为"亭面糊"的出身贫苦的农民，因怕被人瞧不起，经常没有个人目的地吹嘘自己，同时又有别人不具备的面糊劲。他絮絮叨叨，心地善良，爱占小便宜，经常贪杯误事，爱出风头，既滑稽幽默又不免荒唐可笑。他曾向工作组的邓秀梅吹嘘自己"也曾起过几次水"，差一点成了"富农"，但面对入社他又不免心理矛盾地编造"夫妻夜话";他去侦察反革命分子龚子元的阴谋活动,却被人家灌得酩酊大醉;因为贪杯,亏空了八角公款去大喝而被社里会计的儿子给"卡住"……这些细节都生动地刻画了一个典型的乡村小农生产者的形象。这一形象是中国农村最普遍、最具典型意义的形象。其他像思想保守、实在没有办法才入社的陈先晋,假装闹病、发动全家与"农业社"和平竞赛,极端精明、工于心计的菊咬金,不愿入社又被反革命分子利用的张桂秋,好逸恶劳、反对丈夫热心合作化而离婚又追悔不及的张桂贞等,都被塑造得很有光彩。但比较起来,农村干部如李月辉、邓秀梅以及青年农民如陈大春、盛淑君等,就有概念化、符号化的问题。当时的评论虽然称赞了刘雨生这个人物,但同时批评了作品"时代气息"不够的问题。认为:"作为一部概括时代的长篇小说,《山乡巨变》对于农业社会主义改造这一历史阶段中复杂、激烈而又艰巨的斗争,似乎还反映得不够充分,不够深刻,因而作品中的时代气息、时代精神也还不够鲜明突出。"[①]不够鲜明突出的主要问题是:"没有充分写出农村中基本群众(贫农和下中农)对农业合作化如饥似渴的要求,也没有充分写出基本群众在党的坚强领导下,在斗争中逐步得到锻炼和提高,进一步自己解放自己,全心全意为集体事业奋斗到底的革

① 黄秋耘:《〈山乡巨变〉琐谈》,李华盛、胡光凡编《周立波研究资料》,湖南人民出版社1983年,第424页。

命精神。"①这一批评从一个方面表达了那个时代的文学观念，同时也从一个方面表达了作家在实践中的勉为其难。作品中"先进人物"或"正面人物"难以塑造和处理的问题，其实已经不是周立波一个人遇到的问题。批评家对农村"基本群众"的理解和对作家塑造他们的要求，与实际生活相距实在是太遥远了。如果按照批评家的要求去创作"基本群众"的形象，"样板戏"式的"无产阶级文化想象"，在周立波的时代就应该实现了。

周立波自己在谈到作品人物和与时代关系时说："这些人物大概都有模特儿，不过常常不止一个人……塑造人物时，我的体会是作者必须在他所要描写的人物的同一环境中生活一个较长的时期，并且留心观察他们的言行、习惯和心理，以及其他的一切，摸着他们的生活规律，有了这种日积月累的包括生活细节和心理动态的素材，才能进入创造加工的过程，才能在现实的坚实的基础上驰骋自己的幻想，补充和发展没有看到，或是没有可能看到的部分。"但他同时又说："创作《山乡巨变》时，我着重地考虑了人物的创造，也想把农业合作化的整个过程编织在书里……我以为文学的技巧必须服从于现实事实的逻辑发展。"在这一表述里，我们也可以发现作家自己难以超越的期待：

---

① 黄秋耘:《〈山乡巨变〉琐谈》，李华盛、胡光凡编《周立波研究资料》，湖南人民出版社1983年，第424页。

他既要"服从于现实事实的逻辑发展"[1]，又要"把农业合作化的整个过程编织在书里"。这是一个难以周全的顾计：按照服从于现实事实的逻辑发展，周立波塑造了生动的亭面糊等人物形象，这是他的成功；但要把合作化的整个过程编织在书里，尽管他已经努力去实践，但于流行的路线政策的要求，他必然要受到"时代气息""时代精神"不够的指责。

这是一个难以两全的矛盾。但是如果还原到具体的历史语境，可以说，周立波的创作，由于个人文学修养的内在制约和他对文学创作规律认识的自觉，在那个时代，他是在努力地寻找一条属于自己的道路。他既不是走赵树理及"山药蛋"派作家的纯粹"本土化"，在内容和形式上完全认同于"老百姓"口味的道路；也区别于柳青及"陕西派"作家以理想主义的方式，努力塑造和描写新人新事的道路。他是在赵树理和柳青之间寻找到"第三条道路"，即在努力反映农村新时代生活和精神面貌发生重大转变的同时，也注重对地域风俗风情、山光水色的描绘，注重对日常生活画卷的着意状写，注重对现实生活人物真实的刻画。也正因为如此，周立波成为现代"乡土文学"和当代"农村题材"之间的一个作家。

柳青的《创业史》被普遍认为是代表五六十年代文学创作

---

[1] 周立波：《关于〈山乡巨变〉答读者问》，《人民文学》1958年第7期。

最高水平的作品之一。柳青在创作《创业史》之前，曾出版过长篇小说《种谷记》和《铜墙铁壁》。他在50年代曾长期生活在陕西长安县的皇甫村，对农业合作化的过程有深入的了解。《创业史》就是反映农业合作化过程的一部作品。其第一部于1959年4月在《延河》杂志连载，由中国青年出版社1960年出版单行本。作者原计划写四部，从互助组写到人民公社成立，反映农村社会主义革命的全过程。但"文革"的发生使小说创作中断。"文革"结束后，作者完成了第二部上卷和下卷的一部分，原来的计划终未能实现。

小说第一部以陕西渭南地区下堡乡的"蛤蟆滩"为典型环境，围绕梁生宝互助组的巩固和发展，展现了合作化运动中两条路线、两种思想的激烈矛盾和斗争。互助组在党的领导下，依靠、教育和团结农民取得了胜利。第二部主要叙述了试办农业合作社的过程。小说通过对梁生宝、梁三老汉以及郭振山、郭世富等人物的塑造，回答了农村为什么要发生社会主义革命的问题。作品发表后好评如潮，出版后一年的时间里，全国就有五十多篇文章发表，并围绕着相关问题展开了长达四年之久的讨论。讨论一方面关乎的是"中国农民的历史道路"，一方面也"显然带有文学思潮的重要背景"。[1]

---

[1]　洪子诚：《当代中国文学的艺术问题》，北京大学出版社1986年，第26—27页。

柳青在谈到这部小说写作初衷的时候说："……小说要向读者回答的是：为什么会发生社会主义革命和这次革命是怎样进行的。回答要通过一个村庄的各阶级人物在合作化运动中的行动、思想和心理的变化过程表现出来。这个主题思想和这个题材范围的统一，构成了这部小说的具体内容。小说选择的是以毛泽东思想为指导思想的一次成功的革命，而不是以任何错误思想指导的一次失败的革命。这样，我在组织主要矛盾冲突和我对主人公性格特征进行细节描写时，就必须有意地排除某些同志所特别欣赏的农民在革命斗争中的盲目性，而把这些东西放在次要人物身上和次要情节里头……第二要合乎革命发展的需要；第三要反映出所代表的阶级的本性，就是无产阶级先锋队成员的性格特征。简单的一句话来说，我要把梁生宝描写为党的忠实儿子。我以为这是当代英雄最基本、最有普遍性的性格特征。"①

但评论界对小说人物的评价并不一致。1960 年 12 月，邵荃麟在《文艺报》的一次会议上说："《创业史》中梁三老汉比梁生宝写得好，概括了中国几千年来个体农民的精神负担。但很少人去分析梁三老汉这个人物，因此，对这部作品分析不够深。仅仅用两条路线斗争和新人物来分析描写农村的作品（如《创

---

① 柳青：《提出几个问题来讨论》，《延河》1963 年第 8 期。

业史》、李准的小说）是不够的。"① 在大连农村题材短篇小说创作座谈会上，他又说："我觉得梁生宝不是最成功的，作为典型人物，在很多作品中都可以找到。梁三老汉是不是典型人物呢？我看是很高的典型人物。"② 邵荃麟的观点不只是对一个具体人物和一部小说的评价，事实上他对流行的文学观念和批评标准产生了疑虑。

这些材料尚未公开之前，严家炎对《创业史》作了系统的分析和评价，他连续发表了四篇文章③，对作品的主要成就提出了不同看法。在他看来，《创业史》的成就主要是塑造了梁三老汉这个人物，这一观点与邵荃麟不谋而合。更多的人认为梁生宝代表了中国农民的发展方向和内在要求，认为作品反映了农村的阶级斗争和路线斗争。而邵荃麟、严家炎则从中国农民的精神传统考虑，认为作品真实地传达了普通农民在变革时期的矛盾、犹疑、彷徨甚至自发地反对变革。梁三老汉在艺术上的丰满以及他与中国传统农民在精神上的联系，是这部小说取得的最大成就。这一非主流的看法在当时是很难被接受的。严家炎的文章发表之后，遭到了一百多篇文章的批评和反对。

---

① 《文艺报》编辑部：《关于"写中间人物"的材料》，《文艺报》1964年第8、9期合刊。

② 同上注。

③ 严家炎的四篇文章分别是：《〈创业史〉第一部的突出成就》《谈〈创业史〉中梁三老汉的形象》《关于梁生宝形象》《梁生宝形象和新英雄人物创造问题》。

对《创业史》人物的争论，包括这个争论的"前史"——对赵树理的批评讨论、对《山乡巨变》的批评讨论，终于演化为文学界的一个重大事件。1962 年 8 月，中国作家协会在大连召开的农村题材短篇小说创作座谈会上，邵荃麟仍然认为"梁三老汉比梁生宝写得好。亭面糊这个人物给我印象很深"①。这就是"中间人物论"的肇始。《文艺报》1964 年 8、9 期合刊发表了《关于"写中间人物"的材料》不久，又以《文艺报》资料室的名义发表了一篇《十五年来资产阶级是怎样反对创造工农兵英雄人物的？》。文章历数了十五年来"形形色色的资产阶级、修正主义的理论，特别是关于人物描写上的反动理论"，认为"解放以来，我们和资产阶级文艺家在人物创造问题上一直进行着长期的、反复的、激烈的斗争。是表现、歌颂工农兵，努力塑造革命的英雄人物形象，还是表现、歌颂资产阶级、小资产阶级而丑化劳动人民，这就是斗争焦点。"②关于《创业史》人物的讨论到此结束了，塑造"工农兵英雄人物"开始成为文学创作唯一具有合法性的"美学"标准。

---

①　邵荃麟：《在大连"农村题材短篇小说创作座谈会"上的讲话》，洪子诚编《20 世纪中国小说理论资料》，北京大学出版社 1997 年，第 429 页。
②　《文艺报》资料室：《十五年来资产阶级是怎样反对创造工农兵英雄人物的？》，《文艺报》1964 年第 11、12 期合刊。

I
历史和叙述

三、时代精神和批评家的"冒犯"

塑造新的时代人物，特别是英雄人物，是一个时代精神的命题。这个命题是构建社会主义价值观的需要。我曾经表达过，为什么邵荃麟、严家炎先生对《创业史》的另一种解读不能成为主流。邵荃麟、严家炎先生是从文学创作的尺度评价小说，从人物性格的角度评价成败得失，在这个意义上他们是正确的。梁三老汉作为文学人物以及他的性格，更丰满，更符合人性的逻辑。但是，在构建社会主义价值观的时代，那些更具有先进思想的人物才有可能走向历史的前台。因此历史选择了梁生宝[1]，文学的逻辑必须让位于历史的逻辑。但是，这不能证明邵荃麟和严家炎错了。恰恰相反，邵荃麟和严家炎站在了梁三老汉一边，也就是站在了文学一边。他们用文学创作的规律和美学标准选择了梁三老汉，历史证明了他们的文学眼光。另一方面我们也必须看到，在社会主义初期，中国社会主义道路正处在探索和试错阶段，社会历史选择梁生宝，不仅有"历史合目的性"，更有其现实的考虑。因此，梁生宝形象的创造和被肯定，更是时代的需要，或者说这就是文学的时代性。如果说严家炎作为文学教授，他更多地要考虑文学创作规律是完全可以理解的；那

---

[1] 孟繁华：《建构当代中国的文学经验和学术话语——中国当代文学史研究70年》，《文学评论》2019年第5期。

么邵荃麟作为作协的党组书记，是代表党组织领导和管理作家协会的，他为什么选择了站在了梁三老汉一边？

看邵荃麟的履历，他几乎一直在文化或文学领域工作。他是党的文艺工作者，也是一位学者，文学评论家。早期曾发表过《糖》《车站前》等作品，揭露国民党反动派的腐败和日本军国主义的罪恶，反映了人民大众的生活和斗争；抗日战争时期创作了四幕话剧《麒麟寨》等作品，宣传抗日，反对投降；40年代创作有短篇小说集《英雄》（1942）、《宿店》（1946），独幕剧集《喜酒》（1942）等，受到文学界的重视；抗战胜利后，主编《大众文艺丛刊》，并为《群众》（香港版）、《正报》《华商报》等报刊撰写政论及文艺论文，宣传党的文艺方针政策，介绍解放区的文艺成就。由他执笔的《对于当前文艺运动的意见》《论主观问题》，对当时国民党统治区文艺运动的发展产生过较大影响。这一时期，邵荃麟还译有《游击队员范思加》（1941）、《被侮辱与被损害的》（1943）、《意外的惊愕》（1943）、《阴影与曙光》（1946）等。中华人民共和国成立后，1953年任中国作协党组书记、副主席，著有《党与文艺》《沿着社会主义现实主义的方向前进》《文学十年历程》等文章。特别是《文学十年历程》，是第一篇具有中国当代文学史价值的文章。

但是，邵荃麟更重要的角色还是"国统区"和中华人民共和国成立后文艺界的领导。40年代，"国统区"的左翼文学与五四文学有一种未被割断的联系。"为人生的文学"以及知识分子的批判精神、对俄罗斯文学的尊敬、对马克思文艺理论的学习等，是邵荃麟重要的思想和文学资源。他强调艺术的真实性和倾向性，坚持革命的现实主义。40年代中期以后，《在延安文艺座谈会上的讲话》（后文简称为《讲话》）传入"国统区"，他表达了对《讲话》的拥护，跟上《讲话》的步履，并且批评了胡风的思想；中华人民共和国成立后，作为文艺界的领导，他也必须紧跟时代的步伐，参与文艺界的各种批判运动，并且发表文章批《武训传》，批胡风，批丁玲、王实味和冯雪峰。当然，他也经历了50年代末期虚假浪漫主义对文学创作的伤害，看到了违背创作规律对文学真实性和艺术性的践踏。这些经历和《创业史》的出版，诱发了邵荃麟面对文学艺术性的再思考。或者说，"中间人物"这个概念对邵荃麟来说，并不是空穴来风。1941年，他在小说集《英雄》一书的题记中说：这个集子的"各篇里所描写的，非但找不到半个英雄，相反地，倒几乎全是一些社会上最委琐最卑微的人物"。而"对于这些卑微的人物，我却是爱好的，好像是朋友在一起厮混得久一些，自不免有一种眷恋之情"[1]。对"非英雄化"的看重，在邵荃麟那里并不是始于60年代。

---

[1] 邵荃麟：《〈英雄〉题记》，《邵荃麟全集》第8卷，武汉出版社2013年，第171页。

如前所述，社会主义初期的文学对人物塑造有一种极大的焦虑，创造新的人物或英雄人物是时代的要求。邵荃麟对"中间人物"的赞赏和举荐显然不符合时代的要求。当然，"中间人物"论的核心内容，并不是邵荃麟首创的，而是冯雪峰1953年在《文艺报》发表的《英雄和群众及其它》提出的。冯雪峰在讨论英雄人物时也提出："在实际生活中，所谓不好不坏的、看起来好像既不能加以肯定也不应该加以否定的、没有什么斗争性和创造性的所谓庸庸碌碌的人们，是大量地存在着的，并且形成一种很大的社会势力。然而这样的人物，仍然不是站在矛盾斗争之外，而是站在斗争之中；他们无疑是生活前进的一种雄厚的阻碍势力，可是又恰正在斗争中被教育，被改造，时刻在变化着的……在艺术形象上，所谓庸庸碌碌的人们，仍然也是重要的主人公，要出现在各种各样被否定的、被批评的、被教育和被改造的典型里。"[1]冯雪峰虽然没有用"中间人物"这个概念，但他所说的内容与邵荃麟对"中间人物"的理解是一致的。"中间人物"论这个账没有算在冯雪峰的头上，一是因为冯雪峰没有直接使用"中间人物"这个概念，另一方面，冯雪峰在1955年被卷入"胡风事件"，在党内受到批判。1957年的7月至9月，在中宣部指导下，作协前后共召开了二十五次党组

---

[1]　冯雪峰:《英雄和群众及其它》,《冯雪峰论文集》(下)，人民文学出版社1981年，第72页。

055

扩大会议，批判丁、陈反党集团。从第十七次会议以后，批斗矛头对准冯雪峰，冯雪峰被迫做了检讨，被文化部党组定为"右派分子"。在1964年前后清算邵荃麟的"中间人物"论的时候，冯雪峰的"问题"已经被"清算"过了。这时矛头要对准的就是邵荃麟和他的"中间人物"论，其要害是邵荃麟和这一概念构成了对时代精神的挑战和"冒犯"。

"中间人物"论的核心内容，是邵荃麟在"大连会议"上提出的，他认为创作要题材多样化，作品中塑造的人物也应该多样化，即在描写英雄人物的同时，也应重视对中间人物的描写。强调描写英雄人物是应该的，但两头小，中间大；中间人物是大多数，而反映中间状态人物的作品比较少。[①] 这个看法得到了茅盾、周扬等人的支持。根据邵荃麟对赵树理、柳青、周立波等作家作品的分析，我们可以认为，邵荃麟的"中间人物"是指人群中处于"先进"和"落后"之间的大多数"中间状态"的群体，这个群体就是普通民众，这是生活中的常态。因此，这个文学概念是从生活和文学作品中提炼和概括出来的，它和政治不能说没有关系，但它肯定不是一个政治概念。但是，《文艺报》编辑部做出了这样的概括：

---

① 《文艺报》编辑部：《"写中间人物"是资产阶级的文学主张》，《文艺报》1964年第8、9期合刊。

1962 年 8 月间，中国作家协会在大连召开了农村题材短篇小说创作座谈会。会议的主持人之一邵荃麟同志正式提出了"写中间人物"的主张。他从文艺反映现实、文艺的教育作用、文艺创作现状等方面，找出各种理由，反复强调"写中间人物"的重要性，贬低写英雄人物的重要性，要求作家们大量描写所谓"中间人物"。邵荃麟同志的理由，归纳起来，主要有以下几点：

一、在人民群众中间，正面英雄人物是少数，"中间人物"是大多数，因此要大量描写"中间人物"。

二、文艺创作要反映社会矛盾，而"矛盾往往集中在中间人物身上"，因此要集中笔力"写中间人物"。

三、"文艺的主要教育对象是中间人物"；应当通过"写中间人物"来教育"中间人物"。

四、在文艺创作中，英雄人物写多了，"中间人物"写少了；大家都写英雄人物，"路子就窄了"；要使路子宽广起来，就要多写"中间人物"。[①]

文章认为："说来说去，无非是要把'写中间人物'推到文艺创作的最主要、最中心的地位，这就势必要把创造英雄人物

[①] 《文艺报》编辑部：《"写中间人物"是资产阶级的文学主张》，《文艺报》1964 年第 8、9 期合刊。

的任务，从最主要、最中心的地位上排挤下来。"①因此，"中间人物"论，在邵荃麟那里是个文学问题，是纠正文学性苍白、艺术性同质化的问题。但这到了《文艺报》编辑部那里却完全成了政治问题。与"中间人物"论相关的是邵荃麟的"现实主义深化论"。问题的提出，是由于现实生活出现了新的问题和新的矛盾。对于文学创作能不能及会如何反映这些问题和矛盾，作家们感到困惑难解。邵荃麟一方面提出"在方向上绝不能动摇"，但同时必须充分认识到在农村中坚持社会主义道路的"长期性、复杂性、艰苦性"。他坚持社会主义文艺必须反映现实矛盾而不是回避矛盾；认为"回避矛盾不可能有现实主义，没有现实主义为基础，也谈不到浪漫主义，革命现实主义就不能不接触矛盾"。他的这些表述，与他40年代"新现实主义"理论是一脉相承的。

但是《文艺报》编辑部对"现实主义深化"做了这样的描述：

　　什么是"现实主义深化"呢？据说就是要写出现实斗争

---

① 《文艺报》编辑部：《"写中间人物"是资产阶级的文学主张》，《文艺报》1964年第8、9期合刊。有学者统计，仅1964年10月到1965年9月一年时间里，各地报刊发表的与"中间人物"有关的批判文章就达512篇之多。（段崇轩：《山西文坛"风景线"（1949—2013）》，山西人民出版社2014年，第101页。）

的长期性、艰苦性、复杂性。如果是按照阶级斗争的观点，正确地描写人民群众改造世界的艰苦复杂的战斗历程，那当然是很好的。但是，邵荃麟同志所说的长期性、艰苦性、复杂性，却是要通过大量的"中间人物"形象，着重描写人民群众身上的"旧的东西"，概括"几千年来个体农民的精神负担"；而革命的新事物、新人物，社会主义时代的革命精神，革命英雄主义的时代风貌，是没有纳入他的"现实主义深化"的范围之内的。请问：这是什么样的现实主义？邵荃麟同志把我们文学的革命性和现实性对立起来，抽掉了革命性。他所提倡的现实主义，是抽掉了革命性的现实主义，更是抽掉了共产主义者的革命理想的现实主义。这种现实主义，本质上就是资产阶级的现实主义，是反对社会主义和共产主义的现实主义。沿着这样的现实主义"深化"下去，岂不是要把我们的文学拖到反社会主义的道路上去，成为资产阶级反动文学的变种吗？[①]

这个本来是一个与文学有关的概念和理论，就这样生生变成了政治问题。后来，我们在另外一些材料中，也看到了与邵荃麟这一问题相关的"政治化"旁证。雷声宏曾发表过一篇《回

---

① 《文艺报》编辑部：《"写中间人物"是资产阶级的文学主张》，《文艺报》1964年第8、9期合刊。

Ⅰ
历史和叙述

顾文艺战线批判所谓"写中间人物"论》。他在文章中回顾了这场斗争的某些细节。他说：

就在这个时候，即 1964 年 11 月 24 日下午，《人民日报》文艺部派一位青年编辑来到南开大学中文系组稿，和部分教师见了面，我也参加了。他向大家介绍学术界和文艺界开展批判的情况，着重介绍了文艺战线开展对"写中间人物"论的批判情况，希望大家投入这一斗争，积极写稿，支持他们。中文系很重视这个谈话，把他的谈话作为"中央精神"，贯彻到教学和科研之中。在这一精神鼓舞下，我抓紧时间修改那篇批判"写中间人物"论的文稿，并于 1964 年 11 月 28 日寄给《人民日报》文艺部。

过了一个礼拜，即 12 月 5 日，我收到《人民日报》文艺部的回信，说我那篇批判"写中间人物"论的稿子写得不错，但因文章涉及内容太多，需改写成两篇。头一篇集中批判"写中间人物"论，第二篇批判"现实主义深化"论。来信还要求，头一篇文章要在四五天之内交稿。

接到来信的当晚，我便抓紧时间改写第一篇，第二天正好是星期日，整天加班，当晚便完成了初稿。12 月 7 日又作了修改和补充，从驳斥"写中间人物"论的"理论根据""现实根据"和"以中间人物教育中间人物"等几个方面展开论点。12月8日将改好的稿子寄给了《人民日报》文艺部。

到了1964年12月24日，《人民日报》文艺部给我寄来了两份大样，题目是《"写中间人物"论是与文艺的工农兵方向唱反调》，并附信要求我抓紧时间校改。两份大样，一份请文艺理论教研室同事审阅，另一份由我自己进行了认真的修改，补充了一些新的内容。12月25日，将改样寄给了《人民日报》。

但是，出人意料的是，《人民日报》还未收到我的改样，便将文章提前发表了。12月27日《人民日报》第五版几乎以整版篇幅刊出了那篇长达万余字的文章，题目改为《这是与文艺的工农兵方向唱反调》。当天下午我见到报上的文章，仔细阅读了一遍，发现编辑部改动了一些地方，补充了几篇被点名批评的所谓宣扬"中间人物"的短篇小说作为例证。随后收到文艺部的来信，说由于斗争需要，没有来得及征求我的同意就提前发表了，为此表示了歉意。后来我得知，所谓"斗争需要"，是指这时正在召开全国人民代表大会，会上有代表批判了"写中间人物"论，作为人大代表的邵荃麟不服气，为自己辩解。为了配合这一斗争，《人

I
历史和叙述

民日报》便将那篇文章提前发表了。①

　　这些材料表明，在意识形态的视野里，这首先是一个政治问题而不是简单的文学问题。政治为了目的可以动用一切手段。包括雷声宏在不知情的情况下"被发表文章"。难怪后来有人说"邵荃麟是一个温和、书生气十足的领导人"②。即便他在领导岗位多年，他还是一个遵循内心文学律令，不谙世故的、怀有赤子之心的文学批评家和文艺界的领导。

四、历史的"余光"

　　"中间人物"是中国当代文学提出的极其有限的带有原创性，有中国特色、中国经验的文学概念。对这个概念虽然经过了大规模的批判和后来大规模的正名，但是，对这个概念存在的问题以及对后来当代中国文学发展价值的研究，仍然是非常不够的。我们发现，无论当年的批判还是后来的平反正名，都没有超出政治的范畴。一方面，这说明"中间人物"确实是有其政治性，这是那个时期我们的历史语境决定的，离开了政治我

① 雷声宏：《回顾文艺战线批判所谓"写中间人物"论》，《世纪》，2018年第1期。
② 陈徒手：《1959年冬天的赵树理》，《人有病天知否：一九四九年后中国文坛纪实》，人民文学出版社2000年，第160页。

们几乎就无以言说；另一方面，无论批判者还是平反者，都没有超出当年的思路和理论视野。时至今日，在一个更长的时间维度上，我们可能会看出一些当年没有看到的问题。

在后来重新评价写"中间人物"的文章中，狄遐水的《写"中间人物"主张的再评价》是最有见地的。狄遐水就是中国社会科学院文学研究所的王信先生。他在为邵荃麟的这个概念和"现实主义深化"做了还原式的辩白之后，同时也提出了不同的看法。他说：

> 提倡人物多样化，当然不能仅归结为提倡写"中间人物"，但提倡写"中间人物"至少是实现人物多样化的一种具体化的意见。针对当时对"中间人物"描写重视不够的情况，这一意见更有积极作用，完全应该肯定和支持。当然，不是说邵荃麟同志所讲的意见都很完善，没有任何缺点和错误，不能批评和讨论。他的讲话中有些讲法不够科学、不够确切，这也是事实。例如"中间人物"这个概念就是个科学性不强的概念。邵荃麟同志原意是指英雄人物和反面人物以外的各种各样人物，但这些人物实际上是差别很大的，有的可以接近于正面人物，有的则是明显的落后人物。而落后人物中，有的是后来转变的，有的则没有明显的转变。对于这样一些差别很大的各种各样的人物，想用一个概念包

063

括，本来就是很困难的；即使抛弃"中间人物"这个名词，也不一定找到更合适的概念。还有关于"中间人物"的一些解释，如"中间大、两头小，好的坏的人都比较少"，"矛盾往往集中在'中间人物'身上"，"文艺的主要教育对象是'中间人物'，最进步、最先进的人，用不着你教育"等等说法，都是由于没有讲清楚是从什么范围、条件以及从什么意义上来分析和判断的，因而显得不够科学和确切。另外，对创作上和理论批评上的一些缺点的批评虽然是对的，但分析其产生的原因，并不完全准确。①

这篇文章发表于《文学评论》1979 年第 1 期。在这个时期就能达到这样高的认识水准，足见王信先生的见识和眼光。

近半个世纪过去之后，当我们重新检讨关于"中间人物"这个概念的内涵及其命运时，一个巨大的疑虑也浮现出来。这就是，邵荃麟和他的理论得到了正名，那些不实之词也终于随风飘散，但这个概念还有生命力吗？它还是一个有效的文学批评概念吗？就我对当代文学批评的了解，"中间人物"的公案终结之后，这个概念的有效性也随之终结。究其原因，就在于这个概念被高度政治化。特别是阶级斗争理论不再提及，人的阶级

---

① 狄遐水:《写"中间人物"主张的再评价》,《文学评论》1979 年第 1 期。

属性不再作为人的基本属性之后，先进、落后和中间人物在文学评价中也逐渐失去了有效性和影响力。因此，"中间人物"便成为一个消失的概念，它的价值完全成为一个课堂知识。或者说，当我们再谈论这个概念的时候，更多的是为了了解那段文学历史，了解当代文学曲折的发展历程。站在今天的角度看这个概念，它更是一个文学"类型化"的概念，但又难以涵盖这个类型中的不同人物。"中间人物"最典型的《创业史》中的梁三老汉、《山乡巨变》中的"亭面糊"和《艳阳天》中的"弯弯绕"以及赵树理和"山药蛋派"作家笔下的"吃不饱""小腿疼"、赖大嫂等。"亭面糊"和"弯弯绕"都具有喜剧色彩，但他们表面的幽默，本质上是悲剧性的。他们有天然地喜欢热闹，先天地具有滑稽的一面，但是如果将他们纳入到时代的场域，他们是争取的对象，是不被信任的阶层，这一身份决定了他们夹缝中的生存状态。而最具典型意义的是梁三老汉。梁三老汉是一个地道的庄稼人，他对农村社会主义道路的犹豫不决，是人物性格或者说是农民性决定的。他和其他的"中间人物"并不在一个范畴和类型里。这说明"中间人物"是一个混杂的概念，它准确的内涵并不确定。这和我们熟悉的俄罗斯作家创造的普希金《叶甫盖尼·奥涅金》里的奥涅金、莱蒙托夫《当代英雄》里的毕巧林、刚察洛夫《奥勃洛摩夫》里的奥勃洛摩夫等"多余的人"形象并不相同。"多余的人"最早出现在屠格涅夫的作品中。

065

1850年，屠格涅夫发表了一部中篇小说《多余人日记》，写主人公丘尔卡图林生活中一事无成，爱情失意，疾病缠身，濒临死亡，使他只能面对日记的自我闭环之中。也就是说，他只是生活在自己的内心世界之中，而成为远离实际生活的人，于是便成了生活中"多余"的人。屠格涅夫是个对生活观察非常敏锐的现实主义作家。在他创作《多余人日记》的时候，俄国文学中所谓"多余人"的形象就已经存在了。比如普希金的诗体小说《叶甫盖尼·奥涅金》中的奥涅金，莱蒙托夫的长篇小说《当代英雄》中的毕巧林，稍晚于《多余人日记》的刚察洛夫的《奥勃洛摩夫》，也于1859年出版。这些人物都是同一类型的文学人物。屠格涅夫的《多余人日记》发表的第二年，俄国革命民主主义作家赫尔岑在《论俄国革命思想的发展》一文中，第一次用"多余人"这个概念来评价普希金笔下的奥涅金。他说："奥涅金是一个无所事事的人，因为他从来没有什么事要去忙；这是一个在他所安身立命的环境中多余的人，他并不具有从这种环境中脱身出来的一种坚毅性格的必要力量。"此后"多余人"就成为俄罗斯文学中的经典形象。这个形象也成了具有世界意义的文学形象，比如美国文学中的遁世者，日本文学中的厌世者，中国文学中的零余者等，都可以看作是"多余的人"家族的异国"后裔"，他们在文学上是有谱系关系的。几乎在同一时期，契诃夫创造了众多的"小人物"形象，他们是俄国社会中下阶层的各色人物：地主、商人、乡村教师、医生，农民、大学生、画家、演员、小官吏、妓女……其中，知识分子占有重要地位。这些"灰色"的文学人物，纳博科夫作了这样的评价："能够产生出这种特殊类型人物来的国家是幸运的。他们错过时机，他们逃避行动，他们为设计他们无法建成的理想世界而彻夜不寐；然而，世间确实存在这样一种人，他们充满着如此丰富的热情、强烈的自我克制、纯洁的心灵和崇高的道德，他们曾经存活过……仅仅这么一件事实就是整个世界将会有好事情出现的预兆——因为，美妙的自然法则之所以绝妙，也许正在于最软弱的人得以幸存。"[①] 这样，我们就可以得出这样的结论，"多余的人"远离生活实际，但他们却来自俄罗斯的生活现实，他们是俄罗斯那个时代真实的存在，通过文学化的表达，他们成了文学典型；而"中间人物"来自时代的思想观念，批评家努力地想从这个观念中提炼出不同的思路，但仍然难以超越时代的局限。在这个意义上，来自于俄罗斯生活的"多余的人"超越了时间和地域；而来自观念的"中间人物"在蒙受了诸多苦难的同时，也戛然而止于平反之日而不能流传久远。

但是，我们还要承认，如何评价"中间人物"这个概念是一回事，如何评价赵树理、周立波、柳青三大作家的文学创作是

[①] 纳博科夫：《论契诃夫》，薛鸿时译，《世界文学》1982年第1期。

另外一回事。毫不夸张地说，这三大作家是当代中国书写农村题材的顶流，在农村题材的范畴内，至今仍然没有超越他们的作品出现。不然，就不能理解中国作协组织的重大活动称为"新时代山乡巨变创作计划"。可以说，赵树理、周立波、柳青三大作家与中国农村社会生活的关系，创造的人物的生动性、生活化等，仍然是当代中国农村题材中最优秀的。究其原因，他们除了创造了王金生、邓秀梅、梁生宝等表达社会主义道路和价值观的人物之外，还塑造了诸如马多寿、"吃不饱""小腿疼""亭面糊"、梁三老汉等具有鲜明中国乡土性的文学人物。这些人物使小说内容变得丰富、复杂，人物更加多样，气氛更加活跃，更有生活气息和氛围。这样的文学人物在当下的乡土文学中已经很难再见到。偶然见到的是乡村喜剧电视连续剧《乡村爱情》中的刘能、谢广坤等人物。《乡村爱情》中，最主要的戏都来自年轻人的角色，包括谢永强、王小蒙还有香秀和刘英等，但给观众留下深刻印象的还是刘能、谢广坤、赵四这样的"配角"。谢永强、王小蒙等更带有观念的痕迹，作为艺术形象，他们还是比较苍白、平面化；而刘能、谢广坤、赵四等，更具有生活性，更立体也更丰满。这样的人物是典型的"中间人物"谱系中的人物。这个现象告知我们，这种类型的人物在今天不是销声匿迹而是仍然存在，他们存在于熟悉当下乡村生活作家的笔下。小说中没有再出现这类人物，恰恰说明我们的作家对当下乡村生活的隔膜。50年代作家虽然也不免要考虑时代要求，考虑文学与政治的关系，但是，他们对乡土中国生活的洞悉、理解和把握，对乡土中国发自内心的亲和与热爱，是今天的作家不能比拟的。四十多年来，新乡土文学也曾出现过《芙蓉镇》《许茂和他的女儿们》等有限的农村现实题材的优秀小说，但绝大部分距赵树理、周立波、柳青的创作还有遥远的距离。这三大作家的创作，至今仍被津津乐道，被阅读被谈论，并被视为经典，也从某些方面说明了问题。

任何面对历史问题的检讨，除了重新省察历史纠正通说之外，现实的考虑是这一行为的最紧要处。在这个意义上，一切被关注的历史都与现实有关。我之所以重新思考"中间人物"的问题，更着眼的是当下乡土文学创作，特别是"主题创作"，这是五六十年代农村题材创作的延续和发展。透过历史的余光我们发现，这个领域开始变得更加纯粹，更加"主题化"。作家更加自觉地追随了王金生、邓秀梅、梁生宝、萧长春等人的步履，多少年来络绎不绝。这一方面表达了过去创作的这些文学典型仍然有巨大的魅力，一方面是"政治正确"的考量是这一选择的重要原因。作家们不仅纷纷站在了梁生宝一边，争先恐后地塑造梁生宝式的人物（遗憾的是至今也没有创造出一个像梁生宝那样有影响的文学人物），不仅不再对梁三老汉、"亭面糊""弯弯绕"这样的人物有兴趣，而且彻底放弃了他们。这是我们的乡

069

土文学文学性不断式微的一个重要原因。我们当下的"主题创作"是"行动文学"的一部分，它们紧跟时代步伐，书写一个时代的伟大变化，其精神是必须肯定的，而且很多作品已经成为这一"行动文学"的翘楚。但是，我仍不能不说，由于这些小说将笔墨过于集中在这些"新时代的梁生宝"身上，而没有顾及更多人物形象的塑造，在文学性上终还是"势单力薄"而缺少文学的丰富性。只有"主题"而缺少创造，从而流于仅仅是配合了时代对文学的呼唤。我们应该从这种创作倾向中总结经验，吸取教训，也应该从我们的"文学遗产"中汲取营养和精华，从而提升我们"行动文学"的质量，创作出超越社会主义初期和当下同类题材的作品。

历史叙述和时间意识

——当下历史小说创作的
三种类型

在所有和文学构成词组的文学类别、体裁，如女性文学、海外华文文学、离散文学、少数民族文学、报告文学、非虚构文学等等，大概只有历史与文学最没有违和感。其他概念都存在着不同程度的争议。但历史与文学的组合没有此类争议，比如历史题材、历史小说等就是这样。一方面，就小说而言，我们有个"史传传统"。这个传统说来话长，但与小说在历史上的地位有关大体是不错的。孔子讲"不学诗无以言"，说的是不读《诗经》就难以成为文质彬彬的君子。这也是诗比后来的小说地位高的原因之一。经史子集四部分类也没有所谓的"说"部。小说地位低下就需"攀附"，而"攀附历史"是其中的手段和传统之一。另一方面，文学与历史都是虚构的艺术。文学自不必说，没有虚构就没有文学。历史是一种叙述，在叙述学的意义上，任何事物一旦

071

进入叙述，也就进入了虚构的范畴。历史叙述中的人物、事件等，是依据讲述者的价值观、历史观选择的。选择哪些人物和事件，如何评价等，就是"虚构"的一种方式。汤因比在巨著《历史研究》有形象又深刻的论述。在这个意义上，文学和历史都可以纳入叙事艺术的范畴。更需要注意的是，无论是小说还是历史，无论是虚构还是非虚构，它们的细节都必须真实，这是无须讨论的。这样，历史与文学（小说）的相似性又近了一步。但是，无论是历史著作还是以历史为题材的小说，都受制于一定时代的历史观和价值观，受制于不同时代的历史意识。于历史而言，叙述具有后涉性。这样，不同时期的历史叙述就截然不同；还有，越是遥远的历史，于文学创作说来越是自由。原因在于所有的历史讲述都与现实有关，越是遥远的历史，不只看得更加清晰，而且与现实的关系越加模糊和暧昧，越是不那么直接，其"映射"的嫌疑也越少，作家没有心理负担，没有束缚，因此也更加松弛更有想象力。在我们当代文学创作中，这种现象相当普遍。

另一方面，历史叙述与"时间的现代性"正在发生关系。澳大利亚学者克里斯托弗·克拉克以德国为背景的研究，发现了"掌权者如何理解和运用'时间'这一概念塑造整个国家的过去、现在与未来"。[①] 在历史学研究中，"时间"不再是一个被动

---

① ［澳］克里斯托弗·克拉克著，吴雪映等译：《时间与权力》，中信出版社 2022 年，第 8 页。

承载"历史"之物的容器，而是"一种因循形势发生变化的文化建构，其形状、结构和质地变动不居。这种观点推动了一个如此活跃和多样化的研究领域，以至我们可以说历史研究中出现了'时间转向'"。[①] 这是一种可以与语言转向和文化转向相提并论的重要转向。这是"时间的现代性"的内容之一。事实上，在文学理论领域，特别是在叙事学领域，叙事与权力的关系，文学史与权力的关系等，早已不是新话题。这里我将分析两年来出版的六部有影响的长篇历史小说——王尧的《民谣》、水运宪的《戴花》、朱秀海的《远去的白马》、孙甘露的《千里江山图》、曹文轩的《苏武牧羊》、厚圃的《拖神》，看历史讲述中的"时间意识"。需要说明的是，克拉克的研究，是以四位德国历史的塑造者，即大选侯弗里德里希·威廉、弗里德里希二世、俾斯麦和希特勒作为研究样本，对"掌权者的权力与其时间意识的关系"这一命题做了开创性的解读。这里只是试图借助克拉克的理论视角评价当下六部重要的历史小说。事实上，政治家与作家无论从身份、地位还是历史作用来看都是非常不同的。但是，如果说历史讲述也是一种权力，尽管那是虚构和文学化的，但在本质上，作家也通过历史小说的方式，塑造了我们的"过去、现在与未来"。

---

① ［澳］克里斯托弗·克拉克著，吴雪映等译：《时间与权力》，中信出版社 2022 年，第 8 页。

I
历史和叙述

当历史不再是生活的导师

一般情况下，作家的话语权力是时代政治赋予的，否则就不具有合法性；但也有具有强烈独立意识的作家，在"并未授权"的情况下，表达了他对历史的见解，比如索尔仁尼琴，比如帕斯捷尔纳克。俄罗斯／苏联知识分子的思想传统非常强大，20世纪90年代，围绕着别尔嘉耶夫的《俄罗斯思想》，学界曾展开过热烈的讨论。我们没有产生像索尔仁尼琴、帕斯捷尔纳克那样的大作家和作品，但是，像雷巴科夫的《阿尔巴特街的儿女们》式的作品并不少见。张扬的《第二次握手》，戴厚英的《人啊，人！》，张贤亮的《绿化树》《我的菩提树》等，与苏联的同类作品大抵在一个水准。这一书写后来中断了很长时间。近两年来，类似的题材在不做宣告中又浮出水面，并引起了较大反响。反响不只来自小说的内容，同时也来自小说的观念和技术性。有代表性的小说是王尧的《民谣》。

对《民谣》的评论和议论，早已超出了"评论家写小说"的新闻或花边，更多地是围绕王尧关于"小说革命"及其小说创作实践展开的。这当然是一个问题的两个方面：既然倡导"小说革命"，又有小说创作的文本，自然集中在创作主体王尧身上。《民谣》的影响不仅在文学界的议论中，同时它也获得了不同的奖项，上了各种小说排行榜。在我看来，《民谣》之所以值得我们重视和讨论，大概与这样几点有关：首先是他对历史的态度，这种态度隐含在王厚平——王大头漫不经心的讲述中。王厚平从1972年5月讲起，那个年代处在一个历史阶段中，对这段历史有各种各样的叙述。《民谣》的特别之处就在于，王厚平的叙述几乎是不动声色漫不经心的。叙述从那个名句——"我坐在码头上，太阳像一张薄薄的纸垫在屁股下"开始，这个中性的比喻句没有任何含义，没有隐喻没有反讽，却示喻了小说叙述的基调。它像一个乡间闲散的漫游者。小说没有大起大落的情节和故事，因此它是难以归纳、难以简介的。小说酷似一幅巨大的、用现代手法绘制的国画：近处看它是细碎的，所指不明的；但只要退到远处，那些细碎的画面连接成整体时，画面的内容便清晰地呈现出来。那个名曰莫庄的村庄处在波谲云诡的历史皱褶中，日子看似云淡风轻，但内在的紧张几乎没有消歇。外公、祖父以及家族其他成员的历史或经历，王厚平在讲述过程中也间接地经历了一遍。这种叙述的淡然，不是置身事外的冷漠，而是经历过后了然于心的从容和淡定，这是一代人的见识和态度。因此，虽然王厚平年少，你不能说他一无所有两手空空。他是在讲述历史和前辈的过程中，塑造了他自己，他就在自己讲述的时间中，《民谣》的这一点是一个创造。关于70年代的历史叙述，司空见惯的是以一个"被侮辱与被损害"的或"先知先觉者"的愤懑，构成一段"不堪回首"的民族或个人的苦难史。《民谣》则在举重若轻不疾不徐中，还原了那个荒谬的年代并给予致命一击。因此，王厚平——王大头的历史叙述，我们明显地感受到历史作为生活导师的观念不仅衰落，而且正在遭受前所未有的质疑。讲述中的历史不再受到尊重，恰恰是轻蔑、鄙视的态度溢于言表。当巨大的社会动荡和政治暴力浪潮破坏或切断了与过去的连续性，使国家存亡和历史权威受到质疑时，这种传统的时间性就会被打破。从历史记录中寻求指导这种由来已久的做法不是被质疑，而是失败了。

我们知道，怀旧情绪的兴起已经成为现代性的标志性的弊病。不同的是，《民谣》以怀旧的笔触书写了"反怀旧"的思想情绪，那个"前现代的"过去，尽管有着乡村月份牌式的迷人魅力，但是，如果与时间相联系，它的"迷人魅力"的虚假性便随风飘散。这与《民谣》对历史细节的表达有关。历史是通过细节表达，但最容易被历史淹没的也是细节。比如王家油店的那场大火，这是王家家道中落的转折点。但是，当外公说起这件事的时候，说的是"多亏那把火烧了你们家的油店"。外公的言外之意是：如果没有这把火，爷爷奶奶的家庭成分就不是贫农了。这个不经意言说的细节，揭示了人与命运的关系。一把火烧了王家的油店，却使王家因祸得福。生活和命运的不确定性，就隐含在这一言难尽的讲述中。小说的叙事调子虽然漫不经心，但内在的变化不时如波澜汹涌而至。比如写下雪天张老师拉二胡《赛马》："我们跟着张老师的旋律到了草原，我们听到了骏马的嘶鸣，听到了奔放的马蹄声。张老师手上的弓子在琴筒上跳跃时，突然一声琴弦断了。我当时的感觉，一匹马在奔跑中摔倒了。"讲述者说："这是我们最后一次听到张老师拉二胡。第二天中午，在学校门口，穿着公安服装的两个同志把张老师押上了一辆吉普车。"张老师的罪名是偷听敌台。无论讲述者还是别的同学，显然非常感伤，这是一次诀别式的分别。大家再也听不到张老师的琴声了。

　　莫庄和王家的家族史，王厚平是在一种轻描淡写的讲述中完成的。这种轻描淡写当然只是一种姿态。王厚平是一个神经衰弱患者，一个头疼症患者。病患身份的"人设"对讲述者至关重要。这一身份表达了作家没有言说的许多信息，同时为作家和讲述者用多种小说技法讲述提供了得心应手的机缘。我们在《民谣》中可以看到现代小说作家的不同回响，比如沈从文、废名、林海音、汪曾祺甚至鲁迅，也可以看到博尔赫斯、弗洛伊德或者福克纳。王厚平经常做梦，或经常处在梦中。对王厚平来说，他遭遇的不是梦境，而是梦魇。梦中的细节不仅符合王厚平的患者身份，同时也是他1972年间的少年记忆，这一个人的记忆也是民族的集体记忆。于是，王厚平云淡风轻的讲述，就具有了鲜明的价值立场。这也是这部《民谣》不动声色的力量所在。

讲述话语的年代和话语讲述的年代，构成了极大的反差。或者说，"杂篇"中的不同文体，如书信、揭发信、诗歌、检讨书、倡议书等，以仿真的形式再现了那个时代的生活气氛。我们知道，语言最能表达一个时代的特点，它以最具体的方式呈现、渗透到了我们的思维和精神世界。再现这些文体"化石"，就是对一个时代的文化考古。注释则以"后视角"激活了当年的文化记忆。1994 年出版的张贤亮的《我的菩提树》使用的就是这一形式。小说的主体是对当年日记的重新诠释。讲述话语的年代因有了时间距离，对历史有了新的认知可能，对话语讲述的年代才有可能进入历史的讲述。因此，小说是由作家和小说人物王厚平一起完成叙述的。王尧综合了现代小说的各种笔法、语调、节奏、修辞，形成了属于自己的独特的小说语言和风格，它为历史叙述打造了另一副面孔。或者说，在王厚平的讲述中，他并没有为我们塑造一个具有连续性的"过去、现在和未来"，这个历史链条是断裂的；但讲述者的姿态以及批判性立场，隐含了它为我们允诺的未来。这既是王厚平身置莫庄历史时间现场的态度，也是作家王尧的历史观。或者说，王厚平的时间是"置身其间"的，作家王尧的讲述是后涉的。

　　如果说《民谣》反映的是那个时代乡村中国的生活和精神状况，那么，水运宪的《戴花》反映的恰恰是那个时代的城市生活。城市生活难写，城市的工业题材更是难上加难。当代文学七十多年，可能只有"乔厂长"一个时代扮演了当代文学的"领衔主演"，其他时代的文学几乎没有工业题材的份额。这也从一个方面证实了这个题材难写的程度。大概也是80年代，水运宪发表了中篇小说《祸起萧墙》。小说甫一发表便引起强烈反响。是水运宪和他笔下的人物傅连山，发现了改革的复杂性和艰巨性，使那时引领文学风潮的"改革文学"一改人物的"强势"或"超人"模式，在丰富和扎实的现实生活中，表达了新时期工业题材进入文学纵深的可能性。这一点水运宪是有文学史贡献的。

　　《戴花》是一部讲述20世纪60年代末期的工业题材的作品。小说写这个年代一群大学毕业生被分配到了德华电机制造总厂学习实践。按照当时的政策，无论他们学的是什么专业，一律下到车间当学徒工。主人公杨哲民被分配到翻砂车间熔炉班，成为车间老工人莫正强的徒弟，也成了一名劳动强度最高、危险最大的炉前工。莫师傅文化不高，大大咧咧，几乎"乏善可陈"，一个大学生成为一个大老粗的徒弟，杨哲民的心情可想而知。但是，经过一段时间的相处，杨哲民发现师傅并非等闲之辈，他外粗内细，为人善良；再相处一段时间后，杨哲民又发现，莫师傅不仅主观武断，而且争强好胜。他内心里真实想要的，是戴一朵大红花，在劳动节的晚会中，他倾情领唱《戴花要戴大红花》，唱得热泪盈眶，甚至感染了所有的人，台下台上两千多人一起唱。莫师傅也一样，他刚见到杨哲民时喜欢得不得

079

了，"民儿民儿"地叫着，甚至请他到家里吃饭。倒是莫师母看出了些许端倪：收一个正规的大学生做徒弟，说不定哪天就打你的翻天印。"翻天印"就是徒弟造了师傅的反。莫师傅喜欢杨哲民是真实的，他忌惮杨哲民打他的"翻天印"也是真实的。他甚至情不自禁地想过，杨哲民"你到底是革技术的命，还是革我的命"？他怕的是杨哲民赶上自己成为劳模。于是，他还在杨哲民成长道路上设置过障碍。他们是师徒但更是对手。在这对师徒身边，还有各种不同的人物，有同学之间产生的情感关系，有陷入不可理喻的复杂纠纷等。那是一个特殊历史年代，但对于杨哲民、姜红梅们来说，那是一段挥之难去的青春岁月，也是充满了理想和激情的过去。《戴花》主要故事展开的空间并不大，基本是在一个车间里。对小说来说，这个车间就是一个"小宇宙"。在这个"小宇宙"里，"戴花"是响彻时代的主旋。但是，水运宪仍警醒地说，他的小说不是要向年轻人传递什么"精神"，尽管那个时代已经被赋予了极高的价值。他就是要写好故事，写好故事里的人物。"不是要向年轻人传递什么'精神'"，也恰好从一个方面表达了水运宪对历史的态度：那段历史由于其"断裂"性质，已不是生活的导师，在这一点上，《民谣》和《戴花》异曲同工殊途同归。

　　应该说，小说主人公对职业精神的专注，对实现自我价值的追求，以及人与人之间基因复制般的真心相爱，也引起了我们极大的兴趣和共鸣，从一个方面证实了它的价值。特别是小说结束时，当杨哲民从市劳模会上回来后，他第一时间就去了师傅莫正强的墓地，将自己身上的绶带和大红花一起系在了墓碑上；师母让毛妹子将印有"劳动模范"的搪瓷缸子和白毛巾也都放到墓碑底下。用荣誉祭奠一个心心念念不忘当劳模的师傅，是所有人对莫正强的尊重，也是小说体现出的最鲜明的时代性。

后来水运宪在一次接受采访时说："其实工厂也有与众不同的风采，工人更有独领风骚的个性特征。作者观察他们的时候，要尽可能穿透现象发现本质。《戴花》小说的主人公莫胡子莫正强，心心念念只想着当劳动模范。每年他都与那个光荣称号无限接近了，每年都因为各种原因与劳模失之交臂。记得我离开工厂的时候，莫胡子仍在朝自己的理想不懈地努力。好多年后我还在内心猜想，那是莫胡子太渴望得到肯定了。这位从旧社会过来的老师傅文化水平太低，一直被人瞧不起，他认为只有当上了劳动模范，才能获得做人的尊严，这便让我想起了希腊神话中的西西弗斯。"[1]水运宪的这一认知超越了他所表达的时代生活，他思考的延长线拉伸到了关于人性的纵深处。

1967 年代已经是遥远的历史，如何书写或还原时代氛围，对作家是一个极大的挑战。水运宪虽然是这段生活的亲历者，但

---

[1] 水运宪、舒晋瑜：《关于〈戴花〉的对话》，《中华读书报》2022 年 12 月 22 日。

是，经过半个多世纪以后，那段历史被各种叙事描摹得色彩斑斓，油画般地涂抹了无数层油彩，这一"历史化"过程也一定会影响到作家的思绪和立场。尽管如此，我仍然认为水运宪在最大程度上保有了他对那个年代的原初记忆。这个时代氛围是在大学生们心有余悸地被谈话，是在会场、车间、人与人之间关系以及物件、奖品、饮食、衣着、节庆中得到呈现的。那个时代存在着极大的问题，改革开放就是对那些问题的修正。但是，作为文学作品，对那个时代生活的反映表达，对作家来说同样义不容辞。这也正如水运宪所说，"戴花要戴大红花"反映的正是那个年代人们万众一心奋勇争先的精神气质。虽然历史不可复制，但那个时代的雄伟进程，人民大众艰苦创业的燃烧岁月、改天换地的豪迈气魄，永远值得激情书写。讲好那个年代生动鲜活、感人肺腑的中国故事，应该是他们这代作家责无旁贷的历史担当。

在《戴花》的精细描摹中，我们看到了那个时代不同的生活面相。一方面，是莫师傅对杨哲民说的"一起进步"，不能说不诚恳，一个文化不高的老师傅没有太深的心机。他只能用时代的流行话语表达他在"时代中"，类似的场景或对话小说中无处不在。另一方面，莫师傅与家人和其他人的关系，比如骆科长、姜红梅，特别是姜红梅对杨哲民的爱情，写得酣畅淋漓。或者说只要回到现实生活中，人们的语言方式和行为方式就是过去生活的自然延续,衣食住行依然如故。类似的场景在许多作品中都曾出现过。比如李延青的小说《外面》,它的场景描写给我留下深刻印象——

> 七月,鲤鱼川正是打核桃时节。生产队把劳力分成两三伙,一个会上树的青壮年攀到树上,手持一丈多长的酸枣木杆子,打落挂在枝头的青皮核桃。等把树上的核桃打净,男女社员就聚拢到树下,将散落满地的核桃一枚枚捡进挑筐,挑回堆放在生产队的羊圈。这时节羊群正在远山上避暑,羊圈空着,而发热的羊粪能促使核桃脱去那层青皮。打核桃是种欢快的劳动,树上的年轻人时常趁机发坏,故意把核桃打得飞到某个嫂子辈的妇女头上;有时却失了准头,核桃落在了哪个长辈头上,于是人群爆发一阵哄然大笑和高声笑骂。生活而显得生机勃勃,充满欢乐![1]

这是一段场景描写。但是我注意到,这是一篇讲述人民公社时代的农村生活的小说。在观念上,那显然是一个不被选择或者淘汰了的乡村发展道路。但是生活本身的魅力并没有因为观念的变化而褪色。人民公社时代的农民集体劳动的场景依然

---

[1] 李延青:《人事》,花山文艺出版社 2017 年,第 63 页。

I

历史和叙述

动人，依然有今天不能比较的内容存在。这是一个非常有意思的问题。我不是说延青书写了鲤鱼川这个历史场景便为那个时代招魂，而是说，生活观念要远远大于思想观念。思想观念在试错的过程中，"不确定性"是绝对的，但生活的脉流要稳定得多。无论任何时代，农民对生活的理解和方式，都有传统如河流般的规约。这也可以理解为"中国经验"。这又告诉我们，生活的观念是顽固而难以改变的。观念意义上的生活，只改变了生活的表面而不能改变生活本身。这是《戴花》的一大发现，也是小说的力量所在，在这个意义上水运宪的小说就是植根于生活的小说。如果是这样的话，与其说《戴花》是书写历史，毋宁说是水运宪诚恳地与历史对话。

红色历史的激流巨浪

红色历史的时间之流是有自己流淌的河床的。或者说，这种历史的讲述是有条件的。这个条件就是意识形态的规约。它首先需要的是一个"认同"的前提，这个"前提"也可以说是黑格尔意义上的"通行证"。如果没有取得这个"通行证"或"许可证"，讲述的前提就不存在。孙甘露是改革开放四十多年来最具影响力的作家之一。他的长篇新作《千里江山图》是一部红色历史题材的小说，一部青春热血喷涌的小说，一部心怀国家民族锦绣江山的小说，也是一部在艺术上大胆探索并取得了很大文学成就的小说。

小说从一个具体的时间——1933 年腊月十五的一次集会写起。1933 年是白色恐怖最为严酷、民族危亡日益深重的时代，也是《千里江山图》故事发生的时代背景。一群热血青年，通过不同渠道参加了地下党，他们要拯救中华民族的危亡。这是小说的开头，也是小说的核心情节之一。侦缉队长游天啸带人准确地包围了菜场的会议室，并且游天啸也有一对骰子，显然内部出了叛徒。被逮捕的这些人免不了要受到审讯、行刑。值得注意的是，这些青年地下党刚刚参加革命，他们有一腔热血却毫无斗争经验，和《红岩》里的许云峰、江姐等久经革命考验的革命家相去甚远。《红岩》的革命家无论斗争经验还是革命意志，可谓百炼成钢炉火纯青，他们是一代英勇坚贞的共产党人的楷模和象征。书写《红岩》的时代，革命取得胜利不久，革命理想主义的巨大感召力如日中天，作家怀着那一时代对革命和革命家的想象，用浪漫主义的方式书写了许云峰、江姐和他们的同志们。半个世纪过去之后，孙甘露用更真实的方法书写了那一代革命青年。对于董慧文、凌汶等青年女性来说，被捕之后她们不仅"十分害怕"，而且侦缉队人如果动刑，董慧文能做的也只是"朝墙上撞"，也就意味着以死相搏了，这是话语讲述的年代对那一时代革命青年的理解。这个理解是符合人性的。就如

085

萨特的《死无葬身之地》一样，经过纠结、争吵、宣泄或漫长的沉默之后，人的尊严要求和内心对高贵的意属，最终战胜了懦弱、私欲、卑下和法西斯的惨绝人寰，他们以死亡肯定了人的尊严和高贵。

侦缉队长游天啸从长计议，释放了这些年轻的地下党。但是，不能释然的青年地下党们——包括易君年、陈千里等，在内部都是怀疑者也都是被怀疑者。因此，他们主动或被动地反复讲述自己那天菜场逃离的经过。于是时间反复重临起点，时间在小说中具有驾驭或掌控小说进程的作用，情节的变化或转折，都与时间密不可分——每个讲述者都要从头说起。一件事情有多种叙述，我们都可以看作是真相，也可以都看作是叙事。在回忆本来就是叙事这一点上，他们每人都"虚构"了真相，同时每人也都说出了"真相"。这就是历史讲述的复杂性。或者说，他们几个当事人讲述的具体情况都是真实的，因为那是他们亲历的；但总体上又是难以确定的，每个人都是自己的"孤证"。这就是历史讲述的悖论。这一点酷似博尔赫斯著名的"迷宫"的叙述。

小说不断重临时间的起点，并不是叙事的空转。事实上，不断的讲述也如同层层剥笋，真相是在讲述中逐渐呈现出来的。小说的复杂性还不止是它的叙事，包括内容和人物关系也盘根错节千头万绪。比如特务头子叶启年，当年曾是一个学者。他的女儿叶桃与革命者、小说的主角陈千里相爱，叶启年坚决反对。

叶桃后来参加了革命，利用自身的优越条件可以随意出入情报中心"瞻园"，很多非常重要的情报，都是叶桃传递出来的。叶启年认为是陈千里魅惑叶桃参加了革命，但叶桃恰恰是陈千里参加革命的引路人。但叶启年一定要把这个"私仇"记在陈千里身上。还有凌汶和龙冬、易君年三人的关系，是小说别开生面的设计。凌汶对爱情的坚贞，对龙冬的一往情深感人至深。那是革命者的爱情，一如他们对革命的忠诚。凌汶对易君年轻佻的追求丝毫不为之所动，这一点，凌汶与江姐完全是同一谱系的革命女性。事实上，易君年是隐藏更深的特务，他是叶启年真正的学生，他真实的名字叫卢忠德。小说的后半部，易君年是被置换为卢忠德出现的。

小说的情感，是通过一群对革命向往又忠诚的热血青年表达的。他们要完成一个重大的计划。以"千里江山图"作为小说最重要的行动代号，显然意味深长。要转移的中央领导和浩瀚同志，心怀国家民族和千里江山，他们为中国的未来而战，构成了小说的基本主题。小说的情节无论多么复杂，始终都围绕着这一主题展开。于是，小说在虚实之间造成了巨大的张力，虚虚实实真真假假，小说的虚构性就这样发挥到了极致。这群热血青年在陈千里的带领下，完成了这个任务。小说最后附录的两则材料，是小说结构重要的组成部分。孙甘露以历史材料"仿真"的形式，最后完成了陈千里等青年革命者形象的青春绝唱。

087

他们义无反顾从容赴死，这就是信仰的力量，也是小说最为动人的情感力量。这个情感力量来自于作家的讲述和对他笔下人物的态度，这就是，孙甘露虽然讲述的是历史，但他有自己的"主义"，这个"主义"就是他对历史的解读和故事的编纂方式。孙甘露的创作表明，这个领域是能够产生杰作甚至是大作品的。同时，小说也为我们塑造了走向现在的未来。或者说我们当下所经历的一切，就是陈千里们想象和为之献身的那个未来。

朱秀海曾经创作了长篇小说《音乐会》，那是一部描写抗战的长篇小说，也是在这个题材领域最好的长篇小说之一。我曾经提出过"抗战文学无经典"，这个观点不是没有根据的。流行的抗战文学就是"十个鬼子，八个汉奸"以及后来的"抗战神剧"。我们在这个领域的创作，与世界优秀的反法西斯文学艺术差距非常遥远。我们有一部伟大的抗战作品，但不是文学是文艺，就是《黄河大合唱》。至今，这部伟大的合唱作品仍响彻在大江南北乃至世界舞台上。到了《音乐会》，我觉得我们有了可以和世界优秀反法西斯文学媲美的作品，而且是有长度、有分量的作品。

《远去的白马》是一部书写东北解放的壮丽史诗，也是一位英雄女性的人生传奇。小说从一个支前女英雄的独特视角去透视战争和历史，淋漓尽致地展示了其残酷和温柔的不同侧面，塑造了赵秀英、姜团长、千秋、刘抗敌等个性鲜明的传奇英雄群像。

抗日战争胜利后，数万人民战士从胶东地区紧急渡海，参加解放东北的战斗。赵家垴村女共产党员、区支前队长赵秀英大姐和她的支前队也阴差阳错地乘船入海，并在登陆后走散。她独自一人和东北野战军第三十七团一起出生入死，经历了摩天岭、四保临江、抢占通化、塔山阻击等惊心动魄的浴血奋战，为新中国诞生立下了卓越功勋。随同东北野战军入关后，赵秀英践守组织对英雄母亲的承诺，藏起军功，从胶东老家搬进沂蒙深山，甘心做了一位"失去英雄儿子"的母亲的儿媳，任劳任怨，奉其终老。

这是特别具有传奇性的小说，据说是根据真实人物创作的。这样的故事应该是编不出来的，按照生活的逻辑这是不可能发生的事情。但是在战争这样的非常时期，非常的事情真的发生了。面对这个故事，开始我们是震惊，继而是感佩，最后是深怀敬意。当然，这个感受过程，还是源于小说对赵秀英大姐心理和行为的发掘与塑造。大姐从一个支前女英雄到一个虚幻的"儿媳"，放弃所有应该得到的荣誉、待遇、地位，回归到老区，遥远贫困的山乡，陪伴、供养一个英雄的母亲。她书写了新的历史，这个历史是人们创造的。作家朱秀海有正确的历史观，他是人民创造历史的践行者。实事求是地说，我们一直强调人民创造历史，但我们的文学艺术有多少在写历史是人民创造的？都写是英雄创造的。说到人民，都是抽象的熟悉，都在一个大

I
历史和叙述

概念里。人民变得非常模糊，非常不具体。但《远去的白马》具体了，赵秀英大姐是一个具体的、活生生的普通人，或者她愿意将自己还原到一个普通人，而这个普通人创造了历史。这是朱秀海的一大贡献，他让我们看到了人民走进了历史，人民也创造了历史。

这是从观念层面的评价。具体到小说，我觉得还是塑造人物的功夫。作家自己说："时光虚化了战争的残酷场景，也弱化了人的情感波涛。我不认为我笔下的赵秀英大姐比真实原型更完美，更高尚，因为那是我倾尽全力也做不到的。"① 这话是实情。但在塑造和处理人物的感情纠葛时，作家还是尽可能还原了赵秀英的心理和情怀。她总会想到自己是一名革命者，会想到战友的托付，想到战场上牺牲的人。因此在革命胜利之后，她还会自觉地选择为他人做出牺牲。这是那代革命者的风范，当然也含有作家穿越几十年历史风云的合理想象。《远去的白马》写了英雄的革命者，这些革命者就是人民。我们知道，任何历史叙述都隐含着叙述者的情感和道德伦理，这些情感和道德伦理支配着历史叙述的思想和情感倾向。如果是这样的话，朱秀海以革命的伦理讲述了赵秀英的革命信仰和实践，不仅具有合理性，而且也因此具有了巨大的艺术感染力。需要指出的是，孙甘

① 舒晋瑜:《朱秀海：远去的是白马，无法远去的是怀念》,《中华读书报》2021 年 3 月 20 日。

露的《千里江山图》和朱秀海的《远去的白马》，与王尧的《民谣》和水运宪的《戴花》不同。后者是作家亲历的历史，前者书写的历史不是作家的经历。亲历的历史虽然也有作家的虚构和想象，但和完全没有感性经验的虚构是完全不同的。孙甘露和朱秀海是完全没有感性经验，完全靠积累和想象完成了他们的杰作。

创造新的过去，取代旧的未来

不管采取什么形式，文化或体制的历史性都是对"与时间相关的事物的具体解释"。由此可见，这种关系的配置反过来又产生了时间感。它拥有直观的形态或时间景观，这取决于过去哪些部分被认为是切近的并与现在密切相关，哪些部分被认为是陌生的和遥远的。于是创造新的过去取代旧的未来，是那些历史久远的故事被赋予意义的当代诉求。"苏武牧羊"的故事，应该是流传最为广泛的历史故事：西汉时期，汉武帝派大臣苏武等为使者出使匈奴，与之修好，由于汉朝降将镵侯王的反叛，单于大怒，扣押了苏武等人，劝其投降。苏武宁死不屈，坚决不降，被迫沦为匈奴的奴隶在茫茫草原上放羊，十九年后才回到汉朝。这是对"苏武牧羊"最常见的释义，也可以看作是对一个真实历史故事的解释。这个故事之所以流传久远、历久不衰，

I
历史和叙述

与苏武的气节、操守、坚韧等有直接关系。因此，以苏武为题材的各种体裁的文艺创作也历久不衰。

　　曹文轩的长篇儿童小说《苏武牧羊》，其基本内容是以历史记载为依据，同时作家也通过想象创作了一个当代苏武形象。我们知道，任何历史叙述都是新的叙事，都有时代各种因素的影响。在这样的意义上，克罗齐"一切历史都是当代史"的论断才能够成立。因此"苏武牧羊"故事的再讲述，一定与当代有关。曹文轩是一个古典美学的守护者，《苏武牧羊》无论故事还是人物，完全契合他古典美学的趣味和理解。因此，这个题材应该是曹文轩思忖良久深思熟虑的。值得注意的是，这个历史故事本身很完整，即便经过历史久远的流播，苏武的形象依然保留得完好无缺。在这样的情况下，要创造出新的苏武形象，其难度是可以想象的。在我看来，小说除了以小羊"星星"的口吻叙述之外，曹文轩更是以当代的视角、思想、情感塑造了苏武的形象。他在重新阐释苏武的气节、操守的同时，在与自然条件的险恶作斗争，争取生存的艰难环境中塑造了苏武外，更以情感的深度塑造了苏武多情重义、有情有义，既有家国情怀，也有儿女情长的"现代"形象。在苏武的威武不屈、生死无惧的性格中，在与自然和生存危机的考验中，在与卫律、阿云、李陵、匈奴王弟弟、儿子大国的诸多人物关系中，通过诸多细节"发现"了苏武的善，苏武的"亲生命性"等。阿云姑娘是小说为塑造苏武的"当代性"设置的人物。这是一个美丽、多情、温婉又彬彬有礼的女子。她爱上了苏武，嫁给了苏武，也为苏武生下了儿子大国，最后还要经受与苏武的生离死别。一个女性的隐忍和强大，就在那无声的善和爱的给予中。苏武的善，不仅体现在他与妻子阿云、儿子大国的关系中，这种亲情关系是善难以涵盖的。苏武的善，更体现在对人——也就是对同类的亲善，同时包括人与自然的联系，这一观念深深扎根于人类进化的历史进程中。苏武为生存，在让人绝望的严冬，在不毛之地的北海，他只能挖掘鼠洞寻找鼠类冬储的食物。但鼠类一定绝望了。这时的苏武承诺，一定还给鼠类同等的食物。当苏武种植的燕麦收获之后，他兑现了自己的承诺，那些被挖掘过的鼠洞前都有留下的燕麦。苏武对他的以"星星"为代表的一百零一只羊的关怀备至，更是感人至深。这些羊是他的伙伴，也是一个"生命共同体"。在人迹罕至的北海，共同体的生命一起见证了生命的不可战胜，生命的伟岸和坚不可摧。

在苏武与卫律、与李陵的关系中，表现了苏武的宽容、大度。特别是与李陵的对话，苏武并不因李陵的气节有亏而居高临下。友谊在严寒中仍散发着暖意，他信任地将妻子儿子托付于李陵，也答应帮助李陵照料宅子中的那棵银杏树。苏武的气度和大度通过这样的人物关系一览无余。另一方面，作者写了坚忍不拔威武不屈的苏武，也写了苏武作为人的复杂性。他也曾有

O93

过迷惘甚至屈服的念头，但这念头一闪过，他顿时泪水滚滚地制止了自己。苏武会有过这样的时刻吗？我们不得而知。但是，如果苏武真的这样做了，历史也就走进了另一个路口。当然，历史不能假设，但文学可以。当曹文轩将苏武作为一个人塑造时，是完全合理的。也正因为如此，苏武作为一个可以感知的、有血有肉的文学人物才更可信也更可爱。在这一点上，苏武更有了情感深度。对小羊"星星"的怜惜、照顾在情理之中，用阿云的话说，"这小羊通人性"。对鼠类的怜惜，似乎有悖常理，但鼠类也是自然生命共同体的一部分，是自然界生物链中的一个环节。除去现实关系，更重要的是作家用这样的方式，进一步强化了苏武的"亲生命性"。或者说，这是曹文轩在《苏武牧羊》中的一大创造。还有一点，与其说曹文轩通过各种艺术手段在塑造古代的苏武，毋宁说是他个人与苏武的对话，是借苏武与现实的对话。他要借苏武以励志，用苏武以自我鼓舞。人纵然有天大的委屈，还能比苏武更惨绝人寰吗？因此，《苏武牧羊》隐含着作家站在当下的期待视域或者是某种理想。

厚圃的《拖神》的历史没有《苏武牧羊》久远，共同之处都是前现代的故事。小说讲述的潮汕我们耳熟能详，但又一无所知。两年前读林培源的潮汕故事集——《小镇生活指南》，近期读陈继明的小说《平安批》，是写潮汕商侨下南洋的故事，觉得非常新奇，对我来说那是一片神秘的地域。

对潮汕的另一种了解，是在北大读书时，洪子诚老师、陈平原和黄子平先生，都是潮汕人。他们都是现当代文学学科的带头人，大名鼎鼎。由是，知道了潮汕是人杰地灵的一方宝地。厚圃是潮汕人，大约十年前，他写过《我们走在大路上》，写潮汕平原普通人或小人物的生活命运故事，充满了潮汕风情和地域性知识，既是一部励志书，也是一部乡村情感史。因此，厚圃是一个有充分准备的作家，无论是生活积累还是文学积累。通过厚圃的文学创作，我们可以判断，作为一个理工男，他于文学说来并非票友，而是一位实力派作家。

《拖神》是呈现潮汕近代历史变迁和潮汕人民精神世界的一部作品。小说以两次鸦片战争为基本背景，跨度半个多世纪，通过人神鬼的多重视角，探索潮汕人的灵魂世界或精神皈依。小说以樟树埠的历史沉浮为线索，讲述主人公陈鹤寿等潮汕商人的命运传奇。我对小说最感兴趣的，是小说的结构。这是一部双线结构的小说，是一部在现实世界和魔幻世界交替展开的小说。两个世界是互文关系，是互相解读的关系。这个结构的虚构性，使《拖神》非常小说化，也为讲述者提供了游刃有余的讲述空间和想象空间。应该说这一设置是非常有想象力的。比如《鬼迷心窍》书写了三次，分别置于书中的一、七、十三章。正好是小说的开头、中间和结尾；《国王下山》书写了两次，在小说的三和九章；《海国安澜》书写了两次，分别在小说的五和十一章。

095

《鬼迷心窍》的魔幻世界是人鬼情未了的模式，讲述者对"十郎"的倾诉显然是对现实世界的另一种表达。不同的是那种表达更自由、更炽热也更开放。这是一个非常有趣的想象，仿佛进入另一个世界，讲述者就进入了安全地带，就可以没有顾忌，不必王顾左右。这也从一个方面反映了现实世界禁忌的限制。三山国王亦称"三王老爷"，是一种古老的汉族宗教信仰，起源隋朝，发源于广东揭阳市揭西县河婆镇，主要是广东省粤东及台湾省民众，特别是畲族所奉的守护神，并广泛流传于泰国、新加坡、马来西亚等东南亚国家的民间信仰。三山国王指的是广东揭阳市揭西县河婆镇北面的独山、西南面的明山和东面的巾山的三位山神。宋太宗封此三山神为国王。在《国王下山》中，小说以"国王"身份讲述："我们是庇佑潮汕平原的清化威德报国王，也是助政明肃宁国王和惠威宏应丰国王，你可以说我们是三个，也可以说我们是一位。我们到底是三位还是一体呢？不要说你们，就连我们自己也常常犯迷糊。"《海国安澜》讲述的是疍民文化对天妃娘娘的信奉。当她以"本宫"的口吻叙述时，我们仿佛如临其境身置其间。而且樟树埠人对天宫娘娘没有隔膜，不认为那是两个世界。比如，谁家娶了媳妇，次日一早，新娘子就会捧着一盘大橘、一盆清水到宫里来，说是替本宫这个"姑母"洗脸梳妆尽尽孝心。或者说，对樟树埠人来说，天宫娘娘已经是他们生活的一部分。这点很像汉民族对灶王、对祖先的供奉。因此，这些章节看似与鬼神有关，带有鲜明的魔幻色彩，但是，细究起来这些鬼神传说都有现实依据而非空穴来风。

根据李泽厚的研究，在中国古代的记载里有巫祝卜史，也都不是很大的官，巫也就慢慢进入小传统、民间，后来与道教合流，变得不重要了。在贵州有一种傩文化，戴着面具，跳各种各样的舞蹈，现在都还有。这个现象在春秋，在孔子时代就有了。《论语》里有一句话，"乡人傩，朝服而立于阼阶"，乡人跳傩的时候，孔子穿着上朝的衣服，站在东面的台阶上。孔子为什么穿着上朝的衣服站在大门外面呢？是表示尊敬，表示对巫术舞蹈的敬意。孔子要对它表示敬意，因为它来源久远，而且曾经地位非常之高，是非常重要的事情，本是大传统的重要核心。李泽厚在 1998 年出版的《论语今读》（3.24）里说："与当时人们一样，孔子大概仍是相信上帝鬼神的，只是采取'存而不论'的态度，即不用理性（理知、理解）去解说神的存在，而是将某种理解例如对宇宙的存在及其规律性（'四时行焉'等）的领悟沉入情感中，造成某种心理的信仰情态。"傩本是通鬼神的巫术仪式，虽然已沦为小传统，孔子因为相信鬼神、上帝，即使有那种理性的情感信仰，又仍然穿着上朝的严肃服装对这种本占据核心地位的久远传统表示敬意。因此，潮汕的鬼神文化并非突如其来。厚圃将这些来自民间的有烟火气的文化写进小说，使小说不仅有浓郁的民间色彩，还有世情小说的元素，从而大

097

大增强了小说的表现力。

现实世界的陈鹤寿是传奇人物，他生活在潮汕特有的文化氛围中，这种文化极大地激发了人物的想象力和冒险性。他是一个官府通缉的罪犯，是一个逃亡的反叛者。他身份和经历的复杂性，使这个人物有极大的阐释的空间。在鸦片战争、太平天国的时代环境中，畲族、疍民和潮汕人三个族群由矛盾、冲突走向融合，是一段极端艰难的过程。樟林古港的开埠是小说内在的发动力量，造船经商、勇下南洋、埠权易手等，都与开埠有关。陈鹤寿所有的行为方式及其命运，也都示喻了潮汕乃至华夏文明，从蛮荒走向成熟的过程。《拖神》是一部带有魔幻性的历史小说。它的独特之处就在于，在讲述历史或依托历史的同时，也能够枝蔓出去，在民间文化中大胆地汲取有文学性的元素，使现代小说不那么"现代"，而这不那么"现代"的形式，又从一个方面表达了小说写作的无限可能性。作为小说的创作者，厚圃还是注意了人物的塑造。除了陈鹤寿之外，暖玉、麦青、雅茹、沧海、林昂、李德新以及酗酒的鬼魂、天妃娘娘、三山国王等，都给阅读留下深刻的印象。小说如果能够对"奇数"的篇章，也就是鬼魂的篇章能够写得再虚幻一些，缥缈一些，云山雾罩一些，可能会更好，也更有文学性。现在看，这些篇章写得太实了，几乎是"偶数"写人篇章的另一种写法。这和总体构思有关，也与语言没有变化有关。

总体说来，历史小说的创作，无论作家站在哪一个时间维度上，大体都是与历史的内部对话，作家与政治家毕竟不同。政治家对时间的不同理解，会将历史推向不同的路口和方向，如果不能提出合理的未来，就会将我们"囚禁在现在"。① 因此，时间一旦被权力扭曲，后果令人不寒而栗。文学没有这样的力量，但文学可以通过文学的建构塑造我们的过去、现在和未来。以上的历史题材的长篇小说，蕴含着这样的努力和意义。

---

① ［澳］克里斯托弗·克拉克著，吴雪映等译：《时间与权力》，中信出版社 2022 年，第 200 页。

I
历史和叙述

当代小说的另一脉流

——当下"新世情小说"阅读笔记

世情小说是明清以来流行的白话小说一种，又称为人情小说、世情书等。它的特点是"极摹人情世态之歧，备写悲欢离合之致"。这类小说的出现可追溯到魏晋以前，但流行则从明代白话小说始。晚明批评界开始流行"世情书"的概念。这类小说主要是指宋元以后内容世俗化、语言通俗化的一类小说，以《金瓶梅》《红楼梦》最著名。清朝中期以后，又演化出才子佳人小说、艳情小说、狭邪小说，其中的代表作有《好逑传》《平山冷燕》《品花宝鉴》《海上花列传》《青楼梦》《九尾龟》等。到清末民初的"鸳鸯蝴蝶派"，世情小说有了新的发展，比如周瘦鹃、李涵秋、包天笑、张恨水等，在小说中表现出了爱国主义的倾向，对世情小说来说是一次革命性的变化。但由于中国社会历史的发展，革命文学成为主流，世情小说逐渐走向末路。进入当代之后，这类小说几乎就消逝了。1982 年第 4 期的《北京文学》发表了邓友梅的《那五》，随后同年第 6 期的《中国文学》发表了《寻访"画儿韩"》；冯骥才于 1984 年发表了《神鞭》，1986 年发表了《三寸金莲》等，接续了断流已久的世情小说的脉流。这是非常重要的文学事件。它意在表明，在文学与政治一直纠缠的新时期文学初期或 80 年代，除了伤痕文学、反思文学、改革文学以及现代派文学、先锋文学等，中国当代文坛还有一股文学潜流，这就是新世情小说。随着改革开放的进一步发展和文学多元化的内在要求，新世情小说也蔚然成风，逐渐形成了一股强大的文学脉流。冯骥才、林希、贾平凹、刘震云、陈彦、王松、余一鸣等众多作家，就是当下写世情小说的好手。他们的众多作品不仅接续了一个重要的小说传统，受到读者的喜爱，有的甚至获得了国家文学大奖，比如冯骥才的《神鞭》《俗世奇人》，贾平凹的《秦腔》，刘震云的《一句顶一万句》等。因此，"新世情小说"是当下文坛一个重要的文学现象。①

　　天津是"新世情小说"创作的重镇。林希、冯骥才、王松等作家都生活在这座城市里。王松是好小说家，姑且不论他几百万字的其他作品，仅就《双驴记》《葵花引》《红汞》《哭麦》等"后知青小说"的成就，就足可以走进当代作家的第一方队，

---

① 因在《名作欣赏》2023 年 6 期发表了《正史之余，也在正史之内》，评价了林希、余一鸣、陈彦、刘震云等的部分"新世情小说"，故这里不再涉及。

他的这些作品改写了一个时代的"知青文学"。他的长篇小说《爷的荣誉》与他此前所有的小说都不一样，无论是人物还是故事，无论是讲述方式还是情节设计。实事求是地说，这是我近期阅读的最好看的小说，是让人不忍释卷的小说，王松实在是太会讲故事了。小说以"官宅"里王家老太爷的三个儿子长贵、旺福、云财的性格与命运展开，在近百年的时间里，在京津冀辽阔的空间演绎了一场惊心动魄的人间大戏。《爷的荣誉》，我们可以看作是家族小说，也可以看作是历史小说；可以把它当作消遣娱乐的世情小说，也可以当作洞悉人性的严肃文学。如何界定《爷的荣誉》并不重要，重要的是小说带给我们完全不一样的阅读快感。

小说的讲述起始于"我"太奶的一只青花夜壶的丢失。偷这只青花夜壶的不是别人，正是二爷旺福。旺福十六岁年间勾搭上了一个"卖大炕"的冯寡妇，于是——青花夜壶的失而复得成了一条与旺福有关的小说线索。太爷为了儿子们前程也为了家业传承，让三个儿子一起去了北京，大爷二爷是去读书，三爷是去打理大栅栏儿的绸缎庄。大爷长贵倒是读书了，三爷也开始学习掌管生意。只是这二爷旺福，到了北京如鱼得水，与天桥"撂地儿"的混在了一起，学得了一些武艺也助长了"浑不懔"的性格，于是自然少不了惹是生非，但也因结交了一些地面朋友，多次摆平了绸缎庄的大事小情。小说最生动的人物是二爷旺福。他与冯寡妇虽然只是萍水相逢男欢女爱，但他依然走的是情爱路线，不仅不让其他男性接近冯寡妇，而且几乎把冯寡妇养了起来，也因此与冯寡妇的其他男人，特别是花秃子结了梁子，这亦成为小说与旺福有关的一条线索。开店做生意打理绸缎庄，免不了与管家掌柜以及各色人等打交道，特别是绸缎庄何掌柜父子用东家的钱赚自己的钱，另开店铺的事，三爷云财斗智斗勇将何家父子所有行径悉数掌握，大获全胜，这一桥段是小说最为精彩的段落之一。大爷长贵读书期间闹革命，走日本，中华人民共和国成立后成为文艺干部，但因"历史问题"终未成大器，虽然命运一波三折，但还算有个善终。旺福几经折腾，因冯寡妇和心爱的小伙计祁顺儿都被日本人杀害了，最后加入了解放军，还去过朝鲜抗美援朝，但因乖戾性格，拒绝接受军长女儿而返乡务农。三爷虽然精明有心计，但家道破落后只靠挖自家祖坟陪葬度日，情景不难想象。三个爷三种性格三种命运，但大起大落处无一不与社会巨大变革有关。因此，《爷的荣誉》表面是一部民间大戏，但人物命运无一不蕴含在历史的不确定性之中。小说让人欲罢不能，最要紧的还是其中的细节和生活氛围。王松对历史和生活细节的把握，使小说缜密而少疏漏，生活气氛仿佛让人回到了旧时老北京的高门大院。

有人认为小说不能只是故事，只讲故事那是通俗小说，小说更要讲求"韵味"，讲求"弦外之音"，要有反讽，有寓意，

103

I

历史和叙述

有言有尽意无穷。这些说法都对，但小说从来就没有一定之规，小说是有法又无法。现在的小说是有韵味，有反讽也多有言外之意，但现在很多小说什么都有就是不好看，也是事实。因此，小说最终还是一个实践的问题，理论重要，但还是不能一揽子解决小说所有的问题。特别是在小说无所不有的时代，批评还是不能抱残守缺，一条道走到黑。

说《爷的荣誉》在新旧与雅俗之间，我觉得是这样：旧小说大多章回体，多为世情风情，写洞心怵目的男欢女爱家长里短，而且到关节处多是"欲知后事，且听下回分解"的卖关子。为的是勾栏瓦舍的"引车卖浆者流"下次还来，说到底是一个"生意"。但《爷的荣誉》就不同了。小说情节是紧锣密鼓密不透风，"又出事了，又出事了"在小说中不时出现，一波未平一波又起。既有人情男女也有宅府大事，但背景皆与社会历史相关，特别是关乎人物命运的紧要处。其次是对女性命运的深切同情。旧小说如《姑妄言》、"三言二拍"等，女性也多为牺牲者，但讲述者往往少有同情。《爷的荣誉》则不然。小说中的冯寡妇虽然迫于生存不得已卖身，但作为女人的她多情重义一诺千金，她不是一个见利忘义、水性杨花成性的女人。梅春、甘草皆因男女之情被逐出"官宅"，但事出有因，皆不在两个女子身上。特别是长生娘甘草，因当年将许配给旺福时，旺福酒后乱性与其发生关系，甘草得了花柳病，显然是旺福在外乱性传染的。但旺福矢口否认自己有病，于是甘草被迫胡乱地嫁了王茂，结果生的长生又确是旺福的儿子。旺福最后还是栽在了自己儿子长生手里。这样的情节设计似乎又回到了"世情小说"的旧制，也就是冤冤相报因果轮回，但讲述者对梅春和甘草的同情几乎溢于言表，这是《爷的荣誉》区别于旧小说的另一特点。

读这部小说，我总会想起京剧《锁麟囊》。这出戏故事很简单，说的是一贫一富两个出嫁的女子，偶然在路上相遇，富家女同情贫家女的身世，解囊相赠。十年之后，贫女致富而富女则陷入贫困之中。贫女耿耿思恩，将所赠的囊供于家中，以志不忘。最后两妇相见，感慨今昔，结为儿女亲家。戏剧界对《锁麟囊》的评价是：文学品位之高在京剧剧目中堪称执牛耳者，难得的是在不与传统技法和程式冲突的情况下，妙词佳句层出不穷，段落结构玲珑别致，情节设置张弛有度。声腔艺术上的成就在程派剧目中独居魁首，在整个京剧界的地位亦为举足轻重。《锁麟囊》是翁偶虹编剧于1937年，现代"爱美剧"已经名声大噪，但旧戏新编依然大放异彩。但话又说回来，《锁麟囊》在戏剧界还是被认为是"传统"剧目，其原因大概还是"旧瓶装旧酒"，情节不外乎世事无常但好人好报的传奇性。但《爷的荣誉》看似是"白话小说"的路数，但它是"旧瓶装新酒"，小说的观念不是传统的，也不是西方的，它是现代的。我非常欣赏王松敢于大胆实践，在小说写法日益求新的今天，他敢于在形式上"回头"，大胆启用旧制，在旧小说的形式中表达世道人心与日常生活和社会大变革的关系。不仅使小说风生水起惊心动魄，而且深刻地表达了社会历史内容。应该说，《爷的荣誉》不仅是中国故事，更是中国文学经验的一部分。

老奎的《赤驴》，是中国式的"反乌托邦"小说。这不是说老奎写了一部石破天惊的伟大小说，也不是说老奎对小说创作做出了具有颠覆性的贡献。在我看来，老奎这部《赤驴》的价值在于它是中国第一部"反乌托邦"小说，他用我们不曾见过的视角和内容，发现了另一个"文革"。作家老奎名不见经传，甚至从来没有在文学刊物上发表过作品。这部《赤驴》，也是首发在他的小说集《赤驴》中。当第一次看到小说的时候，我有如被电击：这应该是中国第一部"反乌托邦小说"。它书写的也是乡村中国"文革"时期的苦难，但它与《许茂和他的女儿们》《芙蓉镇》《爬满青藤的木屋》等还不一样。周克芹、古华延续的还是五四以来的启蒙传统，那时的乡村中国虽然距五四时代已经六十多年，但真正的革命并没有在乡村发生。我们看到的还是老许茂和他女儿们不整的衣衫、木讷的目光和菜色的容颜，看到的还是乡村流氓无产者的愚昧无知，以及盘青青和李幸福无望的爱情。而《赤驴》几乎就是一部"原生态"的小说，这里没有秦秋田，也没有李幸福，或者说，这里没有知识分子的想象与参与。它的主要人物都是农村土生土长的农民：饲养员王吉合、富农老婆小凤英以及生产队长和大队书记。这四个人构成了一个"三个男人和一个女人的故事"。但是这貌似通俗文学的结构，却从一个方面以极端文学化的方式，表达了"文革"期间人与人的关系以及人与权力的关系。

小凤英出身于贫下中农，但她嫁给了富农分子，也就成了"富农分子家属"，生活在社会最底层的"贱民"，虽然没有飞黄腾达的诉求，但这一命名还会让她低人一等忍气吞声。为了生存，小凤英也像其他村民一样偷粮食。但是这一次却让老光棍儿饲养员王吉合抓住了。小凤英不认账，王吉合不罢手，于是，小凤英只好答应让王吉合从她裤子里往外掏粮食。小凤英说着就松开了裤腰带。王吉合大概是气蒙了头，不管三七二十一上去就把手伸了进去，抓住一把玉菱往出抽时，碰到一团毛乎乎的东西，吓得他赶紧松开粮食把手抽了出来。

小凤英看王吉合吓成这孙样，就小声说："吉合叔你是正经人，掏吧没事儿。"王吉合就又傻乎乎地把手伸了进去，小凤英就赶紧捏住他的手往那地方摁，王吉合也禁不住摸了几下，感觉出跟他从小孩儿身上看到的大不一样，知道已不是什么好看、干净的东西，却也不想住了手，一会儿就把小凤英鼓捣得不成人样了。于是赶紧顶上门儿，两人到那边一个空驴槽里马马虎虎地来了一回。

107

此后王吉合便和小凤英不断发生这种关系。更为荒唐的是，每次完事后，小凤英都要按照"数字"从王吉合那里拿走一定数量的粮食或食盐。久而久之小凤英怀了孕。这件事情让王吉合颇费踌躇：他是一个鳏夫，有了骨血本应欢天喜地；但他又是县上的劳模，一个红色饲养员。这种事情一旦败露，不仅他个人失了名誉，重要的是大队、县上也不答应。当支书知道了这件事时，支书说："如果让县里知道了，你的党籍保不住，我的支书也得免了，丢不丢人？现在听我的，你和小凤英的事，哪儿说哪儿了，说到这屋里为止，再也不能对第三个人说了，记住没有？出了这间屋该怎么还怎么，就当啥事也没有。至于给不给小凤英挂破鞋游街，等你开完会再说。但我可告诉你，以后，特别是现在这关键时候，你绝对不许跟她再有问题了，记住了没有？"王吉合自是感恩不尽。事情终于有了转机：王吉合因欲火中烧，小凤英不在身边，他在与母驴发生关系时被母驴踢死。队长看了现场说，王吉合喂驴时不小心让驴给踢死了，说吉合同志活得光荣死得壮烈，他一心想着集体却落了个外丧。王吉合与小凤英的风流韵事也到此为止没了后话。

但是，小凤英肚子里的孩子一天天长大，富农王大门将老婆小凤英告到了书记这里。书记用反动家庭拉拢贫下中农等说法把王大门吓了回去。但他让小凤英到他家里来一趟：

支书严肃地说："你一个富农家的老婆勾引一个贫下中农，这是拉拢腐化革命群众，何况王吉合又是村革委委员，县里的典型，你这不是拉革命干部下水吗？光这一条就够你受了，再加上你用这个骗取生产队的粮食，更是罪加一等。"

　　小凤英用乞求的声音说："王吉合也死了，你就饶了我们吧，大门说你不是已经答应要饶过我们吗？求求支书你了。"

　　支书见时机已成熟，便把小板凳往前移了移，坐到小凤英腿跟前，淫笑着说："都说王吉合是骒马骨头不留后，我就不信他能叫你怀上孩子，我看看到底是不是。"说着伸出手就去摸她的肚子。小凤英急忙拨开他的手，喘着气说："支书你不能这样，俺不是那种人。"支书笑着说："你还不是那种人，咋把肚子也弄大了？"小凤英赶紧站起来说："俺真不是你想的那种人，要不是没办法俺也不。"

　　支书看小凤英很不识相，便站起来背着手说："好好好，那咱就公事公办，你回去等着挂破鞋游街吧。"

　　小凤英瞧支书一脸凶相，便哀求道："别别别这样，俺依你，可肚里的孩子都这么大了，俺怕伤着了孩子，等生了孩子再，行不行啊？"

　　支书摇摇手说："那就算了，你走吧。"

109

小凤英使劲抿抿嘴，狠狠心说"我也豁出去了"，然后走过去到炕上把裤子脱了下来，支书也很利索地把裤子一脱就要往她身上趴，小凤英赶紧用两手托着他的膀子说："你轻点儿，你千万别使劲儿压我的肚子，啊，哎哟哎哟，轻点儿轻点儿……"

小凤英和王吉合苟且，是为了生存活命。小凤英主动献身，是因为王吉合掌握着喂牲畜的粮食。因此，小凤英与王吉合的关系，既是交换关系也是权力关系。如果王吉合没有粮食资源，小凤英不可能或者也没有理由与王吉合发生关系。王吉合虽然是个粗俗不堪的普通农民，但因为他借助掌控的粮食资源，毕竟还给小凤英以某种补偿，小凤英尽管屈辱，但在物资紧缺时代她渡过了难关。权力关系赤裸的丑陋，更体现在书记与小凤英的关系上。书记是利用自己掌控的公权力以权谋私，通过权力关系换取性关系。也就是今天说的"权色交易"。因此，"土改"期间对中国乡绅阶层、地主阶层的重新命名，不仅重新分配了他们的财产，更重要的是改变了他们此后若干年的命运。"文革"期间他们的命运尤其悲惨，王大门、小凤英的卑微人生，由此可见一斑。"文革"期间权力的宰制不仅体现在书记明目张胆对性的索取，也体现在队长对粮食的无偿占有。王吉合为了掩人耳目，将给小凤英装有粮食的口袋放到一个草垛里，无意中

110

被队长发现，他拿走了粮食却贼喊捉贼。

我之所以推崇《赤驴》，更在于它是中国第一部"反乌托邦"小说。20世纪西方出现了"三大反乌托邦小说"：乔治·奥威尔的《1984》、阿道司·赫胥黎的《美丽新世界》和尤金·扎米亚京的《我们》。三部小说深刻检讨了乌托邦建构的内在悖谬——统一秩序的建立以及"集体"与个人的尖锐对立。在"反乌托邦"的叙事中，身体的凸显和解放几乎是共同的特征。用话语建构的乌托邦世界，最终导致了虚无主义。那么，走出虚无主义的绝望，获得自我确证的方式只有身体。《1984》中的温斯顿与裘丽娅的关系，与其说是爱情毋宁说是性爱。在温斯顿看来，性欲本身超越了爱情，是因为性欲、身体、性爱或高潮是一种政治行为，甚至拥抱也是一场战斗。因此，温斯顿尝试去寻找什么才是真正属于自己时，他在"性欲"中看到了可能，他赞赏裘丽娅是因为她有"一个腰部以下的叛逆"。于是，这里的"性欲"不仅仅是性本身，而是为无处逃遁的虚无主义提供了最后的庇护。当然，《赤驴》中的王吉合或小凤英不是，也不可能是温斯顿或裘丽娅。他们只是中国最底层的斯皮瓦克意义上的"贱民"，或葛兰西意义上的"属下"。他们没有身体解放的自觉意识和要求，也没有虚无主义的困惑和烦恼。因为他们祖祖辈辈就是这样生活。但是，他们无意识的本能要求——生存和性欲的驱使，竟与温斯顿、裘丽娅的政治诉求殊途同归。因此，在

III

这个意义上，《赤驴》才可以在中国"反乌托邦"小说的层面讨论，它扮演的这个重要角色，几乎是误打误撞的。

从百年文学史的角度来看当下小说的发展，"身体"仍然是一个重要的关键词。除了自然灾难和人为战争的饥饿、伤病和死亡外，政治同样与身体有密切关系。当一个人被命名为"地主""富农"时，不仅随意处置他个人财产是合法的，而且对他任何羞辱、折磨甚至诉诸身体消灭都是合法的，这些我们在《太阳照在桑干河上》《李家庄的变迁》等作品中都耳熟能详。在讲述"文革"的小说中，对意识形态的"敌人"，实施最严酷的肉体惩罚或精神折磨，也是合法的，比如《布礼》中的钟亦诚、《晚霞消失的时候》中的楚吾轩等。同样，"文革"结束之后，张贤亮、王安忆等率先表达的"身体"解放，虽然不乏"悲壮"，但也扮演了敢为天下先的"文化英雄"的角色。张贤亮的《绿化树》《男人的一半是女人》，王安忆的"三恋"等，无疑是那个时代最重要，也最有价值的小说。但是，这些欲言又止犹疑不决的"身体解放"诉求，比起《赤驴》来显然有着明显的知识分子的局限性，也隐约表现了知识分子鼠首两端的不彻底性。老奎作为一个来自"草根"的基层作家，他以生活作为依据的创作，不经意间完成了一个重要的文学革命：他以"原生态"的方式还原了"文革"期间的乡村生活，也用文学的方式最生动、最直观也最有力量地呈现了一个道德理想时代的幻灭景观。但是，那一切也许并没有成为过去——如果说小凤英用身体换取生存还是一个理由的话，那么，今天隐秘在不同角落的交换，可能就这样构成了一个欲望勃发或欲望无边的时代。因此，性、欲望，从来就不仅仅是一个本能的问题，它与现实从来没有分开。

王家达的《所谓作家》也可以看作是一部世情小说。小说围绕作家胡然产生的一系列悲喜剧，不仅生动地描述了作家群体在这个时代尴尬的命运，塑造了性格迥异的作家形象，而且以苍凉、悲婉的基调为这个群体壮写了一曲最后的挽歌。胡然、野风等短暂的生涯，以及他们或与风尘女子为伍，或用"文学权力"获得生命欢乐的满足与失意，事实上还都没有超出当下世风或消费主义的深刻影响，作家光环的褪落或者将作家还原为世俗世界的普通人，以及他们在"高雅"面纱掩盖下的心灵世界，彻底摧毁了作家现实生活与精神世界的最后一道防线。而围绕一篇文章构成的古城事件和作家们的最后命运和归宿，也似乎成了这个时代没落知识分子群体的缩影。

小说在结构和叙述上是特别值得关注的。虽然作家试图探讨和叩问这个群体的命运和问题，它的庄重性是不容置疑的，但在篇章结构上又袭用了传统的章回体形式，以一种亦庄亦谐的轻松笔触生动地叙述了人物和故事，故事情节的丝丝入扣和人物命运的跌宕起伏，使我们明确感知了作家对中国传统小说技巧的吸纳和继承。这一现象在当代小说创作中已经是凤毛麟

113

角，普遍的看法是，在西方强势文化那里，或者只有在卡尔维诺、博尔赫斯这些西方大师那里才能获得新的灵感，中国传统小说连同它的技巧，已经不作宣告地判为死亡。然而事情确实并不这样简单。我在《所谓作家》这里不仅看到了王家达对传统小说技法的尊重和继承，而且感到了一种久违的新奇和亲切。这时我才敢于放言：传统并没有死亡，而且也不会死亡。它总会以我们可以感知的方式默默但又顽强地流淌。

但我不得不指出的是，小说有太多的《废都》的印痕，比如胡然和田珍、章桂英、杨小霞、沈萍四个女人的关系，比如古城艺术界的"四大名旦"以及渗透于古城每一个角落的文化和生活气息，都使人如再次重临"废都"一样。另一方面，小说也有概念化的问题，比如对见利忘义、水性杨花的女性的刻画，无论是性爱场面还是移情别恋，还只限于社会对类型化女性的一般理解，还没有上升到人物性格的层面。而对农村妇女田珍的始乱终弃和最后重修旧好，也示喻了一个知识分子与人民和土地的寓言，在这一点上，作家仍没有超越20世纪以来激进主义的思想潮流。这是小说的遗憾。但即便如此，我仍然觉得这是我近期读到的最有文学性的一部长篇小说，是一部值得批评并会因此引发对当下文学创作和批评重大问题讨论的一部作品。

关于"新世情小说"，成就最大的应该是贾平凹。《废都》一出，洛阳纸贵。当年对《废都》批判的情形仍历历在目。但三十年过去之后，一切尘埃落定。对这部备受争议的小说，终于有了客观的评价。贾平凹的小说创作深受明清世情小说影响，对中国古代文学传统的重视，也是贾平凹一直遵循的。除了《废都》之外，贾平凹的其他小说几乎都具有世情小说的特点，这也成了贾平凹小说创作的一大标记和特点。这里仅就《高兴》和新作《河山传》略作分析。

《高兴》，是贾平凹第一次用人名做书名的小说。按照流行的说法，《高兴》是一部属于"底层写作"的作品。刘高兴、五富、黄八、瘦猴、朱宗、杏胡等，都是来自乡村的都市"拾荒者"。都市的扩张和现代文明的侵蚀，使乡村的可耕土地越来越少。生存困境和都市的诱惑，使这些身份难以确定的人开始了都市的漂泊生涯。他们维持生计的主要手段是拾荒。但是，面对中国最底层的人群，贾平凹并不是悲天悯人地书写了他们无尽的苦难或万劫不复的命运。事实上，刘高兴们虽然作为都市的"他者"并不是城市的真正主人，但他们的生存哲学决定了他们的生存方式。他们并不是结着仇怨的苦闷的象征，他们以自己理解生活的方式艰难也坦然。坚强的女人杏胡在死了丈夫之后，她为自己做的计划是：一年里重新找个男人结婚，两年里还清一半的债务。结果她找到了朱宗结婚，起早贪黑地劳作，真的还清了一半的欠债。她又订计划：一年还清所有的债，翻修房屋。两年后果然翻修了房屋，还清了所有的债。然后她再

115

计划如何供养孩子上大学、在旧院子盖楼、二十年后在县城办公司等。她说："你永远不要认为你不行了，没用了，你还有许多许多事需要去做！"她认真地劳作，善良地待人，也敢于和男性开大胆的玩笑。杏胡的达观、乐观和坦白的性格，可能比无尽的苦难更能够表达底层人真实的生存或精神景况。

　　当然，刘高兴还是小说主要表达的对象。这个自命不凡、颇有些清高并自视为应该是城里人的农民，也确实有普通农民没有的智慧：几句话就搞定了刁难五富的门卫，用廉价的西服和劣质皮鞋就为翠花讨回了身份证，甚至可以勇武地扑在汽车前盖上，用献身的方式制服了肇事企图逃逸的司机等，都显示了高兴的过人之处。但高兴毕竟只是一个来城里拾荒的边缘人，他再有智慧和幽默，也难以解决他城市身份的问题。有趣的是，贾平凹在塑造刘高兴的时候，有意使用了传统的"才子佳人"的叙事模式。刘高兴是落难的"才子"，妓女孟夷纯就是"佳人"，两人都生活在当下最底层。生活是否有这样的可能并不重要。重要的是贾平凹以想象的方式让他们建立了情感关系，并赋予了他们的情感以浪漫的特征。他们的相识、相处以及刘高兴为了解救孟夷纯所做的一切，亦真亦幻但感人至深。我们甚至可以说，刘高兴和孟夷纯之间的故事，是小说最具可读性的文字。这种奇异的组合是贾平凹的神来之笔，它不仅为读者带来了巨大的想象空间，也为作家的创作提供了许多可能。但是，也正因为是"才子佳人"模式，刘高兴和孟夷纯之间才没有发生"嫖客与妓女"的故事。他们的情感不仅纯洁，而且还赋予了更高的精神性的价值和意义。贾平凹显然继承了中国古代白话小说和戏曲的叙事模式，危难中的浪漫情爱是最为动人的叙事方法之一。还值得注意的是，小说几乎通篇都是白描式的文字，从容练达，在淡定中显出文字的真功夫。它没有大起大落的情节，细节构成了小说的全部。我们通常都认为，小说的细节是对作家最大的考验，一个作家和一部作品，最精彩之处往往在细节的书写或描摹上。《高兴》在这一点上所取得的成就，应该说在近年来的长篇小说中是最为突出的。《废都》之后我们再没见到这样的文字，但在长篇小说进退维谷之际，贾平凹坚定地向传统文学寻找和挖掘资源，不仅为自己的小说创作找到了新的路径，同时也显示了他"为往圣继绝学"的勃勃雄心和文学抱负。

当然，《高兴》显然不止是为我们虚构一个"才子佳人"的浪漫故事。事实上，在这个浪漫故事的表象背后，隐含了贾平凹巨大的、挥之不去的心理焦虑：这就是在现代性的过程中，中国农民将以怎样的方式生存。他们被迫逃离了乡村，但都市并未接纳他们。当他们试图返回乡村的时候，也仅仅是个愿望而已。不仅心难以归乡，就是身体的还乡也成为巨大的困难。五富的入土为安已不可能，他只能像城里人一样被火化安置。高兴们暂时留在了城市，也许可以生存下去，就像他们的拾荒岁

117

月一样。但是，那与他们的历史、生命、生存方式和情感方式休戚与共的乡村和土地，将会怎样呢？他们习惯和熟悉的乡风乡情真的就这样渐行渐远地无可挽回了吗？因此，《高兴》虽然将情景设置在了都市，但它仍然是乡土中国的一曲悲凉挽歌。

《河山传》是贾平凹发表在《收获》2023 年第 5 期上的一部长篇小说。先说人物。《河山传》的人物有名有姓的上百人，除了几个官员，大多是小人物。最先出场的是洗河。洗河出生在西安城北二百里外的涯底村，出生时双脚皆"六趾"，相貌丑陋。但人有异相必有异秉。苦难的洗河死了双亲，一身无挂地走向了城市。他跟随着楼生茂爆米花，住桥洞，与狗为伴。后来他拉了一个标语"到了西安，就找罗山"，他真的投奔了老板罗山。洗河聪明，过目不忘，1998 年当上董事长罗山的助理。这是洗河改变命运的第一步。洗河用他的禀赋和农民的"机智"，帮助老板罗山处理了诸多棘手问题：在罗山和兰久奎工地交界处，有人开车撞死了人，在谁的工区出事故要罚谁款。洗河借口看看人是否还活着，差人扶人，一时扶不起，头一扶起来，尸体整个就往前移了半尺，尸体整个就在白线西边，就成了兰久奎工区的事故了。罗山夸他"是个奇人"。因此，洗河、罗山和兰久奎成了莫逆之交。市秘书长到公司，他给秘书长削苹果；秘书长上厕所，他拿着纸站在外面。用他的方式显示了"能小方能大"的"格局"。翠花路楼盘安装水暖管道，罗闻涛发现管道不是市场上最好的，线路走向也不合理，与施工方交涉失败。洗河说可以"告发"本公司的罗董，联合业主告发楼盘豆腐渣工程。告发罗董，施工方就浮出了水面。结果安监局真的来人检查，查出了问题，罚了施工公司六十万元，解了公司之困。罗山将计就计，继续用明岛的公司施工化干戈为玉帛交了朋友。洗河深得罗山信任，后来做了罗山别墅"花房子"的管家。与伺候罗山父亲的梅青结婚生子，知恩报恩。他女儿和罗山儿子罗洋自由恋爱，洗河自然也就成了"花房子"的主人。洗河的经历酷似"流浪汉小说"，他在城里的经历，就是一个底层人成长的经历。这个成长不是书本教给他的，他接触和交往了各色人等，他也就了解和理解了生存的法则。不同的是，洗河是一个心地善良的人，无论对任何人，他与人为善处事谨慎，偶越俎代庖自我膨胀，但知错就改。洗河改变了命运获得了平安人生，与他的为人和心地有关。当然，洗河毕竟是一个来自乡村的青年，他有根深蒂固的农民性。他第一次住进了酒店，突然有了一种冲动："几次想抬脚把鞋印踩在那贴了壁纸的墙上，开窗时猛地用力去搬把手，想让把手断裂。这些想法最后虽然打消了，但那瞬间的冲动还是让洗河感到快意。以至于他站在床上了，使劲地蹦跶，睡下了不关灯：就开一夜，耗它电去。"这一根深蒂固的农民性或阿 Q 性，顿时让人想起了进城的陈奂生。洗河到古董店买水晶王，有意冷落柳老板三个月，然后再派人去打听

119

I

历史和叙述

价钱，有意压低价格，以一百三十万成交。同去的钟胜和洗河有意从中各赚取十万，便和罗山说一百五十万，罗山非常高兴。兰久奎要亲自拉水晶王，洗河怕露出破绽，给钟胜打电话，钟胜偏偏人机分离。兰久奎去了古玩店见了柳老板，暴露了真实价格。洗河则将回扣的事推到了钟胜一个人身上。为了自我保护，洗河也不惜篡改事实偷梁换柱害了钟胜。因此，洗河是一个有很多缺陷的好人。作家不是在写一个完美无缺的人物，洗河的复杂性是人的复杂性，因此，贾平凹首先是将洗河作为人来写的。

和洗河形成比较的是雨来风茶舍的老板呈红。呈红原来是陕北赤碛镇人。六年前西安农林研究所的巩丁俭到赤碛指导苹果栽培技术，住在镇政府院子里，三个月后巩丁俭返城，带走了好多特产，也带走了呈红。两人年纪相差二十一岁。要命的是巩丁俭相貌丑陋，刮刀脸，嘴噘着如吹火状。但呈红终究成了专家夫人，有了城市户口，还开了茶水店，后来升级换代为“雨来风茶舍”，其实是交易所，各色人等做不同的交易。本来是寻常百姓的消遣之地，因称作茶舍，消费极高，便自然区隔了普通人群。所以，金钱制造的等级比起政治制造的等级还要严酷。在这样的茶舍里，不要说你插嘴，你连门都进不去，这里做了什么你就更无从了解。进城后呈红和专家离婚了，和一个健身教练恋爱，但呈红很快又成了市秘书长的夫人。郑秘书长最后入狱，呈红又跟了一个"小白脸"，这个水性杨花的女人同样好景不长。呈红人性缺陷太多，而且是品质上的缺陷，这是她和洗河最大的差别。

罗山是时代英雄。他通过打拼成了西安城成功的企业家。他的广汇公司有六个分公司，是一个财大气粗的大老板。通过罗山的发迹史，可以看到一个私营企业家艰难的成长史。罗山除了投资和慈善行为，花销最大的就是送礼，一出手就是几十万。罗山有格局有魄力，当然更有商人的精明。他和患了肠癌的陈老板谈买地的价钱，从八千万到六千万成交。八千万时罗老板并不搭话，有意将陈老板晾在一边；陈老板降到七千五百万时他仍不接话。罗山和办公室主任周兴智护送陈老板出院时，乘电梯从十六层下到八层时突然失控，到了六层又停住，罗老板便认为冥冥之中可以六千万买断。病中的陈老板有三任妻子和一个外室——卖服装的"小三"，给他生了六个孩子。他担心自己死后遗产纠纷，尤其担心小儿子分不到，于是便忍痛割爱六千万出手。可以说罗山是乘人之危，但作为商人他遵循的是商人的法则。

包括神秘文化在内的传统文化，在双鼓坳装修时体现得极为集中：射钉枪射死了一个工人，风水先生过来看，问吊顶用的是什么木，回答说毛柳木，风水先生说毛柳木是妖木。罗山遂命令吊顶全拆一律换了花梨木。然后风水先生又用罗盘对照

121

了半天，说对岸沟壁有红色岩层，就是地硬，补救的办法是在水池那边竖一块巨石。结果那块水晶石派了用场。还有巫术、立筷子等神秘文化，延续了贾平凹小说对民间文化的讲述。但神秘的背后有时又隐藏着现实的秘密。银行路行长来到花房子，说你这里啥都好，就是缺一样东西，罗山问什么东西，路行长说是拴马桩。古代的马就是现在的汽车。拴马桩越多越彰显家大业大，而且拴马桩是精雕艺术。路行长主动介绍有人收藏。结果洗河一打电话，原来是行长的侄子手里有货，他每一根拴马桩要四万元。原来卖水晶王的店也卖拴马桩，只有两万元。

　　对当下世风世情的描摹，是贾平凹小说一贯的特点，甚至可以说，就这方面的成就而言，大概还没有超越贾平凹的。比如洗河的经历，几乎都是和小人物打交道，各色人等五行八作，小人物和市井社会才集中地体现了世风世情和世道人心。洗河误打了隔壁小区人家的鸽子，不承认，被搜身，却被人偷了二百元钱；涯底村老乡成四娃到西安卖邮票《祖国山河一片红》，结果却是井底蛙之见；罗山住院是因为脑血管狭窄，按摩师石圣给按了三次就好了，罗山高薪将其留在公司，哪个领导或家属病了便派石圣前去治疗。任何人都是有用的，都是打通关节的资源。熊启盘是市里第一批企业家，五十岁后，低调奢华，说他好的是春风化雨，说他坏的是老奸巨猾。老板们见面喊他盘哥，背地里叫他算盘。做医疗器械的李铭义进一批核磁共振缺口两千万，找兰久奎借，兰说没有多余资金，便介绍给了熊启盘，熊放贷十年给李铭义，需要还钱时李铭义人不见了。规划局长被双规，因只咬下面没咬上面，仅落实了八千万，判了十二年，等等。这些细节我们在其他资讯里也可以看到，因此《河山传》的诸多细节并不是空穴来风。

《河山传》汲取了古典小说的某些技艺技法，但又超越了旧小说的娱性功能。本质上它是一部当下世风的批判书，是小人物或底层人民生存和精神状况的文学报告，是一个现代知识分子的忧患录和"喻世明言"。同时，小说隐含了作家深重的悲悯，这种悲悯未着一字，但隐含在作家对洗河、罗山们命运的描摹中。这种大悲悯通过小说的人物传达出来，也可以理解为贾平凹对人的终极命运难以超越、无可改写的悲悯。那里有忧伤也有忧愤。如是，《河山传》就是一部地地道道具有现代意识的、讲述中国变革时代经验和中国故事的小说。

"新世情小说"的"新"，就在于它不仅仅接续了明清世情小说关注世俗生活，关注人的情感世界的书写，同时也吸收了"宏大叙事"对国家民族和社会历史发展的关注，个人命运和情感不可能独立于社会之外，所以不只是"极摹人情世态之歧，备写悲欢离合之致"。因此，这是一个特别值得研究和关注的文学脉流。

123

文学阅读：我们要耐心等待

——2023 年中短篇小说阅读札记

当下有没有好小说，长篇小说只是一个指标。我们评价一个时期小说状况的时候，往往集中在长篇小说的评价中。但是，中短篇小说是我们小说创作中重要的文体，但被关注的程度非常不够。这种状况影响了我们对当下小说创作的整体评价。近期阅读的中短篇小说让我发现，这两个文体有许多我们不曾有过的阅读体验。它们丰富了小说表达的思想深度和情感深度。特别是中青年的小说创作。

一、内心世界和隐秘的情感生活

钟求是的小说创作，几乎是一路攀升，他是当下评论家最为关注的小说家之一。特别是他的《等待呼吸》发表之后，他所表达的文学主题便具有了世界性。这不仅需要文学才能，同时需要对文学更深入的理解。《地上的天空》是他新近出版的一本小说集，共九篇。读他的这部小说集，一个突出的印象，是钟求是在小说命名时对时间和空间的钟情，比如《地上的天空》《他人的房间》《宇宙里的昆城》等，都是空间意象；《父亲的长河》《比时间更久》《远离天堂的日子》《除了远方》等，都与时间有关。这种无意识的命名，暗含了钟求是的一种创作心理和认识，或者说，小说的人与事，都是发生在物理时空中的，这是人类生存和想象的宿命。没有人能够超越物理时空存在。而且，物理时空就是长度和宽度，而人的命运就是通过长度和宽度演绎和表达的。

《地上的天空》是我非常喜欢的一篇小说。这个喜欢不只是说小说的命名充分表达了我对钟求是小说关于时空的理解，更重要的是小说整体构思、故事情节以及人物形象的与众不同。可以说，《地上的天空》是一部传统小说和先锋小说结合得非常完美的短篇小说。这个传统性，表现在小说有完整的故事情节，有我们完全可以理解和接受的人物以及讲述方式；说它先锋，是指小说的人物处理和叙事方法上。朱一围是一个性格怪异的、少有朋友的人，但他喜欢讲述者吕默，于是他们成了朋友。朱一围因病不幸英年早逝——这是一个悲剧，在小说的结构里也就是被放逐了，但逝去的朱一围幽灵一样无处不在，他仍是小

125

说的主角。准确地说，是他的故事以及当事人成了小说的主角。朱一围病逝后，妻子筱蓓希望朱一围的书能够有个好去处，希望吕默能够帮助处理。吕默突发奇想，希望找到一个也叫朱一围的人能够接受这批书。于是他发了朋友圈，希望能够再出现一个朱一围。过了两日，有人要求添加朋友，对方号称"衣艺者"，提示与寻人赠书有关。对方说："你不认识我，但我知道你叫吕默，我帮你找到了一位朱一围……他是我男友。"

天下居然真有另一个朱一围。女士希望给男友一个惊喜，而且要出钱买下这批书。"衣艺者"实名陈宛，吕默和陈宛很快相约到了筱蓓家里。陈宛是位三十多岁的标致女人，居然提出要付二十万购买这批书。事成之后，朱一围的儿子很快发现了学校图书馆出现了这批书，他在书上发现他父亲的名字。筱蓓要求吕默帮助了解一下这是为什么。吕默约见了陈宛。"衣艺者"是一个衣店的女老板。陈宛没有隐讳自己和朱一围的关系：她买书就是要送给朱一围儿子的学校。陈宛和朱一围相识于《第七天》的作品分享会上并建立了友谊，他们相互认为是"可以讲心里话的人"。他们经常泡茶室、逛书店、看电影，"两个人的朋友等级相当高，除了身体没有合并"。当陈宛想开一间服装店——就是现在的"衣艺者"——但缺一部分资金时，陈宛告诉了朱一围，暗想或许可以得到三五万的支援，没想到几天后卡里长出了二十万。陈宛激动又不安。朱一围不是大手大脚的人，在家里也不打理财务，所以凑齐这二十万确实不是一件容易的事情。于是两人更贴近了一步。事实上，朱一围对陈宛是真的动了心。他说："咱俩相遇太晚，这一辈子不能娶你，下一辈子你嫁给我吧。"陈宛说："行呀，下一辈子咱们早点遇上。"朱一围说："这不是玩笑话，为这个念头我已经琢磨了好几天。"陈宛便笑，说："不就是来世嫁你吗？没问题，你对我这么上心，我不能那么小气。"陈宛并没有认真，来世的事情谁能说清楚呢。但两天过后他们再见面时，朱一围从口袋里取出一只信封，信封里有两张内容相同的纸。那是下一世的婚姻协议书，写着两人下一世自愿结为夫妻，共同敬爱相处，不违背对方。陈宛玩笑式地签了字。朱一围说，送她的二十万就折成彩礼。这是一个非常荒诞的婚约，但它符合小说的逻辑和朱一围的人物性格。这个情节是小说关键性的情节，它的"后现代性"主要体现在这个情节上。就现实的意义来说，陈宛既将朱一围的二十万还给了他妻子筱蓓，体现了陈宛的个人品质，同时为朱一围的图书找到了合适的去处。但"来世婚约"这件事情改变了陈宛，她真的像"未婚妻"一样有了心事，这个心事是如此哀婉。它也改变了朱一围，他写在书上的那些话，比如"对书上的文字，一双眼睛便是一次公证""在对不起上面贴上邮票，从那边寄给这边的你"，显然是说给陈宛的。妻子筱蓓当然不能理解，但吕默是理解的。这样的情节就像电影一样，作为观众的我们和吕默一

127

样，是清醒的窥视者，但作为当事人的筱蓓却一无所知。但事情并没有结束：那一纸来世的婚约，陈宛有一份是安全的，她可以保存也可以销毁，但朱一围的那一份在哪里，对陈宛来说就成了一个问题。但我觉得钟求是处理得恰到好处。这毕竟不是一个推理或破案小说。

我要说的是，没有人知道人的心里究竟有多少秘密，就像没有人知道这个隐秘的世界究竟有多深一样。读《地上的天空》，我想起了张洁的《爱，是不能忘记的》。在张洁那里，相爱的人连手都没有握过一次，他们生活在爱情的"理想的天国"。四十多年过去之后，在《地上的天空》里，我们终于看到"高等级"的男女友谊终于向前迈进了一大步。他们终于敢于签署"来世的婚约"，在另外一个时空，安置他们的过去。

对人的情感秘密的勘探，在《地上的天空》中不止一篇。比如《父亲的长河》，显然是同题材的小说。或者说，不只同时代人情感的秘密无处不在，就是老一代人那里，他们也曾有过青春时节，也曾有过难以逾越的情感的万水千山。可以说，钟求是对文学的这种认知，既是时代性的，同时也是世界性的。试想，古今中外的大作品、经典作品，哪一部不是与人类的情感生活相关呢？

青年作家孙睿在看似平淡无奇的叙述中，总是在集聚巨大的能量，这个能量在等待时机，在恰逢其时又出其不意的时候轰然爆发甚至爆炸。于是，那些看似无关紧要的叙述，这时则像闪光的碎片一样飞上了天空，金光闪闪。如果在夜晚，它照亮了满天星空；如果是白天，那就是羊群一样的云朵。总之那是一些赏心悦目的惊奇又令人希望看到的事物。

小说起始于讲述者米乐和他老婆坐在胡同口的一间麻辣烫店里吃饭。他们"好久没有面对面坐下、像谈恋爱时候那样吃顿饭了"。他们看了一下午房，实在是走累了。9月份孩子就要上小学，还有一个多月。目前孩子跟着他俩住回龙观，幼儿园也是这边家楼下上的。米乐老婆觉得，幼儿园哪儿上无所谓，就当上着玩，小学不能再凑合，必须去城里。"必须到城里去读小学"，这不是米乐老婆的口号，这是她不可撼动的信念。于是他们必须要在学校附近找到一个"学区房"。"学区房"这是一个时代巨大的符号和诱惑，它意味着一种无比的优越甚至财富，意味着孩子可以接受最好的教育和艳羡的目光。当然，那也是一种未做宣告的"意识形态"，这"意识形态"一直隐藏在社会的最深处，它从未出现又无处不在，它有一只"看不见的手"，这只"看不见的手"魔法无边，只差将"学区房"送向云端。

米乐老婆不是北京人，米乐才是北京的城里人，小时候米乐就在西城长大。他老婆是大学毕业留了京，进了给解决户口的单位，单位在东城，于是不仅成为北京人，还成为拥有东城区户口的人，只不过是集体户。后来两人认识，结婚，也在回龙观买了房——为了离米乐父母近更因为这里的房价还能接受——老婆仍把户口留在单位。一开始米乐以为老婆嫌麻烦，懒得挪，直到几年后生了娃，给孩子上户口的时候，才弄明白老婆的良苦用心：孩子户口不在昌平上，上东城的，跟她一起，落集体户，将来是东城学籍，可以上东城的学校。米乐在家里是"佛系"，一直是老婆主事，因此老婆的强势一结婚就奠定了，而且一览无余毫不掩饰。但"佛系"的米乐只是不喜欢争执或强势而已。在"学区房"问题上，他们多次讨论无果，无论买多大的房子，哪怕是五十平米，要填进去的钱也是他们难以或不愿承受的。他们"连看了六套房子。连将将满意的都没有"。他们计算得认真，无论怎样评价都不过分。特别是米乐的老婆，她太精于算计了。米乐也在想办法，他有一个"奇异"的想法——

今天看完房子，也可以说在看房过程中，甚至说在第一套老破小看到一半的时候，"时机到了"的想法就开始在米乐脑子里闪现。他想，与其在"砖窝"里睡觉，还不如在"铁桶"里睡，反正都是个小。不就是为了离学校近吗，把房车停学校门口，没有比这更近的睡觉的地方了。相当于给小平房装上了轱辘。每天放学先开着房车接孩子回家，小学特别是低年级，三点多就放，这时候路上不堵，四十多分钟就能到家——这个通勤时长对于北京的学生族和上班族

130

来说已经算比较理想了。

就是要说服老婆买一辆"四轮学区房"——一辆房车。这是一个可以获得"创意奖"的想法，不管它是否靠谱，但就小说提供的情况而言，你不能说米乐的想法没有合理性。如果按照生活的逻辑来说，买房车做"学区房"不啻为天方夜谭，那种像吉卜赛人一样居无定所的漂泊生活，无论北京人还是外地人，无论如何是不能接受的。但是作为小说的整体构思，"四轮学区房"太有想象力了，它既有喜剧性更有荒诞性——是什么力量把人逼到了这等地步。米乐终于实现了自己的想法，他买了一辆房车。在试用过程中，他还和老婆体验了夫妻生活。米乐貌似对诸多事情无所谓，其实很有原则，他是在用内力控制着生活，以防沾染、滑离、坠落。比如这辆房车，就是不甘卷入过度内耗生活的证明。

有趣的是儿子上学后，儿子妈就没怎么出现，只有米乐开着房车接送儿子。这倒不是把儿子妈写丢了，这是在为"做乐队的 Sting 妈"的出现，或者为小说后来的情节做铺垫。米乐和"Sting 妈"的接触是循序渐进的，是从抵抗学校伙食卫生有问题开始，他们的孩子一起在房车里吃饭。"Sting 妈"不是那种张扬的"异端"，她喜欢做乐队，生活也不求奢华，只要过得去就可以。她只做自己喜欢的事情，她快乐又真实。接触了"Sting 妈"

131

之后，"米乐发现他和老婆想事情经常想不到一块儿去了。一个纯粹的人——也就是 Sting 妈——哪怕不被尊重，至少不该被排挤，米乐是这么想的。他有点理解不了现在的世界，和现在的老婆，老婆后面的那些话，已让他听不进去"。这个转变预示了米乐和老婆婚姻的某种危险。特别是国庆长假，Sting 妈的乐队在河北某城参加音乐节，邀请米乐带孩子来玩，她也会带 Sting去，音乐节在湿地公园，可以野营。米乐答应了。孩子在这里获得了无与伦比的快乐，米乐在组委会工作者采访"Sting 妈"时终于解开了自己的心锁——

　　小姑娘追问，那您说是为什么呀？Sting 妈说，当年觉得干这个没希望，挣不到什么钱，只能解散，后来该结婚的结婚，该生娃的有了娃，班也上了，折腾一圈发现还是干这个好，不用看人眼色，自己喜欢什么样的音乐就做什么，也不用讨好任何人。现在靠乐队能养家吗，小姑娘又问。乐队的人听到这个问题都笑了，Sting 妈说，那就看过什么日子了，别什么都想买就过得去。小姑娘最后举着话筒问道，说来说去还是因为发自内心喜欢音乐喽？对，Sting 妈说，离不开。说得真切自然，平静之下蕴含着不被万物改变的力量。

是什么力量改变了米乐，改变了他对老婆的看法，改变了自己的选择？当然是自由。米乐内心实在压抑得太久了。于是那个"四轮房车"也成了米乐作为男人的"自己的一间屋"。

按说米乐老婆没有错，她按照自己的生活轨迹和理想设计生活、照顾儿子的未来，她有什么错呢？米乐对她不厌其烦的事无巨细的讲述，一方面塑造了她的性格，她过的就是"后新写实"的生活，她就是池莉《烦恼人生》中的女印家厚。她的生活轨迹和设计不需要什么诗意，她只需要生活在世俗世界中，希望孩子也能够像她一样按照她的轨迹走下去，她没有个人的精神空间，她不了解精神世界是多么重要。米乐与老婆最大的不同，就在于米乐对自由的强烈渴求，他们没有生活在一个频道里，这就为米乐的"出走"集聚了足够的势能。到最后我们甚至感到，米乐不出走都不行了。米乐在"Sting 妈"的感召下，从"后新写实"境遇迅速跨越到"摇滚"世界，他要有驾驶"房车"可以随时"去远方"的自由。米乐已经想清楚了，但米乐老婆却未必能够想清楚，因为她确实也没什么错。人性的全部丰富性和复杂性，魅力就在于它的不可穷尽。

二、启蒙仍是一项未竟的事业

杨遥是 70 后代表性作家。他发表过多部长篇小说和中短篇

133

小说集，也是当下文学评论界比较关注、被评论频率较高或炙手可热的作家。

读《理想国》，突出的感受有两点：一是杨遥小说对小人物的关注和塑造，一是杨遥小说的文学性。对小人物的塑造并不新奇，文学本质上就是写普通人的。这一现象甚至产生了世界性的影响并影响了世界百余年，比如彼得堡的作家们，像普希金、莱蒙托夫、果戈里、契诃夫等，他们创造的"多余的人"就是极端的例子。在现代中国，这个现象也成为一种传统。但杨遥的小人物更小。他们小得像一粒尘埃，如果不是杨遥的发现，这些小人物可能永远不会被看到，更不会被书写。比如《黑色伞》中的蔚仙儿，是一个涉世未深，在贫困的生活中一尘未染的小女孩。她对世界充满了好奇，特别是对现代文明给予洗礼的心情，让人格外感动。从此蔚仙儿变成了另外一个孩子。对于蔚仙儿身处的乡村来说，现代文明之光还没有照进。那个修伞人是一个"异质性"的力量，他进入乡村，在最细微处显示了现代的文明，他的话语方式，对水资源的珍惜，让蔚仙儿看到，也感受了另外一个世界。于是，蔚仙儿在情感上和这个修伞人建立了联系。"蔚仙儿希望听到那怪腔怪调的'修伞哩，有伞修吗'的南方口音"，"从那之后，下雨时蔚仙儿再没有披过蛇皮袋子"。从这时开始，蔚仙儿已经站在了现代文明一边。现代文明进入偏远的乡村不是一件容易的事情。玉米棒堵住流淌的水，在村里也曾掀起波澜，一秋父亲等村民的抱怨和议论，是对现代文明的某种对峙或不能接受。"伞"和"蛇皮袋子"作为避雨的工具，也是一种隐喻。

小说的文学性，我觉得主要体现在另一条线索上，这就是乡村的教育。"蔚仙儿他们班发生了一件怪事。一天早上，学生们去了教室，发现自己放在教室里的圆珠笔的油珠都被削掉了。这件事情引得老师勃然大怒，同学们也议论纷纷，不知道谁会干这样的缺德事？整整一天时间，什么课也没上，专门查这件事情，查到放学时，还没有结果。许多学生开始焦虑不安。老师说，犯错误的同学只要主动承认错误，保证不再追究。可是没有一个人站出来。

最后，老师使出了撒手锏。她说，我相信同学们的眼睛是雪亮的，既然犯错误的同学不愿意主动承认，那咱们投票吧。

老师一个一个念纸条上的名字，除了一张纸条空白，有四五个纸条上写着其他班级一个非常爱捣蛋的学生，还有一张上面写着班里一个男生的名字，其余的纸条上都写着蔚仙儿的名字。"

这件事从另一个方面改变了蔚仙儿——

从那之后，蔚仙儿变得沉默寡言。下课和活动时间，她不找其他同学玩，独自一人靠在大槐树上，默默地向远方

135

凝望。

蔚仙儿看到水房前的水管里淌水，不像以前那样直接过去堵上，她坐在水房前一直盯着这两根水管，仿佛她的眼里有魔力，能让流淌的水停止。她在井房前坐一会儿，冯老头就过来了，他像做错了事情似的，低着头骂骂咧咧嘟囔几句，把水管堵好。有几次还不放心似的，用劲把玉米棒子往里转一转。有时冯老头还没有过来，有人来担水，他们看到蔚仙儿的目光，许多人马上解释不是他拔的，然后就把水管堵上，直到把水桶放到接水管下面，才明白自己过来干什么，再把玉米棒子拔开，用完之后赶紧再堵上。

这说明蔚仙儿的努力在村里产生了效果。文明终会击败愚昧。村民心里对蔚仙儿有了忌惮，已证明文明的胜利。

过年的时候，蔚仙儿在垃圾堆发现了一把伞，她不顾脚被扎伤，将这把伞带回了家。路上，蔚仙儿看见许多人家屋顶上的烟囱里冒着灰色、黑色的烟，然后先是听见有零星的鞭炮声响起，后来鞭炮声越来越密集，她仿佛看见爸爸坐在饭桌边，等她回家开饭。

伞是一个意象，一个符号。伞的号码是那位修伞人。看见了伞就如同看见了人。蔚仙儿幸福得就像爸爸等她回来吃饭一样。

小说将修伞人和那位乡村教师构成了鲜明的对比。我们虽然不能说那位乡村教师是现在教育的一个缩影，但当下生活被诟病得最严重的领域大概非教育莫属，当然，或许有别的更严重的领域。这个对比中，一方面是蔚仙儿对现代文明的渴望，她对修伞人的怀念未着一字，但小说中流淌的情感我们一览无余。那位乡村教师恰好是修伞人的对立面，她用虚假民主的愚蠢方式，几乎毁掉了蔚仙儿。刚刚看到文明曙光的蔚仙儿，瞬间又回到了至暗时刻。

《黑色伞》意在表明，五四新文化运动百年过去之后，中国的"启蒙"还远远没有完成。值得注意的是，杨遥是用一个短篇小说将这个严酷的事实揭示了出来。因此，《黑色伞》既是一曲文明的赞美诗，也是一部现实的批判书，而这一切又都是在充满文学性的表达中完成实现的。

像《未来之路》中的莫小戚、《炽热的血》中的赵青等，都属于小人物，甚至是未成年的人物。在杨遥的笔下，我们看到了这些更小人物成长的艰辛。因此杨遥是一个心怀大悲悯的作家。

三、新生活和人物的时代性

孙睿 2022 年曾经创作了一篇《抠绿大师》，小说也是在一块"绿布"下完成的。小说要表达的是，这个世界是不是因为有了"抠绿"技术就真假难辨了，作为"遮羞布"的绿布，是不是

137

真的就遮蔽了人与人的差异性。2023 年，孙睿意犹未尽，他又创作了《抠绿大师Ⅱ·陨石》。虽然都与"抠绿"有关，但小说的主旨已大异其趣。而且《抠绿大师Ⅱ·陨石》更精彩，这是一篇特别值得我们关注的小说。它的内容表面上是一篇有关自媒体拍摄的故事。因业务的不景气，摄影棚只留下"我"一个人看棚，其他人都遣散了。突然来了一个人，锲而不舍地按着门铃。开门后是一个四十岁左右的男子，要看"科技棚"，而他的"注意力还在他面前那条唯一通往我们这里的路上"。这个细节非常重要，这是小说结局的重要铺垫。然后是两个人的关于价格的对话。我作为一个"留守者"本来不抱有谈成生意的指望，因此在价格上一丝不苟甚至咄咄逼人，每一个细节的费用都不含糊。这既是一个人物的性格，也是一个时代的环境。但来者非常坚决，直接将两万元钱打到了"我"的卡上。两人的态度形成鲜明比较，接着便进入拍摄。

男子要拍的是关于太空的故事，片长五分钟左右。他详尽地询问了诸多技术环节，他对"抠绿"询问得极为详尽。抠绿是指在摄影或摄像时，以绿色为背景进行拍摄，在后期制作时使用特技机的"色键"将绿色背景抠去，改换其他更理想的背景的技术，目的是使演员及道具看起来好像是在其他更理想的背景下拍摄的。男子自导自演，口中念念有词，但他不时地"望向门外，略带慌张"。一个心神不定的人到底为什么要拍这个短视频呢？我们一无所知。他要拍摄太空飞船和宇宙空间，而且一定要有家庭温馨的场景。当点下拍摄键之后，他说："看，豆豆，我在哪里？对啦，宇宙飞船上！"这时我们明白了，他是要给自己的孩子拍一段视频。男子下面这一段道白，既是拍摄的画外音，也是我们进入小说的关键。他说——

　　有时候，大家会流行一种情绪和论调——赶紧毁灭吧！豆豆，你看看窗外，这么美，多辽阔，值得我们活下去，所以不要悲观，无论什么时候，无论多难，都不要放弃，不要想着去制造爆炸。我和妈妈就是来负责疏通太空的交通，如果有星球快撞到了，通知它们及时刹车，在星球多的地方安放红绿灯，或修建立交桥，让它们各行其道，避免碰撞。

　　豆豆，可话说回来，宇宙的形成恰恰是因为大爆炸，产生出行星、彗星、恒星、地球、月亮和太阳。所以，爆炸是好事儿还是坏事儿，很难说清，就看怎么理解了。给你讲了这么多，其实我也不是很懂，咱们人类太渺小，不要说搞明白宇宙的事儿，就是人和人之间的事儿，都不可能完全搞懂——今天你可能和这个小朋友好，明天说不定你就会和那个小朋友好，没准后天他俩都不和你好了，然后过几天你们又和好了。人就是善变的。

　　再告诉你一些你现在还不懂，但可以帮你理解爸爸妈妈

139

的话：保持一个开放的心态，才能接受新鲜事物，帮你打开格局，平静面对一切。你不是喜欢太空吗，那就要勇敢去探索未知的宇宙领域，包括探索自己和同类。

但是，我们还是不明就里。他接着说："星球的脱轨是因为引力，人失控也是如此，造成人脱轨的原因很多。情绪、欲望都是一种引力。"这些话，显然是一个父亲对孩子的嘱咐、教导。而且男子在拍摄中间还穿插了这样一句话："'来，让妈妈跟你打个招呼，妈妈呢，快过来，让豆豆看你一眼。'不知道为什么，我突然从他的话语里听到一丝哭腔。"最后——

他冲着镜头开始说话："豆豆，再见，爸爸妈妈要吃饭了。明天我们去的地方，信号可能不太好，不能随时和你视频了。你要听幼儿园老师的话，听所有陪着你的叔叔阿姨的话，他们是爸爸妈妈的朋友，爸爸欠你的，他们会替我实现。乖乖的，你是男子汉，想我们了不要哭！"

这应该是和孩子的告别了。他为什么要和孩子告别？

小说即将结束了，我们还是没有理出男子如此深情地与孩子讲述道理并最后告别的头绪。这就是这篇小说在艺术上的不同凡响。这是一篇后叙事视角的小说。因此，只有读到最后，我们才会明白到底发生了什么。这时，老板的电话响了。老板显然知道这里发生了什么。因为老板知道警车已经在大门外了，男子显然也知道警车就会来的。这时我们明白了男子刚来时为什么"注意力还在他面前那条唯一通往我们这里的路上"，为什么他不时地显得慌张。但是，当警车真的来时，"他突然变得不着急了"，而且本来"不会吸烟"的他还要"来根儿烟"。他说："我从没为一件事这么后悔过。"他深吸一口，吐出烟雾，"但一切都晚了。"这时我们明白了，他嘱咐或告诫孩子的话，都是说给自己的。这才是小说真正的硬核。

小说将要结束的情景让人泪目，一个中年男子的全部柔情和悔恨一览无余，那是我们久违的关于父子的"情天恨海"。当警察询问是"我"报的警吗，"这时我的身后传来一个声音，丝毫不像刚才那个男人所能发出的音调，仿佛来自太空：'我报的。'"是男子自己举报了自己。他拍摄得急切，几乎不计代价，因为他要完成一个夙愿；但能省的开销他又绝不浪费，他要为孩子节省能节省的任何费用。一个男人在那个时刻所有的心思都被讲述者想到了。这时，无论男子因欲望和冲动犯了怎样的错误和罪责，似乎都不重要，都可以原谅了。小说的整个过程，就是这个男子悔恨的过程、自我救赎的过程。他良知未泯，人间爱意未泯，因此他才有了自己举报自己的勇气，他是一个大勇者。当然，作为文学人物，我们没有必要从道德化的角度做

141

出评价。如果从人物形象、人物性格的意义上评价，我认为这是近年来令人震撼的文学人物。虽然我们不知道他姓甚名谁，但他作为文学人物已经成功地矗立在了我们面前。我曾多次讲过当下文学没有人物，没有情义，这是我们一个时期以来小说创作最大的问题。这个问题被提出以后，曾引起了普遍的关注，但总体而言并不乐观。因此孙睿的《抠绿大师Ⅱ·陨石》在这方面的努力和取得的成功经验，是特别值得我们关注的。

一方面，小说非常具有时代感。小说的内容几乎是不可置换的，是难以挪移到其他任何时代的，它只能属于当下。文学与时代的关系，最重要的就是提供了怎样的新知识，在怎样的程度上改变了我们对世界的认知。如果不是这样，我们完全可以不读小说。自媒体时代的故事，具有极强的专业性，小说家就是要在新的知识环境中塑造它的人物，塑造全新的人物关系和人物形象。孙睿由于对专业和生活的熟悉，才有可能选择了这样的题材，稀缺的题材和稀缺的人物形象，使《抠绿大师Ⅱ·陨石》当之无愧地成为当下小说创作的难得之作。然而，小说关于情感的呈现又是传统的，那种溢于言表的父子之情，那种对过错的忏悔如泣血书。这里又有关于人性、人情不变的执着，而且这是小说最为感人的方面。因此，一部好的小说，只有先进或先锋的方法是不够的。无论用怎样的方法创作小说，如果不与人性深处最幽微的东西结合起来，只能徒有形式的外壳。在这个意思上，《抠绿大师Ⅱ·陨石》是用先锋的小说形式处理人性和情感，结合得恰到好处的一部小说；它是用文学性将新生活新人物处理得浑然一体的小说。我甚至认为，2023年，有了孙睿的《抠绿大师Ⅱ·陨石》，我们的短篇小说创作就是一个好年景。

四、无解世界的魅惑和魅力

欧阳德彬是近年涌现出来的文学新人，是一位新锐小说家。他现在是在校博士研究生，研究文学也创作小说，而且都取得了很好的成绩。仅此一点，欧阳德彬就很了不起。做文学研究的人，如果有条件，都应该搞一点创作。现代中国这样的学者非常普遍，可惜的是现在这样的学者已经凤毛麟角。有创作经历和感性经验的学者，再讲文学的时候，一定是非常不同的。

欧阳德彬也创作其他样式的小说，但《故城往事》集中收录了中篇小说，显然是有考虑的。我也觉得欧阳德彬的中篇小说写得最好，质量也大体整齐。这种状况也非常普遍，也不难理解。一方面，百年中国中篇小说成就最高，从陈季同、鲁迅、郁达夫、张爱玲、沈从文、赵树理一直到近四十年的小说创作，作为文体的中篇小说的成就，其他文体是难以超越的。因此，当下的中篇小说门槛高，作者队伍强大，实力雄厚，没有好作品是难

143

以脱颖而出的。另一方面，中篇小说很难市场化，一直在严肃文学很高的层级内运转，作者、编辑都有很高的要求和自我要求。这样，中篇小说创作的整体水准高，新出道的中篇小说作者的水准必然要高。欧阳德彬就是在这样的环境中成长起来的作者，他的中篇小说相对其他文体更好更成熟，也在情理之中。

欧阳德彬的小说观念非常正确，他的小说一开始就具有国际性或世界性的取向。国际性或世界性这些大词，听起来有点夸张甚至耸人听闻。我要说的是欧阳德彬在小说中处理的题材或内容。他的小说是以人，特别是青年人在这个时代的情感和精神世界为对象或内容的。只要稍稍想一下古今中外那些著名的文学经典，处理的内容或问题，几乎没有离开这一领域或范畴的。我是在这个意义上说欧阳德彬的小说具有国际性和世界性的。《故城往事》应该是欧阳德彬的成名作。这部中篇小说，在构思、人物设置和整体结构方面，极具现代小说的特征。"我"和"鸡蛋花"女孩回到了故城 L 城，说是为了"鸡蛋花"的毕业论文寻找故城方言，而且"鸡蛋花"希望"我"用"小说"的方式记述。但是，小说在处理这些"故城往事"时，虚虚实实真假难辨，"一半是海水一半是火焰"。在大学校园及其周边，在故城的过往，通过小说的讲述，欧阳德彬深入到了人物和时代的纵深处，将这个时代青年的情感、思想、精神世界的风貌及其困惑，极具文学性地呈现出来，显示了欧阳德彬的文学素养以及理解时代世风的能力和小说创造性的能力。另一方面，是欧阳德彬对人性的深刻洞察。"我"与"鸡蛋花"女孩以及最后和林红的晤面，将人性最复杂的一面呈现给人看。那已经不能用虚伪、假象等道德化来判断或批评，那里的人性的全部复杂性，几乎是无解的。而小说的魅力就在于那是无解的世界。因此，欧阳德彬的小说是在这样的领域展开的，与文学的世界性就有了通约关系。这也是我看好欧阳德彬小说一个重要的原因。

小说集中的其他作品，无论是通过"鸟"的描摹，还是《山鬼》里的沈枫，以及"独舞"的陈欣，一再出现的涨潮，欧阳德彬通过自己塑造的人物与这个时代构建了属于他个人的联系。我们通过这些人物，看到了新一代作家对时代、世界不同的理解和表达。欧阳德彬丰富了我们对时代和世界的认知，也使我们坚信，因为有这样强大的生生不息的文学后备人才资源，文学才会波澜壮阔，永不枯竭。

2024 年 1 月 20 日

145

文学创作的核心观念

——当下作家对文学与情感
关系的理解和阐发

　　建构中国的文学经验和学术话语，是我们的理想和雄心壮志。但是，任何理想必须诉诸实践才可能实现，空谈是没有意义的。四十多年来，我们在了解和践行西方文学理论和批评的过程中，应该说积累了一定的经验和体会，这一点非常重要。不能说要建构中国的文学经验和学术话语，我们就全盘否定对于西方文学经验和理论批评的了解过程。而恰恰是我们了解了西方之后，才有可能建立我们的文学经验和学术话语，也正是因为我们了解西方，才使我们觉悟了建构自己文学经验和学术话语的重要与迫切。我注意到，很多批评家在这个过程中，一方面从传统的文学理论和经验中发掘其当代的意义和可能性，一方面也积极地从百年文学的批评理论中整合我们自己的经验和话语。这都是必要的。但事实上，新的文学经验和学术话语，是难以断然区分西方、传统和当下的，或者说，只有在融会贯通或中西、古今兼顾中，我们才有可能找到我们需要的东西。这一如我们所理解的"文化传统"，我们今天的文化传统，恰恰是融汇了古今、中西之后，在不断的变动、丰富、阐释过程中形成的。传统是一个变量而不是恒定的。如果是这样的话，那么，中国的文学经验和学术话语也同理，恰恰也是在这样一个过程中逐渐形成的。

就文学理论批评专业而言，除了专业工作者的努力之外，我发现，当代作家在他们的"谈创作""专访""对话"以及作品的"前言""后记"等多种文体中，也越来越多地涉及了与文学理论批评相关的话题和内容。特别是那些有深厚文学理论修养的作家，在创作实践过程中，在某一方面有了深刻体悟，虽然不一定用严谨的学术或理论话语表达，但他们生动、形象阐发的与文学理论相关的内容，同样应该引起我们的重视，那也是构建中国文学经验和学术话语重要的内容或方面。这里我们着重讨论作家谈论的文学与情感关系的话题和内容。

讨论这个话题，也是源于作家对文学创作的检讨或反省。东西在《寻找中国式灵感》中说："我们躲进小楼，闭上眼睛，对热气腾腾的生活视而不见，甘愿做个'盲人'。又渐渐地，我们干脆关上听觉器官，两耳不闻，情愿做个'聋人'。我们埋头于书本或者网络，勤奋地描写二手生活。我们有限度地与人交往，像'塞在瓶子里的蚯蚓，想从互相接触当中，从瓶子里汲取知识

147

和养分'（海明威语）。我们从大量的外国名著那里学会了立意、结构和叙述，写出来的作品就像名著的胞弟，看上去都很美，但遗憾的是作品里没有中国气味，洒的都是进口香水。我们得到了技术，却没把技术用于本土，就连写作的素材也仿佛取自于名著们的故乡。当我们沉迷于技术，却忽略了技术主义者——法国新小说派作家罗伯-格里耶清醒的提示：'所有的作家都希望成为现实主义者，从来没有一个作家自诩为抽象主义者、幻术师、虚幻主义者、幻想迷、臆造者……'"①东西的这段话在我看来，是对多年来沉迷于文学"技术主义"的反省。技术对于小说来说当然重要，没有技术就是没有技巧。但技术是有服务对象的，它要服务于小说的整体需要，否则就会沦为"炫技"，对小说来说不仅于事无补，而且事倍功半。文学最终是处理人的情感事务的领域，如果不在人的情感领域深入探索，如果对人的情感没有诚恳的体会，技术无论怎样先进或奇异，都是没有意义的。

我注意到，2017年上海译文出版社出版了我们熟悉的英国作家麦克尤恩的小说《儿童法案》。评论家和作家陆建德、徐则臣、止庵、张悦然等参加了新书发布会。这是一部用极端化的方式呈现的小说：女主角菲奥娜·迈耶是一位高等法院的女法官，向来以严苛的睿智、精确和理性闻名。一方面是她职业生

---

① 《东西作品系列·序言》，上海文艺出版社 2016 年。

涯的成功，一方面是她深陷家庭的不睦。多年不育以及丈夫的出轨令她长达三十年的婚姻陷入了危机。十七岁的男孩亚当由于宗教信仰拒绝输血治疗，命悬一线。时间在流逝，控辩双方都给出了理由，为了做出公正合理的裁决，菲奥娜决定亲自前往医院探望男孩。一番恳谈交流触动了菲奥娜内心深藏已久的情感。类似的小说我们可能也会在纳博科夫的《洛丽塔》中读到，重要的是作家们如何解读这部作品。作家止庵在发布会上说："麦克尤恩在我看来是一个'小而深'的作家，不是一个局面特别大的作家，虽然每个小说都写一个大的事，包括《儿童法案》也是非常大的事，因为这确实涉及儿童、涉及社会、涉及法律、涉及救赎等等，但最终还是回归到人类情感，而且是最基本的情感，他关注的还是这个很小的世界，他把这个世界挖掘得特别深，他的每部作品都有一个情感深度。我们有一些作品，比较起来比较弱的是在情感深度上，我们在其他的深度，比如社会深度等，都够，就是人类基本的情感深度不够深。如果说我特别推荐《儿童法案》的话，就在于它是麦克尤恩一以贯之的达到情感深度的一部小说，这个能够弥补我们某些不足，也是值得我们中国读者去阅读的。因为文学的东西本来最终是讨论人的情感问题，如果情感问题不能得到超越常人的解决或者超越常人的理解，这个文学家跟我们常人就是一样的，我们

149

就没有必要看他的书。"①止庵在这里提出了一个我们耳熟能详又非常重要的问题，这就是小说的"情感深度"。2019 年年初，阿来在《机村史诗》小说读书会上也达了同样的看法："什么是小说的深度？小说的深度不是思想的深度，中国的评论家都把小说的深度说成是思想的深度，绝对不是。你有哲学家深刻吗？你有历史学家深刻吗？我说小说的深刻是情感的深刻。当我的情感空空荡荡的时候，我自己都没有深度的时候，我是一个干涸的湖底，还能给别人讲故事吗？不可能。"我非常同意止庵和阿来的看法。张抗抗在《多情却被无情恼》一文中②讲道："元好问《雁丘词》，从'问世间，情为何物，直教生死相许？'的发问写起，这惊天一问，问了八百多年，今天我们还在谈论'情为何物'，可见'情'的内涵很难一语界定。人类的理性约束，很少有人能为情生死相许，然而我们时时都处于为情所困、为情所惑、为情所忧的情境中。汉语中与'情'有关的成语和语词非常多，比如：情深意长、情意绵绵、情不自禁、情有独钟、情何以堪、情缘、情种、情痴、情圣……凡是吸引我们感动的文学作品，总是和情有关。"止庵、阿来和张抗抗（张抗抗的文章从

①　止庵语见"新浪读书"所载《〈儿童法案〉：麦克尤恩始终关注人的情感深度》，https://book.sina.com.cn/review/cbsp/2017-06-12/doc-ifyfzhac1573919.shtml，2017 年6 月 12 日。
②　张抗抗：《多情却被无情恼》，《上海文学》2019 年第 1 期。

题目到内容，都与文学的情相关）重提文学与情感的关系，虽然是一般性的讨论，但在今天的文学语境中，就格外值得注意。

针对一个时期的文学情况，我曾批评过文学的"情义危机"，批评作家和作品中充斥的戾气。这一看法曾在批评界引发了一场不大不小的讨论。这种没有约定的情感倾向的同一性，不仅是小说中的"情义危机"，同时也告知了当下小说创作在整体倾向上的危机。文学的情义危机，是一个相当普遍的现象。无论是乡土文学还是城市文学，人性之"恶"无处不在弥漫四方。前现代的穷乡僻壤几乎就是"恶"的集散地，每个人都身怀"恶"技。一个曾经的"小姐"回到乡里，父亲为她的亲事绞尽脑汁，所有的青年都不愿意娶这个曾经的风尘女子，只好嫁给一个只会喝酒打牌的浪荡子。女子出嫁后，确有洗心革面之意，以赎罪的心情接受婚后的日子。但是，她的风尘经历成为公婆和丈夫虐待她的口实，她受尽了侮辱和践踏，不仅每天战战兢兢看着公婆和丈夫的眼色，承担了全部家务，甚至失去了人身自由，丈夫动辄拳脚相加。她唯一的选择只有出逃。这显然是一出惨烈的悲剧。令人震惊的是，从五四运动的启蒙到改革开放的今天，中国乡村的某些角落的观念没有发生任何革命性的变化。对一个有过错女性的评价，仍然没有超出道德化的范畴。他们不能理解，当他们用非人的方式对待这个女性的时候，自己是一个怎样的角色。这种故事并不是极端或特殊的现象。如果是这样的话，那么，乡村中国就是一个仍然处在前现代、对现代文明一无所知的社会。进城务工是至今仍未消歇的小说题材，这与当下中国的城市化进程和现实生活有密切关系。但是，农民进了城市，并不是就进了天堂。于是，当事人的怀乡病随之而来。这种程式化、概念化的写作，不是来自作家对当下生活真正的疼痛，而完全是一种主观臆想，这些作品的编造之嫌是难以辩白的。

我们的文学曾长久经历过"暴力美学"熏染，对"敌人"充满了仇恨和诛杀之心，曾受过"弑父""弑母"等现代派文学的深刻影响，青年"解放"的呼声响遍行云，"代沟"两岸势不两立，商业主义欲望无边的意识形态将利益的合理性夸大到没有边界的地步等，这些观念曾如狂风掠过，至今也没有烟消云散。在文学表达中，其基因逐渐突变为一个时期普遍的无情无义。当然，这里的情况并不完全一样。有的小说是以批判的态度和立场对待这种没有情义的现实和人物，是通过情义危机呼唤人性和情义，那里有作家不能抑制的痛心疾首，也有启蒙主义的遗风流韵。但更多的作品是以自然主义的方式表达人情冷暖的匮乏，在貌似"客观"的描摹中，将现实的冷漠、无情、阴暗、仇怨、诅咒、幸灾乐祸等戾气，更集中、更典型也更文学化地做了表达。历史上，曾有过类似的情形，在明末的士人中，"戾气"就是一种普遍的存在。赵园在对明清士大夫研究中，注意到了王夫之对"戾气"对于士的"躁竞""气矜""气激"的反复批评。以"戾气"概括明代尤其明末的时代氛围，有它异常的准确性，而"躁竞"等等，则是士处此时代的普遍姿态，又参与构成着"时代氛围"。我还注意到同处此时代的著名文人，与如王夫之这样的大儒的经验的相通：对上文所说"时代氛围"的感受，以至于救病之方。尽管他们完全可能是经由不同的途径而在某一点上相遇，但这绝不像是偶然的邂逅。事实与认识的积累，使得有识之士在不止一个重大问题上默契、暗合。就赵园讨论的问题而言，她注意到的，还有钱谦益以其文人的敏感，也一再提到了弥漫着的戾气。无论开的是何种药方，钱谦益是明明白白提到了"救世"的。他所欲救的，也正是王夫之顾炎武们认为病势深重的人性、人心。

当然，今天绝不是明清之际，当下文学中的情义危机和"戾气"，也没有夸大到明清之际的程度。但是，历史的经验值得注意，即便那仅有的相似性，也足以让我们警醒和警觉。另一方面，文学中夸大的情义危机和戾气，其他媒体中，特别是网络，为了"争夺眼球"，可能比我们的文学呈现得更加耸人听闻触目惊心。但是，文学的价值更在于表达了其他媒体不能或难以表达的世道人心和价值观。如果文学对当下生活的新经验不能做出令人耳目一新的概括，不能提炼出新的可能性而完全等同于生活，并以夸大的方式参与"构成时代氛围"，那么，文学还有存

153

在的必要吗？当下文学不断遭遇矮化和诟病，文学的不被信任日益扩散和弥漫，与文学的"有情"背道而驰是大有关系的。文学如果可以不再关注情义，不再表达人情冷暖，读者要文学何干？生活中已经充满了戾气，缺少爱和暖意，同情心越发稀缺，不幸的是，我们的文学有过之无不及。我曾在不同场合讲过，生活已经有了太多的"细思极恐"，如果文学还要雪上加霜，把被讲述的生活描述得更加惨不忍睹，那么，文学于我们说来还有什么价值？也正是在这样的意义上，我们警惕文学的情义危机，呼唤有情有义的文学。

所幸的是当下文学的情义危机正在发生非常大的变化。"有情"的义学逐渐成为文学的主流：南翔的《绿皮车》、阿来的《云中记》与《蘑菇圈》、陈世旭的《老玉戒指》、马晓丽的《陈志国的今生》、老藤的《手戒》、东西的《回响》、孙甘露的《千里江山图》等都将人间的情义写得感人至深沁人肺腑。《绿皮车》中，茶炉工当天就要退休，他尽职尽责依然如故地做好最后一天在职的工作。当他看到旅客都在帮助"菜嫂"时，他也悄悄地将五十元钱塞进了"菜嫂"孩子的书包里。"菜嫂"的艰辛和茶炉工售货的艰难，小说多有讲述，但此时此刻，金钱在他们那里，真的成了身外之物。这就是普通百姓的温婉，这温婉的力量无须豪言来做比方。《蘑菇圈》中，阿妈斯炯宽容，对人与事云淡风轻，她历尽了人间困难，但她没有怨恨，没有仇恨，她

154

对人和事永远都是充满了善意。在《老玉戒指》中，陈世旭用同情的方式处理了在价值观或道德方面有严重缺欠的人物。那个只认名利的陈志几乎乏善可陈，但当合作者危天亮去世之后，他们共同创作的剧本的署名只有加了黑框的危天亮而没有他自己。他内心的善和义，不着一字，一览无余。马晓丽的《陈志国的今生》，写人与狗的关系，被命名为"陈志国"的小狗，进入家庭带来的烦乱，陈志国离家后家人旅途的默然，陈志国归来后的悲喜交加，然后是陈志国黯然的暮年。一波三折的讲述，使陈志国的今生今世风生水起，一如普通人平凡也趣味盎然的一生。人性的善和内心的柔软在与狗的关系中彰显得淋漓尽致。老藤的《手戒》写狱警司马正缉拿逃跑的犯人沙亮，他要为荣誉而战。但十余年来经历的人与事，深刻地改变了司马正的世界观，是善的价值观彻底改变了司马正的复仇心理，完成了他从荣誉、复仇到释然、放下的个人性格的自我塑造。这些作品在读者那里获得了好评，也理所当然得到了批评界的举荐。

"有情"的文学，强调文学书写人间的情义、诚恳和大爱，它既不同于对人性恶的兴致，也与流行的"心灵鸡汤"是完全不同的两回事。"心灵鸡汤"是一种肤浅的大众文化，是画饼充饥虚假抚慰和励志的一种"诗意"形式。而有情的文学，是对人的心灵和情感深处的再发现，它悠远深长，是人类情感深处最为深沉也最为日常的善与爱，这就是有情文学的动人之处。因

155

此，文学表达"情感深度"的内容和方式是不可穷尽的，这是文学长久存在并有无限可能性最根本的理由。"一代人有一代人的文学"，从根本上说，是不同时代作家对情感深度的不同理解和发现。铁凝在《飞行酿酒师》自序用了"文学最终是一件与人为善的事情"来表达。"与人为善"，首先是一种心理状态，是对世界的基本态度。她说："生活自有其矜持之处，只有奋力挤进生活的深部，你才有资格窥见那些丰饶的景象，那些灵魂密室，那些斑斓而多变的节奏，文学本身也才可能首先获得生机，这是创造生活而不是模仿生活的基本前提。模仿能产生小的恩惠，创造当奉献大的悲悯。""悲悯"是情感深度形态的一种。她的短篇小说《信使》没有收到《飞行酿酒师》集子里，但它的影响力可能更广泛：这是一篇具有坚硬气质的小说。起子曾经是小说中的信使，他帮助过陆婧和肖团长的情感交流。但是他很快就辜负了信任，偷窥并告发了这段隐秘的情感。事发之后，妻子李开花提出离婚，他不同意。李开花以决绝的方式从房上跳了下来。"要么死得更快，要么活得更好"，她几乎用烈女的方式摆脱了和起子的婚姻。李开花的骨气、勇气无与伦比。《信使》塑造了一个宁为玉碎不为瓦全的了不起的女性，但我却从中读出了铁凝的"悲悯"，那是对人的尊严的由衷赞许、同情和守护。

莫言接受诺贝尔文学奖演讲的题目是《我是一个讲故事的人》，其中讲了这样两个故事——

我记忆中最痛苦的一件事，就是跟随着母亲去集体的地里捡麦穗。看守麦田的人来了，捡麦穗的人纷纷逃跑，我母亲是小脚，跑不快，被捉住，那个身材高大的看守人扇了她一个耳光。她摇晃着身体跌倒在地。看守人没收了我们捡到的麦穗，吹着口哨扬长而去。我母亲嘴角流血，坐在地上，脸上那种绝望的神情让我终生难忘。多年之后，当那个守麦田的人成为一个白发苍苍的老人，在集市上与我相逢，我冲上去想找他报仇，母亲拉住了我，平静地对我说："儿子，那个打我的人，与这个老人，并不是一个人。"

　　我记得最深刻的一件事是一个中秋节的中午，我们家难得地包了一顿饺子，每人只有一碗。正当我们吃饺子的时候，一个乞讨的老人，来到了我们家门口。我端起半碗红薯干打发他，他却愤愤不平地说："我是一个老人，你们吃饺子，却让我吃红薯干，你们的心是怎么长的？"我气急败坏地说："我们一年也吃不了几次饺子，一人一小碗，连半饱都吃不了；给你红薯干就不错了，你要就要，不要就滚！"母亲训斥了我，然后端起她那半碗饺子，倒进老人碗里。

　　莫言没有用理论和概念的方式阐述他理解的情感深度，这两个故事，一个是"痛苦"一个是"深刻"。对儿子来说，没有

157

什么比看见母亲被欺辱更难以忍受，但莫言看见了，因此是一个极端痛苦的事件；另一个记忆之所以深刻，是莫言与母亲对待乞丐态度的比较。两个记忆莫言用的都是自己同母亲的比较。相形之下，母亲对恶人的宽容，母亲对穷人的悲悯，让人自愧弗如惭愧不已。而宽容和悲悯是情感范畴里重要的内容，一如叶圣陶所说，是"一副眼镜的两片玻璃"，是"圣者风度"。一个普通的乡村老太太能有如此的"圣者风度"，是发自内心深处的"性本善"。因此，"情感深度"不只是作家的写作态度或对文学的认知，更是对人的内宇宙——内心隐秘世界的发现。《经典是内心的绝密文件》，是东西谈创作的文章，东西说："我们的内心就像一个复杂的文件柜，上层放的是大众读物，中层放的是内部参考，下层放的是绝密文件。假若我是一个懒汉，就会停留在顶层，照搬生活，贩卖常识，用文字把读者知道的记录一遍，但是，一个真正的写作者就会不断地向下钻探，直到把底层的秘密翻出来为止。"这段话，我们也可以将其看作是理解东西小说的"绝密文件"。东西说的那个在文件柜最底层的"绝密文件"，就是对人的情感深度的勘探和发现。他的长篇小说《回响》，是近年来最优秀的长篇小说之一。小说除了侦破命案线索，另一条就是刑警冉咚咚对家庭情感关系的"侦查"：她要破解和丈夫慕达夫情感上的"重重疑团"。按说，冉咚咚和慕达夫的结合，要么是才子佳人，要么是珠联璧合。他们的恋爱史花团锦簇，

158

结婚十一年亦风调雨顺。但在办案中冉咚咚无意中发现慕达夫在蓝湖大酒店开了两次房，而且两次开房慕达夫都没有叫按摩技师。于是这成了冉咚咚挥之难去的内心疑团。慕达夫想尽办法解释开房缘由，结果都是弄巧成拙、雪上加霜。无独有偶，当冉咚咚发现慕达夫的内裤有了洞，便匿名买了几条内裤寄到慕达夫的单位。慕达夫不知是谁寄的，未敢在冉咚咚面前声张，欲盖弥彰的慕教授更留下了无穷后患。两人情感冷战逐渐升级，这个有情感洁癖的冉咚咚便与慕达夫签了离婚协议。随着徐山川案的发展，慕达夫与作家贝贞的关系也渐次浮上水面。但是，慕达夫教授真的没有出轨。就在他们签署了离婚协议，作家贝贞也已经离婚之后，他们一起到了贝贞家里，当贝贞一切准备就绪时，慕达夫还是逃之夭夭了。冉咚咚、慕达夫两人阴云密布的情感纠葛发生在他们的心理活动中——尤其是在冉咚咚的心理活动中。那里面隐含的细微的敏感，除了高超的语言能力外，不诉诸对情感复杂性的诚恳体悟，几乎是难以完成的。在讲述者看来，男女之间的情感关系有三个阶段：第一阶段是"口香糖期"——撕都撕不开；第二阶段是"鸡尾酒期"——从怀孕到孩子三岁，情感被分享了；第三阶段是"飞行模式期"——爱情被忘记了，虽然开着手机却没有信号。"三段论"的分析具有极大的普遍性，这是东西对人的情感关系的深刻洞悉。

作家东君有篇文章《长情与深意——读〈赠卫八处士〉与

159

〈在酒楼上〉》，文章可以看作是东君读杜甫和鲁迅的读书笔记。他不仅对两位虽然同是文学巨匠却又是八竿子打不着的人物做了比较，更重要的是东君说了这样一段话——

黑发变白，韶颜变老，不变的是友情。杜甫给很多老朋友写过诗，篇篇不同，篇篇有情。梁启超称"诗圣"是"情圣"，这个"情"字当然不指狭隘的男女之情。事实上杜甫写男女之情的诗作极少，这一方面，老杜的确不如人家小杜。但就我阅读所及，他那首赠内的《月夜》，质朴，含蓄，倒是胜过很多唐人的情诗。

衡之鲁迅，在情感表达方面也多含蓄。鲁迅毕竟不是新月派诗人，也不是鸳鸯蝴蝶派作家，他的笔调，真的不太适合写爱情小说或情诗，他的《伤逝》也许可以算得上是爱情小说，但也有人说是别有寄托的。这一点，他跟老杜有些相似，他们写情，不着眼于男女。概言之，他们写的是人，是人性，或人之常情。他们写得最好的作品大都超乎男女之情，但又是很深婉的。[1]

东君理解的"情"，与东西笔下的冉咚咚理解的那个"情"，

---

[1] 东君：《长情与深意——读〈赠卫八处士〉与〈在酒楼上〉》，《青春》2021年第10期。

不是一个情。作为女性的冉咚咚理解的当然是爱情；东君理解的老杜是"诗圣"也是"情圣"，只是这个"情圣"不是男女之情而已；而鲁迅写的也多半是人性或人之常情，超越男女之情却也同样深婉。

文学原初的魅力还在于一个"情"字。格非在《列夫·托尔斯泰与安娜·卡列尼娜》一文中精彩地分析了托尔斯泰的思想、精神和道德困境，但我觉得格非仍然没有离开那个"情"字："正如那句著名的开场白所显示的一样，作者对现实的思考是以家庭婚姻为基本单位而展开的，至少涉及了四种婚姻或爱情答案：卡列宁夫妇，安娜与渥伦斯基，奥布朗斯基夫妇，列文与吉提。每一个答案都意味着罪恶和灾难。安娜是唯一经历了两种不同婚姻（爱情）形式的人物。在作者所赋予的安娜的性格中，我以为激情和活力是其基本的内涵，正是这种压抑不住的活力使美貌纯洁的吉提相形见绌；正是这种被唤醒的激情使她与卡列宁的婚姻，甚至彼得堡习以为常的社交生活，甚至包括孩子谢辽莎都黯然失色。与这种激情与活力相伴而来的是不顾一切的勇气。当小说中写到渥伦斯基在赛马会上摔下马来，安娜因失声大叫而暴露了'奸情'之时，对丈夫说出下面这段话是需要一点疯狂勇气的：'我爱他，我是他的情妇……随你高兴怎么样把我处置吧。'托尔斯泰对这种激情真是太熟悉了，我们不妨想一想《战争与和平》中的娜塔莎，《复活》中的卡秋莎，还有蛰伏于作者心中的那头强壮的熊——它的咆哮声一直困扰着列夫·托尔斯泰。"① 格非谈到的我们熟悉的托尔斯泰的"激情"，是作家的情感类型的一种，这种"激情"投射到作品的人物身上，便产生了极端化的效果。安娜甚至不在乎暴露"奸情"而对丈夫卡列宁说了那段话。这个分析进一步证实了小说人物在特定情况下不是按照理性规约行为，而是在情感的昭示下情不自禁做出的。格非发现并强调这一点，显然也是他对文学"主情说"的认同。这样的例子几乎随处可见。麦家在谈他新创作的小说时说："我正在写的作品也是跟故乡有关的，但情节跟《人生海海》没什么相关性，是完全不同的一个故事，人物也没有连续性。只不过，它表现的时代、人物的背景，包括我觉得一个作家对世界的那份感情，有一定的连贯性。"②

这一简单的描述，意在说明，作家在创作实践过程中，是有自己的文学观念的。这些观念与文学的基本理论和观念是有关系的，而且是核心的观念。如果是这样的话，那么，作家在创作实践基础上提炼出的观念，对于构建中国的文学理论话语，就有重要的价值。

---

① 格非：《列夫·托尔斯泰与安娜·卡列尼娜》，《作家》2001年第1期。
② 谭晓予：《300万册大卖后，麦家如何进入人生下半场》，澎湃新闻·澎湃号·湃客，https：//www.thepaper.cn/newsDetail_forward_20798022，2022-11-22 16：13。

声音的中国

——当代歌词入史和经典化问题

这篇文章我想讨论两个问题：一是当代歌词是否应该进入文学史，作为一种文学形式现在还没有被写进文学史是为什么？二是改革开放四十年来，歌曲建构了怎样的时代想象，歌曲和我们日常生活是一种怎样的关系？这两个问题都不深奥，任何人都可以有自己的理由做出回答。但是，越是看似常识的问题，可能越容易被我们轻视，越容易回答得似是而非。

思考这个"精英阶层"不屑的问题，恰恰是缘于"精英阶层"的一次"微信狂欢"：2020 年 11 月某一天，在当代文学研究一个群里，郜元宝教授转发了歌手王琪创作的《可可托海的牧羊人》的音乐视频。然后群里很多人一遍遍地转发。那一夜，是当代文学界的大众文化的狂欢节。我还没有见过这个从事"高端"文学研究的学术群体，对一首典型的大众文化歌曲如此地倾心甚至膜拜。大牌教授们说了许多"深受感动"的话并且持续了很久。2021年8月19日，洪子诚老师突然给我发了一个音乐视频——罗大佑的《明天会更好》，并留言"一起回到明天"。蔡琴、苏芮、齐秦、费玉清等明星歌手把我带进了久违的80年代，眼里突然满含泪水，内心的感动难以言表。

洪老师对音乐的鉴赏力一直被我膜拜，他为周志文先生的《冬夜繁星：古典音乐与唱片札记》写的序言，以及《亲近音乐的方式：读吕正惠的〈CD流浪记〉》、随笔《与音乐相遇》，显示了他深厚的音乐修养和古典的音乐趣味。但他对大众音乐如《明天会更好》同样没有排斥。当然，这与时代的变化有一定的关系。这样的场景当然不是第一次。记得80年代，当金庸的小说风靡文化市场时，现代派文学在严肃文学界也大行其道。那些白天大谈现代派文学的批评家们，"腋下"也经常夹着金庸的小说。这个场景不是讽刺，我愿意将其理解为对时代文化和个人趣味的不同表达。三十多年过去之后，学界的精英们放下了身段，敢于面对也坦然承认大众文化的魅力。这是一个巨大的历史进步。

一、歌词与文学史的关系

四十年来的文化时间里，率先承认歌词文学性的，是谢冕先生。1996年北京大学出版社出版的，由他和钱理群主编的《百年中国文学经典》第七卷"80年代诗歌"里，第一次将崔健的《一无所有》作为经典选入。这来自谢冕先生的判断力，就像1980年，他率先支持了"朦胧诗"一样，体现了他作为一个文学史家和文学批评家的眼光。这个选择在当时引起了反响，陈思和在1999年复旦大学出版社出版的《中国当代文学史教程》中，曾专辟一节讨论《一无所有》，肯定其"在艺术上达到了堪称独步的绝佳境界"。即便如此，我们仍然不能认为歌词已经写进了中国当代文学史。无论是谢冕先生还是陈思和先生，他们选择崔健的《一无所有》或辟专节讨论，都可以看作是一个"个别事件"，并不具有普遍性。因此，歌词作为一种文学类型，仍然没有进入中国当代文学史的讲述范畴。

关于当代歌词是否应该进入文学史，一直在讨论。但这些讨论始终以微弱的声音处在学术的边缘，并没有真正引起当代文学史家的重视。参与讨论的既有文学专业的学者，也有音乐界业内人士或词作家，比如乔羽等。但是，如果文学史家不介入讨论，或者歌词创作一直不在当代文学史家的视野里，讨论的规模无论大小，作用都不大。这也可以看作是"文学史权力"之一种。一个典型的事例，是中山大学博士研究生傅宗洪2010年完成的博士毕业论文《现代歌词与大众诗学的现代重构》。傅宗洪希望他的论文能够加入洪子诚老师主编的《新诗研究丛书》。我

165

将书稿推荐给了洪子诚老师。洪老师看完书稿之后，写了长长的意见。洪老师信中提出了一些问题，比如，对现代诗，确实存在忽略歌词研究的现象。出现这个现象的原因，部分原因可能来自"歌词"与"现代诗"（新诗）之间的暧昧关系。20世纪50年代以来，文学、诗歌刊物也常有开辟"歌词"的栏目，但是它的地位、性质，并未获得共识的认定。歌词究竟是新诗（现代诗）中的一种"体式"（类型），还是只供作曲家谱曲用的文字底本？它对新诗是否存在或应该发挥积极影响，过去也很少讨论。"歌词"是否具有独立的"类型"意义，或者说在什么样的情况下它能成为"抒情文学种族"中"重要抒情话语类型"（论文提出的论断），这不是不证自明的，而是一个需要讨论的问题。精英、知识分子立场，孤芳自赏需要反省，警惕，但"大众""庸常生活""民间"也是鱼龙混杂，不必迷信（"大众""民间"概念的复杂性，90年代后期以来已经有深入研究）。"启蒙"需要反思，却不一定就"过时"；"五四"有需要走出的"阴影"，但其"文化光辉"仍值得记取，尤其在中国今天整体社会精神滑坡的今天。[1] 这封近三千字的信，一方面反映了洪老师对学术工作的认真负责。作为主编，他逐字逐句地阅读了这部博士论文的全文，坦率地提出了他的看法。讨论的具体对象虽然是一篇博士论文，

---

[1]　为了避免断章取义，我将洪老师的信全文附于本文文后。

但也充分地表达了洪老师对歌词与新诗关系的基本看法。或者说，洪老师虽然没有专门讨论过歌词与新诗的关系，但这个关系一直在洪老师的视野之中。在我有限的阅读范围之内，甚至可以说，关于歌词与新诗关系的讨论，就学术性而言，还没有达到洪老师这封信的深度。当然，这也并不意味着洪老师的这些看法就是唯一尺度，洪老师自己也不会这样认为。

但事情的全部复杂性可能还不止洪老师提出的一些问题。如果以文学史的眼光讨论问题，可能还要复杂得多。比如《诗经》、乐府诗、宋词等，原本都是歌词，都是可以谱曲歌唱的。由于古代记谱方式的局限，使这些谱曲难以流传，今人很难还原，而只有"歌词"流传下来。比如《诗经》，风是十五个诸侯国的民间歌曲；雅是宫廷里的正统音乐，天子赐酒宴饮前唱的；颂是祭祀时演唱的。比如乐府诗，汉代有专门管理乐舞演唱教习的机构，称乐府。乐府初设于秦，是当时少府下辖专门管理乐舞演唱教习的机构。公元前112年，正式成立于西汉汉武帝时期。乐府的职责是采集民间歌谣或文人的诗来配乐，以备朝廷祭祀或宴会时演奏之用。它搜集整理的诗歌，后世就叫"乐府诗"，或简称"乐府"。比如宋词，是一种相对于古体诗的新体诗歌，是宋代文学的最高成就。宋词有长有短，就是为了更便于歌唱，因是配合音乐的歌词，故又称曲子词、长短句等。所谓"词牌""曲牌"，显然都与音乐有关系。元曲原本是民间流传的"街市小令"或"村坊小调"，等等。这些无论雅俗的词曲，都是可以演唱的，经过历史化和经典化之后，这些曾经的"歌词"无一遗漏地走进了文学史，并且成为文学经典，成为我们引以为傲的文学遗产。

进入现代后，经过文学革命，现代诗崛起，"新文学"几经博弈成为主流。现代诗得风气之先，虽争议不断"诉讼"不断，但"千磨万击还坚劲，任尔东西南北风"，新诗的正统地位日益巩固，难以撼动。现代文学史普遍认为，新诗最早产生较大影响的，是周作人的《小河》。《小河》写于1919年1月，发表于《新青年》第6卷第2号。《小河》一问世，即以与众不同的风格引起关注。胡适在《谈新诗》中评价此诗"是新诗中的第一首杰作，但是那样细密的观察，那样曲折的理想，决不是那旧式的诗体词调所能达得出的"。但是，在《小河》发表的前五年，或者说在新诗诞生之前的1914年，李叔同已经创作了被称为"学堂乐歌"的《送别》，并在中、小学传唱。普遍的看法是，现代歌曲发生于"学堂乐歌"。20世纪初期，中国各地新式学校的音乐课程中大量传唱着一些中文原创歌曲，这些歌曲以简谱记谱，而曲调多来自日本以及欧美。学堂乐歌的代表人物有沈心工、李叔同等启蒙音乐家，代表作有《送别》《春游》等。学堂乐歌是随着新式学堂的建立而兴起的歌唱文化，是中国最早的校园歌曲，对于推动中国走向现代社会，起到了积极的促进作用。

但是，百年新诗史从学堂乐歌开始，就拒绝了歌唱文化入"诗史"。谢冕先生的《中国新诗史略》没有讨论学堂乐歌与新诗的关系；洪子诚、刘登翰先生的《中国当代新诗史》也没有关于当代歌词的章节。这个现象背后隐含着两个未被言说的原因：第一，"新诗"是一个绝对的"现代"的产物，新诗是完全中断历史"另起炉灶"的行为。胡适《文学改良刍议》的"八事"，基本是与诗歌有关的。"八事"对于拒绝传统的决绝一览无余。虽然后来有对传统文学的"旧事重提"，但狂飙突进的新诗已无可阻挡，任何人插上一脚都会被认为是历史前进的"绊脚石"。新诗经过百年的建构，确实已经独立门户而且森严壁垒。从某种意义上说，经过现代的建构或组装，新诗和旧体诗词已经断然有别，焕然一新。尽管后来谢冕先生在《中国新诗史略》中说，"在中国传统诗学中，诗和歌本为一体，旧时的诗（词、曲）均可吟唱，于是方有流行至今的'诗歌'一词"，"诗歌的力量在于始发乎情，又以抒情的方式出之。长言也好，嗟叹也好，舞蹈也好，这些表现，一言蔽之，关涉诗的音乐性。中国古诗词是讲究声律的，这是先人有感于诗与歌密不可分的特性，倾数代之功的追求"[1]。但是，现代诗完全离开了这一传统，并且成为"新诗""新"的一部分。第二，是"文学史结构"

---

[1]　谢冕：《中国新诗史略》，北京大学出版社 2018 年，第 21 页、22 页。

I
历史和叙述

的规约。"文学史"也是现代甚至当代的产物。王瑶先生的《中国新文学史稿》，洪子诚先生的《中国当代文学史》，基本结构都是"四分法"：诗歌、小说、戏剧、散文。都没有现代或当代的歌词入史。这种结构也导致了一种文学史观念的形成和流行。但是，他们都没有解释歌词为什么不能进入文学史的叙述。略有不同的，是谢冕先生的《中国新诗史略》，他讲述了这样一件事情——

　　一个民族已经起来。他们最终甩掉了战争的阴影，迎来了一个崭新的黎明。诗人们用自己的声音赞美了民族的新生，也用自己的声音埋葬了一个旧时代。那曾经是多么悲壮的一页诗史。公刘在为诗集《黎明的呼唤》写的序中，描绘了当日中国这一幅动人的画面："四十年代后半叶是灾难深重的岁月，半个中国在水深火热中呻吟、挣扎；革命的早行者们不时在这里和那里发出一声两声怒吼，但都很快就被扼杀了或者被掩堵了。而另外的半个中国却正以自己的鲜血燃烧起一片辉煌的烈焰。辉煌的这一半理所当然地感染着和吸附着污黑的那一半。"公刘深情地回忆起他当年十分喜爱的一支歌曲：

　　当黑暗将要退却
　　而黎明已在遥远的天边

唱起红色的凯歌

——我们为什么不歌唱！

当链镣还锁住

我们的手足，鲜血在淋流；

而自由已在窗外向我们招手

——我们为什么不歌唱！ [①]

　　公刘喜欢的这支歌曲，就是诗人力扬创作的诗歌《我们为什么不歌唱》。但是，谢冕先生也不是将其作为歌词写进《中国新诗史略》，而是为了讨论另一个问题顺便提到的。如果说歌词，特别是当代歌词，在发展过程中也逐渐构建了自己的特性——也就是即时性、通俗性或大众化——这一点与诗歌的发展确实南辕北辙背道而驰，已经失去了通约关系的话，那么，洪子诚先生在《中国当代文学史》中，为什么还要单辟一章专门讨论当代的"通俗小说"，并且将其称为"被压抑的小说"？如果这个判断没有问题的话，我们是不是也可以说当代歌词也是"被压抑的诗歌"？这当然只是一个比喻，事实上洪老师讨论"被压抑的小说"，情况与歌词的"被压抑"还是有很大的不同。下面我想讨论的，是与歌词可以入史有关的另一个问题。

_____

① 谢冕：《中国新诗史略》，北京大学出版社 2018 年，第 229—230 页。

171

I

历史和叙述

二、四十年来歌词的经典化

歌曲是诗歌和音乐的结合，供人歌唱的一种艺术形式。歌曲也是一个时代情感、气氛、精神、心情的表意形式。改革开放四十年，歌曲从单一的"国家声音"，逐渐走向多元和丰富，它的敏锐性和大众化，以及多媒体的推波助澜，决定了歌曲影响的广泛性。四十年是短暂的一瞬，但在发展的过程中，仍可以明确地识别歌曲在不同历史时段表达的时代氛围和大众的关怀。因此，歌曲的声音，就是中国情感的声音，它建构了时代现实的和理想的中国想象。20世纪80年代以来，向世界敞开的文学艺术界，展现了与过去完全不同的情感方式和艺术风貌。这个变化在歌曲创作中表现得最为明显，因此也一定与歌词创作的变化有直接关系。歌词塑造了音乐形象，也为音乐创作提供了灵感。过去强调歌曲的主要功绩在谱曲，显然是片面的。正确的理解，应该是词、曲是歌曲的两翼，缺了任何一个，歌曲都不能成立。

文学艺术的发展和社会历史的发展有极大相似性，谁也不曾料到，四十年前改变中国歌曲面貌的，首先是港台歌曲的反哺。最先引起大陆民众强烈反响的是邓丽君的歌。七八十年代之交，邓丽君的歌流传到内地，迅速受到年轻群体的狂热喜爱。一方面是民间掩饰不住的喜悦，一方面是主流意识形态的严厉批判。但是，邓丽君是不可阻挡的，在"盒式带"时代，《何日君再来》《月亮代表我的心》《小城故事》《恰似你的温柔》《又见炊烟》《甜蜜蜜》《一帘幽梦》等，初始在民间秘密流传，然后传遍了大街小巷。邓丽君旋风温柔地刮过大江南北。思想解放运动的全面展开，邓丽君穿越了意识形态的壁垒而有了合法性。邓丽君的流行，改变了中国歌曲一副面孔的格局。后来各个方面的评价大体是这样：

摇滚歌手崔健：对于中国内地流行音乐的早期开发，邓丽君的音乐无疑起到了发凡启蒙的作用。

音乐评论家金兆钧：邓丽君是中国乐坛独树一帜、不可磨灭的杰出艺术家。

歌唱家李谷一：邓丽君的音乐是对中华民族音乐的一种新的诠释；她的歌曲用一种全新的文化形态，影响了人们的生活。

作曲家徐沛东：她以情带声，以声带情口语化的演唱风格，自然，亲切。

歌唱家董文华：可以说邓丽君是华语乐坛永远无法逾越的高峰。

歌唱家王昆：邓丽君坚持走民族化的艺术道路，把众多中国民歌和中国古典诗词介绍到了世界各地，介绍给了广大的海外华侨。她为创立民族化的声乐艺术做出了贡献，并在国际歌坛为中华民族争得了荣誉……

即便邓丽君1995年去世之后，她仍是中国当代乐坛的巨大存在。

邓丽君去世时，中国当时影响最大的词、曲作者乔羽、谷建芬、王健、徐沛东等，共同写了悼词发往中国台湾："一个用歌声给人们带来温馨的人，人们永远不会忘记她。"1995年5月10日，中央电视台在黄金时间的新闻，播报了邓丽君逝世的消息。各种纪念性的设施和活动，包括纪念馆、主题餐厅、音乐花园、铜像、怀念书籍、纪念歌曲、演唱会、舞台剧等，一时蔚为大观，经久不衰。后来，我们在电影《芳华》中看到了那一时代青年们对邓丽君的迷恋和热爱，著名编辑家、作家程永新甚至还创作了中篇小说《我的清迈，我的邓丽君》。他在"创作谈"中说："写这篇小说总被一种感伤的情绪所围绕。曾经因为邓丽君去了清迈。邓丽君是一个时代的女神，她启蒙了我们那个时代无数人对流行音乐的认知。还记得大学时期的学生宿舍，劣质的手提录音机开得震天响，邓丽君的歌带一遍遍地回响，提振所有人苦读的精气神。"[1]邓丽君用她软性的歌声参与启蒙了灵

---

① 程永新:《所有的记忆都在抵御感伤》,《小说选刊》2020年10期。

魂的解放。情感的表达不只是排山倒海一往无前，同时也可以表达内心私密的多样的情感渴望。因此，邓丽君的歌声是80年代启蒙运动的一部分。许多年以来，精英知识分子对不同的大众文化有各种各样的评论，但是对待邓丽君和崔健的支持和肯定几乎没有不同的声音。

港台音乐文化的反哺，除了邓丽君之外，还有台湾校园歌曲。《外婆的澎湖湾》《乡间的小路》《橄榄树》《故乡的风》《龙的传人》《赤足走在田埂上》《兰花草》《童年》等，在20世纪80年代的大学校园和各种晚会上风靡一时。校园歌曲诞生于70年代中期的台湾各大学校园，也被称为"校园民歌""现代民歌"等。它从我国的民间歌曲中汲取了丰富的营养，并将西方乡村歌曲的音乐元素融汇其中，形成了一种独特的"通俗歌谣体"。校园歌曲表现了那个时代年轻人的青春活力，富有诗意的浪漫气息，涌现出了侯德健、罗大佑等代表性人物。

崔健是80年代中国诞生的最有影响力的摇滚歌手。他同时还是词曲家、音乐制作人、吉他手、小号手、导演、演员、编剧，横跨摇滚、民谣、嘻哈、中国民乐、电子乐等。1986年5月9日，崔健在北京工人体育馆举行的百名歌星演唱会上演唱了《一无所有》，宣告了中国摇滚乐的诞生。摇滚乐从诞生的那天起，就一直伴随着巨大的争议。但是，那个时代的宽容就在于，即便有争议，异质的声音还有存活的空间。更重要的是，时代环境

175

一直向着更开明、更包容的方向发展。1988年7月16日，《人民日报》以一篇一千五百字的文章《从〈一无所有〉说到摇滚乐——崔健的作品为什么受欢迎》作为文艺版头条发表。这是摇滚乐歌手第一次在中国内地主流媒体上被报道。崔健被主流意识形态承认之后，一直被认为是中国音乐走向多元的领袖和象征，在坊间被称为中国的"摇滚教父"。在中国，歌坛空间多样性的建构，主要是因为时代发展方向的变迁。或者说，在改革开放的总体环境下，创造更民主、更自由、更多样的文化环境是历史不可阻挡的大趋势。另一方面，文化市场的形成成为大众文化多样性的巨大推手。演唱会、"青歌赛"、影视歌曲、春晚等大众文化形式，拓展了大众文化空间，歌曲创造呈现出了与历史截然不同的形态。

　　这一点我们可以通过王立平创作电视连续剧《红楼梦》的插曲来做具体的说明。王立平开始创作时非常踌躇，"写成什么样的？流行的、现代的、类港台的，都不行，流行的也是留不住的；六七十年代的风格更不行，缺人情味；戏曲、民歌也不足以表现某些感情"，"最终决定把它写成'十三不靠'，创造一种能且只能适合《红楼梦》的'音乐方言'……对于《红楼梦》，每个人都是平等的，不管你的红楼知识是多是少，是红学家也好，初读者也好，都有权得到一份自己的特别的感受"。这就是创作自由。当然，这也从另一个方面证实了"曲"对于"歌"的重要性。说这些，无非是说明四十年来作为声音的歌曲，对于中国文化想象和文化环境的塑造，对中国形象的塑造。这里当然有歌词巨大的作用。

现在，我想把歌词从歌曲中分离出来，看看歌词创作的巨大变化。王立平先生创作《红楼梦》组曲的时候，考虑要把它写成什么样的，其中有一种就是绝不能写成六七十年代风格的，原因是"六七十年代的风格更不行，缺人情味"。这当然不只是指作曲，更包括歌词。那个年代文学艺术的整体状况都出了巨大问题，但歌曲应该是重灾区。80年代之后的歌词创作发生了根本性的变化。邓丽君、崔健的歌已经耳熟能详，这里不再讨论。我只选择几首确有诗意的歌词，表达我对歌词创作变化的看法。比如校园歌曲，80年代基本是台湾校园歌曲主打。作曲家谷建芬曾说："现在的台湾校园歌曲席卷大陆，而我们有这么多大学生却没有自己创作的校园歌曲，实在有点说不过去。"[①] 但是，焦虑不能改变现实。比如和谷建芬合作的当时的大学生、现在的著名小说家刁斗，曾经创作了一首《脚印》：

　　洁白的雪花飞满天，白雪覆盖我的校园，漫步走在这小路上，脚印留下了一串串……有的直有的弯，有的深有

---

① 刁斗：《〈脚印〉的脚印》，《作家》2001年第2期。

的浅……

歌词雪花般的轻盈欢快，有鲜明的 80 年代的浪漫风。因此，这首典型的大陆的校园歌曲确实风靡一时，受到了那一时代青年普遍的欢迎。词作者刁斗非常客观，他认为，"是谷建芬优秀的曲子，帮助《脚印》有了一段飞翔的历史"。现在看来，歌词确实也带着新旧交替时代的影子，还有那种不自觉流露的某种意识："朋友啊想想看，道路该怎样走，洁白如雪的大地上，该怎样留下，留下脚印一串串。"但无论如何，我们创作了自己的校园歌曲，这是刁斗的一个贡献。进入 90 年代，社会环境的变化，校园歌曲创作也必然发生变化。1994 年，高晓松创作了《同桌的你》：

> 明天你是否会想起 / 昨天你写的日记 / 明天你是否还惦记 / 曾经最爱哭的你 / 老师们都已想不起 / 猜不出问题的你 / 我也是偶然翻相片 / 才想起同桌的你 / 谁娶了多愁善感的你 / 谁看了你的日记 / 谁把你的长发盘起 / 谁给你做的嫁衣 /
>
> 你从前总是很小心 / 问我借半块橡皮 / 你也曾无意中说起 / 喜欢和我在一起 / 那时候天总是很蓝 / 日子总过得太慢 / 你总说毕业遥遥无期 / 转眼就各奔东西 / 谁遇到多愁善

感的你 / 谁安慰爱哭的你 / 谁看了我给你写的信 / 谁把它丢在风里 /

从前的日子都远去 / 我也将有我的妻 / 我也会给她看相片 / 给她讲同桌的你 / 谁娶了多愁善感的你 / 谁安慰爱哭的你 / 谁把你的长发盘起 / 谁给你做的嫁衣。

这首被命名为"校园民谣"的歌，一经老狼演唱迅速流行，几乎每个校园里都飘荡着《同桌的你》。这是一首温婉的、多少带有感伤气息的怀旧歌曲。它将曾经的学生生活在一种缥缈、朦胧的情感生活中展开，在怀想的气氛里，写出了一个时代的青春之歌。如果将《同桌的你》作为一首诗来看，也是一首很好的诗。

宋冬野的《安和桥》，收录在宋冬野 2013 年发行的专辑《安和桥北》：

让我再看你一遍 / 从南到北 / 像是被五环路蒙住的双眼 / 请你再讲一遍 / 关于那天 / 抱着盒子的姑娘 / 擦汗的男人 / 我知道那些夏天 / 就像青春一样回不来 / 代替梦想的 / 也只能是勉为其难 / 我知道吹过的牛逼 / 也会随青春一笑了之 / 让我困在城市里 / 纪念你 / 让我再尝一口 / 秋天的酒 / 一直往南方开 / 不会太久 / 让我再听一遍 / 最美的那一句 /

179

你回家了／我在等你呢／我知道／那些夏天就像／青春一样回不来／代替梦想的／也只能是勉为其难／我知道／吹过的牛逼／也会随青春一笑了之／让我困在城市里纪念你／我知道／那些夏天就像你一样回不来／我已不会再对谁／满怀期待／我知道／这个世界每天都有太多遗憾／所以你好／再见／我知道／那些夏天／就像青春一样回不来／所以你好／再见／所以你好再见。

这首歌词，修辞温暖而略显颓废，情感朴实而诚恳，淡淡的忧伤中怀念已经逝去的过往和人世间的琐碎往事，没有雕饰，没有喧嚣，那是普通的人与事，普通的内心感受和不能再简单的生活。就是这不能再简单的生活——与童年和青春有关，因消失而有了不可重临的诗意。

如前所述，2020 年当代文学研究的才俊们，曾有一次因王琪创作的《可可托海的牧羊人》的狂欢。王琪并不是乐坛新人，他创作过一些歌曲，但都没有引起广泛注意。2020 年 5 月 8 日他发行了单曲《可可托海的牧羊人》——

那夜的雨也没能留住你／山谷的风它陪着我哭泣／你的驼铃声／仿佛还在我耳边响起／告诉我你曾来过这里／我酿的酒喝不醉我自己／你唱的歌却让我一醉不起／我愿意陪

你／翻过雪山穿越戈壁／可你不辞而别／还断绝了所有的消息／心上人我在可可托海等你／他们说你嫁到了伊犁／是不是因为那里／有美丽的那拉提／还是那里的杏花才能酿出你要的甜蜜／毡房外又有驼铃声声响起／我知道那一定不是你／再没人能唱出／像你那样动人的歌曲／再没有一个美丽的姑娘／让我难忘记／我酿的酒喝不醉我自己／你唱的歌却让我一醉不起／我愿意陪你／翻过雪山穿越戈壁／可你不辞而别／还断绝了所有的消息／心上人我在可可托海等你／他们说你嫁到了伊犁／是不是因为那里／有美丽的那拉提／还是那里的杏花／才能酿出你要的甜蜜／毡房外又有驼铃声声响起／我知道那一定不是你／再没人能唱出／像你那样动人的歌曲／再没有一个美丽的姑娘／让我难忘记。

歌词也是叙事性的。新疆盛产爱情诗歌，从当年闻捷的《天山牧歌》一直到《可可托海的牧羊人》，长盛不衰。对一个不辞而别的姑娘的思念，是歌词的主题，从题材说并无惊人之处。但是，"我愿意陪你／翻过雪山穿越戈壁／可你不辞而别／还断绝了所有的消息／心上人我在可可托海等你／他们说你嫁到了伊犁／是不是因为那里／有美丽的那拉提／还是那里的杏花才能酿出你要的甜蜜"，既表达了思念者爱之深切，也隐约表达了他的失望或担忧，美丽的那拉提和伊犁的杏花是隐喻，是另有所指。

181

歌词对恋人爱恋之深，思念之切，表达得淋漓尽致。因此是一首很好的爱情诗。

网上说，一首发行于2020年6月的歌，却突然于2021年冬天走红，这即是柳爽创作的《漠河舞厅》。抖音数据显示，截至2021年11月7日，这首歌的播放量超过23亿。相当于平均每个中国人差不过播放过两次。此外，还产生了27.3万个相关视频。无论坊间还是知识界，不仅议论而且传唱。漠河，是一个遥远的所在，是与极光、寒冷、冰天雪地有关的地方。遥远和奇特的地域，就是诗意的另一种说法，这些条件漠河都具备；漠河再加上舞厅，无疑具有了年代感，舞厅不是迪厅，骚动的是灵魂，起舞的一定与优雅有关——

如果有时间／你会来看一看我吧／看大雪如何衰老的／我的眼睛如何融化／如果你看见我的话／请转过身去再惊讶／尘封入海吧／我从没有见过极光出现的村落／也没有见过有人在深夜放烟火／晚星就像你的眼睛杀人又放火／你什么都没有说野风惊扰我／三千里，偶然见过你／花园里，有裙翩舞起／灯光底，抖落了晨曦／在1980的漠河舞厅

如果有时间／你会来看一看我吧／看大雪如何衰老的／我的眼睛如何融化／如果你看见我的话／请转过身去

182

再惊讶／我怕我的眼泪我的白发像羞耻的笑话／我从没有见过极光出现的村落／也没有见过有人在深夜放烟火／晚星就像你的眼睛杀人又放火／你什么都不必说野风惊扰我／可是你惹怒了神明／让你去还那么年轻／都怪你远山冷冰冰／在一个人的漠河舞厅／

　　如果有时间／你会来看一看我吧／看大雪如何衰老的／我的眼睛如何融化／如果你看见我的话／请转过身去再惊讶／我怕我的眼泪我的白发像羞耻的笑话／如果有一天／我的信念忽然倒塌／城市的花园没有花／广播里的声音嘶哑／如果真有这天的话／你会不会奔向我啊／尘封入海吧。

《漠河舞厅》的流传，在大众文化序列里，自然也走了相同的套路，比如歌曲背后的故事，故事肯定是极端感人的，那没齿不忘的爱情，是走遍天下的通行证。这当然是另外一回事。仅就歌词而言，"如果有时间／你会来看一看我吧／看大雪如何衰老的／我的眼睛如何融化／如果你看见我的话／请转过身去再惊讶"，这是对想象的一种描摹，是对突如其来或不期而遇的再次遭逢的渴望和想象中的惊异。其文学性，在当下纯粹诗歌创作中也难得一见。

据说刘钧创作的《听闻远方有你》，是 2021 年最流行的歌曲：

183

听闻远方有你／动身跋涉千里／追逐沿途的风景／还带着你的呼吸／真的难以忘记／关于你的消息／陪你走过南北东西／相随永无别离／可不可以爱你／我从来不曾歇息／像风走了万里／不问归期／我吹过你吹过的风／这算不算相拥／我走过你走过的路／这算不算相逢／我还是那么喜欢你／想与你到白头／我还是一样喜欢你／只为你的温柔。

　　歌词中的"我吹过你吹过的风／这算不算相拥／我走过你走过的路／这算不算相逢"，就像诗歌的"诗眼"一样，照亮了全诗，使其超越了一般的爱情歌曲而走向了灵魂的层面，具有了诗的特质。

　　从1994年《同桌的你》开始，怀旧风潮一直是歌曲创作的主要潮流。宋冬野的《安和桥》、王琪的《可可托海的牧羊人》、柳爽的《漠河舞厅》、刘钧的《听闻远方有你》，以及朴树的《白桦林》、李健的《贝加尔湖畔》、王海涛的《这世界那么多人》等，无论是校园歌曲还是民谣，基本是来自民间的创作，而且也大多是从不同角度地感伤怀旧。应该说，这些歌词较大程度地切近当下普遍存在的情感和情绪，特别是青年的情感和情绪。在这一点上，歌词应该比诗歌更贴近这个时代。另一方面，歌曲创作一直向着更有诗意的境地努力或接近。许多古代著名诗词，还被当代作曲家谱曲演唱，比如李煜的《相见欢·无言独上西楼》（《独上西楼》），苏轼的《水调歌头·明月几时有》（《但愿人长久》），李煜的《虞美人·春花秋月何时了》（《几多愁》），范仲淹的《苏幕遮·碧云天》（《芳草无情》），秦观的《桃源忆故人·玉楼深锁薄情种》（《清夜悠悠》），聂胜琼的《鹧鸪天·玉惨花愁出凤城》（《有谁知我此时情》），李煜的《乌夜啼·林花谢了春红》（《胭脂泪》），欧阳修的《玉楼春·别后不知君远近》（《万叶千声》），朱淑真的《生查子·去年元夜时》（《人约黄昏后》），柳永的《雨霖铃·寒蝉凄切》（《相看泪眼》），辛弃疾的《丑奴儿·书博山道中壁》（《欲说还休》），李之仪的《卜算子·我住长江头》（《思君》），等等，而且被称为"古曲新唱"。因此，我们也可以试着向另一个方向考虑问题，歌词创作未必是越浅白越好。"古曲新唱"的这些长短句，未必浅白，也未必一听就懂，但作曲家们依然兴致盎然地谱曲，歌唱家们也兴致盎然地演唱，甚至也受到了热情欢迎。这种情况可能会从另一个方面给歌词创作以巨大的启发。领域方面，诗歌研究者不大注意歌词创作发生了什么，甚至也不屑于关注，他们对歌词的认识还停留在过去。这种情况就像小说创作——大众文化一直在向严肃文学学习，学习严肃文学的思想性的深度和表达的文学性；因此大众文化近些年的发展进步有目共睹，比如优秀的影视作品。但严肃文学对大众文化几乎不屑一顾，从

185

不研究大众文化的可读性。歌词与诗歌的状况也近似于严肃文学和大众文化的关系。我曾请教孙绍振老师，他认为："歌词作为文学，大体上质量较差，很难达到诗歌的最低平均水准。但与音乐结合，则具有艺术的感染力。因而从内容来讲，歌词是主体，从艺术来讲，它是音乐的副体。就像乐府，音乐已消失，但精品留下来了。如《木兰辞》，有两首，脱离了音乐，一首成为诗史经典，另一首被遗忘。邓丽君的歌词（如果）是邓自己写的，脱离了乐曲和歌唱者的表演，如果能流传下来那就是文学。如果仅仅靠歌者表演而受重视，那是艺术。"孙老师谈到的问题，就是关于歌词经典化的问题。或者说，经过经典化，歌词也是可以进入文学史的。青年评论家陈培浩认为："一些好的歌词也是诗歌，入史并无不可。五四时期的歌谣运动，那时的歌谣并不是现在所说的歌词。现代社会诗、歌分流，诗偏向文人书面化表达，歌变成一种通俗的大众文化产业。歌词应该可以有独立的歌词史。"[1]陈培浩一方面认为好的歌词可以入史，因为历史曾经这样处理过，但现代歌词变成一种大众文化产业，就应该和诗歌撇清，进入另外一种史。这是一种比较典型的精英立场。孙绍振老师和陈培浩虽然没有展开他们的讨论——如果没有理解错的话，可以感到他们对歌词还是怀有成见，起码不被看好。

---

① 相关内容引自孙绍振老师和陈培浩与笔者的通信。

日常生活中，歌曲（当然包括歌词），像炎热夏季的阵阵微风，让人分外惬意，但却没有人在意。

歌词属于文学范畴，是文学的一个种类。歌词要具有音乐性，这是这种文学体裁的规约和特点。歌词和诗歌是文学类型的从属关系，歌词原本是词，宋词就称词，现代词称歌词，也可以称词。歌曲是歌，是由词、曲构成的艺术形式。词属于歌中的文学要素，曲属于歌中的音乐要素。从事音乐文学即歌词创作人是"词作家"，在国内其最高学术组织是"中国音乐文学学会"。词作家本身就是从事文学创作的作家，他们的优秀作品理所当然地应该写进当代文学史。

附：洪子诚老师的信全文：

对现代诗，确实存在忽略歌词研究的现象。出现这个现象的原因，部分原因可能来自"歌词"与"现代诗"（新诗）之间的暧昧关系。20世纪50年代以来，文学、诗歌刊物也常有开辟"歌词"的栏目，但是它的地位、性质，并未获得共识的认定。究竟是新诗（现代诗）中的一种"体式"（类型），还是只供作曲家谱曲用的文字底本？它对新诗是否存在或应该发挥积极影响，过去也很少讨论。这篇论文，应该是较全面、深入讨论这一问题的研究成果。无论是选题，

187

I
历史和叙述

还是具体论述，都很有意义；不少分析，也有深度，提出很多值得重视的观点。

将论题确立在"现代大众诗学"的论域内，并选择诗歌"话语实践"作为视角，都确当而有效。论文重点讨论的19世纪20年代歌谣运动，二三十年代上海流行歌曲和延安的歌唱运动，也都是20世纪"歌唱"活动值得研究的重要"事件"（"歌谣运动"是否可以与"歌唱"活动相联系，尚需更多分析）。当然，由于论文没能延伸到"当代"，没有能涉及由政治权力掀起并推动的新民歌运动和歌唱运动（特别是"文革"），这在讨论"现代歌词与大众诗学"的问题上，有较大欠缺。如果论述一定要确定在20年代至40年代，那么，"当代"不被列入的原因，似应加以说明。

论文也存在若干值得商榷的问题。这些问题不是局部、枝节性质的，而是整体方法论上的。主要是：

在文学艺术类型（"文类"）上，存在不少"跨文类""文类"交叉，或"混合性形态"的情况。它们涉及多种载体，如歌剧（戏剧与音乐）、诗剧（诗与戏剧）等等。"歌曲"如果从其构成的"歌词"着眼，可以归入诗的范围，但从曲调和演唱上看，则属于音乐。在"诗"（文学）与音乐的关系上，"歌曲"的属性应该更侧重后者，它的功能也主要体现在音乐和演唱方面。因而，"歌词"虽然可以从曲调、演唱中剥离而独立为文字文本（诗），事实上一部分歌词也被当作"好诗"看待，但是，"歌词"是否具有独立的"类型"意义，或者说在什么样的情况下它能成为"抒情文学种族"中"重要抒情话语类型"（论文提出的论断），这不是一个不证自明的，而是需要讨论的问题。论文对这个问题，并没有作出较充分讨论。论文说到，"歌词""一直无处栖身"，究其原因，并不完全是诗人、研究者的偏见造成，而与"歌词"归属不确定性、交叉含混性有关。如果某一歌词是"好诗"，那么它在"诗"中肯定有其位置，不存在"歌词的文学合法性"问题。反过来，也就是说并不一定要一概而论地寻找歌词在"诗"中的普遍性地位、价值。正如席勒、海涅、普希金、伊萨科夫斯基等的诗被谱成歌曲，他们的诗也不必从音乐、歌曲中寻找位置那样。《一无所有》《现象七十二变》被收进现代诗选，有复杂原因，其中最重要的入选因素，应该也是编选者从"诗"的层面肯定的结果（自然，他们对"诗"的标准已经有所调整），而并非从音乐、歌的因素着眼。这正如论文所言，"一首内蕴深厚、文学性极强的歌词却无人问津，一首熟悉、肤浅的歌，在特定的情景之中"却能演绎成一种震撼。这样的事实，正说明歌词的非独立性，以及它要从歌曲中独立出来需要的条件，也说明对它们的衡鉴不可能应用同一的标准。

189

在现代诗领域，歌与诗的分离是个事实，而且被现代不少诗人看作是一个难以（或不必）逆转的趋势。如果论文作者认为这个趋势必须逆转，必须重新建立"歌"与"诗"的密切、有机关联，那也不是就"现代歌词"的讨论所能实现的。另一方面，诗与歌的分离，不是说现代诗人就不再重视诗的音乐性。近些年来，即使具有"先锋"倾向的诗人，也在积极探讨诗的音乐性问题。只是对"音乐性"的理解，诗人和理论家之间看法很不相同，甚至相距深远。即使主张、推动诗歌散文化、自由诗的艾青，也并没有忽略音乐性，只是他们不认为音乐性等同于歌唱性；诗歌音乐性可以向歌曲靠拢，但这只是道路之一，且不是主要的道路。歌曲，特别是大众流行歌曲肯定有诗所难以比拟的传播、影响力，但也不必简单地以这种传播、影响力和在大众中的接受程度来要求诗。它们各自有不同的性质、功能。它们也可以结合，渗透，交叉，但仍有各自独立性。歌德、普希金、海涅等的诗借助谱曲能有更大范围影响这没有疑问，但论文说他们的诗"借重音乐的翅膀才得以飞越重洋"则不是事实。中国读者对这些诗人的熟悉、接受，仍然主要借重语言文字翻译的媒介。这些诗人作品的魅力，也不是歌曲能充分传达（或者说，歌曲传达的可能是另一方面）的。至于论文谈及的现象，像歌谣运动与上海、延安的歌唱活动，在性质上其实也不很相同。歌谣运动和50年代的新民歌运动，在很大程度上不在音乐、歌曲层面，它们更主要是放在"民间文学"层面上理解。

基于上述的理解，论文在理论阐释和现象分析上，经常将"歌词"与"歌曲"这些不同概念混用和不加说明地互相替代。论文抱怨黎锦晖、田汉、贺绿汀、陈蝶衣等被诗歌史、文学史忽略，不被写进它们的"正册"，游走在文学史、诗歌史边缘，这正是没有认识到"歌词"和"歌曲"的不同。黎锦晖、贺绿汀、范烟桥等不是已经被写进歌曲史、音乐史、通俗小说史了吗？他们的成就也主要在这些方面。毛泽东，海涅、席勒等的诗被谱曲传唱，好像他们也没有被写进音乐史、歌曲史，没有谁抱怨他们游走在音乐史边缘。第72页引倪文尖的话，但倪文尖说的是"现代文化史"，而不是诗歌史、文学史等具体类别。论文正确指出，文字不能再现歌声，"一经写在纸上，就不是它了"。正因为如此，"歌词"一经从"歌曲"分离，也就不再是歌曲，就不再能从"歌曲"的性质、功能来讨论，而以歌曲的性质、功能来批评、指摘诗的缺陷，也难以成立。

前面说过，论文将问题限制在"现代大众诗学"的范围，但是又不断突破这个范围，扩大到整个的"现代诗学"。将"大众诗学"当作诗歌唯一正确的方向、道路，这

191

是延安和当代实行的诗歌一体化的路线。虽然论文秉持的具体标准与毛泽东文艺路线中的大众、工农兵诗歌标准不同，甚至正相反，却遵循相似的"大众"膜拜思路。在这样的基点上，论文对上海二三十年代的洋场流行歌曲及其作者那样高的评价，有不能认同之处。论文作出这种评价依据的"现代观"，不是一个同质、整体性的概念。有不同的"现代观"（论文提到的"上扬""下沉"等等），不同现代观的差异、分裂，有时候更值得注意。对于"现代"帽子下的事物，固然不能使用同一的尺度衡量，却也不是无差别论或相对主义的等同。过去，对上海二三十年代流行歌曲，如《毛毛雨》《夜上海》《何日君再来》《满场飞》等，全都贬斥为"黄色歌曲"加以鞭挞固然过于严厉、粗暴，现在似乎也不必在"现代"和"大众"的名目下翻转过来。论文所述的勃洛克的诗，虽然也以"都市"为题材，但它的现代倾向，与上述上海流行歌曲可以说正相对立：一是揭露、批判都市病态，另一则是以这一病态为美。说上海流行歌曲"真正将抒情话语从高蹈之精神转向庸常人生活咏叹，并且由此打开一条诗歌大众化生路"，这样的论说，还需进一步考虑。精英、知识分子立场，孤芳自赏需要反省，警惕，但"大众""庸常生活""民间"也是鱼龙混杂，不必迷信（"大众""民间"概念的复杂性，90年代后期以来已经有深入研究）；"启蒙"

192

需要反思，却不一定就"过时"；"五四"有需要走出的"阴影"，但其"文化光辉"仍值得记取，尤其在中国整体社会精神滑坡的今天。也就是说，论文通过大众诗学重建所设计的方案，无论在具体方法上，还是精神向度上，都存在许多需要讨论的重要问题。

这是 2010 年 11 月 21 日洪子诚老师给我的邮件。洪老师同时又发微信给我：

老孟：

上次吃饭后，傅宗洪很快就将他的论文传过来了。我因为月初到昨天回老家，前些天才读完，并写了一些意见。说心里话，我很想将这个论文纳入《新诗研究丛书》，题目也是过去很少研究的。但读过之后，感到问题很多，觉得现在难以出版。傅宗洪论文用力甚多，写得很认真，大家也是老朋友。我不知道该如何处理。我怕自己过于偏激，也请另一比较年轻的编委翻过，意见大体相近。我的意见在附件里，你觉得这样发给他是否合适，还是要采取另外的方式？论文答辩时，不知道委员们是如何评价这些问题的。

请指示。

洪子诚，11 月 21 日

193

新潮汐

II

1980年的"文学改良刍议"

——纪念谢冕《在新的崛起面前》发表四十二周年

1980年5月7日，谢冕在《光明日报》发表了《在新的崛起面前》。文章甫一发表，便在文坛引起轩然大波，各种不同的观点最后形成壁垒分明的阵营，成为20世纪80年代最重要的"文学事件"。《在新的崛起面前》发表之前，这场大论争已经在酝酿，诗人和诗歌评论家在不同的场合对新兴的诗歌现象众说纷纭，莫衷一是。导火索是1980年4月的"南宁诗会"。一个多月后，谢冕发表了《在新的崛起面前》。谢冕认为：

> 一批新诗人在崛起，他们不拘一格，大胆吸收西方现代诗歌的某些表现方式，写出了一些"古怪"的诗篇。越来越多的"背离"诗歌传统的迹象的出现，迫使我们作出切乎实际的判断和抉择。我们不必为此不安，我们应当学会适应

197

这一状况，并把它引向促进新诗健康发展的路上去。①

　　谢冕的这一表述非常委婉，也非常温和，但其立场坚定。这一立场，显然来自对历史和现实的了解和理解："当前这一状况，使我们想到五四时期的新诗运动。当年，它的先驱者们清醒地认识到旧体诗词僵化的形式已不适应新生活的发展，他们发愤而起，终于打倒了旧诗。他们的革命精神足为我们的楷模。但他们的运动带有明显的片面性，这就是，在当时他们并没有认识到，历史是不能割断的。尽管旧诗已经失去了它的时代，但它对中国诗歌的潜在影响将继续下去，一概打倒是不对的。事实已经证明：旧体诗词也是不能消灭的。"②虽然现代新诗开拓者们如郭沫若、冰心、闻一多、徐志摩、戴望舒等有中国古代诗歌的影响，但是，他们主要的、更直接的借鉴是外国诗。谢冕历数了20世纪上半叶关于中国文学的各种讨论以及形成的规约，认为"我们的新诗，六十年来不是走着越来越宽广的道路，而是走着越来越窄狭的道路"。这些声音在80年代犹如空谷足音。谢冕披着80年代早春的霞光，发出了一个新时代的文学宣言。这个宣言是80年的"文学改良刍议"。

　　据南宁会议的参与者洪子诚说："谢冕会上的发言当然受到

---

① 谢冕:《在新的崛起面前》,《光明日报》1980年5月7日。
② 谢冕:《在新的崛起面前》,《光明日报》1980年5月7日。

重视，但孙绍振会上表现更博人眼球。解放区诗人出身的方冰发言，以'人民''老百姓'的名义指责这些诗看不懂时，孙绍振当场欠缺礼貌的回应是：'看不懂不是你的光荣，是你的耻辱；你看不懂，你儿子会看懂，儿子看不懂，孙子也会看懂的。'"①因此，《在新的崛起面前》理所当然地得到了孙绍振的坚定支持，这就是《新的美学原则在崛起》。孙绍振说："在历次思想解放运动和艺术革新潮流中，首先遭到挑战的总是权威和传统的神圣性，受到冲击的还有群众的习惯的信念。当前在新诗乃至文艺领域中的革新潮流，也不例外。权威和传统曾经是我们思想和艺术成就的丰碑，但是它的不可侵犯性却成了思想解放和艺术革新的障碍。它是过去历史条件造成的，当这些条件为新条件代替的时候，它的保守性狭隘性就显示出来了，没有对权威的传统挑战甚至亵渎的勇气，思想解放就是一句奢侈性的空话。"②下面这一段是孙绍振主要表达的核心内容：

> 谢冕同志把这一股年轻人的诗潮称为"新的崛起"，是富于历史感，表现出战略眼光的。不过把这种崛起理解为预言几个毛头小伙子和黄毛丫头会成为诗坛的旗帜，那也是太

---

① 洪子诚：《谢冕四题——在谢冕学术国际研讨会上的发言》，《现代中文学刊》2022年第 3 期。

② 孙绍振：《新的美学原则在崛起》，《诗刊》1981 年第 3 期。

拘泥字句了。与其说是新人的崛起，不如说是一种新的美学原则的崛起。这种新的美学原则，不能说与传统的美学观念没有任何联系，但崛起的青年对我们传统的美学观念常常表现出一种不驯服的姿态。他们不屑于作时代精神的号筒，也不屑于表现自我感情世界以外的丰功伟绩。他们甚至于回避去写那些我们习惯了的人物的经历、英勇的斗争和忘我的劳动的场景。他们和我们 50 年代的颂歌和 60 年代的战歌传统有所不同，不是直接去赞美生活，而是追求生活溶解在心灵中的秘密。①

一切仿佛又回到了过去。我们仿佛重临了五四前夕那场重大的文学革命。1917 年 1 月，胡适那篇被郑振铎称为"文学革命发难的信号"的文章《文学改良刍议》在《新青年》第二卷五号上刊出，文中正式提出的"文学革命"的"八不主义"引起了强烈反响。它被陈独秀称为"今日中国文界之雷音"。陈独秀在下一期的《新青年》上发表了《文学革命论》，称胡适是"文学革命先锋"："文学革命之气运，酝酿已非一日，其首举义旗之急先锋则为吾友胡适。"陈独秀称，"甘冒全国学究之敌，高张'文学革命军'大旗，以为吾友之声援"，"愿拖四十二生的大炮，为

---

① 孙绍振：《新的美学原则在崛起》，《诗刊》1981 年第 3 期。

之前驱"。当然也遭到了辜鸿铭、黄侃、刘师培等人的极力反对。辜鸿铭发表《反对中国文学革命》，直呼胡适其名进行批驳。今天来看，胡适的"八事"主张并不深奥，亦无惊人之语——吾以为今日而言文学改良，须从八事入手。八事者何？一曰，须言之有物。二曰，不模仿古人。三曰，须讲求文法。四曰，不作无病之呻吟。五曰，务去滥调套语。六曰，不用典。七曰，不讲对仗。八曰，不避俗字俗语。胡适用他的主张率先垂范。通俗易懂平白如话的"八事"，在当时不啻为八级地震。或者说，在胡适看来过去的文学是"言之无物""模仿古人""不讲求文法""无病呻吟""滥调套语""不能自己铸词造句""微细纤巧之末""避俗字俗语"的文学。他主张的"八事"，可以看作是文章写作的新标准或新的"作文法"。于是，"八事"一出，胡适便被认为是"文学革命的旗手"。有了胡适的《文学改良刍议》，才有了陈独秀的《文学革命论》。因此，对于文学革命来说，胡适厥功至伟。确实，在胡适之前，已经有黄遵宪的"我手写我口"的白话观念，有陈季同用西方现代小说观念创作的小说《黄衫客传奇》，有李叔同的白话学堂乐歌的流行，但是，这些观念和作品今天看来只能作为胡适的"文学改良刍议"提出的基础性的积累。个人在选择历史，同时更被历史所选择。胡适和他的"文学改良刍议"，就是历史选择的结果。

那是历史大断裂的时代，古代中国将无可改写地向现代中国转变，这是中国遭遇了西方缔造的现代性之后的必然选择。这一选择的正确和带来的新问题，在日后中国逐一不期而遇。可以说，从那时起的百年中国所处理的问题，基本就是现代性的问题。文学当然也概莫能外。当国门再次洞开，欧风美雨再次东渐："在重获解放的今天，人们理所当然地要求新诗恢复它与世界诗歌的联系，以求获得更多的营养发展自己。因此有一大批诗人（其中更多的是青年人），开始在更广泛的道路上探索——特别是寻求诗适应社会主义现代化生活的适当方式。他们是新的探索者。这情况之所以让人兴奋，因为在某些方面它的气氛与'五四'当年的气氛酷似。它带来了万象纷呈的新气象，也带来了令人瞠目的'怪'现象。"难以达成共识的论争犹如重临起点再次发生。谢冕先生坚定地站在了青年探索者一边："一批新诗人在崛起，他们不拘一格，大胆吸收西方现代诗歌的某些表现方式，写出了一些'古怪'的诗篇。越来越多的'背离'诗歌传统的迹象的出现，迫使我们作出切乎实际的判断和抉择。我们不必为此不安，我们应当学会适应这一状况，并把它引向促进新诗健康发展的路上去。"①在又一个时代的新旧交替之际，这个今天看来毫无异端、异类的朴素看法，却遭到了铺天盖地是批判或指责。

---

① 谢冕：《在新的崛起面前》，《光明日报》1980 年 5 月 7 日。

四十多年过去之后，洪子诚在回忆这个"事件"的时候说，"在4月的南宁会议上，对青年诗歌的'新诗潮'表示赞同和支持的人并不少"，这是事实。但历史并没有选择这些人。原因是"没有人做出像谢冕那样的论述。他的看法引发强烈争议的是两点。一是将事情置于诗歌史的脉络中，在这个脉络中来看它意义，做出高度评价。这显示了他的历史视野，他的敏锐"。另一个原因是"还来自他的'身份'，80年代初，他已经是有影响的诗歌批评家"。因此，谢冕同样也是历史的选择。[1]洪子诚说谢冕是"不成熟的举旗人"，这个说法来自黄子平为《谢冕文学评论选》写的序言——《通往"不成熟"的道路》。黄子平说：

　　　　我所熟悉的一位前辈，曾经精辟地，用一个"生"字来概括谢冕诗评的特点。我咂摸，"生"者，生气凛然、生机勃勃之谓也；"生"者，不成熟、欠老到之谓也。这两者是一而二,二而一的，有如一枚金币的两面，这位前辈的评价侧重于前者。有些论者则在夸赞一种探索勇气的同时，指责所谓"失误"，要求用四平八稳的"科学性"（真的那么"科学"？）来克服"片面性"。我觉得，只有对理论发展和理论建设的基本规律了解甚少才会有这样的看法。

---

[1]　洪子诚：《谢冕四题——在谢冕学术国际研讨会上的发言》，《现代中文学刊》2022年第3期。

黄子平通过对"科学性"的质疑，强调了"片面的深刻"。他进一步分析说：

　　　　对于整个理论进程来说，不成熟是绝对的，成熟是相对的。历史业已证明，对于中国的文学理论和文学批评，可怕的不是片面性（只要此一片面正常地得到他一片面或众多片面的补充和驳诘），而是那个驾临一切片面之上的那个唯一正确的全面，或者那个一片模糊的无个性的"今天天气……哈哈哈！"。因此，当谢冕写下"通往成熟的道路"这样的题目时，他既论证了"不成熟"的合理性和必然性，又列举了新时期文学成熟的特征来回答对于"不成熟"的指责。① 但是，洪子诚的意思还不是黄子平的思路，而是指那些拥有绝对话语权力者的傲慢。对"不成熟"指斥的优越，本身就含有一种权力关系。但是，任何新的事物都是从不成熟开始的。所有的事物，一经成熟便开始衰落，为"不成熟"的事物所替代。就这场论争而言，历史证明，那些"成熟"的大诗人、大批评家，他们的看法恰恰走向了事物的反面。而历史同样证明的是，《在新的崛起面前》并不是一个

---

①　洪子诚:《谢冕四题——在谢冕学术国际研讨会上的发言》,《现代中文学刊》2022年第 3 期。

可疑的文学幻觉。在此后的许多年，那个并不含有赞誉的"朦胧诗"命名的新诗潮，一时蔚为大观如洪水泄闸。谢冕却因其"不成熟"留在了那段重要的历史时刻。

现代知识阶层文化信念和方向的选择，经历了一个从总体性的认同到文化游击战过程。知识阶层在中国不是一个独立的阶层，他们在社会历史发展过程中，总要面临文化方向和信念的选择。五四时期似乎表达了这个阶层的先知先觉，他们振臂一呼，"德""赛"二先生引领了那个时代的思想风尚和文化潮流，展示了这个阶层耀眼的风采。但是，文化革命如割辫、易服、放脚，早已在民间完成，更无须说在西方现代性压力下改制的大势所趋。"没有晚清，何来五四"的被发现，现当代研究界在一个时期里津津乐道就不是空穴来风。但是，通过百年来关于知识分子题材的文学我们会看到，知识分子的文化方向和文化信念的选择，与中国的现代性是一个同构关系，就是不确定性。启蒙、革命、救亡、思想改造、多元文化追求等，是这一题材在不同历史时期的文学回响。其间虽然有激进主义、保守主义以及其他观念旁逸斜出，但是，大体总有一个"总体性"的存在，与社会历史潮流的发展构成了推波助澜的关系，形象地表达或顺应了"总体性"的要求。"狂人"的"呐喊"、"零余者"的彷徨、茅盾的《蚀》三部曲、钱锺书的《围城》、师陀的《结

205

婚》、李劼人的《天魔舞》、路翎的《财主的儿女们》、杨沫的《青春之歌》、张扬的《第二次握手》、靳凡的《公开的情书》、戴厚英的《人啊，人》、谌容的《人到中年》、宗璞的《野葫芦引》、从维熙的《雪落黄河静无声》、张贤亮的《绿化树》、王蒙的《布礼》、鲁彦周的《天云山传奇》、叶楠的《巴山夜雨》、张承志的《黑骏马》与《北方的河》等，构成了知识分子小说庞大而激越的交响。90年代以后，情况发生了变化，贾平凹的《废都》、王家达的《所谓作家》、阎真的《沧浪之水》、张者的《桃李》、李晓华的《世纪病人》等，书写了知识阶层令人惊悚的蜕变和分化。知识阶层再也难以找到能够认同的文化总体性。这与五四时期一直到80年代是大不相同的。[①]就像五四新文化运动之后，当激进的反传统告一段落后，传统仍然显示了它顽强的生命力，旧的文学并非一无是处。而且，当追随外来文化走投无路的时候，重新向传统寻找资源，在百年文化和文学历程中也并非绝无仅有；同样的道理，《在新的崛起面前》完成了80年代的"文学改良刍议"的历史使命后，新诗潮的发展也发生了新变化，逐渐失去了原初的革命意义而走向了另外的方向时，谢冕就成了"反对者"。2016年11月23日他在接受《中华读书报》记者舒晋瑜的采访时，题目用的就是《谢冕：这个现状能满意吗？》。

---

① 孟繁华:《应物象形与伟大的文学传统》,《当代作家评论》2019年第3期。

"现在的诗歌创作取得进步，诗人创作热情高，这是肯定的。有好诗，不多；有优秀诗人，也不多。有这么多诗人写作，写了这么多，可以传诵一时的名篇寥若晨星。但是诗人自我感觉好，认为自己写得好得不得了。我们说来说去，还是海子的《面朝大海，春暖花开》，舒婷的《致橡树》，北岛的《回答》。以后呢？几乎没有。这个现状能满意吗？所谓诗歌朗诵会，很多诗几乎不能诵。不能流传开来，写那么多干吗？这让我忧心。"[1] 因此，在谢冕那里并非新的就是好的，好与坏，是由他的文学观和判断力决定的。

谈到《在新的崛起面前》，就不能不谈到孙绍振先生。这不只是因为他的《新的美学原则在崛起》进一步深化了"崛起论"，重要的是他们六十多年的友谊，同样是文坛的一段佳话。他们都曾是编撰《新诗发展概况》的主要成员。后来孙绍振说："每逢我回忆起当年在和平里的日子，都是含着微笑的。历史证明，这一次学术盲动，并没有让我们成为极左思潮的文化杀手，相反，在谢冕的率领下，却几乎都成为思想和学术解放的壮士。"[2] 谢冕、孙绍振从1955级的北大同学到共同参与编撰《新诗发展概况》，再到80年代的"崛起"乃至今天，他们一直是最亲密的朋友。孙绍振对谢冕的尊敬和爱戴从一个玩笑式的细

---

[1] 舒晋瑜：《谢冕：这个现状能满意吗？》，《中华读书报》2016年11月23日。

[2] 孙绍振：《谢冕率六君子进军当代文学》，《文艺争鸣》2022年第5期。

节即可看出：称谢冕为"中国诗歌元首"，并配有形神兼备的漫画，那是我见到的最具谢先生风采的画像。由此我也想到了另一个问题，就是谢冕先生和孙绍振、洪子诚等"六君子"的友谊。他们的友谊是一生的友谊，他们的友谊不是"抱团取暖"，不是"利益集团"的帮派。除了同学之谊外，他们共同的专业兴趣，君子和而不同的文学观念，使他们更加相互包容、相互尊重和欣赏。这样的友谊，在今天的文坛大概很难见到了。王富仁先生曾经高度评价樊骏先生的学术工作，称他为"学科魂"，他说这是他"生造的词"。王富仁说："他具体传承了王瑶先生的学院学术的传统，是从中国现代文学研究学会及其会刊《中国现代文学研究丛刊》的学术研究的角度，建构起自己的中国现代文学研究的一系列具体观念的，从而重建了中国现代文学研究学科的新的整体性观念。在中国现代文学研究的历史上起到了承上启下的作用。"[1]樊骏先生以他卓越的学术成就和正大的学术形象，在王富仁先生这一代学者中有极高的评价和影响。我愿意用王富仁先生的创造表达我如下的看法：谢冕、孙绍振、洪子诚，就是中国当代文学的"学科魂"。他们以自己健康、积极、敏锐的学术眼光和研究实践，开创了中国当代文学学科；他们影响了几代本学科的研究者，持久地发挥着不可替代的"学科

---

[1] 王富仁：《学科魂：〈樊骏论〉之第一章》，《中国现代文学研究丛刊》2012年第1期。

灵魂"的作用。他们的人格成就和专业成就，已经成为这个专业高端成就的象征而受到尊重。他们的存在业已表明，这个专业已经成熟并受到相关专业的普遍关注。

209

文学史研究的"两面神"

——读洪子诚的《当代文学中的世界文学》

　　现在我们要讨论的是洪子诚先生的新著《当代文学中的世界文学》。很多朋友惊讶于洪先生的巨大创造力，他在年过八旬之后仍然文思泉涌，仍有作品源源不断地发表。更重要的是，他总是出人意料地有新的角度和眼界。在他的自述中，似乎看不到他对自己"计划学术"的总体设计，文章似乎也没有系列成果的考虑。这当然有洪先生的谦虚。他从不做高调宣言，从不提出"新的理念""新的口号"，也从来没有在当代文学"另起一行"的"雄心壮志"。这既是一个学者的自我要求，也是一个学者未被时代学风裹挟的明证。事情就是这样，真正的学术风光是在那些真正学者不问收获的默默耕耘中，他们没有，也不屑引领所谓的学术潮流，但他们却一直在学术的潮头之上。这既是对当下某种学风无声的嘲讽，也是学术伦理内在的力量。

《当代文学中的世界文学》的重要性，将会或正在被我们认识。洪老师和钱老师的主旨发言，对我们理解这本书很重要，建德兄和中忱老师的发言很有启发性。希望这次会议能够成为当代文学研究的一个转折，既能够尊重学科重要的研究成果，也能够认识到这样的成果对学科发展的推动或价值。我之所以说这些话，是源于洪先生这部作品作为单篇文章发表的遭遇。会议之前，我曾经把文章提纲发给洪先生指正。结果他回信说："我读了你的提要，认为发言不妥，需改正！真的不要提我，还是讨论一些有价值，于当代文学当代史有一点价值的问题。这几年写这些文章，感到有点寂寞。当代文学界认为这些文章内容与当代文学无关，所以《文学评论》拒绝刊发《死亡与重生——当代中国的马雅可夫斯基》一文。而好几篇都被人大复印资料收入外国文学、文学理论专辑，当代文学界不认可它们。为什么会出现这一理解，我觉得可以讨论。当代文学的生成和建构直接关联国际政治、文化、文学，这些年的研究，包括知识左派对毛泽东文艺思想研究，很大程度离开了冷战、国际共运的重大背景。这是需要讨论的问题。""我感觉现在研究视野，比50年代都不如。当代文学自我设限，别的学科也一样。"[1]洪老师做这些文章的孤独寂寞是可以想象的。他曾多次将他的这些文章写好后发给我学习。我曾在某些刊物发表了对洪先生这一工作

---

[1]　洪老师发给笔者的微信。

的评价。这里不再赘述。

这些文章的遭遇是带有症候性的，它从一个方面反映了当代文学研究界存在的问题。这些问题如果我们还是视而不见或冷眼旁观，那么这个状态将会得到鼓励，学科的研究生态将会更加恶化，后果是严重的。我觉得这不是洪先生个人的遭遇，而是反映了这一遭遇背后隐含的问题。首先是学术内部环境的"冷漠"。与对外部"高涨"的热情相比，当代文学研究环境内部的"冷漠"几乎是空前的。学者之间相互不关心、不关注，自以为是，都在耕种个人的"自留地"。这种状况至今不仅没有改善，反而愈演愈烈。这种"冷漠"是社会人与人关系在学界的另一种表现。它不是学者的"主体性"或学术研究的"个性"的表现，而一种极端的"自私化"。这种状况催发了研究的"私人化"和功利化。大家除了关注与个人研究有关的内容、框定个人的学术版图外，其余的可以充耳不闻，岁月静好。洪先生的"不认可"说还过于拘泥，事实是更多的人是连关心的愿望都没有。这是学术环境内部"冷漠"的根本原因。因此，洪老师是一个非常寂寞的文学史的勘探师。

另一方面，洪老师这些文章的不被理解，也有对文章价值认识的原因。或者说，更多的人可能还没有认识到这些文章应有的价值。这时我想起了洪老师为新版《契诃夫手记》写的序言中的一段话：

契诃夫在德国的巴登威勒去世，那是1904年7月。比他小十五岁，刚开始文学写作的托马斯·曼谈到，他极力思索，也无法回忆起这位俄国作家逝世的消息给他留下什么印象。虽然德国报刊登载了这个消息，也有许多人写了关于契诃夫的文章，可是"几乎不曾引起我的震惊"，也绝对没有意识到俄国和世界文学界遭遇到很大损失。托马斯·曼的这个感觉是有代表性的。契诃夫不是那种能引起震撼效果的作家，他不曾写出"史诗"般的鸿篇巨构，在写作上没有表现出如托尔斯泰、巴尔扎克那样的"英雄式"的坚韧气概。但是正如托马斯·曼说的，对于他的价值，他的"能够将丰富多彩的生活全部容纳在自己的有限篇幅之中而达到史诗式的雄伟"，是逐渐认识到的。确实，对许多作家、读者来说，和他相遇不一定就一见钟情，但一旦邂逅，他的那些朴素、幽默、温情、节制的文字很可能就难以忘怀。①

如果是这样的话，对洪老师来说，这些研究一时不被理解或接受，可能也就是正常的了。

我们知道，从1999年洪子诚的《中国当代文学史》出版以

---

① 洪子诚:《"有神"与"无神"之间，隔着广大的空间——新版〈契诃夫手记〉序言》,《读书》2022年第8期。

后，有影响的中国当代文学史专著和教材几乎没有再出现。这从一个方面反映了这个学科总体研究面临着困难或难题，或者说，关于中国当代文学史的写作模式、构建方法和具体的写作实践，新的、成熟的想法还一直没有出现，但这并不意味着这一研究方向的完全停滞。事实上，这些年来，很多学者一直在寻找文学史写作新的路径，讨论和研究与中国当代文学史有关的内容。这部《当代文学中的世界文学》，可以看作是一部主题性的著作，它集中钩沉或讨论的，是外国文学的一些作家、作品或理论在中国当代文学中的影响。洪老师最初的想法是"当代文学（特别是20世纪50年代至70年代）与外国文学关系的研究还开展得不够，希望借此能引起重视的考虑。""是讨论中国当代文学在建构自身的过程中，如何处理外国文学的'资源'。我们知道，50年代开始的当代文学具有'国家设计'的性质，这种设计的重要方面，是如何在'世界文学'的视野中来想象、定义自身，以及在此基础上，为世界文学提供何种普遍性的'中国经验'。当代文学在它的开展过程中，除了处理本土古典和现代的文学经验之外，五四以来对新文学影响深远的外国文学，是它面临的更为紧张而紧迫的问题。这三四十年间，两大阵营的冷战格局，亚非拉的反帝、反殖，民族独立运动的浪潮，以及国际共产主义运动的内部分裂，这一切构成当代文学生成的背景，成为当代文学设计自身的重要依据，直接规约对外国文学资源处理的尺度，当代文学内部矛盾、冲突的性质和展开方式，也与这一'冷战文化'紧密相关。"①这些考虑，隐含着洪老师对中国当代文学史研究思考的持久和深入。洪老师对中国当代文学史的研究，不是提出新口号，不是标榜新方法，他是按照自己的治学方式治文学史。因此，他更看重的是当代文学史研究和写作的实践性。"实践理性"构成了他治史的突出特点。比如对 1975 年批判苏联（或苏日合拍）电影《德尔苏·乌扎拉》的事件的分析，事情已经过去四十年。北京师范大学张建华教授在《俄罗斯研究》2015 年第 2 期上，发表的《〈德尔苏·乌扎拉〉：冲突年代苏联电影中的"中国形象"与中苏关系》一文，"资料翔实、分析深入地对影片制作过程、引发的争议等做了'历史还原'式的梳理，令人印象深刻"。但是，洪老师仍然认为有不解的疑问。这些疑问是：首先，它批判的是"电影剧本"，而不是电影；其次，影片的症结是"反华"，可是，对"反华"的批判却是在异邦的日本和尚未回归的香港地区首先启动。其他的作者，张建华也表示疑惑："'日本《德尔苏·乌扎拉》研究会'和'日本《德尔苏·乌扎拉》批判组'以及'铃木猛'是来自日本的批判声音，然而其不明的身份给时人和后人留下了些许疑惑。这两个组织的领导人和成员无从查证。"可疑的还有这些发

---

① 洪子诚：《当代文学中的世界文学·自序》，北京大学出版社 2022 年。

215

表在日本刊物上的文章的观点，修辞和论述方式。通过质疑和还原事件的原貌，1975年的国际环境以及文学与政治的关系有可能被我们深切地理解。因此，国际政治的全部复杂性并没有被我们认知。对这一事件的历史还原的重要性，其价值可能还不止是"不会让那段诡异、'辛酸而苍凉'的历史完全从记忆中消失、湮灭"①。它还提醒我们注意的是，当代中国文学在世界文学整体格局中的地位，有一个强大的国际语境，这个国际语境交织着不同的政治意识形态和国家利益，它支配着所有文学艺术的国际交往和相互认同。如果仅仅关注我们自己文学艺术的发展，把中国当代文学史当作一个"自足"或封闭的事物，我们是不能看清楚的。

除了对苏联文学关系的钩沉和梳理，洪先生还注意到与南斯拉夫、法国、英国等国家文学的关系。与南斯拉夫的文学关系，可以想见在苏联的控制下，东欧其他社会主义国家和苏联有潜在的"等级"差别，同时由于铁托的独立性和"自治社会主义"，苏联对其打压，它的配角地位也极大地影响了我们和南斯拉夫包括文学上的交往，在当时，甚至不如其他社会主义国家如波兰、匈牙利、捷克斯洛伐克、罗马尼亚等。文学关系的升降起伏始终伴随着强大的政治因素。但是，奇怪的是，也是在

---

① 洪子诚：《反华电影剧本〈德尔苏·乌扎拉〉》，《文艺争鸣》2019年第10期。

这样的时代，我们似乎对待莎士比亚显得宽松得多。根据洪先生统计，1954年朱生豪十二卷的《莎士比亚戏剧集》出版之外，单行本的莎士比亚戏剧、诗歌也有数量颇丰的印数。如曹禺翻译的《柔蜜欧与幽丽叶》，方平的《捕风捉影》（《无事生非》）以及《威尼斯商人》《亨利五世》，吕荧的《仲夏夜之梦》，卞之琳的《哈姆雷特》，吴兴华的《亨利四世》，方重的《理查三世》，还有曹未风译的十一种——《安东尼与克柳巴》《尤利斯·该撒》《罗米欧与朱丽叶》《凡隆纳的二绅士》《奥赛罗》《马克白斯》《哈姆莱特》《第十二夜》《错中错》《如愿》《仲夏夜之梦》。诗歌方面，有方平的长诗《维纳斯与阿董尼》，屠岸的《莎士比亚十四行诗集》。这期间的研究论文数量也相当可观：孙大雨、顾绥昌、方平、卞之琳、李赋宁、陈嘉、吴兴华、方重、王佐良、杨周翰、戴镏龄、赵澧等都有多篇研究论文发表。舞台演出方面，从1954年到1962年，先后有《无事生非》《哈姆雷特》《第十二夜》《罗密欧与朱丽叶》等出现在京沪的话剧舞台上。而电影译制片则有《王子复仇记》（英，1948）、《奥赛罗》（美、意、法、摩洛哥，1951）、《第十二夜》（苏，1955）、《仲夏夜之梦》（捷克斯洛伐克，1959）、《理查三世》（英，1955）、《罗密欧与朱丽叶》（意、英，1954）等，其中《王子复仇记》影响最大。1954年莎士比亚诞辰三百九十周年的时候，中国有相当规模的纪念活动开展——出版朱生豪十二卷的《莎士比亚戏剧集》，刊

217

登了曹未风、熊佛西、穆木天、方平、施咸荣等的纪念文章。因此，可以预想1964年将会有纪念的盛况出现。或者说，尽管莎士比亚属于"资本主义"的经典作家，但比起有争议的社会主义国家的作家，他在中国的优先地位还是明显的。这个情况也适于法国的雨果和司汤达。也就是说，对于世界普遍承认的经典作家，五六十年代的中国给了很高的文学礼遇。也可以这么说，就有争议的社会主义国家作家而言，他们的危险性要远远大于欧洲老牌的经典作家。这也应该是研究五六十年代文学的一个非常有趣的话题。

这些话题是洪先生通过对历史材料的钩沉提供的。这些材料的钩沉，一如洪先生的文学史写作，他只是客观地通过材料表达他的看法，或者说他的看法都隐含在他的材料里。文学史的实践理性是他一贯恪守的。但这"貌不惊人"的学术个性，却从另一个方面证实了洪先生仍然是一位充满了学术活力的文学史研究专家。他的这一活力，首先来自他的学术视野和眼光。比如，对相关学科——中国现代文学、外国文学研究状况的关注，这些领域的研究他都非常熟悉。在谈到现代文学研究状况时他说："在与世界文学史料关系的整理和研究上，现代文学在这方面有深入展开，包括文学思潮、文学运动、流派、文类、具体作家作品等。十多年前，严家炎先生曾主编《20世纪中国文学研究丛书》，共十一卷，分别讨论宗教（佛学、基督教文化、伊斯兰文化）、世纪末思潮、科学、现代都市文化、浪漫主义、抒情写实主义、象征主义、表现主义、社会主义现实主义与中国文学的关系，可以看出都是从思潮的方面来检视中国现代文学与世界文学／文化的关联。不过，他们大多是处理的是 20 世纪前半期的文学，当代文学部分涉及尚不充分。"①一方面他"向后看"，另一方面他更"向前看"。这个"向前看"，是指洪先生与青年学者的交流。我注意到，凡是洪先生召集的会议，参与者大多数是青年学者。他愿意倾听来自青年的声音，并从青年的观点、观念中观照自己的研究。而且，他对"旧事物"着迷。他很多文章的内容都是与历史相关的，包括这部《中国当代文学中的世界文学》以及他编选的谢冕先生写于 1967 年至 1971 年的诗歌《爱简》，都表达了他不一样的历史感和眼光。如果是这样的话，那么，洪先生的研究面貌，就酷似古罗马的门神雅努斯，一面朝着过去，一面朝向未来。这个文学史研究的"两面神"，却获得了意想不到的收获和反响。

---

① 洪子诚：《当代文学中的世界文学·自序》，北京大学出版社 2022 年。

219

世界性和构建中国文学批评话语的实践

——关于《陈晓明文集》的几点感想

2023 年 2 月，八卷本的《陈晓明文集》由广东人民出版社出版。无论对于当代文学界还是陈晓明本人，都是一件值得特别关注的事件。但是，如果不是活动举办方通知我参加有关活动，我对《陈晓明文集》的出版一无所知。由此可见陈晓明对个人事务不事张扬的低调程度。3 月 25 日，由广东省出版集团、广东省作家协会联合主办，广东人民出版社、《粤港澳大湾区文学评论》、花城文学院联合承办的《陈晓明文集》新书发布会召开，三十多位朋友参加了这次活动。多年来，陈晓明一直站在中国当代文学研究和批评的最前沿，引领着当代文学批评的风潮，发动了一次次标新领异的批评活动，对改变当代中国文学批评的型构、方法乃至修辞方式，做出了重要的贡献。他因此获得了同行和作家朋友的信任，也奠定了他在当代文学批评中的地位。

　　我们知道，无论做文学理论研究还是阐释中国当代文学创作，世界眼光非常重要。我们强调文学的世界性。当然也强调文学理论批评的世界性，没有世界性，做好文学创作和文学批评几乎是不可能的，而且这也符合中国百多年来文学发展的实际。从陈季同的《黄衫客传奇》开始，到鲁郭茅巴老曹，到延安革命文艺，世界性的特征一以贯之。作为当代学者和批评家，陈晓明当然也在这一传统和谱系中。他是具有世界性学术眼光的学者和批评家，但他同时具有本土立场，他的世界眼光和本土立场，都是诉诸建构当代中国学术话语的努力和实践。这一点非常重要。自李鸿章提出"三千年未有之大变局"，朦胧地感觉到了世界发生的巨大变化，闭关自守的天朝正在遭遇前所未有的巨大挑战，他领导了洋务运动，开启了向西方学习观念、科学、技术等的先河；同为晚清中兴四大名臣的张之洞，在《劝学篇》中提出了"体用论"，尽管有其合理性，但最终还是成为向西方学习的障碍，延迟了中国的现代化进程。从这时代起，中西之争在中国历史发展过程中就一直没有终止过。即便在四十余年的文学发展过程中，"中西之争"也同样存在。值得注意的是，陈晓明的研究视角一直是开放的、具有世界性的。比如他得到学界广泛认同的著作《无边的挑战：中国先锋文学的后现代性》，是研究中国先锋文学最重要的著作。二十多年前我曾评论说：90

221

年代初期的中国文化曾出现了一段短暂的空场，虽然先锋文学气势如虹，但面对这陌生的文学新军，批评界却表达了无以言说的尴尬。先锋文学放弃了百年中国启蒙的主流话语，作家们没有给定的，也没有自我设定的文化目标，面对既有的语言秩序和文化范型，他们实施了一次声势浩大的"无边的挑战"。但当时鲜有人能够解读他们，一些无论批评还是褒扬的文字大半不得要领。这一文学景观令陈晓明兴奋不已，他多年忍耐等待并以求一逞的时机终于来临。《无边的挑战：中国先锋文学的后现代性》对陈晓明来说重要无比，奠定了陈晓明先锋文学首席批评家的地位，"陈后主"也因此传诵一时。对于先锋文学，陈晓明后来说："我是由衷喜欢那个时期的先锋小说，不是观念性的，也不是因为读了解构主义，可能是我对语言和文学形式感的天性喜爱所致。那时候读格非、苏童、余华，最喜欢的是格非的小说，读他的小说《迷舟》《褐色鸟群》，像回到精神的家园。所以，格非在我心目中仿佛永远停留在那个年代，那时会在心里把他看作我最亲密的朋友，因为他写出了我最理想的文学。我一度认为《风琴》是他最好的小说，向很多人推荐过。"2007年，《无边的挑战：中国先锋文学的后现代性》获鲁迅文学奖·全国优秀文学理论评论奖。陈晓明曾对我说："我知道这本书凝结着我最初的敏感和激动，那种无边的理论想象，那种献祭式的思想热情。我从存在主义、结构主义和后结构主义的理论森林走向文学的旷野，遭遇先锋派，几乎是一拍即合。"后来，陈晓明陆续出版发表了《解构的踪迹：历史、话语与主体》《不死的纯文学》《德里达的底线：解构的要义与新人文学的到来》《中国当代文学主潮》《守望剩余的文学性》《众妙之门：重建文本细读的批评方法》等。这些著作是中国当代文学研究的重要成果，某种意义上，也是中国当代文学研究高端成就的代表。关于"中西"的观念论争以及思想文化实践的争论，百余年来一直没有中断。这与中国具体的历史处境有直接关系，也与仁人志士寻找中国出路的努力和"试错"有关。

这里我想简略地讨论一下陈晓明的《中国当代文学主潮》。这本专著性的教材不仅是中国当代文学史研究的重要收获，同时也在某种意义上代表了陈晓明的世界眼光与建构中国当代学术话语的努力和实践。我还记得，2008年秋天的一个夜晚，和几位青年批评家聚餐后，我和陈晓明、陈福民等坐在万柳东路的一家咖啡馆里，听晓明讲述他刚刚完成的著作——《中国当代文学主潮》的基本构想或某些细节，他从容而耐心，款款道来，目光炯炯。这时的晓明没有雄辩时凌厉的手势，思维仍敏捷而严密，优雅得适可而止。不那么明亮的灯光照在他青春晚期的脸上，几根白发倔强地闪烁，显示着他的曾经沧海。虽然没有研究生们激动或景仰的目光，但晓明仍然激情澎湃，兴致不减，丝毫没有"白发盈肩壮志灰"的颓唐。我们熟悉的他那浑厚或略

223

带磁性的声音就这样低回在咖啡馆的某个角落，在座的我们深受依然英姿勃发的晓明的感染。而此时，他的大著——《德里达的底线》刚刚送到我们手上不久。当我们还没有读完这部著作的时候，他又完成了《中国当代文学主潮》的写作，晓明的学术才华、敬业和对学术的热衷，由此可见一斑。

到北大工作后，教学的需要使他必须系统地讲授中国当代文学的历史，这部著作就是他在讲稿的基础上修订完成的。北大是中国当代文学史研究的重镇，1999 年，洪子诚先生就出版了《中国当代文学史》，这部文学史的出版，不仅改变了中国当代文学历史叙述的格局和面貌，重要的是他将中国当代文学建构为一门真正的学问。多年来，洪子诚文学史的巨大影响依然存在。在这种处境中，包括陈晓明在内的所有当代文学史写作面临的困难和巨大挑战可想而知。但这也诚如他自己所说的那样："在做当代的人中，我算是偏向理论的，写文学史自然难免有理论阐述，这也是我写文学史的理由。没有对文学史的整体把握，没有文学史的观念，这样去写文学史肯定是不能把文学史说透的。如果我的文学史与他人一样，论述的层面和学理内涵没有个人的东西，那我写作的冲动肯定不够充分。"①这个独白已经告知我们，陈晓明的文学史一定与众不同。

---

① 　陈晓明：《中国当代文学主潮》，北京大学出版社 2009 年，第 596 页。

毋庸讳言，发生在 80 年代末的"重写文学史"的巨大冲动，与夏志清的《中国现代小说史》的问世有千丝万缕的关系。夏志清教授除了在意识形态和文学史观与中国主流现代文学史有重大差异、"政治标准太暴露了"[①] 之外，一个重要的方面就是他钩沉了中国现代文学史上一直被边缘化的人物——沈从文、张爱玲和钱锺书。这一现象一时间里使大陆现、当代文学史界大哗，重新评价现当代作家作品蔚然成风蔚为大观，以至于新世纪以后，张爱玲的地位大有取代鲁迅之势。夏志清因张爱玲在大陆走红后，既受宠若惊又不无迷茫地说："不知怎么地历史的发展就站在我这一边。这是怎么一回事呢？"[②] 但是，在我看来，事情远没有结束，中国现代性的不确定性也没有结束，历史究竟站在哪一边我们有充分的耐心拭目以待。

　　现在，问题终于被再次提出：陈晓明的《中国当代文学主潮》的基本框架，就是从中国的现代性出发来阐释中国当代文学历史的："本书所追求的文学史的观念与方法，可能就是在现代性与后现代性综合的基础上建构起来的当代文学史叙事——既给予了中国当代文学史以一个完整的、有序的、合乎逻辑的总体趋势，又试图去揭示这个历史过程中被人为话语缝合起来的文学

---

① 刘再复语，见张英进《鲁迅……张爱玲：中国现代文学研究的流变》，《作家》2009 年 13 期。
② 张英进：《鲁迅……张爱玲：中国现代文学研究的流变》，《作家》2009 年 13 期。

现象的关联谱系。如果没有一个完整的历史图景作支撑，过去发生的文学事件和文学作品的性质和意义将无法理解；而历史图景的定位一旦给出，这个完整模式所包含的虚构性和理论强迫性的叙事特征又可能对文学造成另一种侵害。保持现代性的历史观念，是为了获得一种对历史的完整解释，但对其具体过程，对那些历史事实的关联以及这个历史建构的方式则需要保持必要的反省。"①他在另一处又说："我把中国当代文学放在世界现代性的历史进程中来理解，它是中国的'激进现代性'的一个组成部分。它无疑意味着一种新的不同于西方资产阶级现代性的文化的开创，它开启了另一种现代性，那是中国本土的激进革命的现代性。文学由此要充当现代性前进道路的引导者，为激进现代性文化创建提供感性形象和认知的世界观基础。因此，'主潮'就有一条清晰的线索，就是中国现代性的历史进程，从激进革命的现代性叙事，到这种激进性的消退，再到现代性的转型。这是指内在文学史叙述的理论线索。"②因此，可以把"现代性"这个核心概念作为理解陈晓明《中国当代文学主潮》的基本理论支撑。

---

① 陈晓明:《中国当代文学主潮》，北京大学出版社 2009 年，第 15 页。

② 术术、陈晓明:《云谲波诡的 60 年文学——关于陈晓明新著〈中国当代文学主潮〉的访谈》，见新浪网 2009 年 9 月 8 日"新浪论坛"。亦可参见陈晓明《中国当代文学主潮》第 2 页。

"现代性"是一个极其复杂的概念，相关理论或阐释也多如牛毛，"多元的现代性"是我们面对的一个庞杂的理论迷阵：在西方，马克斯·韦伯、帕森斯、鲍曼、吉登斯、哈贝马斯、德里克等，都对现代性作过理论表达。为了回应起源于西方的现代性，发生了中国的现代性。但如何表述中国的现代性一直是理论界悬而未决的问题。南帆在《现代主义、现代性与个人主义》中援引了马泰·卡林内斯库的观点，认为存在两种相互对立的现代性模式：一种现代性源于启蒙话语，世俗化、工具理性、科学主义、大工业革命、民族国家的建立、科层制度、市场经济与全球化均是这种现代性的表征；相对地说，另一种现代性是审美的，文化的，这种现代性的首要特点即是对于前者的强烈批判。马泰·卡林内斯库将第一种现代性称之为"资产阶级现代性"。进步的学说，相信科学技术造福于人类，精确计算时间，理性崇拜，抽象意义上的自由理想，这些均是现代观念史早期阶段的杰出传统；"相反，另一种现代性，将导致先锋派产生的现代性，自其浪漫派的开端即倾向于激进的反资产阶级态度。它厌恶中产阶级的价值标准，并通过极其多样的手段来表达这种厌恶，从反叛、无政府、天启主义直到自我流放。因此……更能表明文化现代性的是它对资产阶级现代性的公开拒斥，以及它强烈的否定

227

激情。"①审美的现代性或文化的现代性并不认同"资本主义的现代性"，后者对前者的否定或激进的颠覆，我们在"现代派"或"现代主义"的文学艺术中已耳熟能详。中国的现代性虽然在表现形式上不同于西方，但在逻辑上几乎没有差别。

因此，如何界定中国的现代性就是陈晓明首先要处理的问题，也就是"怎么理解中国社会主义文化与文学的现代性意义，只有解释这一根本问题，才能在世界文学的框架中来解释中国这六十年的文学经验。"②要解决这一问题，首先要解决的是如何理解和评价毛泽东的《在延安文艺座谈会上的讲话》，它是中国革命文学方向和文学观念确立的基本来源和依据。但是面对在"讲话"指导下的文学历史，陈晓明认为："这个深刻的历史转变，是理解中国当代文学史发生发展的前提。在这一意义上，革命文艺展开的是又一次新文学运动。这项文学运动具有双重意义：一方面，它是与历史剧变联系在一起的具有鲜明的时代政治意识的文学；另一方面，它又是有最广泛人民群众参与的文学，是人民为主体的文学。"③"革命的现代性"是这一时代文学最重要和突出的特征，陈晓明在具体的历史语境中肯定了这一

---

① 南帆：《现代主义、现代性与个人主义》，《南方文坛》2009年第4期。
② 术术、陈晓明：《云谲波诡的60年文学——关于陈晓明新著〈中国当代文学主潮〉的访谈》，见新浪网2009年9月8日"新浪论坛"。亦可参见陈晓明《中国当代文学主潮》，第2页。
③ 陈晓明：《中国当代文学主潮》，北京大学出版社2009年，第27页。

时代的文学，显然是有历史眼光的。也正因为如此，他认为赵树理的作品虽然被称为"问题小说"，但它几乎就是在回答现实出现的问题，他的作品却充满了艺术魅力。也许有些人对此不以为然，但还有相当多的读者是很喜欢四五十年代的《小二黑结婚》《登记》这些作品的。再比如《红旗谱》，梁斌自己津津乐道的是他对青年时期生活的记忆，是他描写乡村中国生活的那种乡土气息，那些人伦风习。即使像《创业史》和《艳阳天》这种要专注于表现农村阶级斗争的作品，你可以说，这就是概念出发，农村哪有什么阶级斗争或路线斗争？这种文学作品，对历史现实的基本把握就是错误的，但那又怎么办呢？那种框架并不重要。其实作家对历史现实的理解经常是错误的，荒谬的。就像乔伊斯的《尤利西斯》，它对历史的神秘和轮回的理解，那种宿命的虚无，就是正确的吗？也不见得。当然，二者非常不同。中国的这些作品被政治框定，但也正因为如此，对社会历史的理解变成一种框框，而它真正表现的是当时农村要进行社会主义革命和建设家庭伦理所面临的挑战，它确实也写了在政治渗透下的中国乡村生活的变迁。这类小说虽然不多情爱的表现，但父子关系、邻里关系的表现却是极其生动细致的。这类例子甚多，这是（陈

229

晓明）处理文学与政治关系的方式之一。① 在我看来，这是陈晓明运用"现代性"观念处理那一时代文学最成功的经验，也是他"把中国当代文学放在世界现代性的历史进程中来理解"的最好佐证。过去，我们批评或否定某部作品，作家的观念几乎是决定性的，但即便是最伟大的作家，比如巴尔扎克、雨果、托尔斯泰、曹雪芹以及后来的"现代主义""后现代主义"作家等，他们的社会、伦理、道德等价值观念都是正确的吗？如果不是，他们是否还是文学家？此前似乎还没有人回答过类似问题。

"十七年"一直是中国当代文学史的一个难题。它之所以难处理就在于文学与政治的关系、作家观念与文学性的关系。"重写文学史"的时代虽然改写了单一政治维度评价文学作品的标准，但它"逆向"的评价方法在逻辑上仍然是单一的"政治标准"。虽然此前唐小兵的"反现代的现代性"理论已经进入文学史叙述，"红色经典"的阐释已经在合理性的范畴内展开，恢复了《白毛女》《小二黑结婚》《李有才板话》《青春之歌》《林海雪原》《暴风骤雨》《创业史》等作品的文学史地位，但因具体时段的限制，"再解读"的作者们还没有涉及后来发生的"现代主义文学"的个人政治，与排斥"个人主义"的通俗的"国家主

---

① 术术、陈晓明：《云谲波诡的 60 年文学——关于陈晓明新著〈中国当代文学主潮〉的访谈》，见新浪网 2009 年 9 月 8 日"新浪论坛"。亦可参见陈晓明《中国当代文学主潮》，第 2 页。

义文学"的关系。这个局限可能也是"反现代的现代性"行之不远的致命原因。但《中国当代文学主潮》不是具体地处理某一时段的文学，它对1942至今的文学历史有一个总体性的把握："回首过去，我们无疑会看到历史的多个侧面。它如此复杂，众多因素纠杂其中，造成的最终结果又未尝不是一种历史的'必然性'。如果从现代性是中国不得不面对的历史关口这一点来理解这一历史进程，也许更能体现出具有包容性的历史主义态度。"①这个历史观，使《中国当代文学主潮》既看到了中国现代历史是中国现代性的必然过程，是面对西方挑战选择的必然道路，有历史的合理性；同时也看到了"历史的偏激"，那里既有被掩盖的苦难，也有"倔强而放纵的狂热"，而对历史"不断激化的选择"，陈晓明的历史性分析客观而冷静。

陈晓明一直是当代文学批评的前沿批评家，他对当下文学的熟悉和敏锐几乎有口皆碑。因此，除了对1942年至1976年的文学历史作出了新的理解和评价之外，他对80年代至今的文学发展所作的梳理和阐释，不仅有鲜明的"陈氏风格"，更因其参与亲历而有了"现场感"。此前他的《无边的挑战：中国先锋文学的后现代性》《表意的焦虑》《不死的纯文学》等著作，虽然带有前沿文学批评性质，但那里的历史眼光和感性积累，为他

---

① 陈晓明：《中国当代文学主潮》，北京大学出版社2009年，第24页。

对这一时期文学史的写作奠定了坚实的基础，他是对当下文学最有发言权的批评家之一。但文学史的写作毕竟与文学批评不同。如果说他对莫言、贾平凹、余华、刘震云、铁凝、王安忆、马原、格非、残雪、王朔、阎连科等当代名家已烂熟于心的话，那么如何将他们在文学史中作出适当的评价，可能对陈晓明是一个更大的考验。更值得注意的是，这部文学史一直写到"80后"和"网络文学"。这一选择的大胆几乎前所未有，但它却保证了对"当代中国文学历史叙述"的完整性。

还需要指出的是，文学历史的书写虽然是一种"叙事"或"结构"，是一种"整体性的历史"或"结构性的历史"，但陈晓明力图维新，"理解历史，不是判断历史或设定历史，而是去探究历史为什么会这样，历史这样究竟意味着什么"。[1] 而他提供的"以论带史"的文学史写作方法，也从一个方面强化了当代文学历史叙述的理论性，他不仅洞见了一些被遗忘和遮蔽的作家作品，而且也因理论表达的透彻使《中国当代文学主潮》这部文学史更加明快。可以肯定的是，《中国当代文学主潮》是近年来这一领域的重要收获：从1999年至今，当代文学史的研究写作几近处于停滞状态，而陈晓明的文学史为我们提供了新的观念、视角和范式。

---

① 陈晓明：《中国当代文学主潮》，北京大学出版社2009年，第24页。

八卷《陈晓明文集》集中展现了陈晓明从事文学研究和批评以来的成果，却顾所来径，苍苍横翠微。几十年的辛勤思考和耕耘，终于有了可以想见的回报。"回报"的说法可能有些庸俗，我这里的所指，是一个纯粹的学者——没有功利诉求的学者，在为当代文学提供诸多最新"算法"的同时，也为探求中国当代学术话语和文学经验留下了巨量财富，尽管这不是他迄今为止文学研究成果的全部。我深感遗憾的是多部被删节的专著，没有以完整的面貌出版，好在有单行本可以供研究者和文学爱好者参照阅读。

　　祝贺老朋友陈晓明教授文集出版。用他的话说，他的"学术活动还没有真正开始"，因此，我们完全有理由期待他有更厚重的学术著作问世。

233

"鉴往训今"与清代诗学的当代阐释

——评蒋寅的《清代诗学史》

　　当下的文学研究和批评，被一种巨大或莫名的迷茫所笼罩，既没有方向感，也缺乏有力的理论和方法。这种状况已经持续了许多年。虽然文章照样发表，学术刊物照样出刊，但有影响、有力量、有创造性的著述凤毛麟角。维持这种局面的主要"学术杠杆"，是"项目"和各种评估"指标"在起作用。这是文学批评和研究界的现状，这种学术体制的问题日益显示出来，但仍然以惯性的方式滑行空转，并且是"学术生产"最强大的控制力量。这是学界没有言说的共同苦衷。

　　文学批评自身存在的问题，在 20 世纪 80 年代中期就开始被提出，甚至有人用"危机"来概括。几十年过去之后，这种困境不仅没有缓解，甚至有过之无不及。就在今年，作为批评中坚力量一代的丁帆说："在许许多多混杂的批评观念当中，我们的批评者往往会目迷五色，失去了批评主体性的价值判断，徜徉在一种价值无序的批评言说之中，失去了自我价值的定位，这种现象表现在专业性的批评家——说白了就是'学院派批评'已然进入了一个价值体系极为混乱的境地。不是因为批评家所持的批评观念和方法不对（我反倒以为，批评观念和方法是可以多元对立而存在的，唯有批评的冲突，才能更好地建立起正常的文学批评结构体系），而是批评家在观念和方法的阐释之中表现出来的是不能自圆其说的逻辑混乱，严重地背离了批评的真理性原则。这种现象不仅仅存在于大量的博士论文的生产线上，同样存在于许多'学院派批评'教授们的论文制作流水线上。要解决这样的批评难题并非一日之功，因为这个文学批评的体制就决定了这样的批评观念和样式存在的合理性。"[①]青年批评家岳雯说："回望这十年，我们的生命被文学批评打上了深深的烙印。我们在不同的文学会议上相遇，或唇枪舌剑，或秉烛夜谈；我们秉笔疾书，是深海采珠，也是为未来的文学史留下一份备忘。通过文学批评，我们想要召唤出更好的自己，更重要的是，我们也在寻找一个时代的根本性难题，并试图与之对话。有的时候，我们雄心勃勃，'会当凌绝顶，一览众山小'；有的时候，我们陷入间歇性虚无，不信任手中的文字能创造更好的世界。"[②]两代批评家，无论是丁帆批评的"学院批评家"的价值混乱，背离

①　丁帆：《我们需要什么样的"新批评"》，《文学报》2020 年 6 月 25 日。
②　岳雯：《批评的况味》，《文学报》2020 年 6 月 25 日。

235

了文学批评的真理性原则，还是岳雯感同身受的迷茫与虚无感，都从不同的侧面反映了当下文学批评面临的真实困境。这个困境不只是他们个人的，也是当下文学批评整体性的。我当然也概莫能外。我也试图找到一条能够缓释这一困惑的道路或方向，但一直不得要领。

我们知道，从80年代初开始，向西方学习业已成为宏大的时代潮流，西方繁复的文学观念和方法，极大地开阔了我们的文学视野，也以镜像的方式清晰了我们的文学位置。但是，许多年过去之后，源于西方文学基础产生的西方文学理论，也遇到了它们自身的纠结或难题。因此，西方文学理论在阐释文学共通性问题的时候，确有明快和通透的一面，但是，任何国家民族的文学，也总会有其特殊性。面对"特殊性"的时候，仅凭西方文学理论往往捉襟见肘词不达意。于是，从实用性的角度考虑，我经常向古代文学研究者的方向张望，希望能够从他们从事的研究中汲取新的资源和方法。特别是身边一些优秀的古代文学学者的研究成果，常常让我耳目一新深受启发。

古代文学研究者蒋寅是我在中国社科院文学研究所工作时的同事，也是多年好友。他的古代文学研究，尤其是古代诗学研究，取得了重要成果，在古代文学研究界影响广泛地位甚高。他2012年和2019年先后在中国社会科学出版社出版的《清代诗学史》，就是他中国古代诗学研究的代表性成果。这是一部专业性极强的宏大著述，两卷一千五百多页，一百五十余万字。他从"反思与建构""学问与性情"的角度构建了《清代诗学史》的第一卷和第二卷，第三卷正在研究和撰写中。我不是古代诗学的研究者，没有能力从知识的角度评价这部恢宏的著作。因此，这个"评论"只能是我阅读体会的另一个说法而已。还好蒋寅也曾说："这部《清代诗学史》我更希望是写给不研究清代诗学乃至不研究古代文学的读者看的。希望他们通过书中引述的大量原文，可以约略窥见古典诗学的晚期，诗论家们如何谈论诗学、批评诗歌，不仅了解这些诗论家的想法，甚至能直观地感知他们的批评方法和言说方式。"①这不仅提示了我阅读和关注的视角，同时也是鼓起我"评论"勇气的一个理由。

一、知识考古学与对话关系

在我看来，《清代诗学史》（第一、二卷）的主要贡献和特点有这样几方面：首先是知识考古学的方法。蒋寅曾自述说："从20世纪90年代初开始准备写作的，第一卷写了十年，八十多万字，已经出版；第二卷写了六年，七十多万字；现在开始写第三卷。我把世界各地关于清代诗文批评的资料搜集起来，列出书

---

① 蒋寅：《回望清代诗学的"史家"视角》，《中国社会科学报》2018年3月23日。

237

目，慢慢阅读，差不多阅读了六百多种诗话。很多书在过去是很难找到的，最近几年陆续被影印出版了。我想，这部巨大的《清代诗学史》，放在以前，凭借一己之力是不可能完成的。所以我很感谢这个时代，希望以这样一部新的学术作品来致谢这个新的时代。"在另一处他补充说："清代出版了数量众多的诗学理论著作，但我们对此了解得非常之少。过去老辈学者说清诗话大约三百多种，而我在1994年编成的目录已经收录了近八百种，另外失传的还有五百多种，现知传世书籍已有一千多种，失传的也有八百多种。也就是说，在清代约二百七十年间，出现了至少一千八百多种诗学理论著作，这是一个非常惊人的数字。为此我萌生了写一部《清代诗学史》的想法。"据我所知，多年来，蒋寅先后出版了《中国诗学研究的思路与实践》（1997）、《王渔洋事迹征略》（1999）、《王渔洋与康熙诗坛》（2000）、《古典诗学的现代诠释》、《清诗话考》（2003）等。特别是《清诗话考》，著录存世诗话目录九百六十六种，又另编亡佚诗话目录五百零三种，共一千四百六十九种。他"以个人之力，积十多年之功"，如果没有持之以恒的学术追求和宏大的学术抱负，是断难完成的。

这些著作，蒋寅曾陆续相赠，是我经常阅读的书籍。作为同事和老朋友，我了解蒋寅始终不渝的读书和写作状态，每每想起，确实非常钦佩和感动。可以说《清代诗学史》确实是"做"出来的，蒋寅从最基础的诗话目录学编撰开始，基础资料了然于心之后再开始做研究性的工作。

　　"知识考古学"不是对书籍和理论的描绘，而是以考古学的方法梳理人类知识的历史，是在寻找散落于时间之外归于沉寂的印迹。或者说就是对话语的描述。因此，在方法论上，《清代诗学史》已经综合了中西不同的方法。这一点与蒋寅的学术训练和准备、自我期待有关。他曾表示，在撰写《清代诗学史》之初，就将目标瞄准了雷纳·韦勒克的《近代文学批评史》，希望能写出一部反映中国 17 世纪至 20 世纪初诗学发展的历史，目的是展现中国诗学在这近三百年间的极度丰富和长足发展，为学界完整地认识古典诗学的面貌，进而重新审视中国文学理论和批评的传统提供一个新的，更重要的是较为完整的参照。"比照弗·施莱格尔'最好的艺术理论就是艺术历史'的说法，最好的诗学理论也就是诗学历史。的确，'每门科学的完成往往无非是其历史性的哲学成果'，只有建立在诗学史的细致梳理之上的理论反思，才能完整而具体地呈现古典诗学的逻辑展开和层累式的演进过程。因此，我首先坚持展示历史的丰富性第一的原则，并认同圣伯夫的看法，'历史太重逻辑便谈不上真实'。"①即便如此，任何一种历史著作，一定有史家的逻辑起点。这个逻辑起点，就是历史著作的逻辑构成，也就是他要将清代诗学构建成

---

① 　杨雪：《蒋寅：以新成绩致谢新时代——著名学者蒋寅谈古典文学研究成果》，《人民政协报》2018 年 10 月 8 日。

239

一个什么样子。我们知道，历史是史家的历史，历史著作犹如一个口袋，口袋里装了什么样的材料，便构成了什么样的历史。就像建设一座大厦，材料是一样的，但蓝图不一样，同样的材料建设起来的却不是同一个建筑。因此《清代诗学史》在对文献材料和清代诗学话语的细致梳理中，将这一时代的诗学观念史、批评史、学术史熔于一炉，在更广阔的学术视野下，对清初诗学的历史进程、时代特征和理论品格作了充分的论述。全书展现的丰富的诗学现象和理论内容，不仅有助于改变学界有关中国诗学的文化特征及理论品格的一些通说，更有助于反思当代文学理论研究遇到的问题和困惑，为建设本土化的文学理论提供了弥足珍贵的参考和借鉴。它确实承担得起学界认为的清代诗学"过程史研究的佳范"①的赞誉。

再看《清代诗学史》的对话关系。在"导论"中，作者概括了"清代诗学的时代特征"，这就是"清代诗学的两种倾向"——"集前代诗学遗产之大成"和"清代诗学的地域意识"。这个时代特征，是全书逻辑构成的起点和基础。或者说，全书无论钩沉、呈现了多少材料，都是围绕这一时代特征展开的。在作者看来，清代一朝"已是日薄西山。在古典艺术的夕阳时代，作家们不是没有创作伟大的作品，但整体看来，我们感受不到古

---

① 汪勇豪：《过程史研究的佳范——蒋寅清代诗学研究述评》，《文汇读书周报》2013年3月1日。

代文学勃发的生命力，一种暮气伴着垂老的时代笼罩在文学的上空，凄清的残夜，唯有文学批评闪烁着冷峻而睿智的光彩"。①这样的概括，是断语，也是在材料的基础上提炼出的思想知识。这个概括本身，已经隐含了作者的对话诉求。具体表现起码有两种对话对象：一是对诗学的反思——话语讲述的时代，是清代学者对明代诗学的反思；二是讲述话语的时代，是作者站在当代对清诗学的反思。清代诗学对明代诗学的"三大流弊"做了清理和批评。这三大流弊就是模拟之风、门户之见和应酬习气。

模拟之风是明代诗文创作中最显著也是最为人诟病的特征，自李梦阳倡"文必秦汉，诗必盛唐"之说，举世风靡。一代诗文创作笼罩在模仿剿袭为能事的拟古风气中。间有特立独行之士，不甘为风气所左右，也难以扭转举世同趋的潮流。但是，到了清初，顾炎武、黄宗羲、王夫之对明七子创作中的模拟之风都有严厉的批评。钱谦益抨击明代俗学，也归结于模拟之伪。顾炎武《日知录》中说："近代文章之病，全在模仿即使逼肖古人，已非极诣，况遗其神理而得其皮毛者乎？"他由此发挥前人"取法乎上，仅得乎其中"的说法，说效《楚辞》者必不如《楚辞》，效《七发》者必不如《七发》。这些激烈甚至愤慨的言辞，从根本上否定了模拟的合法性。但是，蒋寅又不是彻底地否定明代

---

① 蒋寅：《清代诗学史》第一卷"导论"，中国社会科学出版社 2012 年，第 3 页。

模拟的"合理性"。他站在今天的立场说:"严格地说,模拟是文学创作的一种手段,只要承认文学史是一个文本序列的延续,像艾略特揭示的,任何一个新的文本都处于与旧有文本和既往传统的联系中,模拟就是不可避免的。前人因此也承认拟古是诗家的正当权利,尤其是在创作的初期阶段,模拟是必不可少的步骤。"但是,在模拟与剽窃之间毕竟有限度,超过了限度就成为剿袭剽窃,就沦丧了创作的品格。明诗最让人不能容忍的实际是模拟过度以至到了剽窃的程度。而且,学习或模拟,应该是个"转益多师"的过程,如果对象有限,取资范围狭窄,其视野便可想而知。明前后七子的独宗盛唐,唯盛唐是拟,非但有剽窃之嫌,而且取径狭隘。

更糟糕的是,这种袭而狭的作风不是源于一种艺术理想,而是出自门户之见,这是明人论诗的一大弊端。因此,清初的许多诗歌评论,都对明人的门户之见做了批判。作者发现,《四库全书总目提要·集部总序》曾断言:"大抵门户构争之见,莫甚于讲学,而论文次之。"讲学中的门户之争起于书院制度形成的宋代,书院讲学因有别于官学而自成统系,统系不一而有门户之争,至明代遂演变成与政治势力相勾结的朋党之争,到清初犹然不息。对模拟之风有强烈批判的黄宗羲,生平有两点可议之处,其中一点就是"党人之习气未尽,盖少年即入社会,门户之见深入,而不可猝去"。而同为清初三老的王夫之,生平

242

最痛恨论诗文立门户。他不仅列举了明代最主要的门户，而且还考究了诗歌史上的门户源起。王夫之发现，门户之所以举世乐趋者，无非是迎合了才庸学陋者对方便法门的需求而已：入一家门户，便是求得一种活套，就可以按题目需要填砌，门户在这个意义上成了捷径和熟套的代名词，也因此与饾饤、支借、桎梏等缺陷联系起来而与风雅、独创性、才情等艺术的基本理念失去关系。

王夫之除了批判明人的门户之见外，还历数了明人"门庭之外，更有数种恶诗"，其中"似乡塾师者""似游食客者"，就是指应酬习气，这也是清初激烈批判的明诗弊端之一。批判模拟与应酬，主要是因为它们本质上的"伪"。作者援引毛际可的话说"故有诗而今则无诗"，当然，"非无诗也，伪也。其病一在于模拟，一在于酬应。模拟者，取昔人之体貌以为诗，而己不与；酬应者，取他人之嚼服名誉以为诗，而己不与"。一个传达情感的优雅形式，随着社会的发展，其交际功能越来越世俗化，成了交际的工具。

清代诗学在批评明代诗学三大流弊的同时，也开创了这个时代创造、开放和自律的新诗学。比如钱谦益的"拨乱反正"的诗学，叶燮的"自律性"的文学史观，顾炎武"行己有耻"的伦理要求，王夫之对"抒情性""意象化"的论述，黄宗羲的"创作主体"论，王渔洋的"神韵"说，沈德潜的"新格调论"，纪

243

昀的"试率诗学",袁枚的"性灵诗学",姚鼐的"词章之辨"与"义理治学"等,构成了清代诗学博大浩瀚的诗学世界。

清代诗学的发达,与清代学人敢于批判前人,特别是明代诗学的"三大流弊"有直接关系,他们的挑战和批判,是建构自己时代诗学的前提。更重要的是,清代诗学的创造者们,"无论是出仕新朝者还是持志守节者,对汉文化在民族斗争中的失败都是深感悲怆和痛苦的。对汉文化命运的关注超越了个人居处(即居庙堂之高、处江湖之远)问题上的矛盾和犹疑,甚至克服了心理上的负罪感和屈辱感。在抗清斗争失败后,一种文化的救亡意识成为当时汉族士人的共同理念,亡国的痛苦和亡天下的恐惧化作深刻的历史批判和文化反思,明代的覆亡被归结于游谈心性、空疏不学的士风,学问被推崇到文化救亡的高度"[1]。他们期望通过"明学术,正人心,拨乱世以兴太平之事"。说到底,"鉴往训今"还是与明代学人的家国情怀有关。

二、既是清代的也是当下的

清代学人强调"人的主体建设",这可以从"情怀"和"操守"两个方面得以证实。在蒋寅看来,清代学术总体上是一个

---

① 蒋寅:《清代诗学史》第一卷"导论",中国社会科学出版社 2012 年,第 9 页。

同感汉文化的堕落和对明代学风普遍失望的心态下发轫的，从一开始就带有强烈的经世倾向和反思意识。顾炎武与门人书曰：君子之为学也，非利己而已也。有明道淑人之心，有拨乱反正之事，知天下之势之何以流极而至于此，则思起而有以救之。这种经世倾向不仅造就了清代学术方法的征实精神，而且也培育了崇尚独创、追求完美的学风，其中顾炎武最为典型。他的《日知录》虽然有"率尔未确"的瑕疵而受到钱大昕的纠弹，但是，"亭林学术真髓实际在寓学问思辨于典礼制度的考据之中，在实证性的考据中阐明古今之变，治道之要，他的全部著述都贯通着古今之变的闳通见识和以天下为己任的淑世情怀"①。也正是这种见识和胸襟成就了亭林学术的博大气象，才能够在改朝换代、汉文化沦亡之际，发出"天下兴亡，匹夫有责"的吁求和呼声。正是基于这一情怀，顾炎武提出"有益于天下"的文学主张。这个主张，是宋代理学家叶适的"为学而不接统绪，虽博无益也；为文而不关世教，虽工无益也"的清代版。强调关注现实，力求诗文的"有用"，是清代学人情怀最感人的主张，也是他们"主体性"建设的主要方面。

与此有关的另一方面，是对个人"操守"的要求和自律。这个"操守"，既与个人道德要求有关，也与他们的诗学理论有

---

① 蒋寅：《清代诗学史》，中国社会科学出版社 2012 年，第 360 页。

关。其中顾炎武的"行己有耻"作为"性情"的道德底线最为醒目。"行己有耻"语出《论语·子路》："行己有耻，使于四方，不辱君命，可谓士矣。"蒋寅认为，明末清初的诗坛，由于厌倦前后七子辈的泥古不化，诗人们在抨击"假盛唐"之余，都大力提倡"真诗"，对"真"的推崇和提倡也就成为那个时代的最强音。但仔细分析起来，诗人们对"真诗"的强调，着眼点是不大相同的。明诗批判者一般都主张诗要表达真情实感和个性风貌，重点落在作品上；而顾炎武首先强调的是人要有真性情，重心落在主体上，这与顾炎武对伪的批判的与众不同是一致的。清初诗坛对"伪"的批判，大都惩于明人在风格上对唐人的模仿，着眼于艺术独创性问题；顾炎武对伪的批判则针对以钱谦益为代表的贰臣诗人人格上的伪饰。他的"真诗"的观念，是从作者人格出发，经作品内容的审核，最后落实到诗歌风格的独创性。因此，对"操守"的维护，是顾炎武对"人的主体建设"的基础。这一点，对当代作家、学者仍具有重要意义。比如，我们为了表示不甘人后，一直在求新求变，表面看起来这是没有问题的。但是我们忘了，旧的、过去的，并不是都应该遗弃的。

我在一次关于创造文学"新人物"的场合，曾以1956年王蒙的《组织部新来的青年人》和宗璞的《红豆》为例，表达了我们应该坚持一些不变的事物。我认为《组织部新来的青年人》和《红豆》，未必是当代文学的经典作品，但它们是那个时代有难

246

度的作品。这个难度就在于，王蒙和宗璞作为那个时代的作家，他们真诚地希望自己的作品能够跟上时代的潮流，能够真诚地表达自己对新时代的拥抱和追随；另一方面，他们也真诚地用现实主义的方法表达他们对文学与生活的理解。他们希望能够处理好这两种关系。但是，这两种关系是难以处理好的，周扬都没有处理好。也正因为如此，那个时代的王蒙和宗璞是让人感动的。之所以让人感动，就是因为那个时候的青年还没有学会说谎，没有学会油滑。那个时代作家的可爱、也值得我们怀念的，就是他们的诚恳和真诚。无论是王蒙笔下林震的"少不更事"，还是宗璞对爱情的一往情深，也包括柳青试图建构社会主义文化空间的努力，浩然试图描绘社会主义"艳阳天"的冲动。就他们创作的心态来说，他们做到了与生活建立的真诚关系。因此，我们在当下要塑造文学新人，创作出新时代的新人物，也要坚持一些不变的东西，这个不变的东西就是面对生活的诚恳和诚实。

在《清代诗学史》中，蒋寅对"清初三老"顾炎武、王夫之、黄宗羲的诗学成就做了充分的论述和肯定。但是，这并不意味着蒋寅对他们全盘的肯定和接受。他说："清初三老之学，虽同样博大精深，多所开辟，但也各有缺陷：梨洲治学不脱门户之见，这是讲学习气未泯，难得平心静气的缘故；亭林之学时有迂执不化之处，这是好古之笃，不切于今的弊病；至于船

247

山之学，则不免有名士的浮夸气，常过于偏激而河汉其言，这大概与他们不治考据之学，终欠沉实功夫有关。如果说光看《姜斋诗话》还不易察觉这一点，那么，通读他那三部评选，就会感觉其中大量充斥着明人式的悠谬大言，让我们看到了另外一个王夫之，一个见识疏阔而又很自以为是的王夫之。"这一质疑和批评，不能说不尖锐，但蒋寅言之有据，也是他所坚持的学术操守的一种体现吧。

"鉴往训今"既是顾炎武诗学的方法和旨归，也是蒋寅做《清代诗学史》的方法和目的。当然，从资料做起，然后梳理清代诗学丰富的资源和成果，将一个时代的诗学理论整合并呈现出来，是作者学术成就的具体体现。但是，所有有价值的历史研究，无一不是指向当代的。所谓以古为鉴可知兴替，知往鉴今等，说的就是这个意思。因此，蒋寅做《清代诗学史》，背后隐含的用意或意图，显然与当代中国的诗学问题遭遇的困境与问题有关。他是一个古代诗学的研究者，他是以专业的方式，也就是用他提炼和发现的古代诗学的理论和方法，参与当代中国文学理论的建构，寻求建立中国本土文学批评理论的可能性。

应该说，建立有中国本土特征的文学理论批评，一直困扰着文学理论研究和批评实践，我们也曾试图实现"古代文论的现代转换"。但是在蒋寅看来，"古代文论的现代转换"口号的提出，"确实在学界产生很大反响，老中青各代学者都发表过不少论文，认为这是激活古代文论的生命力，甚至是建构当代中国文论的必要手段。但我对此不敢苟同，认为它是个伪命题，持同样看法的还有胡明、郭英德等先生。我们都知道，文学乃至艺术理论，都是同一定的创作经验相关的（对某种理想的鼓吹只是主张，不是理论），传统的文学、艺术理论，只要创作维持着传统形态，诸如书画、戏曲等，其理论就自然存活着，无须转换；创作早已枯萎的，像试帖诗、律赋及许多应用文体，其理论也便死亡，转换也激活不了。所以我认为'中国古代文论的现代转换'是个没有意义的命题，而且'转换'一词更是个缺乏规定性、无法讨论的词语，根本就不适合用作学术概念。所以'转换'了二十年，既不清楚该怎么转换，也不知道转换了什么。我把自己研究古代诗学的系列论文命名为《古典诗学的现代诠释》，试图以今天我们对文学的理解来检视古代文论，阐明古人的诗学言说，理解古代文论中概念和命题的一般含义和特定语境下的所指，使古代文论成为可以理解和价值估量的理论遗产，向我们开放，和我们对话。马克思说，只有明白了人体解剖，才能懂得猴体解剖，古代文论也要经过'现代诠释'才能真正被理解。所以我不同意那种反对用西方文论来阐释、衡量中国古代文论或者说西方文学理论不适合中国文学经验的看法。还是老话，中西问题不是地域的问题而是古今的问题，如果硬要说当代文学理论中不包含中国文学经验的话，那就要问 20 世

249

纪以来的中国文学有没有自己的独特经验，我们有没有尝试对此加以理论的总结和提炼？"①因此，《清代诗学史》的对话关系，除了与古代诗学理论，还有当代文学理论，或者说，更重要的可能还是当代文学理论。

从事当代文学研究和批评，我可能更多地着眼于"实用性"，或者说，在蒋寅对"清代诗学"的现代阐释中，对当代文学研究有怎样的具体价值，特别是应用价值。实事求是地说，我确实受益匪浅，感触颇深。当代人说当代事，总难免各种局限。因此，也更进一步地理解了当年唐弢先生的"当代文学不宜写史"和施蛰存先生的"当代事，不成史"的说法。当年出于对学科偏狭的理解，曾激烈地反对唐先生、施先生的言论，这显然是没有见识的表现。还有，当下关于文学的地域研究、女性文学研究等热门话题，事实上，清代学者都已经接触过。清代诗学的地域意识，"理论上表现为对乡贤代表的地域文学传统的理解和尊崇，创作上体现为对乡贤辈作家的接受和模仿，在批评上则呈现为对地域文学特征的自觉意识和强调。以地域文学为对象的文学选本，也许是明清总集类数量最丰富、最引人瞩目的种群。而其中最主要的部分又是诗歌，数量庞大的郡邑诗选和诗话，显示出强烈的以地域为视角和单位来搜集、遴选、

---

① 孟繁华、蒋寅：《中国古代文论的当代价值与意义》，《中国当代文学研究》2019年第1期。

编集、批评诗歌的自觉意识。这种意识是诗歌创作观念中区域性视野和创作实践中地域性特征的自然反应，也是我们研究清代诗学必须首先注意的重要问题。"①而且对这一问题的关注可以上溯到六朝时代，那时已经注意到气质与风土的关系。还比如，对女性文学的重视，从八九十年代开始，至今不衰。而且对女性文学重视的发动性力量，是西方女性主义文学理论的东渐。其实在明代，随着明代社会意识的变革，士大夫阶层对女性的价值观悄然地发生了变化。不仅公然标榜女性美貌的价值，"女子无才便是德"的传统观念已被抛弃，才学和文艺教养作为提升女性品位的重要因素普遍受到重视。到了清代，王渔洋、袁枚等人对女性诗人的表彰，在诗坛早已是寻常事。甚至美国学者曼素恩也认为，进入康乾盛世，一度处于女性文学中心位置的青楼文化一去不复返，同时士大夫家族的女性文学却活跃起来。她认为这与当时新的妇女典范的出现有关：朝廷和官僚虽然强调妇女的家庭责任，却并不排斥女性的文学写作。对于许多上层家庭来说，女性的文学才能与成就不仅不与儒家的伦理规范相冲突，甚至成为显示家族文化的标志，从而树立起一个以才、德为中心的新的女性典范。②现在的情况是，女性文学研究者，言必称西方女性文学理论。当然，明清时代对女性文学的倡导，

---

① 蒋寅：《清代诗学史》第一卷，中国社会科学出版社 2012 年，第 37 页。
② 蒋寅：《清代诗学史》第二卷，中国社会科学出版社 2019 年，第 344 页。

不具有现代意识，其中也不可能隐含现代性的问题。但是，如果能够注意到明清时代对这一问题的重视已经开始，女性文学研究可能会更具历史感，视野也会大不相同。

读《清代诗学史》，我更感慨的是蒋寅的学养。他博士论文做的是唐大历诗歌，开始研究唐代诗人，后转入清代诗学研究，先后出版过《王渔洋与康熙诗坛》《古典诗学的现代诠释》《清诗话考》《清代文学论稿》《金陵生文学史论集》等，其间与傅璇琮先生合作主编《中国古代文学通论》。因编过《中国古代文学通论》，蒋寅了解了古代文学的全貌，这是他的专业基础；而后专攻清代诗学，遂有了《清代诗学史》两卷。更重要的是，蒋寅对古代诗学，尤其是清代诗学术业有专攻，能够以现代的眼光研究和阐释，与他的西学修养有很大的关系。他说，20世纪80年代初，社会科学和人文科学知识进入一个繁荣时期，很多新理论新知识出现。他认为，相比传统文学理论，这不是简单的中国和西方的问题，而是古代和当代的问题。因为每一种新的理论，都是针对旧有理论的不足而提出的新视角或新认知。对于中国学界来说，这些新的理论和方法为我们提供了很多新的视角和研究模式。今天来看，多一种研究视角和模式，就不同程度地给古代文学研究带来一些新变化，他觉得这是有利于学术研究的。以文论研究为例，他在研读中逐渐发现，中国古代文论中早就有很多后来在西方文论中出现的命题。如清代前期的诗论家就意识到"影响的焦虑"问题，只不过没有正式地归纳为一个命题，形成一套理论。又比如，20世纪初，研究"文选学"的李审言就写出用杜甫、韩愈诗来证实唐人精熟《文选》的著作《杜诗证选》《韩诗证选》，这是与后来西方文学理论中所谓影响研究、接受研究相通的很超前的一种研究方法。①他曾经写过一本《镜与灯：古典文学与华夏民族精神》的书，书中说，文学不仅像一面镜子，照亮了民族文化的面影，反映了民族精神的成长；同时也像一盏灯，具有影响和辐射的功能，照亮我们前进的方向。古典文学在华夏民族精神的建构中发挥了重要作用，至今文学仍是塑造一代代人的精神价值、美学趣味的重要载体。古典文学相对于现代文学来说，它更为纯粹。生活是复杂的，价值观的差异是巨大的，但是古典艺术所蕴含的形式之美、道德之善、表达之真，可以说各方面都达到了较高的境界，是很多现代艺术无法比拟的。它给人类提供了一种与永恒的、高级的美感相联系的素质，所以阅读古典作品总会给人们带来精神上的愉悦。这就是鉴往训今。也只有对中国古代诗学有深厚的基础，对清代诗学有数十年的专门研究，并且有西方文学理论的观照比较，他才有可能完成这样一项规模巨大的工作。比如在《清代诗学史》的结构和叙述方面，他就借鉴了韦勒

---

① 杨雪：《蒋寅：以新成绩致谢新时代——著名学者蒋寅谈古典文学研究成果》，《人民政协报》2018年10月8日。

克和沃伦的《文学原理》^①，弗·施莱格尔的"最好的艺术理论就是艺术历史"的观念。说到底，一个有成就的大学者一定是学贯中西、融汇古今的。这是蒋寅多年的学术理想和巨大抱负。

感怀于清代学人的家国情怀和学术操守，敢于与历史巨匠对话甚至质疑和批评，治清代诗学却着眼于当下中国的文学理论建设，既面对本土传统，也兼顾域外西学，这是蒋寅构建《清代诗学史》给我的深切感受和启发，尤其是面对当下学界的境界和学风，《清代诗学史》的典范意义更是重要无比。清代诗学浩渺无垠，《清代诗学史》亦气象万千，我的个人的点滴感悟体会实在难以表达其万一，未必正确的一点体会也只是向朋友表达我的敬意而已。现在，蒋寅这个宏大的工程已经完成大半，还有《清代诗学史》的第三卷尚未完成，我热切地期待能够早日读到这部曲终奏雅之作。

2020 年 7 月 12 日于北京

---

① 蒋寅在一次访谈中说："长久以来，韦勒克一直是我十分景仰的学者。多数中文系的学生都知道他是著名的《文学理论》的两个作者之一，但对我来说，他首先是《近代文学批评史》的作者，没有如此渊博的学识，他和沃伦不可能写出《文学理论》来。韦勒克的胸中装着整个欧洲近代文学批评，而我却只能涉猎中国的清代。但这不能成为妄自菲薄的理由，因为在清代的 270 年间，产生了也许同欧洲一样多甚至更多的诗论著作，现知起码有 1800 多部，现存逾 1000 种。"见杨雪《蒋寅：以新成绩致谢新时代——著名学者蒋寅谈古典文学研究成果》，《人民政协报》2018 年 10 月 8 日。

为什么要讨论《巴黎评论》

——我们仍然需要向世界文学学习

中国作家网 2023 年 12 月的"文艺盘点",赫然写进了余华进入《巴黎评论》。题目是"中国作家首登《巴黎评论》'作家访谈'",强调著名文学刊物《巴黎评论》的"作家访谈"栏目发表了对中国作家余华的专访。这是中国籍作家第一次登上《巴黎评论》"作家访谈"。余华的这篇访谈发在"小说的艺术",编号 261 期,由著名译者白睿文采写,其间隐含的"光荣与梦想"一览无余。这也从一个方面表达了中国作家组织对《巴黎评论》的认可。当然,与网络不断操控的大众文化的"全民狂欢"相比,余华走进《巴黎评论》几乎就是"死水微澜"。由此可见,文学界面对今天大众文化这个庞然大物,大有微不足道之感。但是,我们必须说明,这是完全不同的两回事。我在讨论一个批评家朋友的价值时说,他是中国当代学术乐队的"根

255

音"，也就是低音部。这不只是因为他为人的低调，更在于他学术研究的分量。有了这个"根音"，无论高音部分标得有多高，也不至于使整个乐队荒腔走板变了调。这就是"根音"的价值，它不可撼动。这当然是个比喻。同样的道理，严肃文学和大众文化比较起来，严肃文学就是整个文化中的"根音"，大众文化无论怎样喧嚣，都不可能改变中国文化的总体面貌。

2023年12月22日，在北大中文系召开了《巴黎评论·作家访谈》系列图书研讨会。我认为这是近期一个有学术质量，有积极意义的研讨会，会议背后隐含了会议组织者对当下中国文学发展具有非常现实性的考虑。或者说，会议讨论者在关心什么，可能恰恰需要我们在那些方面引起注意。可以说，近些年来，我们在理论方面对本土性、中国性、传统性、讲述中国故事和经验的特殊意义或价值的强调，已经非常充分。这既是对中华民族文化自信、用自己的文化和文学经验同世界其他文化和文学进行平等对话的一种表达，同时也隐含了西方强势文化以霸权的方式碾压世界其他文化、遮蔽或无视其他文化的一种反抗或自卫。这无疑是正确的。但是，在这种情况下，我们可能也要警惕或注意另一种倾向，这就是中国文学、文化和世界文学、文化的交往、交流关系。我们反对和警惕西方强势文化的霸权性，并不意味着我们拒绝与西方文学和文化的交流，并不意味着我们文学和文化的"闭关锁国"。事实上，四十多年来中国文学的巨大发展，恰恰是与我们打开了国门，实现了第二次欧风美雨的东渐有关。我们了解了西方文化和文学，是我们文学和文化发展的一个基本前提。某种意义上可以说，没有西方的科学、文化和技术，就没有我们的现代化；没有对西方文学和文化的了解，就没有今天中国的文学。我们还记得 20 世纪80 年代的那个口号：让中国文学走向世界。在改革开放思想路线的感召和鼓舞下，中国作家对中国文学被西方强势文学国家认同的需要，有一种巨大的焦虑。我们甚至谦恭地认为我们还没有进入世界文学整体格局之中，迫切地希望得到世界的承认，迫切地希望能够早日融进世界文学的整体格局。2012 年莫言获得了诺奖，整个中国文学界欣喜若狂。普遍的看法认为，这是具有标志性的历史时刻，从此改变了中国文学在世界文学格局中的位置，中国文学可以和世界文学平等地对话了。2014 年 10月 24 日，北京师范大学国际写作中心主办了"讲述中国与世界对话：莫言与中国当代文学"国际学术研讨会。我们发现，80年代的"让中国文学走向世界"的口号，已被"讲述中国与世界对话"所置换。或者说，中国与世界已经成为并列词组。这种情况从一个方面表达了中国文学界对改变中国文学命运的某种心理。实事求是地说，中国文学在世界文学中的地位究竟怎样，还是要多听听世界的声音，可能会更真实。

通过讨论《巴黎评论》的会议，我之所以想到中国文学和

257

世界文学的关系，也是源于近一个时期，文坛"新的割据势力"似乎不断强大，"新南方写作""新东北作家群""新北京作家群"以及此前提出的"闽派批评""粤派批评"等此起彼伏。这些提法与当下各地创作状况有关，也与文坛缺乏有影响力、涵盖力的文学话题有关；更重要的，是这些提法背后隐含的"去中心"和对文学多样性、多元化的呼唤和期待，是对当下文学总体格局"再结构"的一种努力。这种努力，或者说"地方的崛起"，背后也含有一种"去中心"的诉求，因此有极大的合理性和现实性。但是，我的看法是，越是这种时候，我们越要警惕另一种倾向，这就是"文学圈地运动"造成的"画地为牢"，从而偏废另一个方面，这就是对文学的世界性的考虑和考量。四十多年来的中国文学发展的历史告诉我们，没有世界这个维度，我们的文学是不可能发展的。现在我们讲要用中国经验讲述中国故事，这都没有问题，但是，中国在世界范畴内毕竟也只是一个"地方"。在强调地方知识的时候我们可以这样考虑问题。但这个问题如果强调过头，也会形成"地方崛起"的新问题，那就是对世界"普遍性"的遗忘或忽视。这里所说的"普遍性"，是指文学创作、欣赏和交流易于达成通约关系的那些理论和观念。正如我们和很多国家的作家进行交流时，特别容易达成共识。这就是我所说的"文学的联合国"。我们参与建构了文学的联合国。当政治的联合国争端不断、歧义丛生的时候，"文学的联合国"却春风荡漾花好月圆。这种情形告诉我们，文学的普遍性是存在的。所以，这个时候我们讨论《巴黎评论》是非常适时的。

《巴黎评论》最著名的是"作家访谈"。中文出版方介绍说：这个栏目是《巴黎评论》最持久、最著名的特色栏目。自1953年创刊号中的 E.M. 福斯特访谈至今，《巴黎评论》一期不落地刊登当代最伟大作家的长篇访谈，迄今已达三百篇以上，囊括了20世纪下半叶至今世界文坛几乎所有的重要作家。作家访谈已成为《巴黎评论》的招牌，同时树立了"访谈"这一特殊文体的典范。它被认为是"一份能够定义我们写作生命之精髓的不朽档案"。这个"访谈"之所以能够持久，首先在于编者的认真，他们从准备到实际操作，往往历时数月甚至跨年，但并非配合作家某种新书出版，因此毫无商业气息。作家们纵谈他们各自的写作习惯、方法、困惑以及文坛秘闻，甚至人际关系，既松弛也自由，或专业或理论，但都妙趣横生趣味无穷。

我读"作家访谈"一个非常重要的感受，就是无论提问者还是作家，他们的谈吐自然真实，毫无造作之感。他们也讨论高深的理论，讨论观念性的问题，但在这些平实的话语中，我们能够感受到作家是一个什么样的人，他的状态、情感乃至人生态度。他们是非常强调自我的，觉得自己和别人不一样就很好。比如亨利·米勒讨论"超现实主义"，他并不是为了概念，就是为了另一种不一样的表现方法。他讨论观念时也很个人化，比

259

如，他认为"达达主义"比超现实主义更重要。我们看亨利·米勒改稿子，他非常高兴，觉得自己就像巴尔扎克一样；谈到政治他厌恶至极，说政治就是一个完全烂透了散发着恶臭的世界。很多作家都非常个人化地回答提问，那里看不到格式化的痕迹。因此，我们完全可以说，"作家访谈"是游离于批评之外的另一种文体，也是自我评论的一种形式。比如日本作家大江健三郎，他说阐释是小说家所要学习的最重要的东西。爱德华·萨义德写了一本很好的书，叫作《音乐的极境》，他在书中思考阐释在音乐中的意义，像大作曲家巴赫、贝多芬和勃拉姆斯的音乐，这些作曲家是通过阐释创作了新的视角。但大江承认，他年复一年地阐释又阐释，使他的读者越来越少。他的风格已经变得如此艰涩，非常曲折、复杂。为了提高创作，创造新的视角对他来说就是必要的。但是十五年前，他对阐释是否成就了小说家的正道产生了深深的怀疑。大江在非常严肃地自我反省和检讨的同时，也不妨碍他的"恶作剧"。他说："我参加一些观光活动，但是对好菜好饭没有兴趣。我喜欢喝酒，可我不喜欢去酒吧，因为要跟人打架。"至于为什么要跟人打架？大江说，"至少在日本，不管什么时候碰上那种有天皇崇拜倾向的知识分子，我都要发怒。对这个人的回应势必让我开始惹恼他，然后就开始打架了"，"自然喽，只是在我喝得太多之后才打起来的"。看到这里，一个作家的可爱形象就矗立在眼前：他是如此的性情，一如身边的一个朋友。看对大江的访谈，最使我震动的，还是大江获得诺奖后家里人的反应。他们和谢默斯·希尼获诺贝尔文学奖"有点像遭遇了一场大体温和的雪崩"的感受完全不同。

《巴黎评论》：你获诺贝尔文学奖时你家里是怎么反应的？

大江：我家里对我的评价没有变。我坐在这里读书。光在那儿听音乐。我儿子，他是东京大学生物化学专业的学生，还有我女儿，她是索菲亚大学的学生，他们在饭厅里。他们并不希望我获奖。晚上九点钟来了个电话。光接的电话——这是他的一个嗜好，接电话。他可以用法语、德语、俄语、汉语和韩国语准确地说"喂，哪位？"，于是他接了电话，然后用英语说，不，接着又说，不。然后把话筒递给我。是瑞典学院诺贝尔评委会的号码。他问我说，您是健三郎吗？我问他是不是光代表我拒绝诺贝尔奖了，然后我说，抱歉了——我接受。我把电话放下。回到这张椅子上，坐下来，对我家里宣布，我获得了这个奖。我妻子说，没弄错吧。[1]

这件事就这样结束了。大江的两个孩子都没说什么。他们只是悄悄走到他们房间里去。光继续听音乐。大江从来没有对

---

[1] 相关引用皆见于美国《巴黎评论》编辑部编：《巴黎评论·诺奖作家访谈》（下），《大江健三郎》，人民文学出版社 2023 年。

261

他说起过诺贝尔奖的事情。这个事情对我刺激很大。他们为什么如此举重若轻，是他们见过多大世面吗？是他们对名利视若浮云吗？我想可能有这方面原因。但最根本的原因，是他们把获奖看作的的确确是个人的事，是与别人或别的事情没有关系的事。这也给我们一个很大的启发，不是所有的事情都和国家民族有联系。将个人的事情夸大到如此地步，个人能够承担得起吗？

还有，这大名鼎鼎严肃的访谈栏目里，也蕴含着诸多的娱乐性元素，而且这种元素比比皆是。比如《巴黎评论》对约翰·斯坦贝克的访谈，他起初羞于从命，后来又迫不及待。但是，尽管当时常常挂念此事，但他身染沉疴，已经无法进行访谈了。这时，编辑部考虑到斯坦贝克的热忱，便整合了一组过去多年他留下的小说艺术评论、书信和"文学人生"的一些内容，按时间排序编辑了一组类似杂感之类的文字。可见编辑的良苦用心。这些杂感反映了斯坦贝克性格的某些方面。他是一个很羞涩的人，但他性格中也有"最灿烂的一点"，那就是幽默。要我说，更可贵的是真实。他"谈起笔""谈运气""谈工作习惯""谈灵感""谈短篇小说""谈人物""谈写作技巧"等，他也"谈乱写"。他说："我有债在身，这让我很难熬。"于是"我曾写过的那些小说明摆着没有人买。因此，为了赚到我所需要的钱，我就必须迎合他们，写他们想读的。换句话说，我必须为个人的

262

完整而暂时牺牲艺术的完整。如果这份手稿让你郁闷的话，请记住这一点。也请记住它给我带来的郁闷远比你多。"① 除了作家的身份外，作家就是普通人。他们的喜怒哀乐与常人无异。这些作家敢于袒露真实的自己，这也源于他们把创作仅仅看作是个人的事情，是个人的选择和兴趣而已。

"作家访谈"既有纯文学作家，也有类型作家，比如斯蒂芬·金。这个作家在儿童时期就曾经读过六吨左右的漫画书——不是六十本，不是六百本，是六吨。他曾经又酗酒又吸毒，不过为了不毁掉自己的写作生涯，他现在都戒掉了。所以，每一个成功者都不是没有原因的。当然，《巴黎评论》也有自己的营销策略，比如借助大人物的名声就是其中之一。所有被访谈作家的名声都声震寰宇。在消费主义无处不在的时代，还有什么比大人物的名声更具有消费的号召力？这诸多的细节，可能从一个方面表达了《巴黎世界》所反映的文明。因此，与其说我们在讨论一本杂志，毋宁说我们也在讨论一种文明。这种文明带给了文学另外一种景况。不管怎样，《巴黎评论》在世界文学界获得了崇高的信任，它的经验值得我们重视和借鉴。

2024 年 1 月 23 日于北京寓所

---

① 《巴黎评论》编辑部编：《巴黎评论·作家访谈 2》，人民文学出版社 2018 年。

中国当代文学史研究的几点想法

——从《中国当代文学史编写史》说起

　　《中国当代文学史编写史》（以下简称《编写史》）是曾令存的一部填补空白的著作。这部著作写作了十多年的时间，一个人能够用十多年的时间面对一部著作，在这个时代好像已经很久远了。因此，曾令存很像一个"出土文物"式的学者，我们应该向他表达敬意。《编写史》的出版也给了我们重新思考与中国当代文学史相关的一些问题。我的想法大体有这样三点：

　　第一，文学史编撰的中国与世界。

　　《编写史》涉及了当下影响较大的文学史著作。从王瑶先生的《中国新文学史稿》讲起，是非常有历史感的。王瑶先生虽然写的是"现代文学史"，但那时的"现代"，也就刚刚过去几年，因此，还是当代人写的"当代文学史"。王瑶先生的"史稿"取得了非常大的成就，但他仍然不满意，自嘲说是"唐人选唐诗"

而已。在王瑶先生写作《中国新文学史稿》的同时，全国高等教育会议通过了《高等学校文法两学院各系课程草案》，其中规定了"中国新文学史"的讲授内容：

> 运用新观点、新方法，讲述五四时代到现在的中国新文学的发展史，着重在各阶段的文艺思想斗争和其发展状况，以及散文、诗歌、戏剧、小说等著名作家和作品的评述。

王瑶先生称："这也正是著者编著教材时的依据和方向。"由此可见，现代文学史的研究内容，从学科建立之初就已经被规范了，并成为学术体制的一部分。更重要的是对"着重在各阶段的文艺思想斗争和其发展状况"讲授的强调，是造成中国当代文学史"史学化"倾向的重要原因。这个强调隐含着鲜明的"排队划线"的诉求和"斗争"气息。

《编写史》第五章"海外中国当代文学史编写一瞥"，是本书特别值得注意的一章。这一章讲述了1949—2019年，海外汉学界对中国当代文学史的研究和出版情况。这个角度对我们来说是一个重要的参照，有的研究甚至对我们构成了极大的影响，比如夏志清的《中国现代小说史》，甚至改变了我们一个时期文学史研究的基本面貌。1988年前后"重写文学史"的发生，与《中国现代小说史》有极大的关系。这本书和"冷战"时期特殊

265

的历史背景有关，同时也告知我们，文学的政治化，在西方汉学家里也不是什么新鲜事。这个时候司马长风对夏志清的"不能以西方文学知识来衡断中国新文学史"的质疑，是非常有力量的。我们对司马长风这个观点的接受，已经超越了"民族共同体"的立场。这一章对顾彬《二十世纪中国文学史》的评述，是比较有意思，也有问题意识的一章。顾彬是德国影响较大的汉学家。特别是在中国当代文学价值评估的讨论中，发表了非常尖锐的观点而受到批评界的关注和讨论。我觉得顾彬的观点不在于他通过肯定现代文学来否定当代文学，而在于他对当代文学的否定本身是缺乏历史感的。对一个没有完成历史化和经典化的文学段落，实施粗暴的讨伐和毁灭性的打击，不仅不客观，而且很不专业。但是，顾彬对中国当代文学提出的几个疑问，还是需要我们回答的。比如："什么是中国作家的作品中所特有的？什么不是？什么是要紧的？什么又不是？"；比如用张贤亮个人对女性的想象否定他的文学才能，这是顾彬的问题还是西方处理文学史的方法问题等。这一章的重要性，就在于中国文学的经典化包括文学史的写作现在已经有了一个国际语境，这个国际语境已经参与到了我们文学经典化和文学史写作的过程中。

《中国当代文学史编写史》这本书，在我的视野之内，我觉得与中国当代文学史有关的理论和知识，很多都涉及了。这从一个方面证明了曾令存在知识准备方面的充分和努力，他的求实、务实的精神我非常钦佩。我们知道，这些年关于文学史的会议和文章都越来越少，这是一个症候性的现象。这从一个方面说明，当代文学界，特别是文学史研究领域，还没有形成较有说服力的、新的构建文学史的理论、方法和思想，因此，那种"重写文学史"的冲动很少见到。倒是在其他领域，比如2023年第4期的《中国文学批评》，发表了曹顺庆的《重写文明史　重塑文明观——构建人类文明书写的中国话语》。一段时间以来"中国话语"成为文化、文学研究的关键词，从一个方面表达了中国学界对"中国/民族"话语权的强烈要求，表达了与西方强势国家进行对话的强烈愿望。但另一个方面，经过百年来、七十年来，特别是近四十多年对西方的了解，包括对西方学术话语的了解，除了"西方中心论"等意识形态话语外，在学术研究领域，我们是否也可能找到或感知到与西方构成通约关系的"问题与方法"？盲目认同西方是错误的，盲目排斥西方同样是错误的；"重写文学史"冲动的平息，示喻了学界处理文学史的理性，当然也从一个方面表明了当代文学史研究领域的某种谨慎。这是一个问题的两个方面。可以说，近年来研究文学史的个人和群体似乎越来越少，关注度越来越低。这是促成当代文学史研究停滞的一个表征。中国当代文学史的研究至今并没有突破性的成果。我们还没有找到在洪子诚老师文学史基础上书写中国

267

当代文学史的更好方法，这可能不只是材料问题。应该说，通过这些年的努力，很多人在材料方面做了很多工作，甚至有史料的"大系"出版。但文学史的写作是一个综合性的研究，除了材料，思想方法、时代环境等都不同程度地起作用。另一方面，当代文学史的写作也给当代文学界带来了一个巨大的困惑，这就是"中国当代文学"是不是一个没有边界的"超级学科"？中国现代文学只有三十年的历史，而当代文学已经有了七十多年的历史，而且还要无休止地延续下去。这显然是一个问题。我想，我们经常讨论文学史问题本身，已经表明了我们在这方面存在着焦虑。"中国当代文学史"的下限问题如何解决？我曾经请教过谢冕先生：中国当代文学史没有理由成为一个"超级学科"，它也应该有时间的限制。谢先生说，要解决这个问题，应该着眼于整个中国文学史，总体上可以划分为"古代"和"现代"，现代部分可以按年代来划分。这样问题就可以解决。谢先生不愧为学科的领袖，他的看法给我以极大的启发。只要我们看看已有的文学史就会发现，以年代命名的文学史比比皆是，甚至不乏经典著作。比如勃兰兑斯的《十九世纪文学主流》，以及《五六十年代的苏联文学》《二十世纪俄罗斯文学史》等。国内以时间命名的《二十世纪中国文学史》《百年中国文学总系》《中国现代文学三十年》等，都是如此。近年来，"改革开放四十年的文学""新世纪二十年文学"等，更是频频出现。重要的是谢先生站在整个文学发展历史的高度，通过"古代""现代"两个概念，把两个有本质差异的文学发展史进行断代，应该说是一大发现。包括"中国当代文学史"在内的"现代文学史"，为了便于把握和讲述的准确，内部如何用年代划分，可以通过不同的文学史写作实践，通过各种对话关系逐渐实现通约，应该是可以得到合理处理的。这是重新构造中国当代文学史的一条可行的方法和道路。

第二，关于文学史写作的理论与实践的关系问题。

对洪子诚老师的中国当代文学史研究，普遍关注的除了他的《中国当代文学史》之外，是《问题与方法——中国当代文学史研究讲稿》（2010）和《材料与注释》（2016）。这两本著作当然非常重要，甚至代表了洪子诚中国当代文学史研究的水准。但是，在我看来他的《当代文学的概念》可能更为重要。这本只有十八万字的书，除了《中国当代文学纪事》外，集中选编了十四篇他关于当代文学史观念的文章。通过这些文章我们才有可能深入了解洪子诚对中国当代文学的理解，以及他为什么会写成现在的当代文学史。他的"关于50—70年代的中国文学""'当代文学'的概念""当代文学的'一体化'""中国当代的'文学经典'问题"等，是他对中国当代文学研究的核心思想；但文学史的编写不只是一个理论问题，可能更是一个实践的问题；或者说，理论上能够解决的问题，在写作实践中未必能够解决。

269

比如当年佛克马、E.蚁布斯在《文学研究与文化参与》中曾指出："在中国，现代经典讨论或许可以说是开始于1919年，而在1949、1966和1978这些和政治路线的变化密切相关的年份里获得了新的动力。"洪老师也认为"这一描述应该说是能够成立的"。洪老师讨论这个问题的文章《中国当代的"文学经典"问题》发表在2003年，至今二十多年过去了。这二十多年可能也有类似1949、1966或1978这样的年代发生。问题是，如果是这样的话，当代文学"经典"的"确认"就是不可能的。但事实上，每一部文学史都在"确认"经典，即便是没有明确对"经典"的指认，在讲述中已经指认过了。洪老师在这篇文章中提出了值得我们注意的线索：一、文学经典在当代社会生活中的位置，经典重评实施的机构、制度；二、当代文学经典重评的焦点；三、经典确立的标准（成规）和重评遇到的难题。洪老师特别具体地分析了50年代至70年代文学经典确立的机制，那确实是非常复杂的，各种力量的诉求并不完全一致，但文学权力阶层的作用至关重要。这种情况至今仍然在延续。比如对四十年来文学经典的指认，像张承志、史铁生、张贤亮等作家的评价，和当年比较落差是非常明显的；再比如，当下因为强调"新山乡巨变"和"攀登计划"的写作，《创业史》《山乡巨变》的重要性被强调到突出的位置上。因为在文学的情感、审美和认知、劝诫功能的认识上，当代强调的是后者。这也是洪老师的理解。

这种情况不能不影响到文学史的写作。所以，即便我们有很清楚的关于文学经典指认的标准或尺度，但另一种力量的强大是不能超越的。这是文学史写作的理论与实践关系处理的关键和难题。

第三，关于文学史写作的"史学化"问题。

史学化和历史化是两个非常不同的概念，不是同一范畴概念的互换。"史学化"的问题是，强调了"历史"而忽略了"文学"，在文学史的写作中就是文学史的"本体"与"事件"的关系。这也是一个很矛盾的问题，没有"事件"，很多文学作品的背景就不清楚。当代文学很多作品都密切联系着诸多历史事件，但"事件"如果过于细致、过于强调环境和背景，就会湮灭文学本身。实事求是地说，我们今天读唐诗宋词，张口就来的那些经典，可能很少会想到这些作品产生的历史背景，而更多地是因为审美的力量。对当代文学优秀或经典作品的理解也是同样的道理。因此，我认为当代文学史的写作，可以适当地弱化社会"历史"因素的讲述，主要凸显文学的审美性。这不是文学史免于"史学化"批评的"防疫性"措施，而是文学史构成本身的需要。因为毕竟作品文本是文学史的"本体"。

"文学事件"，本质上都是"政治事件"，不单纯是文学或文化事件，背后都有鲜明的政治性；"史学化"的强化，削弱了文学史的"本体性"。文学史的"本体"应该是什么？朗松强调，

271

文学史认识的主要客体，应该是文学作品。因此，对文学作品的讲述——其谱系、传承关系，创造性，新的审美经验以及文本分析，是文学史的"本体"。另一个可以佐证的现象是，文学史的编纂，都一定要配套"作品选"。近年出版的《鲍鹏山文学史——中国人的心灵》从《诗经》讲到《红楼梦》，共有五十二个作家、作品、流派群体，基本是以作品为主，并断言这是"中国人的心灵史"。他的一些断语是否正确，是否被古代文学史界接受，是另外的问题，但他讲了文学史的"本体"，这个方法是正确的。从这部中国文学史，我们也可以看到，鲍鹏山没有更多地讲述"历史"，也没有文学"事件"。在建构他的文学史时，选择的基本都是文学经典作家和作品。通过这些作品表达了他对古代中国心灵的理解。这种方法，古代文学可以做到。因为古代文学已经经过了历史化和经典化，有公认的经典作家和作品，但当代文学史要困难许多。当代文学的历史化和经典化还没有完成。因此，有"文学经典"和"文学史经典"的差别。另外，最近我们也看到王德威主编的《哈佛新编中国现代文学史》，它是以世界的眼光看"'世界中'的中国文学"，他采用了编年模式，"回归时间/事件的朴素流动"；然后，"选定的时间、议题，以小观大，做出散点、辐射性陈述"。他不强求一家之言的定论，在意的是对话过程。值得注意的是，王德威的体例中也有文学的"事件"，比如"1952年文学史的异端""重写文学史""摇滚天安门"等（据《哈佛新编中国现代文学史》）。或者说，文学史著作对当代"文学事件"已经注意。

通过对"编写史"的讨论，这些问题可能会深入下去。当然，更重要的是如何将这些理论自觉化为文学史的写作实践。

本文系在 2024 年 1 月 6 日"当代文学史编写的问题、方法与可能性"会议上的发言

Ⅲ

小说现场

走进乡村文明的纵深处

——评麦家"弹棉花"系列 小说

　　麦家用《解密》《暗算》《风声》等作品，"发明"了一个时代。大概正是因为这些小说，"类型"小说不再是一个"等级"文体，它同样是一个具有创造性的文体。这些作品改编成影视之后，在中国掀起了谍战影视的狂潮，这个狂潮或许还没有退去。麦家这些小说是我们陌生又深不可测的世界，在这个封闭的甚至与世隔绝的世界里，麦家的人物生活在另外一种空间，也是另外一种时间里。他们和俗世生活似乎没有关系，他们在一种崇高、庄严和使命神话的笼罩下，枯燥寂寞的日子被赋予了意义。创作这些小说时的麦家，少年意气英姿勃发，他用非凡的想象力将一个时代推向了全民狂欢。如果是这样的话，麦家就是那个时代的文化英雄。

　　这些小说带来的荣誉足以让人晕眩。但麦家没有晕眩。他

277

后来创作了《人生海海》，据说有惊人的发行量。这不仅说明麦家的读者和拥趸数量居高不下，同时也证明了麦家拥有正面创作小说的才华和能力。现在讨论的是麦家2023年在《花城》开的专栏"弹棉花"，共《老宅》《鹤山书院》《在病房》《双黄蛋》《金菊的故事》《环环相扣》等六篇小说。将专栏命名为"弹棉花"，当然是麦家的有意为之。"弹棉花"是一种劳作，更是一种意象。"弹棉花"者，谦恭、卑微，任劳任怨。选择了这样一个意象，足见此时麦家的心境和姿态。当然，这与他书写的题材和人物有关。这些小说的内容，离不开虚构，否则就不能称其为"小说"。但是，可以肯定的是，这些小说的内容与麦家的经验直接或间接有关。因此，某种意义上也可以说是麦家的"村志""村史"的一部分，或者说是他所理解的乡村文明史的一部分。他在"开场白"中说他要说实话："说实话需要一辈子的坚守，反之只要一秒钟的放弃。放弃有一种背叛的快乐，现在几乎成了我们生活的必需品。我立志要说实话，因为深信这是人文精神的标底。说实话，就很简单，我开这个专栏是'迫于宠幸'。是爱之切，如怒放的花之于一只老蜜蜂的惑。"[1] 于是，他便像一个背着"巨型弹弓"的弹棉人，将乡村的异闻旧事翻检出来，弹出了人们"心灵的棉花"。

---

① 麦家:《弹棉花·开场白》,《花城》2023年第1期。

他要讲述的既有"自己"的外公、母亲、姨娘等"亲人",也有金菊、长毛阿爹、"劁猪佬"、长毛囡、建中、建国、梅花、兰花等乡里乡亲的诸多悲惨故事。更重要的是,通过讲述这些人的遭遇和不幸,不止要反映时代变迁或国族命运,这种言传意会自不待言。在我看来,麦家通过诸多亲人乡邻的遭际和命运,要表达的应该是对人性的理解和关切,他要表达一种与人的终极追问有关的问题。这个问题既有人难以超越和终极困惑的"万古愁",也有困惑转化的浩茫心事,这心事,来自家乡的忧伤和无解,是人生无常的万般慨叹。这是麦家这些小说共同的情感特征。而且,麦家对故乡往事用尽心思的书写,也可以看作是对故乡和家族历史的一种温情和敬意:本质上,那就是乡土中国曾经的生活,是那片土地上普罗大众曾经的命运。

老宅,就是祖屋,是祖上留下的基业,也是家族世代繁衍生生不息的私人空间。因此,"老宅"既是具体的所指,也是一个具有象征意义的符号。老宅里有数十年几代人的命运,那里的谱系关系是个人肉身的来处,也是个人精神的归宿。《老宅》写外公、母亲最生动,但那里的家长里短日常生活,最终透露出的还是人生的虚无:"外公真不知道这辈子在为什么活,有时他觉得活着就是为了过年过节,小辈子来看他们。""外公居然用他的手杖乐此不疲地戳小老鼠,一戳死一个,他感到快乐。这种极端性的行为让人难以理解,外公却乐此不疲。问题是,外公,

279

一个曾经的地主，又获得了逞强好胜的乐趣"。麦家可以将一个老人用手杖戳小老鼠的情节，不厌其烦地写了几个页码，不只是显示其叙述的耐心，更是将一个人的虚无感写到了极致——

外公戳小老鼠的竹竿断了，他一头栽在地上。他大声呼救，瘫在床上大半年的外婆听到了。可怜的外婆"以为自己能爬出院门，去路上呼救。没想到，她在床上已经躺了大半年，肌肉体能早萎得不成样，拼死滚下床，更拼死地爬出屋门，整个人像瘫了似的，根本动弹不了，进无力，退无能，尸首一样。傍晚时分，天开始下雪，先把她冻醒，后将她冻死，活活冻死"。用讲述者的话说："两个老人，一个摔死，一个冻死，而且三天后才被人发现，这对后辈来说无论如何是羞的，不宜传播。"

故乡的故事没有惊涛骇浪，但在老宅里却一波三折。比如老宅闹鬼，大抵是因为三姨娘埋在了院子里的大树下。卖老宅是因为当年一个剃头的惦记上了三姨娘，其儿子当了老板要了却老子的心愿就用十万块钱买了老宅。还有"我"那老丈人，"在去世前一个月，老爷子预感来日不多，一日下午召集子女三家亲人悉数到场，仪式感很强，让我用束腰带把他绑在轮椅上，尽量端正坐姿，交代大事后事"。他是要分配他的遗产，他按照目录分配。十分之九交给了博物馆，十分之一分配给了三个孩子。但给人印象深刻的还是母亲。那个著名的"鬼屋"，"在经过多重杀鬼除恶和严密布防后，母亲再次身先士卒，独自一人入住，不要我们任何人陪。她说，正如上山砍柴，带人不如带绳一样，我们谁跟着都只会乱她手脚。她有必胜信心和舍生忘死的勇气，桃木家伙也不带一件，单刀赴会，随身只带了一副外公外婆的遗照镜框（大娘姨没拍过照）"。母亲是何等的威武雄壮气盖山河。但母亲又相信有神灵——

> 如果不出所料，接下来七天母亲会很忙碌，要施一系列法术法事，替大娘姨通灵，安魂，护法，送一程，祭一生。事实上，这并非大娘姨的特权，而是上溯三代去世的长辈和平辈及年满十六岁殁的小辈，年年都能享的待遇，即在他们忌日举行祭祀仪式。照规矩，祭祀除开丰盛的酒肉饭菜，重点是要备上念了七日真经的冥钱佛包，应时适地焚为香灰，送入阴府，祈佑亡灵年年有余，岁岁平安。母亲经常说，荫堂就是阴人的天堂，她现在已经是大半个阴人，荫堂就是她的家，待着忙着，心安理得。她还常教育我说，阴天过好了，阳日才好过，才有福报。我不大相信这些，母亲说："所以你遇到坏人才害怕。"也许为了安慰我，她又补一句："人年轻时都这样。"

这似乎是一个写乡村往事的怀旧小说，但小说具有鲜明的现代意识。这个现代意识就是对生死、鬼魂以及阴阳两界的描

281

摹和理解，这是一种看不见的对话。这种对话隐含了不同文明的矛盾和交流，隐含了对不同文明形态的包容和宽容。特别是母亲的形象，就是集天地万物于一体的精灵，她无畏无惧，凛然大义；她有敬畏，有担当。她是母亲形象，也是老宅神出鬼没又魔力无边的魅力所在。老宅就是母亲。

《双黄蛋》带有"志人小说"的遗风流韵。从毕文毕武兄弟到"我"早夭的双胞胎哥哥，再到建中和梅花、建国和兰花夫妇，以极具民间传奇色彩的"双黄蛋"，串联起几个荒诞的人间故事，通过离奇的个人命运，表达了时代的风起云涌。《双黄蛋》写的奇人逸事，令人拍案称奇——母亲生了双胞胎，饿得没有力气生下第二个，外婆用一颗金牙换了一篓子挂面，母亲吃了挂面才将后面的生下来。饥荒的年代，母亲三个月没吃过一顿饱饭，父亲拼了命到"蛇窝子"捉蛇给母亲补营养下奶水，不料父亲被毒蛇咬了脚踝，锯掉了一条腿。外婆的第二颗金牙救了父亲的命。母亲伺候父亲三个月，两个小哥哥却一命呜呼。当然都是饿死的。

师父的一儿一女，都非常优秀，读完本科去国外读研，读完研均在国外找到体面工作，不想回国。师父和师娘说："你们俩总得回来一个吧，给我们养老送终。"儿子和女儿在不同的时间里对二老说同样的话："你们俩总得出来一个吧，孙子孙女等着你们来带呢。"不用说，败下阵来的笃定是二老，在新世纪前后的将近十年时间里，师父和师娘轮流飞来飞去，候鸟一般，值勤一样。飞了十来年，两个人都飞累了，不想飞了，选择却相悖：师娘停在国外，师父回到国内。这可苦了师父，老来没个伴，孤枕难眠，恨起人生来，戒了十几年的烟和酒都捡了起来，甚至变本加厉，身体不可避免地每况愈下，偶尔报警。

更令人不解的是，两对双胞胎，一对男的一对女的，喜结良缘，但都没有生育，被婆婆拆散。然后是姐妹易嫁，不被察觉，对外称"复婚"。后来双双同一时辰怀了孕，又同时生产，结果生产不顺利，大人孩子四条命都没了。这是一个极为荒诞的故事，它的极端性完全超出我们的想象。这样的巧合，除了宿命我们再也找不出合理的解释。麦家一再地写到死亡，显然不是无意的。《金菊的故事》写可怜的金菊一连生了五个女儿，婆家不待见，自己羞愧难当，无奈走进了江湖郎中的房间，来到他的床上。那一刻的金菊度日如年，纠结矛盾，但她还是被自己没有生育男孩的痛处击中，恍惚中郎中实现了无耻的要求——

金菊觉得眼前暗黑下来，越来越暗黑，像窗洞里照进来的是黑光，把原本的昏暗彻底加黑了，变得漆黑，并且是一种有浮力的黑，水里的黑，人像在深渊里漂……当她从水底冒出来时，她结结实实地跌了一跤，像断了双脚，扑倒在地。那是在老头的屋门口，阳光如火焰似的烧着她，再次让

283

她窒息、昏倒、昏迷。老头从屋里出来，小妹、小妹地叫她，把她叫醒；她惊慌失措，像被火焰追着似的跑了，逃了。据说，从这一刻起，金菊心里一直捂着一个念头：除非自己下一个生出来的是个带把子的，否则她就要把这死老头子杀了。然后，她就害怕自己怀孕了。然后，她就更加害怕生孩子了。

然后，我们礼镇就一直流传着金菊怎么杀人、怎么被政府枪毙的故事。

金菊还是死了。

《环环相扣》，是传奇、笔记、世情小说的综合体。长毛阿爹和长毛囡，都是传奇人物。这不只是讲述者的叙述，更有两人打斗的翔实叙述。特别是长毛囡，不仅敢于当众顶撞谩骂长毛阿爹，更严重的是竟将长毛阿爹的紧要处捏碎了。威风一时的长毛阿爹一蹶不振，剩下的只有苟活了。但长毛囡犯了大忌，她把"阿爹"的名望和面子剥光了，"自己也没有落得好名，男人女人都在背后骂她，咒她。当面当然是人人怕她，都对她端一张笑脸，有人甚至亲切地叫她'囡囡'"。这个无人敢惹的"村里第一泼妇"遇上了"劁猪匠"。两人有了鱼水之欢，长毛囡有了比较，有了新感觉，竟有了"劁"丈夫的杀心。两人故事未果，又出来一个桂花，桂花和金菊婆婆学裁缝，家里几辈寡妇。

桂花也遇上了"剋佬",有了男女之事。婆婆因自己的寡妇遭遇深明事理,成全了桂花。但"剋佬"因和"长毛囡"苟且,便不大敢来桂花这里。桂花则在婆婆指导下用针扎"小布人",以报复"剋佬"的"始乱终弃"绝情无义。"剋佬"因长毛囡的"贪婪",不久便大腹便便地患了绝症。"剋佬没活过当年冬至节,死时腹胀如鼓,像在水里溺死捞上来的。有些对剋佬知根知底的人在私底下说,他是淹死在女人的阴道里的。长毛囡没有想他是死自己手上的,倒是桂花和婆婆一直想,他是死在她们手上的。"看长毛囡、桂花、婆婆和"剋佬"的故事,恍惚又回到了《金瓶梅》或《水浒传》的时代,"剋佬"虽然不似西门大官人,但桂花和婆婆却几乎和潘金莲、王婆如出一辙;而婆婆的邪恶的心机一如曹禺《原野》中的焦母。小说有世情小说因果报应的路数,最扎眼的还是关于欲望和生死。长毛阿爹、"剋佬"和小孙子的死,将欲望和无常表达得极为形象和透彻。

"弹棉花"系列中的《老宅》《双黄蛋》《金菊的故事》和《环环相扣》,让我们想到当代小说最大的问题,也就是精神归属的问题。这是当代小说最难处理和解决的问题。普遍的方法,是将人物置于与政治相关的立场或追求上,一旦时过境迁,这样的作品便会速朽。更多的处理方式是将人放逐,一如贾宝玉、庄之蝶以及那些"零余者""遁世者"或"逃亡者"等。或是让其死亡,死亡是放逐的极端方式。这是处理人物结局惯常的方

285

式。我相信麦家也在思考这样的问题。不同的是，他将"认祖归宗"作为讲述者的精神归属。他所讲述的这些故事，离开了嘈杂的都市，离开了神秘莫测的卧底谍战。无论他获得过怎样的荣耀，有过怎样的高光时刻，与亲人们曾经的苦难，曾经的孤寂和茫然无措相比，这些世俗荣誉都是过眼云烟。因此，这是麦家精神上的一次寻根之旅，一次安放魂灵的探险。这种处理方法虽然是一时的策略，是不得已而为之的临时选择，但麦家毕竟向前走了一步。要紧的是，对于推动当代小说发展而言，哪怕是一个微小的进步，都价值千金。

　　钱穆先生说："久离家园，一旦重返，那将是何等地快乐！这不仅是口腹之欲，耳目之娱；在其背后，有一项极深心理，虽难描述，但亦是人所共晓。"钱穆先生说的是久居英美，早餐总是黄油面包牛奶橘子水，因此会常常想到油条烧饼与豆浆；在台湾，外国电影看腻了，忽有黄梅戏《梁山伯与祝英台》，一时如疯如迷。倒不是说麦家久居了英美或台湾，他是否久居我也无从知晓，但他曾有漫长的城市生活背景，有漫长的生活在谍战和情报虚拟世界的经历是可以肯定的。这些经历是一个重要的背景，也是他求功名、求荣光的经历。但是，功名和荣光满足了一个时期的虚荣心理后，是否解决了"人生出路"和"苦闷心理"，是大可怀疑的。麦家在精神上重返故里，表达了他小说的另外一种追求。这一追求与其说是题材意义上的，毋宁说更与精神出路的探求有关。

《鹤山书院》和《在病房》，不在"弹棉花"的"乡土"系列中。但小说呈现的人物的文化属性在同一谱系里。《鹤山书院》的故事集中在一个县城，讲述的是"我"、老县长、老书记和老教授几位人物的不同命运。县城里没有惊涛骇浪或大起大落的离奇故事，但没有波澜的日常生活却同样可以改变一个人大起大落的命运。用老书记的话说，老县长是一个好人。断送其政治生涯的，是县招待所一个女服务员举报了他诱奸——原话是"摸她屁股又想摸她奶"。就是说，县长只摸了屁股，据说是吃了酒，系酒后失态。事情若处理得好，这不至于闹得满城风雨；但因为满城风雨，所以丢盔卸甲，丢了县长，丢了面子，一家人脸面扫地，感情破裂。一县之长只因行为不慎，一失足成千古恨。老书记虽然没有老县长的风流韵事，可到头来意味深长的是："他一直想避免犯错误，却一直在犯错误，越来越错误。"然后，他先戒掉了酒（这是罪魁祸首），然后被迫戒掉了做丈夫（离婚），然后又主动戒掉了做现代人（穿道袍长衫），最后连男人也不做了（借助药物）。书记用了"化学阉割"这个词。书记说，"他就这样把自己变成了一个不男不女、半人半仙亦半鬼的怪胎"。那个"老教授今年七十八岁，出身名门，却生不逢时，一生颠沛，待过五个省市和城乡，离过三次婚，膝下六个子女，晚年孑然一身，贫病交加，一心向死。然而好人命

287

长，求死不得，在病榻上躺了一百二十三天后，他攒够——也可能是偷的——五十粒安眠药，一口吞下，坚决地撒手人寰，未留片言只语的遗言。他一生崇尚数学之美，但自己一生并不美，只是某一门哲学的写照：荒诞与反抗，存在与虚无……"

《在病房》写小护士小濮第一天上班报到，徐护士长亲切地接待她。徐护士长向小濮详细耐心地讲解工作要求，带她熟悉病房业务，显示了一位护士长的专业和热情。但当小濮进入病房之后，一种不确定性却如期而至。人与人的交往并不在预设之中，尤其在不同的环境，人心理的变化起伏也不在个人的把控之中。这种具有寓言式的写作，可能更本质地表达了人的处境和精神状态。因此，《在病房》是一篇极具后现代意味的小说。它的"先锋性"没有表现在形式方面，而是在人的心理和精神层面展开——

　　南方的冬天不冷，只是此地在海边，风大，吹得铁窗框不时嗒嗒响。有时呜呜的，那是风更大了，是风从窗缝里挤进来的声音——她觉得这也是自己心底的声音，呜呜的，是哭不出声的声音，是悲痛绝望的声音。她早知道自己不像一般女孩子，动不动就放声大哭，哭天抹泪，带场面的。她从小到大，几乎没有用喉咙哭过，伤心了只是默默流泪，难过死了也顶多呜呜一通而已。母亲因此常骂她"僵尸""阴死鬼"，骂父亲是"老死鬼""死王八""活乌龟"等。总之，都是一路货，都是咬碎牙不出声的劣等种族，没喉咙的。但在这个下午，在这个不祥的，可怕的，有人一动不动如植物一样在昏睡、等死的病房里，在看完由两位护士、四位卫生员轮值八十七天总计一百三十一页的护理日记本后，她心肝都迸出想大哭一场的冲动。强劲的冲动卷走了她所有体力，为了抑制哭声，她不得不蹲下身，跪下来，强行把拳头塞进嘴，以最粗蛮的方式把哭声顶回喉咙，闷死。她手确实比常人小，但牙齿和常人一样尖利，当生理反感导致的呕吐把手硬生生吐出来后，她看到这手已经血淋淋的，至少几天都无法合格参与护理工作。她不觉得痛，也不懊悔。一点都不，像理所当然。甚至幸灾乐祸，甚至想把另一只手也这样糟蹋了，甚至……甚至……风呜咽着，鼓动着窗门，发出嗒嗒声。她呜呜哭着，像风挤破了心扉，在她心房里肆虐。

小濮突如其来的委屈、恐惧甚至绝望的情绪，几乎达到了失控的程度。这种情绪莫名其妙但波涛汹涌不可阻挡。与其说这是一种失控的情绪，毋宁说是一种现代病。现代病是一种精神的综合病症，发病率呈逐年上升趋势。它没有固定的症状，也难以确诊。但它肆虐地席卷大部分后现代小说的文本中。它比现实的现代病更本质地反映了当下人的精神状况。它是古代

289

"心茫然"的 2.0 版或更高层级版。小说被命名为《在病房》，从一个方面表达了麦家创作这篇小说的意图。没有病人的房间不能成为病房，但病了的小濮就在这个房间，所以这是病房。

"弹棉花"系列，几乎都在日常生活中展开。这种生活方式是中国的经验，也可以说是乡村中国文明的一个方面。这种表述虽然有夸大其词的嫌疑。但是，无论是经验还是文明，都是具体的而不是抽象的；无论经验还是文明，就体现在我们生活的细微末节上。麦家充分地甚至极端化地书写了他所理解和经历的日常生活，与其说是在展示他的乡村经验，毋宁说是在批判和检讨我们文明的某些方面。我们所说的"文化自觉"，就在于敢于反思和检讨我们的文明和生活方式，就在于敢于揭示人性中那些阴暗的心理和行为。这种反思和检讨就成了麦家的"浩茫心事"，这心事是如此的沉重，一如乡间田野上空密布的乌云。

另一方面，"弹棉花"六篇小说，除了《在病房》外，其他五篇都写到了死亡。《老宅》中的"外公"，《双黄蛋》中的双胞胎姐妹和她们腹中的孩子，《金菊的故事》里的金菊，《鹤山书院》中的老教授，《环环相扣》中的"长毛阿爹""劁诸佬"和小孙子等，都相继死去。这是简单的重复吗？当然不是。这里隐含了麦家对人的命运的终极思考，人的终极悲凉是人的大限不可超越的悲剧，这个悲剧就是从古至今的"万古愁"。《论语》中关于生死的议论有很多，比如"不知生焉知死""自古皆有死"等。到了诗人那里，关于人的"生老病死"和无常人生，成了"万古愁"。最著名的是李白《将进酒》中"五花马，千金裘，呼儿将出换美酒，与尔同销万古愁"。如果是这样的话，那么麦家"弹棉花"系列小说的忧思和主题，就接续了古人"万古愁"的主题。但麦家小说对万古愁有了新解，这是麦家小说的时代性。或者说，麦家经过长久的思考，他走进了乡村中国文明的纵深处，他看到了人性在幽长的历史隧道中缓慢地走来，无论经过怎样疾风暴雨的革命或重大历史事变，人性中那些持久不变的东西，特别是人性中那些黑暗的恶的东西，并没有发生真正的革命。心性冷硬的外公，招摇撞骗的"郎中"，外强中干的"长毛阿爹"，欲望无边的"长毛囡"，扭曲变态的桂花的婆婆等，他们从不同方面表达了人性之恶。在当下文学越来越缺乏思想深度的情况下，麦家敢于奔赴人性深处隐秘幽暗的地带，发现、揭示并给予无情的批判，显示了他作为作家的良知、见识和勇武。但是，我并不认为这是麦家小说创作的转型。于麦家说来，"弹棉花"仅仅是麦家小说题材的变化，他对人性的关注，对人的情感、精神世界的剖析、发现和关注，是一以贯之的。

我还感兴趣的是，"弹棉花"系列六篇小说在形式上每篇都有差异，都不重复。我相信一年的时间里麦家要完成六篇小说，他必须时时警惕自己的重复，他要有意识地挑战自己而不是驾

291

轻就熟。但这是一件非常困难的事情，麦家做到了。人生的难解之谜和精神困境，蕴含在这形式完全不同的讲述里，这也是麦家挑战小说形式的胜利。

重铸小说讲述者的"王国"

——评毕飞宇的长篇小说 《欢迎来到人间》

　　《欢迎来到人间》是毕飞宇距《推拿》出版十五年之后发表的长篇小说。时间也许不能说明问题，但当读过《欢迎来到人间》之后，我相信这十五年漫长的时间对毕飞宇的长篇小说创作是有意义的。这个意义就在于毕飞宇对长篇小说创作新的理解和认知，对小说叙述方式的反复考量、比较后的坚定和自信。《欢迎来到人间》的丰富性，可以有多种解读和评论的角度，但在我看来，最值得关注的是小说的叙述。按通常的理解，这是一个"全知视角"或"上帝视角"的叙述。作者无处不在，作者对一切都一目了然一览无余。这种叙事视角曾遭到了长时期的清算和批评，然后被彻底抛弃了。但我要强调的是，《欢迎来到人间》不是传统的"上帝视角"，不是"花开两朵各表一枝"的"全能"叙述。

293

一、讲述者的"王国"

毕飞宇和传统叙述最大的区别就在于，中国的古代小说，特别是明清白话小说，只是讲故事，多为世情风情，"极摹人情世态之歧，备写悲欢离合之致，可谓钦异拔新，恫心戳目"（笑花主人《古今小说序》）。写男欢女爱家长里短，而且到关节处多是"欲知后事，且听下回分解"的卖关子吊胃口，为的是勾栏瓦舍的"引车卖浆者流"下次还来，说到底是一个"生意"。更重要的是，在这种叙事里，有一种难以掩饰的"逢迎"——对读者或听众的逢迎。这里隐含的诉求并不难理解：读者和听众有预期的阅读或听觉接受的期待，作者或"说书人"另有关于利益的诉求和期待。因此，"逢迎"作为叙述策略是与作者和讲述者的利益密切相关的。在那个时代，这种"逢迎"也可以理解为作者和读者／听众的一种互惠关系。这是明中期以后古代白话小说的基本形态。因此，小说四部不列，被称作"稗史"，也就是"正史之余"的小说观念被普遍接受，不少作者更是直接标识以"稗史""野史""逸史""外史"等，表明小说的史余身份或正史未备的另一类型。所谓新世情小说，就是超越了劝善惩恶、因果报应等陈陈相因的写作模式，而在呈现摹写人情世态的同时，更将人物命运沉浮不定，融汇于时代的风云际会和社会变革之中。它既是小说，也是"大说"，既是正史之余，也是正史之佐证。这是这一脉小说的发展变化。

　　进入现代之后，小说在叙述方式发生的革命性变化大概是最为激烈的。西方小说观念、理论和技法的"东渐"，几乎彻底改变了小说叙述的面貌。这种巨大的变革发生在20世纪80年代，"现代派"小说和"先锋文学"实现了这个巨大变革。这一变革的历史性贡献已经写进了当代文学史。但是，读了《欢迎来到人间》后，我感受最强烈的就是毕飞宇的叙述视角。这个视角是要重建小说叙述的主体性，重新掌控小说叙事的"主权"。这是叙事立场，也是叙事态度。这个立场和态度非常强悍，就是要体现讲述者的"主体性"，这个主体性体现在对小说叙述绝对的"控制"，而且坚定不移，这种"控制"几乎是不可讨论的。因此讲述者以"强权"的方式实行"一言堂"，那是针插不进水泼不进密不透风的掌控，他的"霸气"几乎一览无余。在这种"主体性"拜物教的控制下，毕飞宇创造了讲述者主体性的帝国，在这里讲述者就是"王"。因此，与其说《欢迎来到人间》塑造了诸多有性格、有光彩的文学人物，毋宁说它更塑造了小说的"讲述者"，或者作家自己的形象——作家的主体性形象，他重新获得了小说叙述的"主权"。这是文学讲述的"政治"，是一种新的叙述观的苏醒或觉悟。于是，在小说叙述的意义上，恰似一种古老的讲述方法，经过他用先锋文学，特别是文学先锋精神的改造而焕然一新，于是他拥有了新的创造性。在这个意义上，

295

毕飞宇是小说叙述方式的"逆行者"。

那么，我们该怎样理解毕飞宇的这一叙述行为？他是要倒行逆施吗？他是要回到过去的"全知视角"和"上帝视角"吗？当然不是。毕飞宇的这一叙述行为，在本质上可以理解为叙述方式的"反后现代的后现代性"。他要超越小说的"现代"叙事学，他试图将现代叙事学升级为"2.0版"。他要强调的是作家的主体性。这注定是一个险象环生的挑战，是一个难以察觉甚至被误解的挑战。

我们知道，80年代文学主体性的提出，主要是对人的主体性的强调。人是创造的主体、接受的主体。这是那个时代高扬人道主义思想的一部分，人的主体性的合法性的确立，对于推动文学创作和批评的发展，起到了巨大的作用。这个思想来自于康德，经由李泽厚、刘再复，特别是刘再复的《论文学的主体性》的发表，几乎是那个时代的文学旗帜。我们由此经由了80年代中国文学的现代性。这个现代性的过程也可以理解为欲望的释放过程。1978年以前的中国，是欲望被抑制、控制的时代，欲望在革命的狂欢中得到宣泄，革命的高蹈和道德化转移了人们对身体和物质欲望的关注或向往。1978年以后，控制欲望的闸门被打开，没有人想到，欲望之流是如此汹涌，它一泻千里不可阻挡。这个欲望就是资本原始积累和身体狂欢不计后果的集中表现。

文学是时代的感应器。"现代派小说"和"先锋文学"及时地回应了时代的要求。虽然这是追随西方文学在中国引爆的文学革命，但客观上极大地拓展了中国文学的视野和表现力。经过一段历史时间后我们发现，"现代派"小说和"先锋文学"，有大量的"我"的出现。但这个"我"或者是讲述者，或者是被叙述者，有大量的例证不必征引。因此，在叙述的意义上还没有获得完全的自由，也就是没有获得叙述的真正"主权"。他们在强调"自我"的同时也在无意识中失去了叙述的"自我"。对作家来说这未必是一道"必答题"，但毕飞宇在小说创作实践中选择了这道题。后来，在毕飞宇谈论加缪的时候，我们得到了答案。就中国四十多年来的文学发展而言，对我们影响最大的西方作家，可能不是马尔克斯、博尔赫斯或卡尔维诺。这不是说这几位作家不重要，他们都非常重要，在不同的历史时间里，他们在中国都曾大红大紫。但是，对中国当代文学影响最大的，我以为是加缪、福柯和卡夫卡。而对毕飞宇而言，他可能更多地接受了福柯和加缪的影响。

　　多年来，毕飞宇一直颠沛流离在阅读的路上，他有那么多的阅读、积累、思考的准备，当然，他也获得了足够的荣誉。他不是天外来客，他有人间常人拥有的所有的欲望。但是，他终于明白的是，作为作家安身立命的只有作品。没有作品你就什么也不是，哪怕你获得了再多的荣誉和利益。眼前的只是过眼

297

云烟。好像有人说过，"书比人走得远"。要走得远，别无他途只有创造。"古来圣贤皆寂寞"，就在于圣贤们耐得住。飞宇未必"圣贤"，但他的"耐得住"有目共睹。

在人间，我们曾经"欢迎"过无数事物，欢呼雀跃是我们生活的常态。那是因为生活赐予我们的只有"欢迎"，我们不拥有别的。现在，毕飞宇终于意味深长地"欢迎"了我们来到人间。于是，通过叙述者目光所及的人物，我们看到了如此真实的人间。

二、讲述者：傅睿的"发育史"

掌控了小说叙述的"主权"，作家的目光便如烈焰，照到哪里哪里亮。小说的讲述者首先要构建的，是人物的成长或"发育"环境，也就是小说的人际关系。这个关系制约着人物的成长或发育。《欢迎来到人间》的人物不多：泌尿科的顶尖主刀医生傅睿、妻子王敏鹿，同学亦同事的东君、郭栋夫妇，父母老傅和闻兰以及患者老赵夫妇、护士小蔡等。这些"人设"在小说中是不同的角色，在与傅睿的关系中有不同的功能和作用。"人设"是作家——小说的叙述者拥有了叙述"主权"的具体体现，他可以按照个人的意愿、小说的旨意、到达的目标等，设计他的人物、情节和细节，他可以掌控一切。当多种叙事视角、复调理论众声喧哗统治了小说结构和叙事多年之后，毕飞宇反其道而行之，他就是要独霸小说叙述的"主权"。

我们知道，"知识—权力话语"是福柯理论中最重要的发现。福柯认为知识产生权力，是因为话语是权力拥有者的讲述，这种讲述必然带有权力主体的倾向性。话语与语言不同，语言是指人类沟通所使用的指令，目的是交流观念、意见、思想等，它具有工具性。但话语是支配权力最重要的工具，是经由精英阶层、权力机构描述真理面目，决定历史讲述，并且压制异议和歧见的讲述方式，它有鲜明的目标指涉。用福柯的话说：话语生产总是依照一定程序受到控制、挑选、组织和分配的。因此，话语并不完全向民众开放。而知识又与"话语"相联系，"话语"又与"叙事"相联系。在福柯看来，"叙事"本身就是权力的再现，叙事能够产生权力，因此知识、话语、叙事等词都能与权力产生联系。福柯的"知识—权力话语"理论，揭示了现代人深陷各种权力网络中并受到支配。而主体性的建立是对抗权力关系重要的过程。

但小说叙述主权的掌控，与福柯的"知识—权力话语"并不完全相同。小说叙述者的权力与国家、民众不存在支配与被支配的关系，它只与小说的讲述方式有关。更重要的是，每个小说家都有选择自己讲述方式的自由。在小说叙述方式完全开放许多年之后，毕飞宇大胆地尝试了重建小说叙述的主体性，他

299

收回了小说叙述的"主权"。"人设"是这一叙述"主权"重要的体现，或者说，小说的人物直接在叙述者——作家的掌控之内，需要谁出现谁就出现，一如上帝说有了光，于是就有了光。

"非典"结束后的 2003 年 6 月，第一医院泌尿外科连续出现了六例死亡病例，这给泌尿外科，特别是主刀医生傅睿带来了极大的压力。这个第一医院母体大学培养的第一代博士的境遇可想而知。雪上加霜的是，十五岁的少女田菲经抢救无效后死亡。对傅睿来说这是一个难以愈合的创伤记忆，于是他陷入了空前的精神危机。这个事件对傅睿来说是个致命翻转。这个事件之前，傅睿是天使，是妈宝，是男神，是传奇中的传奇，几乎是三千宠爱在一身。他的父亲老傅是医院前党委书记，母亲闻兰曾是播音员，优渥的家庭环境让傅睿有良好的教养。傅睿一路顺风，一直读到了博士毕业。在女同学的眼里，他有才艺，是校园传奇，衣着考究，斯文，富裕而优雅，没有一点浮浪气，举手投足始终带着一股子家教严明的况味。他冷月无声，帅，漠然孤傲，鹤立鸡群。他几乎是一个"不真实"的存在。一场"相亲"的场景，讲述者通过王敏鹿对傅睿有了这样的感知——

傅睿，这传奇中的传奇，这孤零零的"问题"，他哪里骄傲，一丁点都没有。他的胆怯和拘谨让敏鹿心疼。敏鹿知道了，傅睿是一个"妈宝"，属于乖巧和无能的那一类。这

300

个发现给敏鹿带来十分重要的心得，重点是她自信了，附带着也就具备了恋爱的总方针和大政策……傅睿的眼睛是多么地好看哦，目光干净，是剔透的。像玻璃，严格地说，像实验室的器皿，闪亮，却安稳，毫无喧嚣。这样的器皿上始终伴随着这样的标签：小心，轻放。敏鹿会的，她会小心，她会轻放。敏鹿是那么望着傅睿，心里说："傅睿，欢迎来到人间。"

一场"相亲"之后，这个自带光环、神一样存在的傅睿才从天上来到人间。于是小说从傅睿出现才真正地开始——这是什么样的人间呢，在这样的人间傅睿的性格将会怎样成长发育呢？

傅睿命运或精神世界的大转折，从田菲的死亡开始。这个对傅睿寄予了无限希望的十五岁小女孩还是走了。包括田菲的父亲，他甚至挖空心思地把"红包"丢到傅睿的抽屉里。这都没有留住田菲的生命。于是，愤怒使田菲的父亲失去了理智，他一把夺下了护士手中的盘子，"抡足了，对着傅睿的脑袋就是一下"：

——没良心的东西！你还我的女儿！
——是你弄死了她！

301

几个保安将傅睿从险象环生的处境中护送出来，他到浴室和更衣室的道路是如此的漫长，他的精神已经到了崩溃的边缘。傅睿走过的楼道，"它不叫静，它叫空"，当然那也不叫楼道，那是傅睿被抽空的心和头颅。一个医疗事件，就这样让傅睿万劫不复。但是，这只是事情的开始。最糟糕的是敏鹿的遭遇。一个说不出口的隐秘的遗憾是，傅睿"不要"她了。他们曾经有过火树银花般的床笫生活。小说像电影一样闪回了——

2002 年 4 月 20 日，一个平常的日子，一个普通的夜晚。敏鹿终于受到了沉重的一击，"就闹"被"别闹"KO 了，都用不着数秒。傅睿和往常一样，有些蔫，可敏鹿偏偏赶上了一场强势而又有力的忧伤。傅睿心事沉重的样子，特别累，注意力一直不能集中，或者说，注意力一直集中在宇宙的某一个神奇的维度上。敏鹿在卧室里霸道惯了，存心想欺负傅睿一下。还没"戏"，敏鹿直接就骑了上去。傅睿平躺着，目光空洞，就那样望着自己的老婆。最终，摇了摇头。在床上，做丈夫的摇头有什么用？最终的结果只能取决于做老婆的愿不愿意摇屁股……傅睿说："今天不行。"敏鹿又摇。傅睿说："明天有手术。"敏鹿一下子就蒙了。"手术"是怎么回事，敏鹿是医生，懂。可事情已经"闹"到了这一步了，做老婆的哪有自己爬下来的道理？没这个道理。做丈夫的需要应急攻关，好话必须说。空头支票也要开。傅睿没有，直接闭上眼睛。——这就僵住了。敏鹿还能怎么办？只能自己爬下来。这是一场灾难，毁灭性的。

这是傅睿"在人间"的"由外及里"的生活处境，特别是与敏鹿的关系几乎是一个隐喻。后来，小说没来得及展开的，是敏鹿跃跃欲试的出轨动机：当他们的同学、朋友东君提议两个家庭外出休闲时，第二天清晨东君的丈夫郭栋和敏鹿先起床，然后在屋后的吊床上邂逅。两个人躺在吊床上的语言和心思，特别是敏鹿已经有心旌摇荡之意了。郭栋身强力壮，一身肌肉，他对敏鹿倒也未必动心，但敏鹿就不一样了。这个险情作者还是动了恻隐之心而未动干戈。

傅睿床笫的处境，让我想起了1993年出版的刘恒的长篇小说《苍河白日梦》。我们仿佛听到了来自历史隧道遥远的回响。这是一部寓言式的、充满了趣味和东方奇观的长篇小说，一位百岁老人作为历史的见证人向我们讲述了一个伟大神话幻灭的悲凉故事。它不只是一个辉煌的传统家族走向溃败的隐秘往事，也不只是一个知识分子灵与肉的幻灭史，同时它更是一个"盗火者"、救世者铤而走险和彻底绝望的命运史。讲述者更感兴趣的并不是主人公曹光汉创办"榆镇火柴公社"，讲到这一事件时他多半是粗略地描述一下场面；讲述者更有兴趣的是随着曹

303

光汉返乡后发生的家族逸事和男女风情，中心事件则常处于边缘而被遗忘。这一叙事态度是重要的，作为奴才、底层人或是被启蒙的对象，对启蒙者不仅难以认同，甚至根本就没有兴趣。他更关心的是毫不关己的别人的私情，作为启蒙对象，他实际上拒绝了启蒙，他为启蒙者铺垫了无可避免的失败的命运，因此也注定了启蒙的悲剧结局。而作为真正叙述人的作者，在本文中则成了故事的倾听者，显然，他也是一个局外人，两个局外人一个在讲一个在听，谁也不是历史的参与者，大写的历史与他们来说是全然无关的，或者说是没有意义的。主人公曹光汉是清末一个年轻的留法知识分子，回到故乡创办了火柴厂，这是一个极具象征意味的中心情节，"盗火者"企图照亮家乡贫困愚昧的启蒙动机，正是在这一象征性的情节中体现的。二少爷曹光汉作为启蒙者向世界宣布了他的理想，并施之于具体的操作，当然还来不及思考其可行性和未来的命运，但这并不妨碍二少爷的兴致。他是个阴郁沉闷的人，只有启蒙的话题才会让他激动兴奋，他像牧师一样在庄重地布道，向人们发出了美好和幸福的承诺；另一方面，公社的人和看热闹的人并无反响，二少爷的话并没有得到应有的回应，并没有人为他的焦虑而操心或不安。这显然是一次没有效果的错位的交流，听者毫无参与的热望，大家全都作为二少爷的"他者"存在。火柴厂虽然最终办起来了，但作为启蒙者的曹光汉和曹府也为此付出了巨大的代价。启蒙者曹光汉因先天的性无能，为他的老师法国人大路与妻子私通提供了条件。妻子生出了一个碧眼婴儿，在曹府上下引起轩然大波。大路因此而下落不明，婴儿也被暗中处理。启蒙者曹光汉的生理缺陷喻示了他的先天不足，在背叛与自卑的双重压力之下，他由造火柴而改为私造炸药，准备炸平衙府，可他不仅一事无成，反而被活活绞死。

　　傅睿不是先天不足，他们曾经有过的床笫的火树银花说明了这一点。是傅睿"来到人间"后，有一个逐渐被"阉割"的过程，这个过程也可以看作是傅睿的"发育"过程。围绕在傅睿周边的各种力量和矛盾，不只是医患矛盾，同时还有来自父亲老傅、母亲闻兰以及患者老赵等各种力量的塑造或"围剿"。他被各种力量裹挟、塑造，他极力迎合力求完美。他是各种权力支配下的产物，但他不明白他为什么成了现在的自己。傅睿失去了个人的主体性，他精神崩溃恰恰成了这个世界的"局外人"。正如福柯强调"精神病人"的指认，首先要清楚这个指认的过程。那么同理，傅睿的精神崩溃，同样需要复原他崩溃的过程。是什么东西导致了傅睿的精神崩溃？这时的傅睿，"出逃"是他唯一的选择。他既要逃离医院的环境，也隐含了逃离敏鹿的隐秘心理。但是，作为一个已经"患病"的医生，已经丧失了主体性的人，他能逃到哪里去呢？他最终还是回到了医院。这个试图拯救"病患"、规训病人的人，终于到了需要被拯救的地步，

305

医院是他的初始地，也终于成了他不得不选择的归宿。

三、讲述者：虚无和"幻影"

毕飞宇掌控了小说讲述的"主权"，他主宰了小说内部的一切。但我们也可以认为，小说中所有人物对生活、生命的认知，就是作家的认知，这些人物不过是作家思想和情感的载体。他们的喜怒哀乐或无动于衷，无不体现着作家的情感和态度。傅睿是《欢迎来到人间》的主角。但小说和其他叙事文学显然不能只写主角。傅睿被"异化"了，"神经"了，但小说终要表达人间应该是怎样的，谁是人间正常的人。这时我们要关注一下护士小蔡了。小蔡是个貌不惊人的女性，但她在小说中的位置非常重要。小蔡的正常印象是在比较中获得的。首先，她的勇武无人能敌。就在田菲的父亲将护士的盘子砸向傅睿的瞬间，"咣当"一声，人倒下去了。倒下去的不是傅睿，而是小蔡。"这个虚弱的男人为了发力，身体特地向后仰了一下，这才给小蔡留下来扑上来的时间。"是小蔡救了傅睿。小蔡为什么要救傅睿？这好像不是个问题，因为小蔡是正常人。但小蔡是有主体性的人，她经历过多次情感创伤，具体地说是七次，她受过七次伤。"这个伤当然是内伤，外伤不算。内伤有内伤的硬指标，必须发展到身体内部。但恋爱就是这样，身体的内部不再是脏器，是灵魂。但灵魂一旦被触动了，可供感知的又还是身体。小蔡疼，到处疼，就是说不出具体的位置。当疼痛与位置失去了对应，那就只能再一次反过来，把肉体归结为灵魂。小蔡一共谈过多少次恋爱呢？也记不得了，但是，触及灵魂的一共有七次。"小蔡是来自乡村的姑娘，她对城市一无所知，她只能和别人的钱混。乡村女性来到城市的命运大体相似，她们没有资本，唯一的资本就是年轻的身体。因此，这时如果用道德化的方式去理解和批评她们是无效的，也是非人性和非文学的。也正是从底层开始的经历，使她们认识了真正的人间。那这个人间是什么样的呢？

　　小蔡也喜欢傅睿。小蔡怎么会不喜欢傅睿呢？不同的是，就像敏鹿都觉得傅睿是天上的人一样，小蔡怎么可能攀傅睿的高枝呢？在傅睿母亲闻兰的"你也要学会关心人"的教导下，傅睿给小蔡打了电话。小蔡受宠若惊，她把这次见面称为"偶像见面会"。小蔡和傅睿在一个科室，而且经常是傅睿手术的护士，他们应该是再熟悉不过了。但那是工作关系。他们没有个人关系，如果说有关系，那也是在小蔡的心里。于是，小蔡像所有的女性要见心上人一样开始精心打造自己。遗憾的是她不能"做头"了，头上的肿胀经不起高温。她能做的是"把所有的裙子都取了出来，平放在床上，一件一件比对过去。最终，她确定了上衣、裙子和鞋。最后当然是化妆"。小蔡如此隆重，可见傅睿在她心中的位置——

　　307

傅睿端坐在尚恩咖啡的临窗座位，藏青西裤，白衬衣。干净，寂寥，神情忧郁。与其说在等人，不如说在发愣。透过落地玻璃窗，小蔡大老远地就看见傅睿了，她冲着傅睿打了一个手势。傅睿却没有看见。小蔡来到落地玻璃窗前，弯起了食指，开始敲击玻璃。傅睿抬起头，没有反应——他没能把小蔡认出来。小蔡只能再敲。傅睿在玻璃的内侧对着小蔡打量了好半天，到底认出来了。是吃了一惊的样子，同时还说了一句什么。小蔡当然听不见。但是，小蔡突然就喜欢上这样的对话局面了，明明白白的，却熄灯瞎火。小蔡说："你今天看上去很帅哦。"轻快了。傅睿自然听不见，却把耳朵贴到玻璃上来了。这个举动出乎小蔡的意料，她就笑。别看傅大夫在医院里那样，进入生活也会冒傻气的。

　　这个见面的场景，是作者营造、描绘得最为温馨和温情的场景之一。可见作者对小蔡的情感倾向。在小蔡那里，这个"天上"的傅睿也终于来到人间，小蔡怎么能够不欢迎呢——

　　小蔡一不做，二不休，隔着玻璃不停地示意傅睿点头。傅睿不明就里，脸上是同意的样子。小蔡说："你和我好吧？"傅睿点了点头。小蔡说："我是说，你做我男朋友？"

傅睿又点了点头。小蔡开心死了，她占的可是"偶实"的便宜呢，"偶实"哪里有一点"偶实"的派头呢？个呆样子，个傻样子。"偶像见面会"都还没开始呢，小蔡就已经乐开了花，整个人都轻松下来了。

但是，这毕竟是小蔡的"幻觉"，"幻觉"就是虚无。小蔡喜欢或爱慕傅睿是真实的。她即将见面的心理活动一览无余地表达了她内心真实的想法。可爱又可怜的小蔡，她不知道这个傅睿和贾宝玉几乎没有什么区别，生活中傅睿几乎百无一用。但这一点都不妨碍小蔡的喜欢，就像大观园里女孩子没有不喜欢宝玉的一样。傅睿用职业医生的方式查看了小蔡的伤情，然后就是小蔡的"幸福"感受。但在傅睿那里，这就是一次"出诊"。就是这么一个木讷的人，一个什么都不懂的人，凭什么"三千宠爱在一身"？小蔡满怀喜悦地和傅睿的"偶像见面会"，就这样瞬间化为乌有。这是小蔡生活中"虚无"的一个经典场景。更透彻的是小蔡的日常生活。小蔡个人的日常生活是隐秘的空间。但作为有叙述"主权"的讲述者，他有窥视小蔡个人私密生活的权力，这是讲述者的"合法性"。于是我们发现，小蔡的日常生活是这样的——她"有家"也有"先生"，这都是真实的，但又都是"虚无"的。

小蔡的"先生"胡海，并不常年在家，而且胡海和小蔡也没

309

有登记结婚，小蔡也不计较，这可能就是小蔡的通达。这和小蔡见得多了有关。比如一个科室里的那个安荃，她去郭栋大夫的休息室就像回自己家一样，大家也司空见惯见怪不怪了。但一个人的生活确实也没那么惬意。比如——

　　下班了，在天成花苑的门口，小蔡并没有忙着回家，她先去了一趟菜市场。菜市场离小蔡的家并不远，如果小蔡现在还是独身，菜市场将和她构不成任何关系。但小蔡是有家的人，这一来她与菜市场就相互依附了，菜市场就成了她生活里的一部分。小蔡沿着蔬菜、肉类、禽蛋、海鲜和淡水产的柜台一路走了过去，她不会买，只是逛。她逛得相当日常，偶尔也会驻足，主要是问价。在问价的过程中，小蔡始终觉得她身边还站着一个人，亦步亦趋，在陪伴她，那个人只能是先生……

　　小蔡晚餐并没有吃地摊，她逛完了菜场，回家去了。与每一次回家一样，小蔡首先要在客厅里换一次衣服，洗过手，然后才进卧室。小蔡热衷于躺在床上看电视剧，无论多么烂的电视剧她都喜欢。小蔡看电视有一个特点，她代入。每一部电视剧她都可以找到一个剧中人，那个人就是小蔡自己了。不管是三十集还是六十集，换句话说，不管是一个月还是两个月，小蔡都可以沿着电视剧的剧情十分跌宕、十分凄苦或十分幸运地走完她的这一生。然后，再一生，又一生。——小蔡的卧室里永远都有人在说话，像一个公共的空间。小蔡躺在床上，作为一个独自的旁观者，她在看电视里的小蔡，她推动了剧情，也承担了剧情。

这是讲述者的叙述。这两段叙述我们可以看到的是叙述者的耐心和强大的叙述能力，这几乎就是细腻的"天花板"。这里有什么事情吗？有什么情节吗？什么都没有。但叙述者可以讲得绘声绘色，风生水起。然后讲小蔡要不要做一顿饭吃，来到了冰箱前。写冰箱的这一段太精彩了。冰箱里是满的，因为她只买不做，所以冰箱爆满。小蔡在冰箱前站了一会儿，朝四下里看看，发现客厅有些乱，也脏。然后她开始打扫，从书房开始——

小蔡推开了书房，往里走，顺手摁了开关。就在书房被照亮的同时，小蔡已经往书房里走进去两三步了。这两三步是惊天动地的，厚实的、寂静的尘埃被激活了，几乎就是无声的爆炸，尘埃升腾起来，如风起云涌，这再也不是人类生活的场景，她是探险者，她来到了史前。乱云飞渡。

这就是于无波澜处起波澜，于无声处听惊雷。我们知道那

311

里有夸张和各种修辞，但更惊叹讲述者喷薄而出的叙述。更重要的是，在小蔡的日常生活中我们看到了什么？我们什么也没有看见。她的生活和意义世界，和价值、探索、思考都没有关系。但生活就是这样，普通人的生活内容并没有沿着各种预设的方式进行，其本质就是虚无。还值得注意的是，傅睿被他的环境所塑造，而傅睿也参与了对小蔡的塑造和想象。小蔡作为傅睿"拯救"的对象，完全是傅睿想象的"幻影"。如果傅睿没有这个想象的"幻影"，他"拯救者"的身份是无从确立的。因此，对于小蔡，傅睿既想象或虚构了小蔡，同时也想象和虚构自己。如果是这样的话，傅睿的形象在某一方面也接续了百年中国知识分子"救世者"的自我想象和确认的主题。

四、讲述主体的先锋精神

先锋文学是 80 年代最具影响力的文学现象之一。这个文学现象造就了一大批文学名家甚至"文化英雄"。马原、余华、格非、孙甘露、洪峰等，以"形式的意识形态"颠覆了旧的文学秩序。他们的贡献已经写进了当代文学史。"先锋文学"的终结业已成为历史事实。它的终结不仅与先锋作家的分化有关，与全球化的文化处境有关，同时更与多元文化时代的各式新潮前卫文化的彼此消长起伏有关。"先锋文学"成就了一批声名显赫的作家，但是他们最初的影响还只局限于趣味相近的文学圈内。他们被广泛地认知和接受，显然来自电影家通俗化的"转译"工作，无论是《红高粱》《活着》还是《妻妾成群》，如果没有这种通俗化的"转译"是不可能走进千家万户的。当"先锋文学"经历了这一通俗化过程后，其"先锋性"也经历了一个被"解构"的过程。这种解释可以成立。但更重要的、更本质的一点，应该是先锋文学的时代，中国并没有先锋文学赖以产生的土壤，无论是历史还是现实，我们都没有创造／接受这一文学样态的经历。因此，作家对先锋文学的理解和认知，完全是思潮性的，是从西方直接嫁接过来的。这一"隔空"嫁接的最大功效就是建构了文学的"形式的意识形态"。当社会环境发生了根本的改变，到无须用"形式"的隐秘方式改变文学的时候，它的终结也就是自然的。

但是，值得我们注意的是，我们必须承认，先锋文学极大地启发了中国文学界，这就是先锋文学的多样性和创造性。作为思潮的先锋文学业已终结，但是先锋文学作为一个重要的文学遗产并没有终结，更不意味着文学的"先锋精神"的终结。所谓文学的"先锋精神"，通常的理解是，以前卫的姿态探索存在的可能性以及与之相关的艺术的可能性，它以极端的态度对文学的固有状态形成强烈的冲击。先锋精神就是要打破传统的文学规范，使得极端个人化的写作成为可能。我的理解可能略有不

313

同。在我看来，姿态和形式只是先锋文学精神的一个方面，更重要的应该是作家在思想和精神层面提供了或深化了原有的认知，从而改变了我们对世界的认知。比如王朔，几乎以一己之力撑起了90年代文坛的先锋性，引发了众人效仿狂欢的独特语言，无论其反讽还是"漫骂"，都像是中国社会转型期最犀利的刺客，他的小说也可看作是那个时代的"刺客列传"。但王朔的小说在形式上并没有独立门户，他的小说一看就懂。因此，文学的先锋精神，更在于作家对人和社会未知的思想、精神和情感的追问、探究和呈现。毕飞宇的小说创作的重要，是"逆潮流而动"，他挑战了叙事学发现的诸多叙事视角，一反先锋文学常见的叙事策略，冒险地重返了"上帝视角"，重新确立了作家叙述的主体地位。这是毕飞宇在这个时代最具先锋精神的佐证之一。同时，《欢迎来到人间》的叙述方式，从一个方面证实了小说叙述没有不变的模型，但小说创作的先锋精神，则是评价小说的一个重要尺度。

另一方面，今天的社会生活，为文学的先锋精神提供了坚实的土壤和基础。人所有的欲望、困惑、焦虑、矛盾以及诸多难以名状的精神状态，远远超出了我们的认知。我们所不知道的远远多于我们所知道的。那些隐秘的甚至神秘的事物幽灵般地在大地或空间游荡，它们就在我们的身边，我们可以感知却又不明所以。我们似乎陷入了一个不知所终的汪洋大海，我们

314

不知道是否有挪亚方舟。于是，荒诞感才是我们最真实的感受。一如傅睿一样，日复一日，我们不能参与却被塑造，被改变，不明就里也束手无策。傅睿、小蔡以及敏鹿、老傅、闻兰、老赵夫妇等，就是当下人们的精神状况。因此，《欢迎来到人间》也可以理解为当下人们精神状况的报告。在福柯那里，监狱、医院、学校等是规训场所，但在《欢迎来到人间》，社会就是一个巨大的规训场。任何和傅睿产生关系的人——都按照自己的意愿去要求傅睿、塑造傅睿。最终将傅睿终于打造成了一个"精神病人"，一个梦游者，一个上帝派来的"折翅的天使"。因此，这是一部"反后现代的后现代小说"。小说没有按照"后现代"小说的写作模式，反对权威，拆解主流，也没有语言狂欢，碎片化或戏仿，但它对差异性的尊重，整体性的荒诞构成了一种巨大的颠覆力量。小说中我们先后两次看到了一个"光头"的人物。一次是在小蔡的生活中曾出现过。那时他是和尚，四方脸、巨耳、微胖，土黄色的长袍，气色红润，面目是绵软和谦恭的样子。他没有烟火气，却山水相连，林泉高致。这当然是大师了。大师说小蔡是"有福之人。得八方惠泽"。大师对小蔡也指导，也嘉许。当大师要送小蔡菩提子念珠时，小蔡目光盯住了大师圆润饱满的手，这是夺人所爱，大师虽然略有为难，但还是摘下了手上的紫色念珠，将其撑成一个"更大的圆，穿过小蔡的手，最终套在了小蔡的腕部"。小蔡不能白要人家的东西，于是

315

有了一段有关功德——也有关金钱的较量。大师说，功德的事，源自情愿，"取决于你的缘，取决于你的诚，取决于你的心"。小蔡的心理价位是两百元，但她考虑到拿不出手，于是就提高到四百元；大师认为"口彩不好"。四和死谐音，不吉利。小蔡提高到六百，但大师还是没动。于是小蔡想起既然说到了口彩，哪里还有比"八"更好的呢？只能是八百了。可大师依然没有伸手，这剥夺了大师的未置可否。大师最终说："既然要圆满，我就替你做个主，凑个整。"还好，小蔡是一个有钱的人，就凑了一个整数。小蔡把一千元现金放进了大师的功德箱，也就是布口袋。大师笑笑，立起了他的单掌，转过他伟岸和软软的身躯，走了。大师离开后，小蔡总觉得哪里有点不对，怎么个不对，也说不好。说到底她还是心疼钱的。她火速起身，就想到门口问问。小蔡立在了咖啡馆门口。哪里还有大师？左侧是马达轰鸣，右侧是车轮滚滚。一片红尘。这是小蔡的经历。无独有偶，小说行将结束时，傅睿在上岛咖啡馆一杯咖啡还没喝完——一个男人就朝傅睿走来了，是款款而来的，穿了一身土黄色的长袍。高大，光头，笑容可掬。右手的手腕缠着一只布口袋。光头对着傅睿做了一个揖，可能是一个和尚，也可能不是，傅睿吃不准。傅睿喜欢这个男人，他一出现，时光就变得缓慢了，就好像他参与了时间的审核与配置……这是傅睿的梦境。通过傅睿的梦境我们才知道傅睿经历了什么，或者他的精神状况是这样的。

傅睿一直在"忍"，一直在"讨好"——

　　为了不让自己的"内部"受伤，傅睿再也不敢克制他的泪水夺眶而出，鼻涕汹涌而出，口水澎湃而出，也许还有别的。傅睿突然间就看见了一只羊。实际上傅睿发现自己才是羊，他趴在地摊上呢，尽他的可能发出了羊的叫声。傅睿的生命自由了，甚至都可以切换了，还可以是牛，可以是鸡，还可以是狗与猫。傅睿究竟是什么呢？这取决于傅睿的叫声。为什么一定是叫声呢？动作也一样可以替换，他开始像一条狗那样舔光头的衣裤了。傅睿紧闭着双眼，伸出他的舌头，在光头的裤管上、衣袖上，肩膀上、手臂上、面颊上、头顶上，到处舔……

　　梦境中的傅睿，就像卡夫卡《变形记》中的格里高尔，作为一个旅行推销员，为了给家里还债，使家人过上好日子，他拼命工作，忍受着身心的折磨。最终全家搬进了宽敞舒适的大房子，但格里高尔却完全丧失了自我。他没有朋友，没有爱情，没有娱乐，没有属于自己的时间，没有支配自己生活的自由。最后，格里高尔变成了一只甲壳虫。就异化的程度而言，傅睿远远地超越了格里高尔。或者说，梦境将傅睿的压抑表达得一览无余。是什么力量将傅睿塑造成了这个样子？是人间。傅睿醒来之后，

317

发现师父不在，但他执意要等师父回来。结果当然是等待戈多式的荒诞剧。

　　还值得我们关注的，是《欢迎来到人间》的创作格局。小说从一个医疗"事件"切入，"人命关天"，这个事件非常重大。它关乎田菲的父亲和一家人，当时的场景几乎就是生者的生死搏斗。但人毕竟已经死去，田菲不能复生。这时小说更关注的是傅睿怎么办，经由了这个事件将遭遇到什么。因此，对傅睿精神困境的持久关注，对人性隐秘世界的执着探寻，是《欢迎来到人间》最有价值的思想主题。更重要的是，毕飞宇将这个主题用文学的方式将其深化和提升了。在我们过去的阅读经验中，特别是本土小说，当没有办法处理人物的时候，将人物放逐是普遍使用的方法。比如《红楼梦》中的贾宝玉，比如《激流三部曲》中的高觉慧，比如《废都》中的庄之蝶以及《应物兄》中的应物兄等，概莫能外。但是，在《欢迎来到人间》中的傅睿，却反其道而行之，他没有出走，当然他也无处可走。他又回到了医院。这个对他而言最具"异化"的力量和场所，是他创伤记忆永远难以弥合的所在，但他执意往回走。他的固执，一方面我们可以将他视为"病人"，他对"规训"习以为常，更重要的是傅睿没有安放灵魂的地方。即便他回到了医院，仍然不知所终。这是傅睿最悲哀的结局。他将自己终结在创伤之地，这不是选择而是宿命。他那空空如也的拉杆箱，不是傅睿对物质世界的

318

遗忘，那是傅睿内心世界一贫如洗的表征。傅睿内心的悲凉未着一字，却让我们如临深渊震惊不已。傅睿的这个"空"是不是《红楼梦》的"空"，我们不好牵强附会，但如果说没有任何关系大概也不客观。傅睿的重回医院这一笔，酷似库切的《耻》中对卢里教授的描摹。卢里教授因为和女学生梅拉尼发生了不伦之恋被学校驱逐。他良心发现去梅拉尼家里向其父母谢罪时，见到了梅拉尼的妹妹，这时的卢里教授居然欲望又起。这是一个不可思议难以理解的心理。一个有罪过的教授为什么又要起意？但这就是小说的过人之处。库切将人性最幽微和隐秘处，揭示得如此彻底。这也体现了库切作为文学大师最为了不起的方面之一。同样的道理，当毕飞宇让傅睿重回医院的时候，让我们发现了"异化"和"规训"的力量是如此强大和难以抵御。他去培训中心应该是一个"逃离"行为，他首先逃避的当然是敏鹿的追问，后背上那道小蔡挠过的印痕傅睿是说不清楚的。暴怒的敏鹿不肯善罢甘休，傅睿只有"出逃"。两个月的时间留给傅睿印象最深的，是他对宿舍的印象。"宿舍里只有一种东西，叫无聊。无聊不是无，是有，是确凿和坚定的有。却被弃置了，一起堆积在潜在的倒霉蛋那边。无聊是一种特别的储藏，就在傅睿的宿舍。无聊不能构成记忆，想象力也不可企及。但它却精确，只要推开门，它就会像神一样降临。无聊是膨胀的、漫漶的、凝聚的。傅睿时刻可以体会到它的挤压。"同时傅睿还发现了一群人。这

319

群人分为两组：他们是中国的老子、孔子、屈原、司马迁、杜甫、朱熹、王阳明、汤显祖、蒲松龄、曹雪芹；西方的有苏格拉底、柏拉图、奥古斯丁、哥白尼、莎士比亚、培根、笛卡尔、康德、莱布尼茨、牛顿。但图书馆在扩建，这些人物就被随意弃置了。"他们不再肃正，也不再庄正，他们在这里相聚，随意，散漫，仿佛重要会议的休会，也可能是会后。说到底，他们也不是雕像，是水泥的复制品，属于可以批量生产的那种"。一边是弥漫四方的无聊，一边是"偶像的黄昏"。还有什么比傅睿精神世界的状况更糟糕？于是傅睿只能再次"出逃"，逃回了曾让他万劫不复的医院。这一笔不仅改写了中国传统小说对人物精神世界和出路大体相似的处理，同时也表达了毕飞宇对"人间"悲苦的悲悯——傅睿在他周边环境的塑造和挤压下就这样癫狂了。目睹傅睿的无常人生，我们不禁想到，他的悲苦何尝不是我们的？

弗洛伊德对梦的解析，为文学打开了另一扇大门，这个大门外是一条无限的坦途。果然，傅睿做梦，小蔡做梦，敏鹿也在做梦。不同的是敏鹿做的是一个寒冷的梦，他们一家三口置身于广袤的冰雪地带。积雪淹没了一家三口的膝盖。已经长大了的"面团"高中毕业了执意要去北方的冰雪之国留学。为了节省路费，敏鹿做出了一个豪迈决定：他们要靠自己的双脚步行到地球的最北方。他们迷路了，但"红色的洋葱头在召唤"。面团站在了敏鹿的前面，脸上只有"留学生才有的活力"："妈，爸，你们回去吧，我到了。"面团超越了他的父母，父母只知道没有桥就过不了江，但他们不知道，冰不只是寒冷，也可以化为通途。面团在冰面上身轻如燕地滑向了北方。2023年的世界几乎进入了新的冷战，这样的时节，新一代没有犹疑地滑向了北方，我们只能惊恐地看着他们远行。年轻的一代将会怎样呢？我们不得而知。

毕飞宇将生活中不可能发生的事情，毫无违和地镶嵌于小说中，整体性的荒诞云雾般地弥漫在小说的每一个角落。那个被扭断了脖子的"哥白尼"，那个每天早上跪着向老婆请安的病人老赵，那个"观自在会馆"的饭局，生活中无处不荒诞。更重要的是，关于异化、虚无和荒诞，无论在西方现代和后现代小说还是中国古典优秀小说中，都曾被表达过。但对中国当代小说而言，无论观念还是方法，都几乎是运动和潮流式的。当运动和潮流一过，一切仿佛都烟消云散。我们没有持久关注的耐心，没有深入发掘在不同的时代它们是否仍在我们的生活中产生着持久的影响，甚至更有甚者。事实是，可能我们避重就轻了，因为对一个问题持久的追问，不是简单的事情，而是困难的事情。但是，美学告诉我们：难的才是美的。对《欢迎来到人间》的评论，我提到的这三个概念——异化、虚无和荒诞，应该是三个哲学概念。文学不负责回答哲学问题，它只负责呈现生活。但是这也诚如毕飞宇所说：在"理性不及"之处，小

321

说冉冉升起，小说之光遍照大地。毕飞宇不是追逐潮流的作家，他追逐的是个人内心诚实的体会和文学的律令——那是因为他在生活中发现这一切没有成为过去。在权力意志无处不在的环境里，他在小说叙述领域里成功地成为"权力主体"，这是他的一大创造。而且，我们知道，《欢迎来到人间》讲的就是讲述者自己。如果是这样的话，作家掌控小说讲述的主体性，也就是顺理成章的选择，也就没什么值得我们惊讶的。

2023 年 9 月 1 日于北京寓所

北中国的风物志和风情书

——评徐则臣的长篇小说《北上》

　　人类文明源起于河流文化，人类社会发展积淀河流文化，河流文化推动社会发展。河流文化作为一种人类的文化、文明类型，被人们认知经历了很长的历史时期，我们把它称为"大河文明"。河流与人类文明的相互作用，造就了河流的文化生命。河流先于人类存在于地球上，供养生命，使地球充满生机。河流或激流勇进，或静水深流，大水汤汤势不可当，是人类社会或个人命运完好的隐喻。因此，书写河流就是书写人类社会的发展，就是书写人在历史长河中的不同命运。《密西西比河上》《静静的顿河》《呼兰河传》《黄河东流去》《额尔古纳河右岸》等小说，就是以河流命名、在不同的时代背景下表达社会历史和个人命运与河流关系的作品。

　　《北上》与上述小说多有不同，最大的不同就在于运河是人

323

工开凿的河流。其他河流都先于人类存在，运河不是；而且，中国的河流由于地势大多自西向东，运河则是南北流向。独特的运河孕育了独特的运河文化，《北上》就是多年来书写运河文化的翘楚。小说出版以来，好评如潮，获奖无数。最炫目的光彩是获得了第十届茅盾文学奖。因此，对《北上》的研究和评价已经非常充分。但刊物还在组织《北上》的研究和讨论，从一个方面反映了小说的重要；或者从组织者的角度来说，应该还有多角度、多侧面发掘和讨论的可能。当我重新阅读了《北上》之后，我觉得徐则臣作为"70后"作家所能达到的历史深度以及对现实透彻的体察，确实是别具慧眼别有新意。现在，我试图从作者批评、中国性建构以及身份政治的角度，对《北上》表达我如下看法。

"青春作伴好还乡"

徐则臣多次表达过他与运河的关系，他要写以运河为主体的小说的愿望："快二十年了，我无数次拜访过真正的花街，现在它短得只剩下了一截子，熟得不能再熟，但每次回淮安还是去看，像见一个老朋友。运河沿岸的大小码头我见过很多，它们最后成为一个石码头。有花街，有石码头，当然要有运河。我一直想大规模地写一写运河，让它不再是小说中的背景和道具，而是小说的主体。"① 他在另外一个地方说，"运河一直是我写作的重要背景"，"对农村孩子来说，水就是我们的天堂，那个时候没有变形金刚，没有超人，连电视都没有，没有现在任何孩子能玩的娱乐设施。但是我们有水，可以打水仗、游泳、溜冰、采莲"。② 这是徐则臣对个人写作背景和生活原型的道白。这个道白表明，徐则臣出生在运河旁，他的童年记忆或文化记忆一直与运河有关。这个道白在其他小说中也曾隐约出现，比如《水边书》《夜火车》《耶路撒冷》等。因此可以说，写一部以运河为主体的小说，一直是徐则臣的愿望或心结。

有这个愿望或心结，徐则臣几乎动用了他关于运河的全部积累，更重要的是情感积累。因此，徐则臣《北上》的创作，可以说是"春风得意马蹄疾，一朝看尽长安花"。这个"春风得意"，不是说徐则臣如何扬扬自得自命不凡，而是说徐则臣一接触运河这个题材，内心鼓荡起的欢欣鼓舞或由衷的快意，指的是作家创作的心情。这个"长安花"就是运河的船、运河两岸的人与事。或者说，《北上》的创作，也是一次还乡之旅，所谓青春作伴好还乡，就是这种心情吧。这种心理状态自然汇集到了他的行文中，他的情绪、修辞，各种场景和人物书写，都有一

---

① 李徽昭：《从花街出发——徐则臣谈文学故乡》，《淮海晚报》2015 年 3 月 8 日。
② 徐则臣：《运河一直是我写作的重要背景》，中国新闻网 https://www.chinanews.com/cul/2018/12-29/8716032.shtml2018 年 12 月 29 日访问。

325

种昂扬高亢和诗意盎然。因此，作家的文本就有了明显的、统一的个人标记，这个标记是不从众的、难以复制和易于辨识的。他的激情和生命力在文本表达中贯彻始终。他独特的情思浪漫而富于诗意，这个内在性几乎没有留给外来的质疑任何机会和可能。他说："我写运河十五六年了，我的文学、我的认识向前发展是沿着运河发展的，所以运河一直是我写作重要的背景，也是以文学方式认识世界有效的路径。"①运河是他内心的一个情结。情结就是作者的潜意识，而潜意识恰恰是支配作者最重要的内在的心理力量，而个人的生活阅历是形成写作情结最重要的因素。

小说从 1901 年写起，这是一个世纪之交。19 世纪和 20 世纪之交，中国民族资本主义得到初步发展：一是帝国主义的入侵带来的刺激。《马关条约》中允许列强在通商口岸开设工厂，列强纷纷加紧资本输出，中国自给自足的自然经济遭到破坏，客观上也促进了中国城乡商品经济的繁荣，为中国民族工业的发展创造了一些条件。二是在洋务运动中，洋务派打着"自强""求富"的口号，兴办了一批近代工业企业，对中国民族资本主义起到了引导和刺激作用。三是因为一些觉醒的国人把发展民族资本主义、抵制洋商洋厂看作是挽救民族危亡的手段之

---

① 徐则臣：《运河一直是我写作的重要背景》，中国新闻网 https://www.chinanews.com/cul/2018/12-29/8716032.shtml2018 年 12 月 29 日访问。

一，他们发出了"实业救国"的呼声，利用有利时机大力发展民族工业。19世纪末，中国民族资本主义得到了初步发展，为资产阶级开展维新变法运动提供了经济基础。这也是《北上》故事发生的国家背景。1901年，整个中国大地风雨飘摇时局动荡。为了寻找在八国联军侵华战争时期失踪的弟弟费德尔·迪马克，意大利旅行冒险家保罗·迪马克以文化考察的名义来到了中国。这位意大利人崇敬他的前辈马可·波罗，并对中国及运河有着特殊的情感，故自我命名"小波罗"，另一位主人公谢平遥作为翻译陪同，并有挑夫邵常来、船老大夏氏师徒、义和拳民孙氏兄弟等中国社会的各种底层人士一路相随。他们从杭州、无锡出发，沿着京杭大运河一路北上。当他们最终抵达大运河最北端——通州时，小波罗因意外离世。也是这一年，清政府下令停止漕运，运河的衰落由此开始。百年后的2014年，运河的命运有了新的转机。小波罗、谢平遥的后人们，在运河上书写了有声有色的新篇章。

保罗·迪马克，也就是小波罗，来中国寻找他在中国战死的弟弟费德尔·迪马克，也就是马福德，自运河南端杭州一路北上。这个"寻人之旅"当然只是一个由头，一个"假雨村言"。这是小说家惯用的手法。但是，这个预设却从一个方面与作家

327

的心情不期而遇：运河六千里，城池二十一①，将有多少风光尽收眼底，有多少美食一饱口福，有多少风土人情眼前掠过。于是我们看到——

　　三月的江南春天已盛。从无锡到常州，两岸柳绿桃红，杏花已经开败，连绵锦簇的梨花正值初开。河堤上青草蔓生，还要一直绿到镇江去。小波罗坐在船头甲板上，一张方桌，一把竹椅，迎风喝茶。一壶碧螺春喝完，第二泡才第一杯，脖子上已经冒了一层细汗。"通了，通了。"他用英语跟谢平遥说。谢平遥纠正他，是"透了"。中国人谈茶，叫喝透了。

　　一个初来乍到来自朱丽叶家乡的意大利人，在中国的运河上，看着中国的风光，喝着地道的中国茶，用中国的方式感受喝茶的惬意，这是何等快意的体会。或者说，小说一开始，作家就赋予了这个意大利人旅次的愉快。他松弛，满足，自得其乐。他虽然还经常抑制不住地流露出欧洲人的性格，但他会尽力克制。方式就是拿出自己的牛皮封面的本子，哗啦啦地写上一阵子。这说的是小波罗喝的。他吃的是——

①　刘士林：《六千里运河二十一座城》，上海交通大学出版社 2022 年。

每日三餐的饭点上，都会有轻便小船在繁忙的水域上来回跑动。

此刻，大嗓门的老板娘在一遍遍重复早餐的种类：豆浆、烧饼、油条、豆腐脑、稀饭、包子、蒸饺、窝头、面条，还有咸菜、豆腐干和酸辣椒。小波罗推开窗户，空间水汽氤氲的河面上错落行走的几艘船，如同穿行在仙境。因为雾气流转升腾，老板娘站在船头叮叮当当敲着碗盆的喊叫声也突然变得邈远，矮矮胖胖结实的老板娘，在小波罗眼里像仙女一样风姿绰约。

一切都是如此的不可思议。小波罗的快意可想而知。当然，与其说这兴奋无比、感慨万千的是小波罗，毋宁说是他的讲述者徐则臣。

《北上》当然不是徐则臣的长篇处女作。此前他先后出版过《耶路撒冷》《午夜之门》《夜火车》和《王城如海》。《耶路撒冷》曾获过老舍文学奖，对徐则臣在文坛的地位至关重要。这是他潜心六年完成的作品。对徐则臣来说，这部作品超越了他曾发表过的长篇小说《午夜之门》和《夜火车》；对"70后"作家来说，它标志性地改写这个代际作家不擅长长篇创作的历史；对当下长篇小说创作来说，它处理了虽然是"70后"一代——也是我们普遍遭遇的精神困境。《耶路撒冷》书写的不是一个人的

329

成长史，书中有五个主要人物。小说通过这五个人物形象和命运，书写了来自底层的一代青年的精神困境及成长路程。耶路撒冷是个所指不明的所在，它几乎就是一个虚妄的能指。但是，恰恰是这个虚妄的能指，标志了一代人对理想、信仰不灭的坚持，对精神圣殿的向往。在价值和理想重建的时代，如何表达年轻一代的精神世界和精神履历，应该是一道难题，它极易流于空疏、苍白和虚假。但徐则臣的《耶路撒冷》，写的是内心的风暴，内心的冲突。他在提供了新的经验的同时，也让我们深深地感到他的沉重、不安和焦虑。而《王城如海》，用徐则臣的话说，王城堪隐，万人如海，在这个城市，你的孤独无人响应，但你以为你只是你时，所有人都出现在你的生活里，所有人都是你，你也是所有人。因此，无论是《耶路撒冷》还是《王城如海》，叙事方向都是向内的，冲突更多地是在内心展开，因此压抑、沉闷、心事重重。但《北上》则完全不同，它多年沉潜在作家心中，呼之欲出，一如自己心爱的人，内心的爱意怎样想象都不过分。因此也可以说，《北上》是一部极其外向的小说。作家克制的讲述也难以掩饰他春风得意情不自禁。

北中国的风物志

如果一个作家执意要写什么，那里显然有他心动的事物。

330

徐则臣说："这次是我比较系统全面地对运河做一次梳理，把我这么多年对运河的感性、理性的认识，包括虚构和演绎做一次彻底的书写。这次的运河肯定跟别的运河不一样，以往的运河只是片段，现在我尽量从时间、空间相对全面的角度呈现、把握运河。"[①] 如果具体地说，小说给我的突出印象，是运河及其两岸的风物。风物即景物。我一直认为，对风物的书写，是考验一个作家能力的重要组成部分。现在的作家不大注意风物的书写，没有风物，小说就不那么像小说。风物是环境，也是风景。它既与人物有关，更与读者有关。人物眼睛看到的风景可以窥见人物的心情、处境甚至命运；读者看到风景，可以舒缓情绪，感到小说张弛有致的美妙。因此，风物在小说中是断不可少的。

《北上》对风物的描摹用尽了心思和笔力，从这个意义上说，小说就是北中国的风物志。首先是运河两岸的自然风光——

　　　　船已经停下。岸上一片金黄的花海，铺天盖地的油菜花，放肆得如同油彩泼了一地……沿途也见过星星点点的油菜花，但如此洪水一般的巨大规模，头一次见。可能之前也曾有路过，但因为绝大部分河堤都高出地面很多，挡住了视野，坐在船上想看也看不到。小波罗大呼小叫地说，

---

① 李严：《作家徐则臣：写大运河是因为到了可以写的时候》，《北京娱乐信报》2017年10月30日。

331

震撼，震撼。这让他想起故乡维罗纳，想起他和父亲从维罗纳到威尼斯来回的路上，看到过的那些油菜花。那时候觉得那一片片油菜花地真是辽阔啊，跟眼前的这片花海比，那是维罗纳见到了北京城。

维罗纳的油菜花虽然远不及运河岸边的壮观宏伟，但维罗纳毕竟也有这样的自然景观。下面的场景小波罗无论如何也是不曾见过的，在邵伯古镇的邵伯闸，房屋和村镇陆续出现在河两岸。大大小小的码头多了起来。南方的建筑恍恍惚惚地倒映在水里，看不清的行人和动物也在水里走动。仿佛运河里另有一个人间。河道悠长，拐个弯，果然看见遥远处一片辽阔的水域。那片大水上密密麻麻停着无数条船——

小波罗知道遇到了传说中的状况，从椅子上站起来，很是兴奋。邵伯闸是运河上的重镇，要害所在，南来北往的船只都经过这里。只是大清国地势南低北高，此地水位南北落差明显，邵伯闸只能采用三门两室的方式分级提水，让船只通行。三道闸门，两个闸室，提起，放下，再提起再放下，如此反复。闸室又小，一次进不下多少条船，两边的船只积压的就很多。淡季当天通航还有可能，漕运和水运旺季，或者赶上天旱水位上不来，憋个十天半月都不在话下。老夏

332

说他在邵伯等候过闸时睡了这辈子的第一个女人，没任何问题，等这么久，认认真真生个孩子都来得及。积压这么多船，一想到接下来漫长的等待，大家都着急。小波罗不急，既然等待是行经运河的必由之路，为什么不好好感受一下这个等待呢？

自然风物和运河奇观，是大清帝国不同的风景。这不同的风景或风物构成前现代的中国性。不同的风景，不仅是地方性的奇观，同时也是中国地大物博、历史深远的无言告知。集中写运河的比较优秀的小说有王梓夫的《漕运码头》。小说从道光皇帝整顿漕运流弊、爱新觉罗·铁麟临危受命接任仓场总督写起。铁麟置身于另一个权力旋涡之后，引发出了诸多惊心动魄的故事情节和各色人物。这是一部写人物和故事的小说。铁麟是宗室贵族，权高位重，但他也是一位励精图治忠于朝廷的名臣。他到了漕运码头通州之后，才体悟到漕运流弊之严重，于是围绕整顿漕运展开了一场在阴谋密布中的复杂斗争。漕运流弊营造已久，牵扯到的人物无一不与利益相关，甚至不惜为利益引发命案，官场腐败可见一斑。铁麟虽然小心谨慎一身正气，但在地方势力与朝廷大员勾结的情况下，漕运流弊并未因铁麟的存在而革除。最后在铁麟进退维谷、身处两难的时候，却意外地得到了升迁，但就革除漕运流弊的这场斗争而言，他显然

333

是个失败者。这个有趣的结局没有遮蔽大清帝国由盛而衰的历史趋势，而是在不作宣告中预示和隐含了帝国时代的终结。这是写大历史、国族命运的大叙事。小说对一百六十多年前通州风土人情、勾栏瓦舍的生动描绘，对底层百姓生活和内心世界的准确把握和悲悯情怀，都显示了作家非凡的艺术功力。其间穿插的林则徐先禁烟后遭贬、革职发配途中治黄，龚自珍厌倦官场、通州辞行等，都有效地增强了小说的历史真实感。由于作家是著名的话剧编剧，因此小说中也不免有一些戏剧性的因素和情节，这从另一个方面增强了小说的可读性和悬念感。

《北上》写的不只是通州，而是写了整条运河。或者如作家所说，有把运河写得更全面的内在期许。在创作实践上，"小博物馆号"游船和"小博物馆"客栈，是小说的神来之笔。一个民族的秘史正是通过这些"物件"——历史的细节来体现的。周海阔是谢平遥时代的年轻船夫周义彦的后人。他的"小博物馆"客栈连锁店开了十二个。"小博物馆"只收藏有当地古旧稀少的老物件。这些老物件曾深度地参与了当地的历史发展、日常生活和精神建构。仅济宁店的藏品——并非多么稀有值钱——已经能够比较全面地勾勒出济宁这座城市，作为运河重镇日常生活的历史脉络。周海阔终于收到了一个好东西：一个意大利罗盘，老物件里的好东西。卖罗盘的小伙子邵星池说它是祖上传下来的，要卖是因为办厂急于用钱。周海阔几次劝告邵星池三思慎重，邵星池不得已执意要卖。周海阔一直为收了这个罗盘而得意：运河的历史由此打开了一个新的维度。马可·波罗之后，看到还有络绎不绝的洋人经由此地。但是，一年后，邵星池的父亲邵秉义又要把罗盘赎回去，而且不在乎几倍的价钱。这个"赎回"的过程一波三折，最后周海阔还是原价还给了邵家。因此，这些物件构成的历史精神还活在运河人家的日常生活中，这就是仁义。这又回到了"小博物馆之歌"的开篇，周海阔在摆弄一副从中学老师那里收购的对联："阐旧邦以辅新命，极高明而道中庸"。对联大约是1989年冯友兰先生自勉的。"旧邦"，是指中国源远流长的文化传统；"新命"，是指现代和建设社会主义。"阐旧邦以辅新命"是作者的平生志向；"极高明而道中庸"一句，出自《中庸》："故君子尊德性而道学问，致广大而尽精微，极高明而道中庸，温故而知新，敦厚以崇礼。"冯友兰先生说："上联说的是我的学术活动方面，下联说的是我所希望达到的精神境界。"而周海阔的行为就是秉承文化传统的"敦厚崇礼"。因此，风物志看似写老物件，写历史细节，实则还是写运河人与历史文化传统的关系。所以，说《北上》有历史感，不只是说小说写到了1900年、1901年，而是说即便在当下，文化传统仍然在运河边上弥漫四方。可以说《北上》改写了过去我们对物的理解和认识。普遍的看法是，文学是精神领域或者精神性的，对物的迷恋将有损于文学的含义。因此，对物的批判

335

和拒斥，曾经成为一个时期文学流行的观念。今天我们似乎可以看清楚，没有物的依托，包括小说在内的文学是没有支撑的，那些飘在天际的豪言壮语或声情并茂，可能也感人肺腑。但时过境迁，便也云朵般地随风飘散。《北上》因为有了"物"的基础，形成了强大的风物阵容。而那些风物恰是一个民族精神和性格的无言佐证，那里隐含着中国经验的文化密码，这也从一个方面表达了徐则臣唯物主义的历史观，以及对知识性在小说中重要性的理解和认识。

运河上的风情书

如果用一个字概括《北上》特点的话，那就是一个"情"字。徐则臣写运河，写运河上的风物，写运河上的人，都渗透着一个"情"字。小波罗被河盗刺伤的伤口化脓得了败血症，这个不治之症要了小波罗的命。临死前小波罗念念不忘的是自己的弟弟费德尔·迪马克，他不知道弟弟的死活，他希望弟弟能够活着——这个真正的运河专家，同样热爱中国、热爱运河的意大利青年，希望自己死后能被葬在通州的运河边上。他言辞诚恳情真意切。这个意大利人对中国，对运河，是动了真情。自从他来到中国，他从来没有高高在上的优越感，没有主动地惹是生非，他对中国充满了友好和友善。在船上他除了吃饭、睡觉，就是在本子上记下旅途观感，喝茶或东张西望。他的死是中国的河盗所致，但他没有怨恨，没有后悔，他唯一放不下的是弟弟费德尔。他终于坚持到了通州，昏迷中的他睁开眼睛，他只看了通州三秒钟，他称谢平遥一声"兄弟"，便永久地闭上了眼睛。这一年是1901年，光绪帝颁了废漕令。运河开始衰落，小波罗对中国、对运河的一腔痴情就这样永远地留在了运河边。

　　小波罗的死在小说中唤醒了弟弟费德尔·迪马克。这个已经在另一个世界的"沉默者"，开始讲述他的中国之旅和个人的情感经历。可以说，小说中最感人的章节，就是写费德尔／马福德和秦如玉的情爱故事。谢望和与孙宴临的爱情也写得非常成功，也很感人，但那是中国男人和女人常见的爱情故事。这个故事的功能，更多地和小说的结构有关，和小说的戏剧性有关。因此，当孙宴临拉着拉杆箱来到通州与谢望和相会时，我们在报以祝福的时候，并无太多的特殊感受。而费德尔／马福德和秦如玉则不同，他们的爱情是大清帝国斜阳下凄楚的爱情挽歌。作为一个已经"死亡"的"沉默者"，他"起死回生"地讲述了他在大清帝国的可遇不可求的爱情。一个怀着对中国的好奇而服役入伍的意大利青年，行囊里有一本《马可·波罗游记》，来到了运河边一个叫风起淀的地方，他邂逅了秦如玉姑娘。后来马福德说：

337

此后长达三十四年的生活中，每次想起大卫·布朗，我都会问如玉一个问题：你怎么知道是我在追你，而不是大卫？如玉也会不厌其烦地重复同一个答案：看眼神呀。这世界上，只有你的眼神不会拐弯。还有呢？我继续问。还有就是，每次你们来，大卫都会找个机会嘱咐我，让我教你说中国话。

　　八里台之战，费德尔·迪马克/马福德的右腿胫骨中弹，骨头被打碎，他做了手术。子弹和碎骨头渣取出来，他后来成了一个瘸子。当他能瘸腿走路之后，他只身奔赴一场未知的爱情，奔赴在 1900 年 8 月里的后半夜。这个意大利青年是如此地不可阻挡，天亮时他到了风起淀。他来到秦家时是这样的情形——

　　老秦指着门外对我说，滚！秦夫人把他往堂屋里推，边推边说，小声点，你害怕别人听不见？如玉，先让他进屋，别让人看见！如玉掩上一扇门，我坐在阴影里的凳子上。

　　这是远在 1900 年的 8 月。这个时间提醒我们的是，在大清国的晚期，民间的跨国婚恋已经出现。从小说讲述的情况看，如玉的父亲老秦虽然不同意，但也并不感到多么惊诧；如玉的母亲或是心疼女儿，或是顾忌脸面，还是将马福德让到了屋里。马

338

福德是一个熟读《马可·波罗游记》的人，但是马可·波罗并不是一个"现实的人"，他只是一个"风景的人"，他只可想象不可触摸，他与现实不会发生关系。他是历史，是奇观。马可·波罗符合风景人的所有特征。但马福德是现实的人。他有血有肉、活色生香，他有情感要求。当他开枪从义和团民手里救下了如玉，事情有了转机——

　　老两口说什么我没有全懂，大意是，他们把如玉托付给我了。秦夫人说得真诚，只要对她女儿好，那人就足可以信赖。老秦就勉强得多，他的表情和语气表明，女儿和雕版托付给我，完全是情非得已，尽管如此，当我把雕版背到身后，他还是紧紧握住我的手，突然间老泪纵横，颤抖着要给我下跪行礼。吓得我赶紧扶住。我对他鞠了一躬。这是男人对男人的嘱托，也是男人对男人的承诺。我结结巴巴地对如玉说，一起走。如玉摇头，他们无论如何不走。一家三口又抱头痛哭。

　　费德尔·迪马克/马福德和秦如玉成了夫妻。后来的许多年里，这个意大利青年这样想过："运河边的生活的确跟我想的相去甚远。我们被时局和生计困在世界的一个角落。也可以说，因为时局和生计，我们被排除在了世界之外。偶尔我也想过回

339

意大利，也后悔过。我把世界和生活想得太简单了。我可以这么想，但不能让如玉这么想，她是无辜的。想到能和这样的女人在一起，别说这一种生活，就是下地狱，我也愿意。"应该说费德尔对爱情的理解和对中国姑娘如玉的情感，可以说是感天撼地了。

如玉命殒于日本人的狼狗。费德尔／马福德，这个来自意大利、有中国名字的游历者，中国的女婿，如玉的男人，也因此和中国人同仇敌忾。他和我们有了共同的仇敌，他的身份在此时发生了根本性的变化。不只是说，当他的儿子说他"有点像外国人"时，他高兴自己"终于是正儿八经的中国人了"。而费德尔／马德福，也拿起了他的左轮手枪——

三十三年不用还跟新的一样；子弹也一颗颗精神饱满，一点锈迹都没生。吃过晚饭，我把小孙女抱在怀里，跟儿子、儿媳和两个孙子说，我去看看你们的娘和你们的奶奶。我让儿子、儿媳看好三个孩子，让两个孙子看好妹妹；天太黑。他们以为我去如玉的坟边坐坐。

我的确去了如玉的坟边。我坐在她身旁抽了一袋烟，跟她说了几句话。到头来我竟不知道该跟她说什么了。站起身时我说，如玉，等等我，到那边我还要对你好。我摸摸腰后的裤兜，枪硬邦邦的，子弹哗哗地响。

谁都知道费德尔／马福德干什么去了。这时，这个马可·波罗的后代就成了一个视死如归的国际主义英雄。《北上》也因此具有了"世界性的意义"。运河的研究者说：大运河的开凿与整修，不仅只为粮食、茶叶、丝织品等提供了便捷的流通渠道，由于"物"的背后是人，有着特殊的感性需要、精神内涵与文化形式，因而，从一开始，大运河本身也是南北乃至古代中国与世界发生联系的重要桥梁。在大运河的深层，还潜藏着一条文化的河流，它不仅直接串联起南北，也由于沟通了黄河与长江等水系，从而间接地连接起更为广阔的空间，对中国文化大格局的形成具有十分重要的作用。[①]另一方面，尽管大运河的鼎盛时代已经过去，在高铁、飞机等交通工具极端发达的时代，运河的使用功能退到次要地位，所谓"实用退潮，审美兴起"说的就是当下运河的状况吧。

小说另一段爱情发生在谢平遥的后人谢望和与义和拳民孙过程后人孙宴临之间。这段极具现代感的情爱关系，虽然不及费德尔／马福德和秦如玉轰轰烈烈，但也因美好而令人感动。《大河谭》是谢望和要制作的关于运河的大型纪录片。片子做成了，"一段大河的历史就有了逆流而上的可能，穿梭在水上的那些我

---

① 刘士林：《六千里运河二十一座城》，上海交通大学出版社 2022 年，第 15 页。

341

们的先祖，面目也便有了愈加清晰的希望"。这是谢望和制作《大河谭》的终极诉求。当然这也是徐则臣创作《北上》的终极诉求。至此，《北上》要表达的究竟是什么，已经一览无余。事实也的确如此。在三十万字的篇幅里，小说写了两个历史时段，前后呼应，完成了百年运河史的叙述。一百年后的2014年左右，当谢平遥的后人谢望和与当年先辈们的后代重新聚集时，这一年，大运河申遗成功。

《北上》的故事和讲述方式都非常感人。关于小说写故事，是一个至今仍没有终结的文学诉讼。有人强调写故事，有人认为小说写故事是末流。莫言主张写故事，他说："我该干的事情其实很简单，那就是用自己的方式，讲自己的故事。我的方式，就是我所熟知的集市说书人的方式，就是我的爷爷奶奶、村里的老人们讲故事的方式。"徐则臣后来也认同小说与故事的关系，而不再强调"小说在故事停止之后才开始"①。《北上》在故事里呈现了北中国百年的烟波风华，它是风物志，是风情书。大水汤汤烟波浩渺，民族的秘史隐藏在那貌不惊人的"小博物馆"收藏的物件中；运河的爱情生生不息，费德尔/马福德和秦如玉，谢望和与孙宴临们，无论过去和现在，那都是运河最美丽的故事、传说和风景。读过《北上》，犹如和小波罗、谢平遥、费德

---

① 李墨波:《徐则臣：小说在故事停止之后才开始》,《文艺报》2013年11月6日。

尔、秦如玉们一起走过一次运河。我们仿佛也亲历了运河的过去和现在。这时，我想起了一句这样的歌词：我吹过你吹过的风，这算不算相拥；我走过你走过的路，这算不算相逢。

343

万丈红尘起　来演丽人行

——评张惠雯的"美人"书

　　张惠雯的这几篇小说，写的是 20 世纪 80 年代中后期县城里三个出名的美人：何丽、丽娜和红霞。因此，这几篇小说也可以叫作"美人"书。如果按照图书生产的市场逻辑来看，除了凶杀、谍战、政治、暴力等题材或元素，"美人"大概是最吸引眼球的。一想到"美人"，往往和欲望有关，甚至和色情有关。美人最大限度地满足了男性的欲望想象，美人是战无不胜的。但是，如果按照这个思路来理解这部"美人"书，那就自惭形秽了。事实是，张惠雯在时代环境变迁的背景下，或残酷惨烈或云淡风轻地写出了三个美人各自的命运，在故事的背后，在作家对世风世情和世道人心的描摹中，隐含了她对万丈红尘中价值观变化和人的欲望没有限度极端膨胀的隐忧。因此，这既是美人书，同时也是批判书。

　　对女性深切的同情是小说基本的情感取向，无论是在小县城还是在大深圳，三个美人既不是吉卜赛女郎，也不是羊脂球，当然也不是白毛女。但她们在现代性的巨大冲击下，完全改变了前现代的生存状况和精神状况。应该说现代性的急速发展和世界性的扩张，逐渐构建了一种巨大的现实力量，现代化运动在取得了丰盈的物质生活的同时，也建立了"物欲统治"霸权，这种霸权演化为一种意识形态后，也成为一种文化冲击力，对普通民众便具有了支配性的力量。孟子在断言士与民的区别时说，士，无恒产有恒心；民，无恒产亦无恒心。今天的士与民无异，都是既无恒产亦无恒心的群体。普通民众被现代化运动裹挟其间，既要挣扎更深感无奈。特别是作为弱势群体的女性，她们的遭遇无可避免地险象环生。"美人"书中三位女性的命运，就是对这一遭遇的形象阐释。

县城的三个美人究竟有多美，美人究竟怎样写才会惊为天人？汉乐府《陌上桑》这样写：

行者见罗敷，下担捋髭须。少年见罗敷，脱帽着帩头。耕者忘其犁，锄者忘其锄。来归相怨怒，但坐观罗敷。

杨果的《小桃红·采莲女》这样写：

采莲船上采莲娇，新月凌波小。记得相逢对花酌，那妖

345

娆，殢人一笑千金少。羞花闭月，沉鱼落雁，不恁也魂消。

相比之下，还是《陌上桑》技高一筹。《采莲女》是直接写美人的美，大多也就形容而已，那羞花闭月沉鱼落雁是美，但读者终还是没有具体印象，美如果不具体，让人如何体会？《陌上桑》中罗敷的美也没有具体形象，但通过观看者——长者、少年的形态，罗敷的美一览无余。她有多美？耕者忘其犁，锄者忘其锄。这是叙述心理学。《美人》中何丽有多美——

　　我们愣愣地瞅着她，而我们一齐死盯住她的目光似乎产生了某种作用：她转过头，朝我们看了一眼。所有人都惊呆了，然后全都低下头，像是完全经不住这美丽的、突然的一瞥。但几秒钟之后，我们又赶紧抬起头去看她，生怕错过什么。我把她推的那辆自行车和前面车筐里的两个输液瓶也看得清清楚楚。我们的眼睛就那么追随着她，像一群目光被线牢牢牵住的木偶，直到她的身影消失在门诊楼后面。然后，大家像从梦中猛然醒来一般，再也没有打牌的兴致，喊叫着、各自飞奔回家。

前面也有对何丽美的描述："她走路的样子和我妈妈、我姐姐、我见过的其他女人都不一样，仿佛踩着某种特殊的、轻柔的节拍。她披散的黑发刚刚长过肩膀，穿的裙子青里发白，像月亮刚升起时天空的那种颜色。裙子领口系的飘带和裙子下摆在晚风里朝后飘，头发也一掀一掀地微微翻飞，和身体的律动相一致，引得我们的心也跟着摇荡、飞扬起来。"但这个描述并不给人深刻印象，恰恰如《陌上桑》中观看罗敷的众生相——众人看何丽的状态将何丽的美呈现到极致，这是张惠雯写人的过人之处。爱美之心人皆有之，何丽如果是件艺术品，众人都以欣赏的姿态或心理对待她，那么小城将无故事。何丽恰恰是一个美到极致的妙龄少女，而且她就生活在80年代的县城。虽是县城，但改革开放的风潮已经扑面而来，县城的商业气息弥漫在每一个角落，精神生活也在《甜蜜的事业》《大桥下面》《罗马假日》的另一世界中展开。无论物质还是精神，一股青春勃发的力量如大潮奔涌。那时的何丽在校读书，蠢蠢欲动的年轻人心怀非分之想，但在哥哥的护佑下，何丽平安地度过了中学时代。和哥哥相处的时代，是她一生最幸福的时光。哥哥的呵护是她唯一曾经的骄傲，是她唯一有"公主"感觉的时光。那些胆敢骚扰的男孩在哥哥的威慑下退避三舍。她懵懂地"不想长大"，是因为那时的她先在地感知了命运只有这时垂青了她。这个单纯、几乎无瑕的美丽女孩，匆忙地走过了她的少年时光，那是一去不复返的时光。当她发现哥哥自行车"后座上坐着一个穿黑色连衣裙、烫卷发的女人"时，她犹如猝不及防地被猛然一击，

347

有"某种说不清的强烈刺激"。这个细节是何丽心理变化的开始；然后是因"严打"哥哥入狱，接着父亲病故。家境的变化是何丽命运转折的开始。如是，何丽先后经历了三个男人：干部子弟李成光、警察孙向东和所长宋斌。这是"一个女人和三个男人的故事"，但这不是艳情小说滥情的多角恋，何丽也不是见异思迁的水性杨花。这三个男人是小说人物何丽性格成长变化的环节。通过与三个男人的关系，表达了何丽或者说是作家张惠雯对人与人际关系、对世界的态度和看法。李成光是干部子弟，他不遗余力地追求，也真心爱何丽，何丽为他献出了初夜。但李成光没有勇气挣脱父母的压力，从县城消失了。刑警孙向东是何丽的中学同学，他不计较何丽的过去，终于和何丽结秦晋之好。"孙向东就像一只高大的忠犬那样守在她身边，过去那些像肮脏的苍蝇、阴险的狼一样围着她打转儿的不三不四的男人都消失了。她回想和李在一起时，她就像一只温驯的、容易受惊吓的小白兔，而现在她是个幸福、自信、安定的女人。"但男人的优点各有各的不同，缺点都是一样的。孙向东经常喜怒无常，还是因为何丽的过去。他们的悲剧性还不是孙向东的心生妒恨，而是孙向东的意外死亡。孙向东在市公安局集训，两地相距不过四五十分钟车程，结束当天的培训后他要赶回去看妻子何丽的演出，给她个惊喜。结果孙向东的摩托车被撞进公路边的沟渠里，他人从车上被甩出，摔在十几米开外的公路边缘。救护车赶到事故现场时他已经死亡。真是应了那句老话：红颜薄命。何丽的人生一波未平一波又起。最后何丽在新来的所长宋斌的精心策划下，投进宋斌的怀抱并结婚怀孕。后来，宋斌因贪腐自首，入狱三年出来后做生意，又是风生水起。讲述者感慨说：对于何丽，那些不幸、厄运终于都离她而去，就像一场灾难随着美丽的逝去终于平息了。

《丽娜照相馆》和《南方的夜》，《当代》刊发时的题目是《县城美人二题》。小说获荣获 2023 年度《当代》文学拉力赛年度短篇小说。授奖词说：

> 在小说家张惠雯笔下，那些从庸常现实中发掘出的无声波澜、临渊情感、幽微心绪，"一瞬的光线、色彩和阴影"，皆被凝定为一种水晶般的叙事。而以"县城美人"为总题的两部短篇新作，在保持既有叙事声调与文本质地的同时，题材又有所拓展。《南方的夜》《丽娜照相馆》是两段来自中原县城的美丽传说，作家不仅让读者一同为美人的命途而叹惋，更让我们看到昔日少年如何在惊鸿一瞥间获得美的启蒙。有鉴于此，授予其《当代》文学拉力赛年度短篇小说。

《丽娜照相馆》是以一个男孩的视角，写的是一个名叫丽娜的女孩的故事。丽娜是"混血"，漂亮无比。县城的人觉得

349

谁美，就会说她"长得像电影明星"。"在县城几个有名的美人中，丽娜最像电影明星"。丽娜的出身和何丽有相似之处，家境贫困，父亲开个照相馆。母亲是个高大的新疆女人，年轻时曾经和别人跑过，后来她又回来了，而父亲竟然还要她。"这在我们县城里是说不过去的，是一个男人的奇耻大辱。"这些背景从不同方面表达了丽娜的卑微，她也是一个"灰姑娘"似的人物。80年代县里开办了一个皮具厂，老板是江浙人："他的衣着、发型、姿势都和本地的男人迥然不同。总之，他显得和周围格格不入，却又有一股独领风骚的气质。"老板和丽娜好了之后，对县城青年构成巨大的刺激，后来宾馆的服务员传言他们的关系"又升级了"。于是大人们因此确定丽娜已经堕落，堕落在一个不知底细的外地人手里，他们哀叹一个漂亮姑娘就这么轻易地把自己名声毁了。在私下的议论里，人们的愤怒主要是针对丽娜的，因为丽娜是女人，女人就不应该被诱惑，而本着"肥水不流外人田"的原则，她更不应该被一个外地人诱惑。丽娜和南方老板爱得轰轰烈烈，但对于县城里的人来说，这恋爱期未免拖得太长了。小说将看客的心理写得入木三分。有趣的是看客这次真的没有看错：丽娜和老板到南方半个月后，自己回来了。丽娜的景况可想而知。这时大家提起丽娜，"仿佛都陷入一种茫然、有些屈辱又愤愤不平的情绪中。毕竟，丽娜是'我们的'姑娘"。丽娜和南方老板的情感无疾而终，对丽娜来说，她的天空已被巨大的挫败感阴影般地笼罩。丽娜回到了她的照相馆，岁月使她变成了"老姑娘"。丽娜交往的第二个男人是本县人，她的高中同学，早些年就去市里下海经商，已经有了家室。他对丽娜展开进攻不可能顺畅，于是他使用了擅长的商业手段。他花钱把照相馆楼上的房子租下来，然后拿着租赁合同去找丽娜，说他租的地方免费给她用，装修和购买新设备的钱他也可以投资，两人来合伙办一个正儿八经的影楼。他策划说一楼可以拍普通的照片，二楼可以专门用来拍婚纱照。这个想法对同样经商的丽娜太有吸引力了，丽娜也想搞些新名堂，把照相馆弄得与众不同，但她没有足够的钱。于是他们成了"合伙人"，于是一切顺理成章便在想象之中了。

现代中国文学关心的是娜拉出走之后怎么样。那时鲁迅就尖锐地发现，女性如果没有经济的独立，就不可能有女性的主体性，没有主体性的女性，只能依附于男性。所以鲁迅在小说《伤逝》中写："人必生活着，爱才有所附丽。"张惠雯关心的是何丽、丽娜们被始乱终弃后怎么样。但本质上张惠雯依然在接续鲁迅的问题：人生最苦痛的是梦醒了无路可以走。给她们的选择是，要么回来，要么堕落——

但最后还是出事了。事情是在省城发生的。那一年，丽娜大概三十七八岁。据说，她当时和那人在一起，那人的

351

妻子和她的几个朋友一路跟踪，当场抓住了他们。她们带的有剪刀，混乱中，剪刀在丽娜左侧的额角和耳朵之间划了一条刀痕。如果不是那男人拼命挡住她，她们可能还会给她几下子。事情就是这样狗血地暴露了，两个人都受了伤。

丽娜没有做妓女，但她和这个男人同居，难听的话是"包养"，这和"堕落"的妓女只有一步之遥。最后，"丽娜还是孤身一人被抛下了，留在原地，留在目睹了她的又一次失败的小城。同样地，她什么也不说，不向人哭诉、抱怨，默默地消受她的损失、她的耻辱。只是，那美丽的脸上多了一道伤痕"。

《南方的夜》，写美人红霞的命运。和何丽、丽娜相比，"红霞明显不如另外两个漂亮，她眼睛不大，身材也平板了些。可她身上有股说不清的味道"。当她骑一辆白色的摩托，风一般"掠过"大街，"她的白衬衫扎进牛仔裤，顺滑的直短发迎风飘拂，身姿笔挺，像个气度不凡的骑手"。于是红霞就不一般了。所有的美，总是在一定的文化处境中得以呈现的。那时的县城正在播映老港片《靓妹正传》，"影片里的阿珊一出现，我就惊呆了，仿佛我们街上的红霞跳进了大屏幕。我突然明白了长得并不特别好看的红霞为什么能跻身'三美'，因为她和电影里的阿珊一样，有股女孩儿身上罕见的清爽、帅气，这股帅气很都市、很港味儿"。"很都市，很港味"将红霞的"美"与时代建立起了联系。红霞后来去深圳发展，赚了点钱。她说来到深圳，"起码眼界开阔了很多，知道了很多自己以前不知道的事，还做了自己以前觉得根本做不了的事"。红霞不经意的表述，虽然难以穷尽作为现代表征的都市所有的秘密，但她道出了现代性魅惑的本质。这个魅惑使所有被裹挟进这个历史断裂状况的人，不自觉地走上了现代性这条不归路。几年后红霞失联了。红霞进货被骗，投资股票失败，破产的红霞被"外包工厂的一位负责人彭军"包养了。她在歌厅当领班。当"我"对这份工作表示疑虑的时候，红霞说——

在歌厅工作怎么了？被人催债、被法院找上门，然后东躲西藏，搬到个猪窝一样的地方，可就连那样的地方，人家还欺负你，把你的东西从屋里扔出来……都快流落街头了，还在乎什么工作适合不适合。那时有人肯给我工作，肯给我地方住，我就感激他。

红霞后来嫁给了老乡郑先生，也算有了安身立命的归宿。这是张惠雯为她笔下女性安妥的最后归宿。

张惠雯的"美人"书书写的是地地道道的"中国故事"，但这个中国故事接续的却是世界文学的传统。所谓世界文学的传统，指的是无论任何时代，任何民族，在文学中处理的一直是

353

男女两性的情感关系。但因文化传统和语境的不同，男女两性关系的处理方式也有极大的差异。我们看到的《安娜·卡列尼娜》《复活》《巴黎圣母院》《红与黑》《呼啸山庄》《法国中尉的女人》《荆棘鸟》《逃离》等，那里有通奸，有投机，也有刻骨铭心的情与爱。虽然张惠雯的"美人们"给人的阅读感受，是女性命运彻骨的悲凉，但关于两性情感关系有不尽探索的可能性方面，张惠雯的小说有了"世界性"，也就是所有作家共同处理和关心的感情世界的问题。

在加拿大作家艾丽丝·门罗那里，对女性还有"逃离"的想象或设计。当然，即便在发达的资本主义，女性也无处可逃，她们甚至也认为，有了男人就有依靠。中国的何丽们更无逃离的可能，她们逃到哪里去呢？红霞是到了深圳，但那是逃离吗？她只不过是换了一个被拥有金钱和权力的男性宰制的地方而已。

在张惠雯的讲述中，男性和女性在婚姻爱情中的不平等，男性对女性的统治、宰割不能仅仅认为是性别关系，那里还存在没有言说的阶级关系。男性如果没有掌控金钱资本和权力资本，女性的命运何至于此。试想李成光如果没有足够的金钱资本，宋斌如果没有权力资本，他们怎么能够实现对何丽身体的占有？孙向东没有这两种资本，他大体是理想的丈夫，但他必须死去，必须被放逐于争夺女性的角力场。因为在当下普遍的价值认知范畴中，他是一个例外：一个不具有金钱和权力资本的人，是没有资格占有"美人"的，因此孙向东不在小说的逻辑里。这些不经意的人物设置，从一个方面表达了金钱资本和权力资本在占有女性过程中的宰制和控制作用。这种关系不仅表现在男性当事人身上，同时也表现在相关的人物身上。李成光父母的身份优越，就极具代表性。如果从人的角度考虑，作为美人的何丽是无敌的。但李成光父母选择儿媳的标准是建立在物质、金钱、权力关系上的，何丽即便是沉鱼落雁羞花闭月，仍然不能满足李成光父母对身份的要求。因此，门户之见是阶级歧视的另一表现。

在张惠雯的小说中，我们强烈地感受到不同时代处理同一题材的差异。80年代处理的爱情是纯情的爱情关系。比如张洁《爱，是不能忘记的》。女主人公钟雨有过婚姻生活，但那是自己还不了解"追求的、需要的是什么"的婚姻，并不是爱情。在女儿还很小的时候，她就同那位"相当漂亮的、公子哥似的人物"分手了。后来她遇到了一位老干部，一位老地下工作者，她们一见钟情，从此结下了不解之缘，他占据了她二十多年的感情，但从未越雷池一步。因为老干部已经有了"幸福"的家庭，而这一家庭的组合充满了神圣的殉道色彩，它的意义足以感天撼地，那已不是爱情本身，更多的是责任、阶级情谊和对死者的感念。她只能在冥想中与他相会，现实中却连手都没有握过一次，在爱的十字架上主人公以不幸获得了苍凉之美，并以自

355

己爱的哲学去教导自己的女儿，以致使一个三十岁的老姑娘真的产生了"我不想嫁人"的理性冲动。

那是一个启蒙的时代，在这个时代张洁把"爱情至上"这一美丽的向往又锻造了一遍，对爱情不幸又无从言说的人们而言，这不啻是一篇自我救赎的福音书，每一位读者都可以在钟雨的遭遇中不同程度地读到自己，但仅此而已，它是婚姻不幸者最后的晚餐，其余的只有在想入非非中实现了。这本无可非议，假如人们连想象都不允许存在，那一定是与野蛮时代遭遇了。但问题绝不如此简单，时过四十年之后，癫狂的人们不仅早已抛弃了作为理性导师的钟雨，也同时抛弃了作为道德楷模的钟雨，人的欲望早已漫过了理想主义者构筑的人文堤坎，理想主义呼唤的那一切实在是太脆弱了，它甚至无法经受时间的检验。人真的要为爱的神话断送人生，痛心疾首地走进天国么？历史业已证明，这一天国过去、现在、将来都永远不会存在。

但是 80 年代，甚至直至 90 年代中期，作家还在用类似张洁的方式处理爱情。艾克拜尔·米吉提和阿来，都是改革开放四十年来杰出的作家。艾克拜尔·米吉提的《哦，十五岁的哈丽黛哟》，情节非常简单，知青吐尔逊江和十五岁的哈丽黛一见钟情，少男少女的初恋如边疆晨曲，清新如画。小说弥漫的美好、单纯的青春气息和对爱情的向往渴望，是如此攫取人心。这是发表于 80 年代中期的小说，那个时代的气息和青年男女的交往方式，今天读来竟恍若隔世。吐尔逊江上了大学，哈丽黛也嫁了人。虽然他们没有实质性的接触，甚至连手都不曾握过。但是，几次邂逅的由衷欢喜，那不经意的多看了你一眼，"再也没有忘记你的容颜"，那竟是两个少男少女不灭的青春和爱情的记忆。时过境迁物是人非，吐尔逊江大学毕业后携爱人回到当年下乡的村里看望阿依夏木汗大妈，再见到哈丽黛时，她已为人妻。率真的哈丽黛在自己丈夫和"我爱人"面前毫无顾忌，先是抑制不住地喜悦和兴奋，继而悲从中来。哈丽黛十五岁的情感经历并没有成为过去，它依然保留在哈丽黛的情感深处。小说不是惨烈的爱情悲剧，但读过之后，哈丽黛那纯洁唯美的情感经历，竟让我们唏嘘不已挥之难去——那是遥远的1984年传来的天籁之音。

阿来的《月光下的银匠》，是土司统治的年代的故事，一个被捡来的专事钉马掌的小奴才，内心骄傲不愿屈从命运，最后终于成为一个银匠中的艺术家。小说的主角是被老土司命名为达泽的银匠，他天生骄傲。其间经历了与老土司、少土司、银匠女儿、牧场姑娘等人的关系，将一个出身卑微的少年银匠与两代土司关于"骄傲与镇压"的抗争，写得一波三折风生水起。出走后的少年带着巨大的声名回到故里，但他并没有打造出自己和活佛希望的叫作"艺术"的东西。少土司几乎机关算尽，他看到了包括达泽在内的人的弱点，哪怕达泽只有一次"匀银"行

357

为，还是受到了惩罚，屈辱让达泽选择了自杀。但达泽最后赢得了爱情，也成就了艺术。小说抒情的笔法，使一个悲苦的故事镀上了一层凛冽又洁白的月光，桀骜不驯的达泽敢于用生命兑现爱情的承诺，并在这一承诺中终于完成了一件伟大的艺术品，爱情给骄傲的艺术家带来了无所不能的灵感。高傲的达泽不能忍受少土司的羞辱，他从高高的道桥跳进了河里——消失的是达泽的肉身，那个"月光下的银匠"却传奇一样永世流传。骄傲的达泽，不屈的达泽，为爱情和艺术不计后果的达泽，二十余年过去了，他那天籁般的传说仍在流传，每当月亮升起时，达泽仿佛还在敲击着他的银器，仿佛还站在云端望着他那美丽的牧场姑娘。

还有叶文玲的《心香》，写一个艺术院校的毕业生同一个乡村哑女朦胧相爱的故事。这类故事的原型母题或谱系很多，但《心香》还是给我们很大的震撼。特别是哑女，一个精灵般的美少女，只因为爱，最后走向了毁灭，完成了一个标准的悲剧小说范型。大学生岩岱为了寻找毕业作品素材来到了大龙溪村庄。在溪边邂逅了一位一条辫子耷拉在胸前，一双赤脚浸在溪水里戏水的姑娘，岩岱灵感顿时从天而降，创作了一幅名为《溪边》的油画并一举成名。岩岱与哑女从一见钟情到日久生情，两人情感的点燃和递进，自然又热烈。在极端困难的年代，陷入热恋的哑女铤而走险试图用陶壶为岩岱带回一点薄粥，当年那个

358

图谋不轨未遂的人发现后，挑动众人羞辱了哑女，将瓦壶挂在了哑女的脖子上。不堪羞辱的哑女纵身跳下了悬崖。于是，水壶就成了岩岱悲痛欲绝永难弥合的创痛记忆。那是爱情的悲剧，也是时代的悲剧，哑女用生命铸就的情和爱，永远挂在了瀑布飞跌的断崖旁！80年代的小说，就情爱悲剧的浓烈性而言，《心香》即是绝唱。

　　80年代的爱情故事，今天读来就像童话一样。那是那个时代作家对爱情的理解和想象。今天我们可以说，那个时代是如此得体地谈论了男女的欲望，与身体、与性和欲望相关的文字，他们几乎不着一字，当然也未得风流。他们只是抽象地在情感领域一展身手。并不是时代没有为他们提供更具体谈论身体的环境，而是他们羞于启齿。应该说，是刘恒的《伏羲伏羲》，张贤亮的《绿化树》《男人的一半是女人》等，开启了一个新的文学时代，刘恒、张贤亮是那个时代践行人道主义比较彻底的作家。一代人有一代人的文学，到了张惠雯的时代，一切凝固的东西都烟消云散了。何丽、丽娜和红霞，首先面对的是生存，在她们的生存遇到了问题的时候，爱情当然也就失去了附丽。

　　在具体写作方面，我觉得三篇"美人"书的感人之处体现在这样几个方面：首先是张惠雯小说的讲述方式。"美人"无论在情感还是命运的悲惨结局，都可以写得惊心动魄摄魂戳目。但张惠雯的处理就像邻家女孩讲述的日常生活，就像缓缓流淌未

359

经污染的河水，波澜不惊，它淡然、清爽和干净，给人另一种自然静穆的阅读感受。尽管这静穆后面隐含万丈红尘中的丽人泪。她在《南方的夜》中有一段场景描写——

　　城市里终夜不熄的灯火依然流光溢彩，但街道上已经安静而空荡，只有稀疏的车辆不时驶过。那些与夜空相接的高楼大厦，那种灯火通明的寂静，给人一种奇特的感觉，仿佛置身于一个灿烂而无声的梦境里。南方的秋风只有凉爽，没有寒意。她在风里踱来踱去。不知道为什么，我想到鸟，她就像一只美丽、轻盈、不怎么安分的鸟。

　　首先，这种场景本质上是一种心情，这种心情既可以认为是张惠雯的，也可以认为是红霞的。场景也幻化为人物的心境，使小说讲述有了内在的统一性。其次，是对人物性格变化的塑造，这是"美人"书极为突出的特点。我们讲小说写人物命运，什么是命运？命运就是变化，人物性格只有在变化中才能鲜明生动地表现出来。于是我们看到，无论何丽、丽娜还是红霞，她们性格的变化，不仅体现在"美人辞镜花辞树"这样的时间铸就的沧桑里，更体现在大时代世风、价值观和人物心理的变化中。何丽经历了与李成光的失败恋情之后，她对孙向东、宋斌的追求，没有了第一次被李成光追求时的紧张和慌乱，但孙向东和宋斌或因事务或因城府拖延联系和见面时，何丽甚至出现了隐约的不安甚至期待。这种心理变化不仅符合青年女子的心理，同时更符合人物性格的变化。第三点，也是最重要的一点，张惠雯的"美人"书，是一种直面现实的写作。在当下的环境中，一方面是提倡现实题材的创作，一方面这也是最具难度的创作。对当下世俗生活的呈现或批判，并不意味着作家要回到过去，过去是只可想象难再经验的，但过去并非一无是处，现代美学一直在彰显前现代的美，批判或揭示现代的问题。这种张力恰好从一个方面表达了"现代"的问题。回不到过去并不意味着当下的全部合理性。因此，当张惠雯以"美人"的视角呈现"现代"问题的时候，不仅显示了她创造文学魅力的能力，同时也具有了温婉而尖锐的批判力量。这就是张惠雯"美人"书的价值所在。

2023 年 12 月 12 日于北京寓所

情和爱的极端体验

——在金仁顺、蔡东、丁小宁
小说中看到的

金仁顺、蔡东、丁小宁三位，分别是"70后""80后"和"90后"作家。不同的是她们的代际差异，相同的是她们都是女性作家。文学主情，女性作家对情和爱的书写尤为专注和投入。这个情和爱，有男女之情，有血缘之情，也有朋友之情。但是，不同代际作家对情和爱的理解和书写不仅有个人认知的差异，同时也有因时代性造成的"时代情境"。"70后"金仁顺是朝鲜族女作家，"80后"蔡东是山东长大的女作家，"90后"丁小宁是黑龙江长大的女作家。她们都是来自北方的女作家。作为地域的北方豪情万丈、义薄云天，博大粗犷是地域特征，也塑造了人的性格；但作为女性作家，特别是在书写情和爱时的女作家，她们的表现却是千娇百媚，万种风情。

青春和爱情，是文学艺术最能打动我们的核心内容，这个内容几乎所有的作家都曾不止一次地书写过。它常写常新的秘密于我们说来，就在于那曾经是我们的从前，是我们曾经体验和未曾体验的过去。假如一切都可以失而复得，唯有青春与爱情稍纵即逝不可重现。金仁顺是这个时代优秀的作家，她的创作无可避免地与青春和爱情有关。她的《爱情诗》和《三岔河》，也可以看作是她这一题材的代表性作品。

《爱情诗》表面看是一个红尘滚滚的故事，是两个男人与一个女人的故事。被称为"第一美女"的酒店服务员赵莲，"虽然言过其实，但她肤色白净，唇红齿白，加上身段婀娜，拧着腰肢那么一走，当真是步姿撩人"。一次酒后，"男主"安次想起了当年，当年的大学生疯狂地迷恋朦胧诗。面对美女赵莲，安次为她背了这样的诗句——

即使明天早上，
枪口和血淋淋的朝阳，
让我交出自由、青春和笔。
我也决不交出现在，
决不交出你。

赵莲是否听懂了北岛的《雨夜》并不重要。重要的是他们开始交往了。他们交往的场所基本是酒店的包房、浴室和床上。

363

一次意外，是安次发现了哥哥安首也在纠缠赵莲。或者说，赵莲的确是一个人见人爱的女孩。误会解除后，表面看安次和赵莲已经是恋人关系，并且已经有了鱼水之欢。如果小说仅仅写了这些，除了语言更加精致外，与我们常见的通俗小说的结构和情节并无二致。但是，当情节即将进入结尾时，小说如陡然拉升的战机一飞冲天——

　　那天夜里和赵莲在"洞天府"喝茶聊天，安次最想讲的，其实不是北岛的那首诗，而是读那首诗给他听的女同学。几年前，安次去欧洲旅行，在佛罗伦萨的市政府广场，她的面庞在成堆的游客中间一闪即逝。安次撒腿朝她追过去，也不理身后的导游有些惊惶失措地喊他的名字。他跑过热闹的卡鲁茨伊奥里大街，在大教堂前抓住了她的胳膊，几只鸽子从他身边扑棱棱地飞起，不知是不是被他叫她的名字的声音给吓着了。她朝他转过脸来，不是他的女同学。是一个陌生人。

　　最后的结局我们已经想到了：安次推开怀里的赵莲，把共同沐浴的花洒插进了卡座里。

　　这是一部怀旧的小说。那个婀娜多姿酒店的"第一美人"赵莲，一定是新世纪之初安次女同学的替身，于是他们有了交往。

但是时代的变迁就是时过境迁。那个读诗的女孩已经渐行渐远了无踪影，即便是在文艺复兴的发祥地，那个梦中情人也只是"一闪即逝"。诗的岁月是如此难忘，那是肉身、欲望或滚滚红尘都不能替代的。小说一直在一条危险的道路上滑行，最后他们的肉身终于在司空见惯的酒店的床上相遇。也就在这一刻，安次清醒了：不在于赵莲是一个酒店的迎宾女服务员，重要的是她内宇宙的苍白。她不是当年那个在佛罗伦萨大街上邂逅的女孩子。诗是阳光，是天上的行云，诗只会照耀我们的精神世界，让我们在不可能的世界里超越世俗生活。于是，生活变了，变得不那么不可忍受。但是，诗如天使，它不能行走在大街小巷，勾栏瓦舍。它一旦跌落世俗世界，幻化为世俗生活便瞬间消失得荡然无存。因此，当安次试图将赵莲与那个诗意女孩对象化后，一切都化为乌有。小说发表的年代，是80年代建立的理想主义文化的晚期，理想主义一息尚存，但世俗生活排山倒海，北岛诗的声音越来越遥远以至于彻底被覆盖。对安次这样曾经的理想主义者来说，赵莲性感的魅惑不过如此，而那个不曾出场的给安次读北岛的爱情诗《雨夜》的女同学，才是小说真正的主宰。

如果说《爱情诗》的叙述视角是男性的，那么《三岔河》就是《爱情诗》的逆向写作。三岔河是地名，在外地当教授的吕悦回到三岔河参加同学杨正明的葬礼，发生了一场意想不到的

365

风花雪月，说是情感纠葛过于重大，实际更像是一场误会。高中同学聚会，除了回忆青春往事和朦胧的感情所剩无几。有能力的同学有了展示自己的机会，操办宴会，尽其所能，李虎就是这样的人物。逝者杨正明高中时还是吕悦的崇拜者也是暗恋者——所有的男生都是吕悦的崇拜者，当然也包括李虎。杨正明的去世让同学也有了重逢的机缘，短暂的悲伤很快被相逢的欢乐替代。这些场面在小说里只是漂浮在表面的泡沫，是为情节发展做的铺排。杨正明去世了，但李虎还在。李虎对吕悦的暗恋是一个没有言说的秘密。酒后的李虎，与吕悦独处的李虎，说了一个高中时吕悦也不知道的情节：

> 有一个小地痞头目也看上了吕悦，带着几个兄弟来学校，并跟以杨正明、李虎为首的班级男生打过一次群架，"那真是场硬仗，"有人冲李虎笑，"你的头上还有个疤呢吧？"
>
> "可不是。"李虎把身体屈向桌面，指了指自己头顶上的一块疤，"正明管这道疤叫马里亚纳海沟。"

吕悦不知道这件事。但是，还有什么事情能够比为了保护女性敢于拼命更让她们感动的呢？在酒精的作用下，在李虎像小孩子一样的哀求下，鬼使神差地，吕悦和李虎上了床。"她试图把他推开的时候，摸到了他头顶上那个'马里亚纳海沟'，她的理智在那一瞬间跟跄了一下，栽进马里亚纳海沟里去了。"如果故事只到了这里，一如《爱情诗》中安次与赵莲的鱼水之欢一样乏善可陈。接着发生的一幕不是安次推开了赵莲，而是——

  李虎的眼睛向下看着自己的胸部，惊异的表情好像那把刀不是吕悦捅进去的，而是刀自己从他的身体里长出来的。
  "我不知道怎么会——"吕悦也看着那个刀把，她也觉得那把刀是自己长出来的，"——我只是想让你闭嘴！"

  吕悦悔不当初，不由自主地将水果刀插进了李虎的胸部，这当然不是谋杀，但这个过失显然越过了底线。吕悦覆水难收的心情可想而知。没有人能够想象，一个女教授重返故地参加一场葬礼居然到了如此不可收拾的境地。我们发现，两篇小说的结局，是男女主角不约而同地拒绝了对方：安次拒绝了赵莲，吕悦拒绝了李虎。赵莲有迷人的身体，这是足以令男性晕眩的异性外部条件；李虎是一个商业成功人士，他面对女性可以炫耀的，就是"有金钱和智慧"。但是，吕悦用身体报答了李虎"马里亚纳海沟"的"恩情"后，用一场葬礼连同他的过去一起埋葬了。时过境迁，归来已不是少年。
  重读金仁顺的《爱情诗》和《三岔河》，犹如看电影《魂断

367

蓝桥》《罗马假日》和《卡萨布兰卡》，或者听卡朋特的《昨日重现》、加芬克尔的《斯卡布罗集市》。那是魅力经久不衰的爱情，如早上的霞光、如月夜的银辉，照耀着我们的青春和过去。当然，小说是写"不可能"的事，是作家对历史、对记忆的重新组合，是对经验和过去的统治。但是，我们在金仁顺的《爱情诗》和《三岔河》里，读到的还有她对当下苍白生活的检讨和拒斥，是对精神世界有皈依、有诗意的真情告白。那逝去的从前不能重临，但我们还有面对不堪拒绝的自信和勇气。

蔡东的《月光下》是典型的经典小说的写法，特别是在结构上。比如欧·亨利的《麦琪的礼物》，陈映真的《将军族》，宗璞的《红豆》，张洁的《爱，是不能忘记的》，等等。就两个人物——小姨李晓茹和外甥女刘亚，这是亲如姐妹的两代人。两人的关系在日常生活中表现出特殊的亲密。一如为刘亚少年时节营造的前现代乡村生活氛围，那是沈从文、废名、汪曾祺文字的气息，恬淡、优雅又干净无比。但岁月不是静止的，友情不是不变的，她们有了突如其来的隔膜和生分，而且时间隔得那么长久。她们在深圳再见面的时候，刘亚已经长大成人，两人有了不同的阅历，那月光下的过去永远地成为过去了。《月光下》不是写人的悲剧性，不是写人物悲惨的命运唤起我们的悲悯心同情心，它写的是人微妙的"共情"性，是只可体悟又难以言说的那份心结。它与是非、原则无关，也比"心事"更让人牵扯和投入，那是只能想象再难拥有的刻骨铭心。

　　小说结构上是现实与回忆的交替穿插，时间跨度大，就有了无可言说的人世感。那是杏烟河畔："我和她年龄相差十几岁，辈分上她高我一辈，但我们亲密得更像是姐妹。父母白天上班，我又是独生子女，但我从来不知道什么叫孤独。有一段日子，我沉迷于扮古装美女，头发里插上自制珠钗，披着曳地的毛巾被，端起两条胳膊走来走去，她就配合我，演小姐丫鬟什么的。还拓展出大侠系列的新剧情，找根木棍当我们的剑，挥舞，发功，从高处往下跳。她手巧，会编各式辫子，在我头顶两侧扎两个高马尾，再盘起来，戴上蓬蓬的头花，我定睛细看，马上认定这是全天下最美的造型了。"她们几乎形影不离，在乡村月光下的夜晚，在杏烟河畔，她们有共同的快乐，也有共享的秘密。一个偶发的自然事件，是小姨恋爱了："小姨扭捏了一晚上，像是忍不住了，凑到我耳边扔下一句话，我处对象了。我一愣，隐约知道有过几个人追求她，半真半假的，她并不理睬。正式对象吗，是谁是谁？回过神来，我巴住她的肩膀，迫切地想知道更多。"小姨有了名叫侯南南的对象。这让刘亚既有"被信任"的荣耀，又有"失望和疑惑在心底升起，怎么就跟他好上了"？刘亚上了小学，见面时间少了，也有了交替出现的生疏和亲近。

　　当她们再相见的时候，小姨已经有了白头发，"她从事着可以笼统地被称为阿姨的各种工作"。她们攒了很多话想对对方

369

说，"又怕表现出过了火的熟络，毕竟我们在彼此的生活中失踪已久"。时间的不确定性在这对曾经最亲密的两人间发生了不同的效应：时间越久，可以使想念越强烈，关系更亲密，但在刘亚和李晓茹这里，却因"在彼此的生活中失踪已久"而越发陌生。这是对情感生活复杂性新的发现。每个人都有心里的那个人，是不是恋人，是不是情人，有或没有血缘关系都不重要，重要的是她们曾经那么亲密，密不可分，但后来就是散了。后来也许见了，也许没有见，无论见或不见，就是回不去了——那是回不去的从前，感伤、痛惜、悔不当初都无济于事。当然，关于时间的力量未免虚幻或牵强。一个人的万千屈辱、艰难，莫过于生存的残酷。小姨真实的生存经历无论怎样想象都不过分。当"我"呼哧带喘地告诉她姥爷就要不行的时候，"她摇晃着站起来，又坐下去，她说，等我把这壶水烧开了"。是什么力量能够让一个女人置父亲的生死而不顾，那是女性对耻辱最后的遮掩："两辆自行车慌张地蹿出去。黑夜里，传来齿轮和链子猛烈摩擦的声音，还有急促的呼吸声。我和她之间多了一个秘密，一个真正的秘密，我深信自己永远不会说出去。"

小姨李晓茹致命的艰辛，是得到刘亚理解的最终理由。一个人的生存已经至此，这是那些生活得体面的人无论如何都难以想象和体会的。那么，这到底是一个什么故事呢？是宽恕，是原谅吗？刘亚有必要宽恕或原谅李晓茹吗？所以，这是蔡东走进了人性的最深处，讲述的是一个与理解有关的故事。"等我把这壶水烧开了"，那是一言难尽万般无奈啊！

小说有明暗两条线索，"月光下"一直潜隐在小说内部，过去的月光，是她们友谊和心心相印的见证。两人分开了，生疏了，但月光并没有远去："有些时刻，发现月亮竟行至窗前，先是一怔，接着心底涌上来模糊的人事。我到底也跟它疏远了。漫长的时光里，其实它一直在那里，照亮暗夜，移动潮水，譬喻悲欢，牵引思念，让分离的人们在抬头望月的一刻再次发生深刻的联结。"这条潜在的线索，不仅使小说紧扣题目，关键是小说充满了幽幽的诗意，那种并不欢快的调子一如贝多芬的《月光奏鸣曲》，那里有贝多芬至深的感情，是失聪的音乐家用心和灵魂谱写而成。那倾泻一地的月光，慢慢浸润至我们的心房，照亮了心中经久不曾碰触的角落，于是心潮如海潮。还值得提及的，是《月光下》闲笔的魅力。写杏烟河畔四季的变化，"杏烟河是我俩的嬉游之地。在那里，你知道四季是怎么到来和退出的。月光下，杏树的树枝根根分明，投在地上的影子也是瘦的，疏疏淡淡干净的几笔，忽地一晚，水边堆满热闹的花影，抬头一看，干枯的树枝上冒出密密的杏花，酸胀的春天舒畅了。接着，白天长了，细细窄窄的河流变宽了，充足光照中，树叶的绿厚了一层，又厚了一层，蝉声在浓绿中突然静默又骤然响起，她喜欢说，一大早天就这么蓝，中午得热成什么样！当河边的

371

色彩变得丰富，夏天就过渡到了秋天，毛衣上的静电起得噼里啪啦的。到了深秋时节，河水分外沉静，风掠过，几朵云从水里浮起来。我们用纸片叠小船和飞机，任由它们随水流走，我们百无聊赖地躺着，看到英俊的狼狗把吃不完的骨头埋进土里，然后永远地忘记了"。还有谁不喜欢杏烟河畔和那些时光呢？

生于黑龙江的青年女作家丁小宁是"90后"文学新人。如果是这样，那么《去海口》《我以为我是人》就是她的处女作。处女作是"双胞胎"的，大概还不多见。两篇小说题材不同，处理方式亦南辕北辙。但可以肯定地说，它们都是好看的小说，是非常有意思的小说。她的小说甚至改变了我的某些陋见。比如，我认为年轻的小说家基本是在写个人经验，离开了个人经验，他们几乎不会叙述。事实是，确实有这样年轻的小说家，但年轻的小说家并非都是如此。丁小宁就是个例外。

《去海口》，简单地说是一个"寻父的故事"。在一个南下的卧铺列车上，刘圆圆和许世祥在同一节卧铺车厢。"许世祥是刘圆圆她爸，这事儿刘圆圆知道，许世祥还不知道。"小说开篇的交代像悬疑，也像谍战，因此，按叙事学的说法，这是一篇"后叙事视角"的小说：小说的线索和结局，没有人知道，讲述者不知道，当事人不知道，读者当然更不知道。情节在发展，故事在演进，但一切仿佛犹在冥冥之中，我们都不明就里。

刘圆圆寻找父亲，是为自己，更是为了母亲。母亲对父亲许世祥仍然怀有未竟的情愫。他们莫名分手，分手后母亲才发现已经怀孕。所有的故事都源于阴差阳错的这一刻。刘圆圆一出生就成了一个没有父亲的人。对女儿来说，几乎没有比这个现实更残酷的。于是，寻父在刘圆圆这里就成了顺理成章迟早要实现的事情。在去海口的列车上，他们相遇了。这个相遇不是邂逅，不是偶遇，是刘圆圆"蓄谋"已久的策划。

与生活的和解，与父亲的和解。这一代与"父辈"的故事，和20世纪80年代以来所有的与父辈故事的讲述和姿态完全不一样。80年代以来，"审父""弑父""寻父"几经辗转，父亲的存在成为一种巨大的"影响的焦虑"。除了传统文化中父子关系的构造和讲述外，更来自西方观念的魅惑。因此，现在想想这些作品除了留下一些似是而非的观念，其文学意义几乎所剩无几。丁小宁的这篇《去海口》大不一样。小说进入讲述，女儿刘圆圆和许世祥就在一节车厢里，这一交代预示了刘圆圆寻父之旅将充满戏剧性。随着"父女"接触的深入，我们知道，刘圆圆父母分开时，母亲已经怀上了她。然后便是母亲"苦难的历程"，她一人将刘圆圆带大，没有再嫁。母亲不允许她提起父亲，母亲五十岁就患上了中度老年痴呆，其生命境况可想而知。但女儿对父亲的想象是其他关系难以替代的，因此——"母亲并不知道她来找许世祥，也许是有神明庇佑，那天刘圆圆在清理旧家具时，书桌抽屉的夹层里掉出了几张照片和一页证书，上

373

面是刘圆圆的出生证明，父亲那栏写着'许世祥'三个字，照片上是年轻时的他，背面用圆珠笔写了一行字，'一定要考上研究生'，淡蓝色的字迹已经晕染开了一点。圆圆依靠职业优势和人脉，在几个月的寻找后，终于背着母亲找到了父亲，有些事情，总是需要尘埃落定的，就当是为了母亲，起码刘圆圆在出发前，只是为了母亲。"这些交代性的文字是为了串联起情节脉络。重要的是小说对刘圆圆和许世祥关系的处理。他们在海口下车，然后是刘圆圆提出要采访许世祥，只要跟他大半天就可以。故事就发生在这大半天。"父女"吃了牛肉面，吃了冰激凌，看了大海，唱了卡拉OK。接触中，刘圆圆大体了解了父亲许世祥。她借流浪汉的手机给母亲通了电话——

流浪汉的号码果然很幸运，那天刘圆圆又用他的手机打了第二次，这次刘圆圆没有主动挂断，你好，我是许世祥的女儿，刘圆圆说。电话那边的人没有说话，我爸，刘圆圆停了一下，他一直在找你。外界的声音像是消失了，即使又有火车驶过，刘圆圆还是可以清晰地听到对方的呼吸。就到这里为止吧，你爸是个好人，她说，这些年他一直以为他的孩子真的夭折了，一开始他也质疑过，但是人如果没有一直去强求什么，也不是他的错。我们最后一次见面是陪他选墓地，他大概没有告诉你，我觉得你可以去看看。

行将就木的许世祥，为看大海，特意在海边买了墓地。刘圆圆看了父亲许世祥的墓地，并将照片发给了母亲。这是一个寻父的故事，也是一个与生活和解的故事。丁小宁化解了80年代以来关于"父亲"的巨大焦虑，父亲不再是一个文化符号，不再是一个象征。父亲就是一个普通人，他寡言少语、自尊自爱、热爱生命也从不苟且。他坦然面对死亡并且格外诗意。因此，丁小宁的"寻父"是一次不做宣告的寻父的突围，她用日常性战胜了诸多观念性。

《我以为我是人》，是一篇自然天成的"先锋小说"。一次意外事故，受伤的李云杉成为残疾人。他好奇那些事故中死亡的人火化时是不是"不成人形"，"也想知道，自己被送进去时，是不是也会不成人形，他突然想去那里看看"。他离开殡仪馆门口，"看见了一团晃动的东西，像是动物。仔细一看，是一窝狗。母狗已经被雪覆盖了，一动不动，身下的四只小狗看起来刚出生，也都一动不动，李云杉对着它们轻轻哈了一口气，仅有一只动了一下，李云杉又哈了一口气，吹走了它身上的雪粒，还好，它是有呼吸的"。李云杉把小狗带回了病房，救助了一条生命。半个月后李云杉戴上假肢出院，小狗也被一起带回家，取名"小李"。故事从这里开始。小说表面上是写狗，写"小李"，但小说无时无刻不在关照的还是"老李"。这是一篇典型的写人

375

性的小说，轻松其表，艰难其里。洋溢于表面的轻松，覆盖的是人生凄凉的处境。人与狗的相处，是用人与人的方式，这个转移或"嫁接"构造了一个全新的"典型环境"，为人物性格的塑型提供了全新的空间和自由。老李和小李，互为对象，互为镜像，相互影响也相互异化。小说具体是写实的，可以说所有的细节都经得起推敲检验；但小说的整体是模糊的，没有具体的指向，也不具有隐喻性。因此，这是摆脱了观念写作的尝试和探索。可我们必须承认，这是一篇趣味性很强、好看的小说，是精神层面更丰富的小说。写狗的小说汗牛充栋，但大多是以宠物的角度，写狗的忠诚、乖巧、聪明等。但《我以为我是人》中"小李"不同，老李没有将其看作是狗，"小李"也没有将自己当成狗，它是以"人"的身份自我认同以及和人相处的——

楼里什么都不缺，超市、幼儿园、卫生所。其他小区有的，安抚楼都有。小李一岁多了，就喜欢干一件事儿，去幼儿园门口坐着，一坐就是大半天。老李没办法，也只能陪着，小李看哪里，老李就看哪里。幼儿园传来小朋友的读书声、笑声、打闹声，每当这些声音飘来的时候，小李都会闭上眼睛，嘴角像带着笑似的。更有甚者，比如，小李看见狗，首先是对狗的主人问好，自己坐公交车，观看打牌，更不可思议的是，它居然大模大样地骑上了老刘的充气娃娃；火急火燎的老李要给它找个对象，它居然对母狗没有任何兴趣，就像老李面对柳梅失去

376

了男性功能一样，小李对"小柳"也失去了公狗的功能。被老李当作人对待的小李也完全把自己当成人了——

　　小李开始对小柳还颇为友善，两只狗蹭了蹭鼻子，看样子马上要成功了，这时，它的注意力又被挂历吸引了，它看了看小柳，又看了看墙上的美女，犹豫了几秒钟，最终跑向了挂历。小柳缩在了一个角落里，表情很委屈，她的身体状况越来越差，大口喘着气。李云杉关掉了视频，他不想再看下去了。他觉得恶心，极度地恶心。

　　李云杉喘着粗气，指着小李说，你为什么不行？为什么？

　　你以为你是人吗？

　　你以为你是人吗？

气急败坏的老李最后质问的竟是自己："你以为你是人吗？"人与狗互为对象，失去了界限："他和小李终于一模一样了。"如果勉为其难地阐释这篇小说：这是一个极端惨烈的故事，人与狗都失去了正常的功能，都成了性无能，都成了没有阉割的阉割者。因此，说这是一个社会批判小说，当然也可以。但是如果关照全文，小说好像没有这样的诉求。小说一直在娱乐的层面展开，专注于人与狗相互转换或认同的似是而非的讲述。因

377

此，小说带有很强的实验性，细节的真实和整体的模糊毫无违和之感。

《月光》是一篇非常具有现代感的小说。虽然主要是叙事者讲述，但并不是全知视角。小说的每一个细节都是现实的，包括柳艾的职业，她的所到之处，她的客户和有关系的人。但她和所有的人都没有实质意义的交流或交往，她生活在客观世界，但完全远离了意义世界。柳艾的讲述离奇也支离破碎，没有任何连贯的情节和故事。袁媛、姐姐等，似乎是虚拟的人物，可有可无。

小说开始写的是墓地，阴森可怖；然后写废墟，写烂尾楼，写空无一人的房间，昆虫的尸体，写两人的发呆，柳艾不以为意，她甚至喜欢；写鬼，写梦境，写对神秘事物的敏感抑或是感知。她"更怕活着的人"，"不喜欢有光"，"害怕人多的地方"，等等。柳艾怪僻的性格显然来自她的职业，她是一个整容师，整容医院的院长。她将无数的女孩子整成同样的面容，每天见到同样的、没有区别的面孔，是内心之所以没有反应唯一的理由："她的客户大概都长一个样子。"她终于有了自己的喜爱：她喜欢一切废墟。废墟当然只是一个意象，废墟既是与外界隔离的意象，也隐含了修整或"整容"的可能。因为她更喜欢"财源滚滚，黄金堆满"。在这个层面上，我们也可以说，柳艾的性格是一个"异化"的产物。

"一年前，墙上的镜子在柳艾面前掉了下来，镜片裂成了好多块，柳艾看向镜子中的自己，她走近了一点，脸上的血流了下来，顺着碎片渗透在了地面，每一块碎片都映着她的脸。"这里甚至没有写柳艾的感觉、神情和动作。只是说"她只好做了整容，柳艾是疤痕体质，作为院长，最好的专家为她做的手术，但离近一点看，还是可以看到几条疤痕。柳艾从此讨厌镜子"。一个连自己毁了容都无动于衷的人，当然不会对外部世界有任何关心或关注。后来我们看到了这样一段对话：

　　　　身体还疼吗？袁媛说。
　　　　什么疼？
　　　　你的脸。袁媛看着柳艾。
　　　　我看到上面有几道伤疤，袁媛说。
　　　　她们站在有光亮的地方。

　　这段对话，没有任何实质性的意义。柳艾仿佛不在现场，讲述者更是置若罔闻。一句"她们站在有光亮的地方"，更强化了交流的无效，外部世界的光亮进一步衬托了柳艾内心的晦暗。
　　袁媛的姐姐是个出租车司机，她出走了。原因是她厌倦了给别人开车，"全都是别人的目的地，没有一个属于她自己。收拾东西的时候她很匆忙，只带了很少的物品，那天我注意到她

379

剪了短发。也就是从那晚开始，我大量地掉头发，我总觉得和姐姐剪了短发有关，她的头发变少了，所以我的也变少了。也许我爱自己的头发胜过爱她本人，几天之后，我甚至都不会太想念她"。她甚至不会主动和姐姐联系，原因是"她先逃走的"。这里没有任何情感诉求，感情世界在这里空空荡荡一无所有。

　　但是，小说的最后，柳艾还是"想起了袁媛，然后柳艾突然就想妈妈了"。读到这里，我终于长出一口气。柳艾终还是没有"哀莫大于心死"的不可救药。她的处境，她的心境，是现代职业造就的，是"现代病"的一种形式。因此，丁小宁以隐晦甚至晦涩的方式表达了这一病态，其本质不是萨特的存在主义，不是卡夫卡的个人主义，而是社会批判小说。我想，丁小宁真是得了先锋小说的真传。她刚刚出道，但这个出道犹如一道闪电，照亮了小说另一种希望和可能。

徜徉信河街　悠忽花为媒

——哲贵和他的小说创作

时间过得快，用时髦的话说叫"细思极恐"。把哲贵等称为青年作家、"70后"代表性作家等，仿佛是昨天的事情。好像突然之间哲贵也中年了。哲贵在文坛有两件事情大名鼎鼎。其一，他是小说家，自然是小说创作。他刚出道时的小说大多发在《人民文学》上，这起点叫"一步到位"。有这种荣幸的作家屈指可数，但哲贵做到了。其二是哲贵的喝酒。我喝酒数十年，在文坛做喝酒看客也可说阅人无数。见到哲贵后折服。他喝酒不动声色极为自然淡定，像统帅，心中百万兵，日照大旗红。2023年12月某日，《江南》主编钟求是召集大家到杭州开会，说是讨论"文学新浙派"。我等云里雾里地到了杭州。晚餐后到饭馆喝酒，同行者有青年批评家，《南方文坛》副主编曾攀。过去耳闻曾攀善饮，因此格外注意他的一举一动。不知是有人有意的安排还是缘分所致，哲贵与曾攀座位相邻。哲贵一直戴着他那顶

381

标志性的毡帽，纯朴又极具"反现代的现代性"。明亮的灯光照在曾攀年轻的脸上，曾攀喝了足有二斤酒，散场后面不改色步履铿锵，我见识了年轻曾攀的好酒量。哲贵是会议组织者，既要招呼大家喝酒，又要忙活第二天会议，他有时在喝酒行列里，有时不在，面部表情无可无不可，不主动进攻但也来者不拒。因此二人并未真正构成"正面强攻"，想观赏"一决高下"的看客如我者，不了了之。

现在说哲贵的小说。哲贵已经是一个非常成熟的作家了。他先后出版过《金属心》《信河街传奇》《施耐德的一日三餐》《仙境》等小说集以及长篇小说《迷路》《猛虎图》等。应该说哲贵的小说产量并不高。但是，就这为数不多的小说作品，使哲贵在文坛声名鹊起炙手可热。他应该是"70后"作家被关注和讨论最多的作家之一。哲贵之所以能够在当下的文学环境中异军突起，在我看来，最重要的是他改写了一个司空见惯耳熟能详的社会观念以及文学本质化书写的传统，这就是对商人"为富不仁""无商不奸""商人重利轻别离""唯利是图""钱权交易""钱色交易"等不变的成见的改写。在哲贵之前，对商人那种本质化的观念预设已经被普遍接受。因此，古今中外的文学作品，凡与商人有关的形象大多不怎么样，更遑论可爱了：莎士比亚笔下的夏洛克、莫里哀笔下的阿拉贡、巴尔扎克笔下的葛朗台、果戈里笔下的泼留希金等，几乎穷尽了守财奴的嘴脸；

中国古代文学经典中的著名人物西门庆，在《水浒传》中还只是一个恶霸、富商、官僚，但到了《金瓶梅》，西门庆不仅是一个以经商为生敛财发家的"为富不仁"者，更重要的是他因金钱而膨胀的对女性占有的无边欲望。商人形象的不堪和最后的悲惨结局，几乎是文学作品一以贯之的"谱系"关系。这一观念不是没有道理，特别是在阶级论盛行的时代，"钱"成为一个与道德相关的概念。但有趣的是，一方面人们在痛恨地批判"金钱"的罪恶，一方面，金钱又成为不同时代最具支配力、最让人神往的东西。

应该说，在资本主义萌芽过程中，商人不择手段对利益的攫取和各种欲望的膨胀是不争的事实。但是，在这样一个"不争"的事实里，同样隐含着商人的商业活动对推动人类历史走向现代文明的巨大价值和作用。当然，这是一个历史学家或社会学家思考的问题。而文学在"征用"商人这一符号时却先在地赋予了它既定的含义。哲贵的小说既没有传承这一社会观念和文学谱系，当然也没有刻意反其道而行之。他有自己的世界观和打量世道人心的眼光，他是以"不怀偏见"的心态书写了信河街上的富人们的。

朱麦克是一个常年"住酒店的人"。这个风度翩翩的成功人士是一个四十出头的中年男子。他有良好的个人生活习惯，也经常不乏自恋地将自己"脱得精光站在镜子前，侧着身打量自己，

383

镜子里的身材匀称，笔直，身上的皮肤白里透红，细腻，光滑，纹路清晰，没有明显的瑕疵，几乎是一件完美的艺术品"。而且他为人低调，无论住店还是开车，从未奢求过分。这样一个几近完美的男人，按照一般的思路，"艳体想象"将是朱麦克故事无可逃脱的路向。但是，哲贵却在他险象环生甚至只差一步之遥的边界止步。朱麦克既没有和酒店老板的女儿柯巴绿顺水推舟，亦没有与美女记者佟尼娅两情相悦。他曾应邀去看望离婚后在南国开酒吧的佟尼娅，但最后也只是在自己的房间里望着坐在酒吧门口的佟尼娅而终未走向前去。朱麦克又回到了他的酒店，"他发现不安的心这时突然安静了下来"。这就是哲贵式的处理人物的方式。在哲贵看来，朱麦克规则之外的男女之事，或许只可想象而不可经验:《住酒店的人》表达了人性的诗意是可以超越男欢女爱的。所以哲贵说，"我所有小说的主题都跟探寻自我有关"，"不管是穷人还是富人，我写我的理解和希望，以及理想"。

《陈列室》是一个悲苦的情感故事:情侣保健用品厂的老板魏松与朋友许大游的表妹林小叶一见钟情。半年后林小叶不辞而别去了加拿大。十年后，经历了两次失败婚姻的林小叶又回到了信河街。盲目结婚的魏松重新唤醒了当年的"味觉"和感觉:林小叶身上的"牛奶味"和尚未发达时用自行车驮林小叶的情景，又如诗如画地映现在魏松的眼前。两人在宾馆相见，在一个私密的空间里，又都是有过男女经验的人，情形可想而知。但是，事情却在一个边缘地带戛然而止，他们没有发生床上的故事。林小叶又回加拿大了。故事的感人之处也是两人各自天涯处。林小叶独处时用的是魏松的产品，而魏松所有的"塑料女人"都是按照林小叶的形象设计的。两人各在对方心中。魏松与朱麦克，是哲贵理解的成功人士的另一面。

对成功人士的诗意想象和书写，是哲贵小说的一个方面。另一方面，哲贵也从更复杂和多样的角度书写了这个阶层的精神乱象和困境。《雕塑》是哲贵的名篇。小说就三个人物：唐小河、董丽娜和徐娅。唐小河和董丽娜是夫妻，徐娅是董丽娜的同学。徐娅因董丽娜介绍给唐小河学习雕塑而建立起了三人关系。这是一个典型的"三角关系"，这个关系为后来故事奠定了无尽的可能性。但哲贵没有走艳俗路线，而是在马桶经营过程中，镶嵌进了一个男性与职业相关的无意识行为。三人起初是合作关系，倒闭后各行其是，唐小河与董丽娜创办了"痛快"马桶品牌，后在市场大行其道；徐娅用"盗版"方式同样获得了市场成功。这些故事如果没有后来的叙事将平淡如水。有趣的是，唐小河也用仿造的方式鼓励妻子董丽娜"装修"身体，董丽娜也乐此不疲。但是，这一人体"装修"的背后隐含的无尽寓意以及夫妻间的心腹事，却令人挥之难去。

《金属心》是哲贵重要的小说之一。霍科有先天性心脏病，

385

他因此难以实现当乒乓球运动员的理想。"炒楼盘"致富后去英国换了一颗金属心脏，但这并没有为霍科带来新生。他不仅依然不能打乒乓球，不能沐浴，而且也没有改善与妻子苏妮娜的关系，周边尔虞我诈的交易更使他身心俱灭。霍科的起死回生是遇到了盖丽丽之后。霍科不仅在盖丽丽那里以幻象的方式实现了自己压抑已久的乒乓球梦想，更重要的是他获得了久违的爱情。爱情使他那颗趋于冰冷的心重新搏动起来，重新有了温度。此外，哲贵的《走投无路》《跑路》《空心人》《牛腩面》《责任人》等，都书写了富人阶层不为人知的烦恼、麻烦和各种纠结。李敬泽说，哲贵小说的"人物有了苦恼，这种苦恼是双重的：一重是苦恼本身，另一重是，苦恼于不知道这苦恼是怎么回事，在他们的观念和词语中，没有为这苦恼做出准备，留出位置。虽然作为读者的我们通常会轻易地看出，他们的苦恼无非就是，生命意义何在，人生是否另有可能"。此言甚是。

当然，哲贵的笔下的信河街也不都是成功人士。比如《安慰》中的黄乾丰，父亲因一场大火赔付客户以致"倾家荡产"，他无论外形还是气质，都像废墟一样，"都消沉着，都在慢慢地沉寂下去"。他唯一的寄托或面子，就是儿子黄乾丰能够在武会上夺取胜利。"我"——黄徒手和黄乾丰的最后争斗难分高下，但同时获得了冠军。当黄乾丰将奖牌递给他爸爸时："他爸爸的手抖了一下，好像要抓，又停下来了。但是，我看见了他爸爸又直又硬的眼神，很快就柔和了下来。慢慢地，他的眼睛红了起来，眼珠子也跟着亮了起来。"黄徒手父亲亲传黄乾丰武术，他没有什么大义凛然或豪言壮语，但他用心良苦；黄徒手不逞一时之能虽然倍感委屈，但一个少年的善良感人至深。这些人物让我们看到了哲贵对人性书写的水准达到了怎样的深度和高度。

另一方面，哲贵小说几乎都有寓言性质。比如《倒时差》，这个时差与物理时间有关，与地球两侧的黑白颠倒有关，但小说的寓意显然不在物理时间这里，而是对情感与资产"时差"的颠倒，"情感"与"资产"同是欲望范畴却有着极其不同的社会与文学内涵。还有，哲贵对气味的敏感是他小说的一大特征。各种气味散发在不同人物的身上，气味与人的性格、气质和情怀互为表里，使小说有了一种别样的气息的同时，也使气味具有了隐喻性质。而他作品中反复出现的人物如黄徒手、某某"尼娅"等，也使"信河街"上的人物以"仿真"的形式出现在我们面前。

如何理解和书写今天的成功人士和富人，看法历来不一。即便今天仍然壁垒分明。陈应松说："我讨厌城市、富人，有着华丽居所的电影和小说，我认为他们的所有表演都是矫情的。他们的痛苦极不真实，他们神经质、变态，令人恶心。只有农民和小人物的感情才是真实的，他们的痛苦优美无比，幸福催人泪下。"之所以有这种比较绝对或偏激的看法，作者自己分析说：

387

"我之所以如此，可能与我的生活，我出生在乡下有极大的关系。这也许是一种写作的宿命吧。""我虽然走向了很远，但没有走出我的内心，没有走出我坚持的东西，我依然一如既往，热爱农民和下等人，也就是说，热爱我童年接触到的一切，热爱我的阶级。"[①]陈应松的表达自有他的道理，他按照自己的逻辑确实也写出了很好的小说。在一个观念多元化的时代，重要的也许不在于作家表达了怎样的观念，关键是他对自己的表达是否真的怀有诚恳并且相信。

哲贵则表达了他非常不同的观念："2006年，我开始有意识创作'信河街系列小说'时，并没有考虑她属于城市文学还是乡土文学，但有两点已非常明确：一、信河街是地理意义上的一个名称，泛指一条街道、一个社区、一座有浓郁特点的城市，甚至是一个飞速膨胀的国家，也就是说，她从地理概念上属于城市。二、我要描写和刻画的是一个从事商业活动的成功群体，这些人被称为时代英雄，而我要探讨的是这些英雄生活背后所要面对的巨大精神问题。"这不仅与哲贵的自我期许有关，同时也与他的生活环境和经历有关：

我生在温州，长在温州，我亲眼看着这三十多年来温州

---

① 陈应松：《松鸦为什么鸣叫·后记》，长江文艺出版社 2005 年。

的飞速发展，我亲眼看着我身边的一批朋友成为百万、千万甚至亿万富翁，我知道他们是怎么富起来的。在很多时候，我其实也参与其中，我知道他们的所有快乐，他们的快乐其实在很多时候也是我的快乐。我跟他们没有隔阂。但是，这些都是表面的现象。普天下的人都知道温州人有钱，知道温州富翁多，温州的别墅多，而且贵。可是，谁看见温州的富翁们的哭泣了？没有。谁知道温州的富翁们为什么哭泣？不知道。谁知道他们的精神世界里装着的是什么？也不知道。但是，我知道他们的人生出了问题，他们的精神世界也出了问题。这个问题是他们的，也是我们的，可能是中国的，也可能是全人类的。因为谁都知道，这几十年来，中国发生了什么，改变了什么。这些改变，首先体现在这些富人身上。我想，作为一个土生土长的温州人，一个写作者，我有责任把我的视角伸到他们的精神世界里，把我的发现告诉给世人。所以，起码在这一阶段，我的写作视角会一直关注这个领域，当然，我以后的写作视角会拓宽，但对富人阶层精神的探究依然会是我的保留节目。[①]

哲贵对成功人士或富人阶层的"逆向"或"反谱系"写作，

①　哲贵：《身份迁徙与心灵蜕变——我对城市文学的理解》，《当代作家评论》2014年第4期。

不仅是一种观念，同时也是一种胆识。他敢于以同情、悲悯的心情去书写这一阶层的苦恼、混乱乃至疼痛，以平实、温婉但也正面强攻的姿态面对过去的阶级论或流行的"仇富心理"，显然是有充分准备的。

我曾稍有疑问的是，当哲贵书写这个阶层当下的时候，他是否也有意略去了这个阶层的"前史"，而他们所有的精神层面的问题，是否也与这个"前史"有关呢？如果哲贵所表达的一切都是合理的，那么，我们将如何理解过去曾经建构起来的历史呢？另一方面，我也狐疑，"富人"是不是一定都具有"原罪"，或者说，"为富不仁"一定具有颠扑不破的真理性？所以我想，哲贵不仅书写了信河街富人复杂的精神世界，同时也挑战了我们过去固有的关于"富人"的成见。

《猛虎图》应该是哲贵的第一部长篇小说，他重新书写了信河街奋斗的英雄们。小说以陈震东经商的经历为主线，他白手起家，从家里、朋友那里融资几千块钱开始，他开一家"多美丽"服装店，迅速脱颖而出。成功会膨胀一个人的欲望，陈震东当然希望越做越大，他潜意识里甚至希望吞噬整个世界。正如后来他老婆柯铜锣说的那样：别人背后叫你大老虎，看见什么咬什么，看见谁咬谁，每时每刻虎视眈眈，准备吃掉全世界。当然，商场有商场的规则，在陈震东看来，他是一只老虎，是每天虎视眈眈要吃掉全世界，但是也有成千上万只老虎想吃掉他。

资本原始积累时代，就是丛林法则。当然，陈震东最后被更大的老虎吃掉了。他的疑似情人楼雪飞三番五次找他，让他贷款投资房地产，投资光伏项目。银行突然断了他的续贷，房子卖不出、光伏项目还要后续投入，没钱还银行。银行通过法律手段查封和拍卖了他所有的固定资产，并用法律名义宣告他破产。英雄陈震东从人生的巅峰状态被打回原形。如果只是写了陈震东个人经商的履历，《猛虎图》并无惊人之处。这样的故事几乎是改革开放四十年来最司空见惯的故事，现在这样的故事已经庸常无比。

《猛虎图》的过人之处，在于哲贵用极为简约的方式，在商场丛林法则面前，写出了人性的温暖与善。小说写到了长辈，父亲陈文化、母亲胡虹、师傅胡长清、柯又绿的父亲柯无涯等。师傅胡长清是陈震东的亲生父亲，父亲陈文化知道并秘而不宣。这个故事本来有无尽的艳体想象，但哲贵没有沿着这个路线展开。他为前辈留了足够的面子，这些长辈有各种问题，他们都善良得可爱。他的几个把兄弟——刘发展、许琼、王万千，以及刘发展与李美丽、伍大卫与丁香芹、霍军与丁香芹、王万迁与许琼的情感与婚姻等，如果不厌其烦，可以写得洋洋洒洒兴致盎然。但在哲贵这里，既写出了他们各自不尽相同复杂的情感经历，又删繁就简一览无余。现在的小说越写越复杂，越写越哲学，这当然也必要。但好的作品可以既要标新立异，又能满

391

目青山。《猛虎图》做到了。我读小说的时候，特别注意人物对话，对话非常难写。《猛虎图》的人物对话非常简单。人物似乎理智不那么健全，没有曲笔没有隐喻，说话都是直奔主题。但是，这貌似简单的写法，是哲贵提炼或感悟的结果。这些普通的小人物，没有阴谋，没有心机。生活中的他们是另外一回事，小说中的他们远没有那么复杂。这里只有一个不那么可爱的人物就是黄丽君。她抛弃了私生子篮生，在篮生要换肾的时候又畏缩不前，还是李美丽义无反顾地舍生取义般地为篮生换了肾。小说中刘发展、李美丽对篮生的情感，是最为动人的桥段之一。小说承继了中国古代史传笔法，虽然不设章节，但人物一个一个出场，非常有耐心地写每一个人物。人物之间有关系，但一节重点写一两个人物，线条极为清晰。这是小说做到简约的技术保障。从这个意义上说，本土的文学经典仍然是我们巨大的可资开掘的文学资源。

小说结束于陈震东破产后躲避山林土地庙，他落魄的情形可想而知。但所有的人都没有放弃他：柯又绿见不到人，她上山规劝自言自语，每天坚持送食物，甚至被褥、枕头、牙刷、脸盆、水杯；然后是他所有的朋友、部下、父母以及楼雪飞等。从这些关系中我们可以看到，失败商人陈震东的人性、品行大获全胜。一年以后，陈震东的儿子陈宇宙的公司上市，他成了亿万富翁。他劝父亲下山时，陈震东想的是：他妈的陈宇宙，你现在有钱了，该还老子债了。但他没有发出声音。陈震东下山了吗？他回来了吗？他还坚持躲在山里吗？我们不知道。哲贵自己说，他的这部小说只"负责对世界提出疑问"，也就是陈震东的出路在哪里？他的身体和灵魂何去何从？他能否找到自己的封神台？或者，他注定要成为一个野鬼孤魂？"这也是我的疑问，我觉得应当也是我们所有人的疑问，甚至是这个时代的疑问。"事情好像不是这样，文学不负责，也没有能力为陈震东指出方向，也就没有能力为人类指出方向。文学只负责呈现人生的无限可能性，或者说写出人生的"无常"。《猛虎图》在这一点上已经做到了，而且做得是如此之好。

信河街就是哲贵小说的"后宫"。他的这篇好评如潮的短篇小说还是来自信河街，他取名《仙境》。与其说《仙境》讲述了一个故事，毋宁说讲述了一个"神话"：在现实或者在逻辑的意义上，这是一个不可能实现的故事。故事本身是一个巨大的悖论，或者说是一个不可解的悖论，是鱼与熊掌的悖论。子承父业，做一个皮鞋帝国的王者，是余展飞看得见摸得着的人生前景，事实上，他也确实接过了父亲皮鞋帝国的王位。在当下的价值观中，这是年轻人梦寐以求的理想人生；但余展飞却心有不甘，他看过舒晓夏的越剧《盗仙草》之后，执意要学演戏。学演戏的直接动力来自越剧演员舒晓夏。余展飞看过舒晓夏饰演的白素贞后，"改变了他的人生，他原来的生活除了皮鞋之外还

393

是皮鞋，他看到的和想到的都没有离开皮鞋。是她演的白素贞帮他打开一扇大门，让他看到，除了皮鞋，他的生活还有梦想，而且是一个只有他看得见摸得着的梦想。或者可以换一句话，她演的白素贞让他突然从现实生活中飞起来，让他看到原来没有看到的东西，那些东西是他以前没有想过的"。于是余展飞便跟着越剧团前辈——也是舒晓夏的老师俞小茹学戏。

余展飞确实是一个学戏的材料。他学演白素贞能够学得让越剧团台柱子舒晓夏感到了巨大的威胁。"舒晓夏对这种威胁不陌生。她曾经给过俞老师这种威胁。当她第一次正式登上舞台，正式成为白素贞后。她从俞老师眼神看得出来，她是多么哀伤，多么无奈，那是一种被对方逼到悬崖尽头的怨恨，是走投无路的绝望。这种感觉不是长驱直入的，而是混沌的，是迷漫的，是眼睁睁看着自己枯萎的悲凉。眼睁睁看着自己消亡，却无能为力。"舒晓夏的感受从一个方面表达了余展飞在学戏方面的精进。余展飞天才的演戏才能，使他有机会进入越剧团做一个专业演员。当这一切都有可能的时候，余展飞拒绝了。余展飞还是继承了父亲的皮鞋帝国。但是，余展飞的梦想还在《盗仙草》中展翅翱翔——

一上台，余展飞就忘记了音乐，他不需要音乐，他要的是仙草。音乐似乎又是存在的，变成一种提醒，让他不断向前、不断飞翔的提醒。回到台下，余展飞依然沉浸在那种情绪和情节之中，白素贞口衔仙草，飞向家中的许仙。他似乎听到舞台下巨大的掌声，看到俞老师跑到后台，激动地抱住他，不停地跺脚。

据哲贵说，小说缘于有个鼓词艺人转行办起服装公司，经过二十年发展，于五年前在上海证券交易所挂牌上市，成为全国很有实力和特点的服装企业。说有特点，是除了做生意外，他特别注重"文化建设"，建起中国第一座私人服饰文化博物馆，斥巨资请专家编纂服饰书籍。他也特别注重"个人形象建设"，每次出现在公众场合，眼镜一次一换，发型纹丝不乱。有人说，他身上穿的，都是自己设计和定制的，可也看不出特别之处，看不出和其他企业家有何不同。这估计是有意为之的。他每次强调，穿的是公司生产的牌子，再平凡不过。有人也注意到，他在发言时，讲到忘情处，会翘起兰花指，眼睛会"射"出两道彩色光芒，脸色绯红，连声调也变了。可是，仔细一听，又没有变。他是个受人尊重的企业家，尊重每一个人。口碑很好的。很多时候，大家忘记他曾经是个鼓词艺人。可是，在儿子结婚典礼上，他突然搬出鼓词乐器，上台唱了一段《陈十四娘娘收妖》。我是事后听说的，既诧异也不诧异。我向多位参加婚礼的人求证，答案有两个：一说唱了，一说没唱。

395

这是小说的缘起，这个鼓词艺人的经历平平常常，也没什么特别之处，但它是《仙境》的酵母。鼓词艺人的所作所为都是正常的，可能的，而《仙境》确实由一系列"不可能"构成。如前所述，大的结构是一个"鱼和熊掌兼得"的结构。余展飞既继承了父亲的产业，成了一个货真价实的"富豪"，同时也实现了他成为舞台上名副其实的"白素贞"。在一系列细节上，是"不可能"推动了小说的发展：舒晓夏将排练场所挪移到她的宿舍，是为了以身相许，但余展飞拒绝了舒晓夏的身体，这个拒绝虽然为后来的舒晓夏说余展飞爱的是白素贞，并不爱现实中的舒晓夏提供了口实，但在现场余展飞并没有切实的拒绝舒晓夏的理由；当余展飞成为三十三亿富豪向舒晓夏求婚时，舒晓夏拒绝了余展飞。按照现在的价值观，舒晓夏过于书生气的理由是没有说服力的，更何况舒晓夏那么喜欢余展飞；余展飞父亲突然去世，舒晓夏不同意嫁给余展飞，却同意在余展飞父亲葬礼上演出白素贞，这个行为同样不合常理；最后，舞台上出现了舒晓夏和余展飞两个白素贞，现实中也是不可能的。有趣的是，正是这些不可能，成就了《仙境》的可能。应该说，《仙境》是一段时间以来非常优秀的小说，写得结实、感人，在小说内部几乎很难找出可以诟病的漏洞。另一方面，《仙境》并没有凸显金钱的价值。特别是舒晓夏，并不是因为余展飞有了三十三个亿，就阿谀逢迎恨不早早委身于他。她在排练时试图以身相许，是真实地喜欢余展飞；当她发现余展飞喜欢的是舞台上的白素贞时，她断然拒绝了余展飞的求婚，甚至拒绝了余展飞对排练场的投资。对余展飞来说，家庭的富裕和后来的富有，金钱使他获得了自由，他可以造皮鞋，也可以演《盗仙草》。金钱并没有使他肤浅或庸俗。如果是这样，这有什么不好吗？实事求是地说，对于哲贵的小说创作，我更喜欢的是《仙境》《化蝶》这样的小说。徜徉信河街，悠忽花为媒。这里的"花为媒"是指他题材的变化，这个突然的转身令人猝不及防，他从现实的信河街一步跨越到天上人间。这类小说不是那种极端或特殊的题材，它要表达的，是对人的情感、思想和精神空间的探秘。它的普遍性要大于信河街富人们的特殊性。因此，它的文学性要更强，挑战的空间要更大，同时也意味着有更大的风光和景致。读哲贵这几篇小说，就像当年读《青衣》、听《梁祝》、看《白蛇传》一样令人欲罢不能，它的文学魅力真是令人着迷。我相信哲贵的文学准备和个人才能，自然对他日后的创作深怀期待。

2024 年 3 月 1 日于北京寓所

397

文学史视野下的"新乡土文学"

——关于"新乡土文学"状况的一个方面

百年来，乡土中国一直是文学最重要的叙述对象。因此，对乡土中国的文学叙述，构成了百年来中国的主流文学。这个主流文学的形成，一方面与中国社会在本质上是"乡土中国"有关，20 世纪以来的中国作家几乎全部来自乡村，或有过乡村生活经验。乡村记忆是中国作家最重要的文化记忆。另一方面，中国革命的胜利，主要依靠的力量是农民，新政权的获得如果没有广大农民的参与是不能想象的。因此，对乡村中国的文学叙述，不仅有中国本土的文化依据，而且有政治依据。当下中国文学正在发生结构性的变化，这个结构性的变化与中国社会结构性的变化是同构的。一种全新的社会生活改变了我们原有的生活方式和情感方式，城市生活得到了前所未有的书写。但是，百年中国文学成就最大的，还是乡土文学。这与中国乡土社会的性质有关，与我们被前现代文明浸染的时间太久有关，我们身上流淌的还是乡土文明的血液，这是我们挥之难去的文化记忆。

一、乡土文学、"农村题材"和"新乡土文学"

需要指出的是，这个主流文学在中国社会历史发展的规约下，出现了两次转折：一次是乡土文学向"农村题材"的转移，发生于 20 世纪 40 年代初期；一次是"农村题材"向"新乡土文学"的转移，发生于 80 年代初期。所谓乡土文学，是对中国乡村原生状态生活的描摹或呈现，前现代中国乡村生活的静穆、朴素甚至田园牧歌的想象，在这样的作品里得到了充分的表达。另一方面，塑造了乡村愚昧、贫穷、麻木的农民形象。鲁迅、彭家煌、鲁彦、许杰、许钦文、王任叔、台静农、沈从文等，是现代文学乡土文学重要的作家。1942 年开始，中国乡土文学转向"农村题材"。所谓"农村题材"，是在文学作品中构建起两个阶级的斗争，目的是实现民族的全员动员，打倒反动阶级，建立一个现代民族国家。"农村题材"始于延安革命文艺，成熟于解放战争时期，繁荣于社会主义革命时期，《太阳照在桑干河上》《暴风骤雨》《创业史》《山乡巨变》《艳阳天》等是代表性的作品。

但是，"农村题材"的整体性叙事很快就遇到了问题，或者

399

说，在这条思想路线指导下的乡村中国和广大农民，没有找到他们希望找到的东西。不仅柳青的《创业史》难以续写，浩然的《艳阳天》下也没有出现那条《金光大道》。1979 年，周克芹发表了《许茂和他的女儿们》，作品以现实主义的方式，率先对这个整体性提出了质疑；1980 年，张弦发表了《被爱情遗忘的角落》；1981 年，古华发表了《爬满青藤的木屋》，再现了乡村中国依然处于蒙昧状态的不同景象。这些作品的发表，虽然有意识形态的因素，有思想解放的社会政治环境，但乡村中国文学叙述传统对文学内在规律的激活是其重要的原因。这是来自中国本土的文学背景和经验。这时，"农村题材"重新回到了乡土文学的道路上，也就是我们所说的"新乡土文学"。因此，"新乡土文学"，是对现代文学的乡土文学和"农村题材"比较而言的。

高晓声是 20 世纪 80 年代最重要的乡土文学作家。他的《李顺大造屋》《"漏斗户"主》《陈奂生上城》系列等，已经成为当代文学史上的名著。他开启了 80 年代乡土文学的新篇章。洪子诚在《中国当代文学史》中说：高晓声的这些小说，"引人瞩目的是有关当代农民性格心理的'文化矛盾'的描写。从当代历史发生的挫折与传统文化积习相关的理解出发，作者揭示了作为一个'文化群体'的农民的行为、心理和思维方式的特征：他们的勤劳、坚韧中同时存在的逆来顺受的隐忍和惰性"，"在探索农民根源问题上，提出了农民自身责任的问题，因此，这些小说被批评家看作是继续了鲁迅有关'国民性'问题的思考……高晓声小说的语言平实质朴而有韵味，叙述从容、清晰。善于在叙述中提炼有表现力的细节，表现人物的心理活动。他的有节制的幽默，也常以不经意的方式传达出来，在对人物适度的嘲讽中蕴含着浓郁的温情，表现了一种将心比心的体谅"。高晓声在他的时代对乡土中国的书写独树一帜，是继赵树理、周立波、柳青等之后有巨大影响的乡土文学作家。

20 世纪 80 年代之后，中国文学界对包括世界文学在内的文学经典，有一个再确认的过程，曾经被否定的世界文学经典重新被认同。80 年代初期，世界文学名著被读者狂热购买的场景今天仍然历历在目。无论是作为一种文学知识，还是作为一种重要的文学遗产，世界文学显然潜移默化，也深刻地影响了中国三十年来的文学创作。这种情况在中国主流文学的创作中看得更清楚。莫言说："从 80 年代开始，翻译过的外国西方作品对我们这个年纪的一代作家产生的影响是无法估量的，如果一个五十岁左右的作家，说他的创作没受任何外国作家的影响，我认为他的说法是不诚实的。我个人联想的是外国作家的作品。""魔幻现实主义对我的小说产生的影响非常巨大，我们这一代作家谁说他没有受到过马尔克斯的影响？我的小说在 1986 年、1987 年、1988 年这几年里面，甚至可以说明显是对马尔克

401

斯小说的模仿。"

中国本土乡村叙述的传统和世界文学对乡土文化的描摹，改变了作为中国主流文学的"农村题材"的整体面貌：暴力美学退出了文学叙事，代之而起的是对中国乡村历史多重性的发现。90 年代以来，先后发表的《白鹿原》《羊的门》《万物花开》《丑行或浪漫》《受活》《白豆》《妇女闲聊录》《笨花》《上塘书》《秦腔》《空山》《湖光山色》《白纸门》《高兴》《有生》《谁在敲门》《家山》等长篇小说，构成了中国当下"新乡土文学"的崭新图景。这一转向，使中国主流文学的面貌发生了根本性的变化。这种变化最重要的特征，一是对乡村中国"超稳定文化结构"的发现，二是对乡村中国新生活的发现。

所谓"超稳定文化结构"，是指在中国乡村社会一直延续的乡村的风俗风情、道德伦理、人际关系、生活方式或情感方式等。世风代变，政治文化符号在表面上也流行于农村不同的时段，这些政治文化符号的变化告知着我们时代风云的演变。但我们同样被告知的还有，无论政治文化怎样变化，乡土中国积淀的超稳定文化结构并不因此改变，它依然顽强地缓慢流淌，政治文化没有取代乡土文化。铁凝的《笨花》也是一部书写乡村历史的小说。小说叙述了笨花村从清末民初一直到 20 世纪 40 年代中期抗日战争结束的历史演变。但是，值得注意的是，国族的历史演变更像虚拟的背景，而笨花村的历史则是具体可感、鲜活生动的。因此可以说,《笨花》是一部回望历史的小说,但它是在国族历史背景下讲述的民间故事,是一部"大叙事"和"小叙事"相互交织融会的小说。它既没有正统小说的慷慨悲壮,也没有民间稗史的恣意横流,因此是一部既表达了家国之恋,也表达了乡村自由的小说。家国之恋是通过向喜和他的儿女并不张扬,但却极其悲壮的方式展现的;乡村自由是通过笨花村那种"超稳定"的乡风乡俗表现的。因此,这是一部国族历史背景下的民间传奇,是一部在宏大叙事的框架内镶嵌的民间故事。可以肯定的是,铁凝这一探索的有效性,为中国乡村的历史叙事带来了新的经验。

莫言的《生死疲劳》《蛙》等乡土文学题材的作品有广泛的影响。他获诺奖后第一次出版的小说集《晚熟的人》,应该是"新乡土文学"最值得注意的作品。我曾经表达过,2020年有了莫言的《晚熟的人》,就是文学创作的一个丰年。读过之后,我觉得莫言还是那个从容、淡定、宠辱不惊的莫言,还是按照他的方式讲述他的故事。如果概括《晚熟的人》特点的话,那就是故事的土地性、人物的多变性和现实的批判性。小说集凡十二篇,几乎都是在高密东北乡的土地里成长的。"我"或"莫言"的讲述,有很强的代入感和仿真性。《左镰》写的是典型的乡村生活场景,一个流动的铁匠铺引出了左手使镰的田奎。表面波澜不惊的日常生活场景有暗流涌动。田奎因欺负傻子喜子和喜

403

子的妹妹欢子，被他爹砍掉了右手，原来可以左右手写字的田奎，只能用左手使镰了。田奎右手被他爹砍掉，没有具体的场景描写，删除了血腥，但这一极端化的残酷行为，无处不在地弥漫在小说的缝隙处。只有一只左手的田奎经历了这一个阵仗，便没有了恐惧感。他敢一个人去坟地看蛇洞中的花蛇，这一段描写有魔幻性。欢子是一个"克夫"的女人，已经"克死了"两任丈夫。当问到田奎是否敢娶寡居的欢子时，他只有一个"敢"字，小说结束了。那个流动铁匠铺的"百炼钢化为绕指柔"也就落到了人物身上，田奎心里的坚硬和柔软被统一起来。小说中爷爷和老三的对话，是农民的智慧和机锋，简洁却生动无比。

《地主的眼神》，这是一篇非常有深度的小说。人心和人性与身份没有关系。身份的认定是一个历史的范畴，与世道有关。孙敬贤不是一个好人，看到他割地时看"我"的眼神，就看到了他的内心。但他因一篇作文吃了很多苦头，与他不是好人没有关系，与世道有关。孙雨来是地主孙敬贤的孙子，他阳光，青春，热爱土地，热爱乡村，要多打粮食，他很像梁生宝的孙子。他不喜欢自己的爷爷和父亲，父亲孙双库重金为自己的父亲出大殡，是一种耀武扬威的报复，当然也是一种打肿脸充胖子的行为。身份是语言给定的，因此，无论人还是社会，无论身份还是历史，都始于语言，是语言创造的，这也是词与物命名的关系。读《晚熟的人》，会想起鲁迅的《呐喊》《彷徨》，一篇一个样式，没有模式化和雷同化。因此，莫言小说的创造力依旧，不愧是我们这个时代伟大的作家。

贾平凹是这个时代最重要的作家之一，他已经完成的创作，无可置疑地成为这个时代重要的文学经验的一部分。备受争议、毁誉参半恰恰证实了贾平凹的重要：他是一个值得争议和批评的作家。贾平凹几乎所有的长篇创作，都是与现实相关的题材。在贾平凹的早期作品中，比如《浮躁》《鸡窝洼人家》《腊月·正月》《远山野情》等，虽然也写了社会变革中的矛盾和问题，但可以肯定的是，这些作品中还是洋溢着不易察觉的历史乐观主义。即便是《土门》《高老庄》这样的作品，仍能感到他对整合历史的某种自信和无意识。但是到了《秦腔》，情况发生了我们意想不到的变化。在他以往的作品中都有相对完整的故事情节，都有贯穿始终的主要人物推动故事或情节的发展。或者说，在贾平凹看来，以往的乡村生活虽然有变化甚至震荡，但还可以整合出相对完整的故事，那里还有能够完整叙事的历史存在，历史的整体性还没有完全破碎。这样的叙事或理解，潜含了贾平凹对乡村中国生活变化的乐观态度，甚至是对未来的允诺性期许。而到了《秦腔》，小说发生了重大的变化：这里已经没有完整的故事，没有令人震惊的情节，也没有所谓形象极端个性化的人物。清风街上只剩下了琐屑无聊的生活碎片和日复一日的平常日子，再也没有大悲痛和大欢乐，一切都变得平淡无奇。

405

"秦腔"在这里是一个象征和隐喻，它是传统乡村中国的象征，它证实着乡村中国曾经的历史和存在。在小说中，这一古老的民间艺术正在渐渐流失，它片段地出现在小说中，恰好印证了其艰难的残存。疯人引生是小说的叙述者，但他在小说中最大的作为就是痴心不改地爱着白雪，不仅因为白雪漂亮，重要的还有白雪会唱秦腔。因此引生对白雪的爱也不是简单的男女之爱，而是对某种文化或某种文化承传者的一往情深。对于引生或贾平凹而言，白雪是清风街东方文化最后的女神：她漂亮、贤惠、忍辱负重又善解人意。但白雪的命运却不能不是宿命性的，她最终还是一个被抛弃的对象，而引生并没有能力拯救她。这个故事其实就是清风街或传统的乡村中国文化的故事：白雪、秦腔以及"仁义礼智"等乡村中国最后的神话即将成为过去，清风街再也不是过去的清风街，世风改变了一切。《秦腔》并没有写悲痛的故事，但读过之后却让人很感伤。我们在按照西方的"现代"改变或塑造我们的"现代"，全球一体化的趋势已经冲破了传统的堤坝，民族国家的特性和边界正在消失。一方面，它打破了许多界限，比如，城乡、工农以及传统的界限；另一方面，我们赖以认同的文化身份越来越模糊。《秦腔》的感伤正是对传统文化越来越遥远的凭吊，它是一曲关于传统文化的挽歌，也是对"现代"的叩问和疑惑。

阿来的《云中记》多有好评。他的《蘑菇圈》同样是一部反映乡村变化的杰作。小说讲述了主人公——生活在机村的阿妈斯炯的一生：她是个不知道自己父亲的单亲女儿，被阿妈艰辛养大，她曾被招进工作组"工作"，被刘组长诱骗未婚生子，她同样艰辛地养育了自己的儿子胆巴，熬过自然灾害以及"四清运动"和"文革"。接着是商品经济时代对机村的冲击，世道人心的改变。阿妈斯炯经历了50年代至今的所有大事件。半个多世纪的时间，足以让阿妈斯炯阅尽沧海桑田。阿妈斯炯重复的是她阿妈的道路，不同的是斯炯看到了"现代"，但"现代"给她带来的是不适甚至是苦难。如果没有工作组，她就不会见到刘元萱组长，就不会失身成为单身母亲；如果没有工作组，她也不会见到那个女工作组组长，整天喊她"不觉悟的姐妹"。这里"觉悟"这个词由女工作组组长说出来真是巨大的讽刺。她和阿妈斯炯在同一个时空里，但他们面对的世界是如此的不同，她们对觉悟的理解更是南辕北辙。这个女组长后来咯血，再也回不到机村了。胆巴的亲生父亲刘元萱临死终于承认了是胆巴父亲的事实。儿子胆巴进入了父亲生活的权力序列，他前途无量，只是离他母亲越来越远了。机村变了，孩子变了，曾经帮助阿妈斯炯度过饥荒，为她积攒了财富的蘑菇圈，也被胆巴的妹妹、刘元萱的女儿拍成蘑菇养殖基地的广告——那是阿妈斯炯一生的秘密，但现代社会没有秘密，一切都在商业利益谋划之中。只是世风代变，阿妈斯炯没有变。阿妈斯炯对现代之变显然是有

407

异议的，面对丹雅列举的种种新事物，她说："我只想问你，变魔法一样变出这么多新东西，谁能把人变好了？"阿妈斯炯说，能把人变好，那才是时代真的变了。阿妈斯炯有自己的价值观，人变好了才是尺度，才是时代变好了。通过阿来的小说我们发现，美，在前现代，美学在现代；美学重构了前现代的美。美学与现代是一个悖谬的关系。如何理解现代，如何保有前现代的人性之美，是现代难以回答的。因此，阿妈斯炯遇到的难题显然不是她个人的。

周大新的《湖光山色》是表达乡村变革的长篇小说。楚王庄两千三百多年前曾是楚国的领地，为了抵御秦国的入侵，楚国臣民修筑了楚长城，但当年的楚文王赀却是一个飞扬跋扈、骄奢淫逸的君主。两千多年过后，暖暖在楚王庄用湖光山色引进资金创建了"赏心苑"，为了吸引游客，又命名了"离别棚"并上演以楚国为题材的大型节目《离别》。旷开田不仅乐此不疲，甚至无比受用。这时的旷开田已经下意识地将自己作为楚王庄的"王"了。他不仅溢于言表，而且在行为方式上也情不自禁地有了"王"者之气。他对企业的管理、对妻子的情感、对民众的态度以及对情欲的放纵等等，都不加掩饰并愈演愈烈，最后终于也到了飞扬跋扈横行乡里的地步，与前任村支书詹石磴没有区别。小说始于"水"又止于"水"，这当然不是一个简单轮回的隐喻，也不是对乡村变革具有某种神秘色彩的解释。但可以肯定的是，周大新在这个有意的结构中，一定寄寓了他对中国传统文化，特别是中原农村文化某种深思熟虑的、具有穿透性的思考，在这个意义上，《湖光山色》所做的努力和探索应该说是前所未有的。

胡学文的《有生》是近年来难得的作品。如何书写百年乡村中国，是一个巨大的挑战。《有生》大有水穷处看云起时的气魄。随着小说中的祖奶乔大梅一天一夜的回忆讲述，我们进入了宋庄，也看到了中国塞外乡村百年的历史与现实。"她是宋庄的祖奶，她是塞外的祖奶"，于是，她也成了百年历史的见证者。乔大梅在百岁生命中亲历了几乎所有亲人的死亡。祖奶有传奇性，她被乡邻逐渐神化和膜拜，她成了一个超然力量。从晚清到当下，百年宋庄的历史变迁，也可以看作是北方乡土中国的历史变迁。这是一个普通的接生婆，一个普通人讲述的历史，是"正史之余"，是民间的历史。这也是小说不同于正史的最大区别。祖奶是传奇式的人物，她一共接生了近一万两千人，小说中其他五个人物都是祖奶接生的。小说给我留下印象最深刻的，是日常生活的细节和大胆的想象。小说最要紧的是细节，细节不能虚构，它一定要来自生活。比如如花与钱玉的新婚之夜和最后的生死离别以及钱玉死后如花的梦境；比如父亲的撒尿冲蚂蚁，六指的李伯富吃饭后要舔碗，白凤娥烙糖饼不掺面以及对乡村生活中各种饭食和气味的描写等。特别是塞外的"吃"，比

409

如三下鱼、拌葫芦瓜条等。但小说不是旅游指南，他通过三下鱼的做法，引出了如花对钱玉的怀念。这是对爱和人心的理解，这一点可能比才华还要重要。小说对乡村各种人物、器物、植物等等的熟悉，在当下作家的作品中应该说是不多的。当然，小说最重要的还是对祖奶这个人物的塑造。我惊异于胡学文强大的叙事能力，小说流畅无碍。祖奶一天一夜的讲述，呈现了塞外宋庄的百年历史，没有强大的叙事能力是难以完成的。因此，《有生》是一部有难度的写作。

罗伟章的《谁在敲门》名重一时。他还写过《声音史》《隐秘史》等表达乡村变革的小说。他的《声音史》确实与众不同。他发现了这场变革的巨变性和不可阻挡。但是，他不是站在情感立场或民粹主义的立场，而是冷静、客观地讲述这场变革是怎样发生的。他通过傻子杨浪对声音敏感变化的描述发现了千河口和鞍子寺小学的变化。这里有合乎常情的感伤，特别是房校长。但作家更坚定地站在支持变革的立场上。他通过具体场景和细节表达了他对变革的态度。他并没有用情感要求替代历史发展的合理性。我们发现，"食色"，在《声音史》占有很大的比重。即便是教师，在物质短缺时代也会因吃造成矛盾，甚至是很激烈的矛盾。过去的年代，村里很多光棍儿娶不上女人，九弟、贵生就是这样的光棍儿。他们只能接受"跑跑女"，过着不那么真实的生活。很快，"跑跑女"被追回，光棍儿还是光棍儿。

前现代的千河口，人在生活中最基本的需求都不能保证，是乡村变革的合理性前提。千河口村发生了变化，这个变化当然不是没有缺欠的，任何社会变革都需要付出代价。乡村的空心化和老人孩子的"留守化"，是当下乡村的问题之一，也是乡村文明崩溃的原因之一。这些问题的处理需要时间，或许多年之后它很可能不再是问题。现代性未必是最好的，它可能不止有"五副面孔"，它更多的面孔还没有被揭示，起码它的不确定性就未曾被批判。但是，尽管如此，我们仍然没有别的选择，而且它是一条不归路。现代性再有问题，我们依然不能回到过去。罗伟章认真审慎地对待现代性带来的一切，认真考察乡村中国究竟发生了什么，特别是在人的情感、精神层面的变化。这是一个作家观念的现代。如果是这样，罗伟章就是一个具有现代意识的作家。

改革开放四十多年的历史，也是中国乡村生活被不断书写的历史。在这个不断书写的历史中，我们既看到了广大农村的希望和复杂性，也看到了矛盾、焦虑甚至绝望中的艰难挣扎。因此，四十多年来的"新乡土文学"极大地丰富了对乡村中国的书写和发现。

411

二、乡村变革和"主题写作"

近年来，"主题写作"和反映乡土中国"新山乡巨变"的小说，得到了各级作协的积极扶持，也产生了一大批作品。这类作品的创作是"行动的文学"的一部分。这一文学特征具有中国的特殊性，也是中国文学经验独有的。可以说，中国文学的主流就是"行动的文学"。这是现代中国文学的一个传统，这个传统积累了丰富的经验，也是中国特有的经验。当然，它也有一些问题，这个问题就是如何让这种文学更有文学性，让广大读者更喜闻乐见。

"新山乡巨变"写作计划，是中国作协一个具有战略性意义的写作计划，它是脱贫攻坚写作潮流的延续和提升。客观地说，在这个写作计划指导下，确实出现了一批重要的、受到读者欢迎甚至获得茅盾文学奖的作品，也积累了一定的经验。但是，实事求是地说，"新山乡巨变"主题写作的总体情况并不能令人满意，还有很多需要提高和总结的方面。限于篇幅，我只讨论一个问题，就是当下主题创作的人物问题。

"人物"问题，是马克思主义文艺思想的核心命题之一，恩格斯在《致玛·哈克奈斯的信》中提出，"现实主义的意思是，除了细节的真实外，还要真实地再现典型环境中的典型人物"。在这里，恩格斯是将"典型环境"和"典型人物"作为一个完整的理论来表述的，并形成了他对现实主义理解的核心内容之一。毛泽东的《在延安文艺座谈会上的讲话》，要求文艺工作者创造出"新的人物新的世界"，这些来自革命导师关于人物的论述，至今仍然具有真理性。在这方面，最早受到肯定的是赵树理。1947年夏天，专门召开了赵树理创作座谈会，陈荒煤做了《向赵树理方向迈进》的讲话，盛赞他的作品可以作为衡量边区创作的一个标尺，由此正式确立了"赵树理方向"。周扬后来也评价说：中国作家中真正熟悉农民、熟悉农村的，没有一个能超过赵树理。对赵树理的评价，到50年代后期再次被提出来。这次批评的缘起主要是短篇小说《锻炼锻炼》的发表。对赵树理评价的变化和反复，事实上是文学观念的改变。这个观念主要是塑造什么样"人物"的问题。

1956年至1959年，周立波先后写出了反映农业合作化的长篇小说《山乡巨变》及其续编。《山乡巨变》取得了重要的艺术成就，这不仅表现在小说塑造了几个生动、鲜活的农民形象，同时对山乡风俗风情淡远、清幽的描绘，也显示了周立波所接受的文学传统、审美趣味和属于个人的独特的文学修养。小说中的人物最见光彩的是盛佑亭，这个被称为"亭面糊"的出身贫苦的农民，是一个典型的乡村小生产者的形象。这一形象是中国农村最普遍、最具典型意义的形象。当时的评论说：作者用在亭面糊身上的笔墨，几乎处处都是"传神"之笔，把这个人物

413

化为有血有肉的人物，声态并作，跃然纸上，真正显出艺术上锤炼刻画的功夫。亭面糊的性格有积极的一面，但也有很多缺点，这正是这一类带点老油条的味儿而又拥护社会主义制度的老农民的特征。作者对他的缺点是有所批判的，可是在批判中又不无爱抚之情，满腔热情地来鼓励他每一点微小的进步，保护他每一点微小的积极性，只有对农民充满着真挚和亲切的感情的作者，才能这样着笔。

这样的人物后来被概括为"中间人物"，其核心内容是邵荃麟在"大连会议"上提出的。他认为创作要题材多样化，作品中塑造的人物也应该多样化，即在描写英雄人物的同时，也应重视对中间人物的描写。"强调描写英雄人物是应该的，但两头小，中间大；中间人物是大多数，而反映中间状态人物的作品比较少。"这个看法得到了茅盾、周扬等人的支持。根据邵荃麟对赵树理、柳青、周立波等作家作品的分析，我们可以认为，邵荃麟的"中间人物"是指人群中处于"先进"和"落后"之间的大多数"中间状态"的群体，这个群体就是普通民众，这是生活中的常态。因此，这个文学概念是从生活和文学作品中提炼和概括出来的，它和政治不能说没有关系，但它肯定不是一个政治概念。

"中间人物"是中国当代文学提出的极其有限的带有原创性，有中国特色、中国经验的文学概念。对这个概念虽然经过了大规模的批判和后来大规模的正名，但是，对这个概念存在的问题以及对后来当代中国文学发展价值的研究，仍然是非常不够的。我们发现，无论当年的批判还是后来的平反正名，都没有超出政治的范畴。一方面，这说明"中间人物"确实是有其政治性，这是那个时期我们的历史语境决定的，离开了政治我们几乎就无以言说；一方面，无论批判者还是平反者，都没有超出当年的思路和理论视野。时至今日，在一个更长的时间维度上，我们可能会看出一些当年没有看到的问题。

"中间人物"最典型的是《创业史》中的梁三老汉、《山乡巨变》中的"亭面糊"和《艳阳天》中的"弯弯绕"以及赵树理和"山药蛋派"作家笔下的"吃不饱""小腿疼"、赖大嫂等。"亭面糊"和"弯弯绕"具有喜剧色彩，但他们表面的幽默，本质上是悲剧性的。他们有天然地喜欢热闹，先天地具有滑稽的一面。但是如果将他们纳入到时代的场域，他们是争取的对象，是不被信任的阶层，这一身份决定了他们夹缝中的生存状态；而最具典型意义的是梁三老汉。梁三老汉是一个地道的庄稼人，他对农村社会主义道路的犹豫不决，是人物性格或者说是农民性决定的。他和其他的"中间人物"并不在一个范畴和类型里，这说明"中间人物"是一个混杂的概念，它准确的内涵并不确定。

毫不夸张地说，赵树理、周立波、柳青三大作家是当代中国书写农村题材的顶流，在农村题材的范畴内，至今仍然没有超

415

越他们的作品出现。不然，就不能理解中国作协组织的重大活动称为"新时代山乡巨变创作计划"。可以说，赵树理、周立波、柳青三大作家与中国农村社会生活的关系，创造的人物的生动性、生活化等，仍然是当代中国农村题材中最优秀的。究其原因，他们除了创造了王金生、邓秀梅、梁生宝等表达社会主义道路和价值观的人物之外，更在于他们塑造了诸如马多寿、"吃不饱""小腿疼""亭面糊"、梁三老汉等具有鲜明中国乡土性的文学人物。这些人物使小说内容变得丰富、复杂，人物更加多样，气氛更加活跃，更有生活气息和氛围。这样的文学人物在当下的乡土文学中已不多见，我可能只在关仁山《白洋淀上》的"腰里硬"、欧阳黔森《莫道君行早》的麻青蒿，看到了"中间人物"的传人。更生动的，可能是乡村喜剧电视连续剧《乡村爱情》中的人物。《乡村爱情》中，最主要的戏份都来自年轻人，包括谢永强、王小蒙还有香秀和刘英等，但给观众留下深刻印象的还是刘能、谢广坤、赵四这样的"配角"。这样的人物是典型的"中间人物"谱系中的人物。这个现象告知我们，这种类型的人物在今天不是销声匿迹而是仍然存在，他们存在于熟悉当下乡村生活作家的笔下。小说中没有再出现这类人物，恰恰说明我们的作家对当下乡村生活的生疏和隔膜。我们甚至可以这样提问，现在从事"主题写作"的作家，脚上有多少泥巴？在农民的家里住过几个夜晚？对他们内心真正的焦虑、不安、困惑等问题了解多少？赵树理、周立波、柳青等作家，他们是大地之子，他们有长久的乡村生活经验，他们是农民的朋友和知心人，是乡村中国的全息了解者。他们能够创作出至今难以超越的作品，不是空穴来风。

另一方面，在文学的表现手法上，"主题写作"几乎是一个全面的倒退。这个题材的现在，在手法上几乎都是陈旧的现实主义，按部就班地讲述"共同富裕"的故事。问题是，现实主义不是封闭的，它是一个开放的文学观念和创作方法。包括先锋文学作家在内的"现实主义"作家，重新回到现实主义道路上之后，他们充分地吸收了中国传统和西方新的创作方法，极大地拓展了现实主义的内涵和外延，极大地提高了文学的表现力。但在"主题写作"这里我们几乎难以看到。当然，这里的问题还有很多，除了人物单一化的问题，我们也很难看到有典型意义的乡村青年形象，很难读到关于青年的爱情故事。《创业史》里有梁生宝和改霞的爱情，《山乡巨变》中有盛淑君和陈大春的恋爱，《艳阳天》中有萧长春和焦淑红的恋爱，《人生》中有高加林和巧珍、黄亚萍的爱情，《世间已无陈金芳》中有陈金芳和"我"的朦胧爱情，等等。今天乡村的青年仿佛不谈爱情，仿佛都是"智者不入爱河"的时尚青年。

任何面对历史问题的检讨，除了重新省察历史、纠正通说之外，现实的考虑是这一行为的最紧要处。在这个意义上，一切

417

被关注的历史都与现实有关。我之所以重新思考"中间人物"的问题，更着眼的是当下"新山乡巨变"的主题创作，这是五六十年代农村题材创作的延续和发展。透过历史的余光我们发现，这个领域开始变得更加纯粹，更加"主题化"。作家更加自觉地追随了王金生、邓秀梅、梁生宝、萧长春等人的步履，多年来络绎不绝，这一方面表达了过去创作的这些文学典型仍然有巨大的魅力；一方面"政治正确"的考量是这一选择的重要原因。作家们不仅纷纷站在了梁生宝一边，争先恐后地塑造梁生宝式的人物（遗憾的是至今也没有创造出一个像梁生宝那样有影响的文学人物），不仅不再对梁三老汉、"亭面糊""弯弯绕"这样的人物有兴趣，而是彻底放弃了他们。这是我们的乡土文学文学性不断式微的一个重要原因，是我们主题写作人物越来越单一的重要原因。可以说，当下"主题写作"在人物塑造方面不仅没有超越"十七年"三个顶流作家，甚至也没有超越"主题写作"之外的"新乡土文学"。

当下的"主题创作"是时代文学的一部分，它们紧跟时代步伐，书写一个时代的伟大变化，其精神是必须肯定的。但是，我不能不说，由于这些小说将笔墨过于集中在这些"新时代的梁生宝"身上，而没有顾及更多人物形象的塑造，在文学性上终还是"势单力薄"而缺少文学的丰富性。只有"主题"而缺少创造，从而流于仅仅是配合了时代对文学的呼唤。我们应该从这种创作倾向中总结经验，汲取教训，也应该从我们的"文学遗产"中汲取营养和精华，从而提升我们时代文学的质量，创作出超越社会主义初期同类题材的作品。文学的思想力量很重要，但是，没有艺术性的思想一定是苍白的。

在文学史的视野下观照"新乡土文学"，不仅可以让我们重新理解它的过去，而且在比较中可以让我们对当下的同类题材创作有清醒的认知。很长一段时间以来，我们的文学批评过于甜蜜，真正的问题不仅没有讨论，而且根本就没有提出。我相信，通过文学史的观照比较，我们会进一步认清当下包括"主题写作"在内的"新乡土文学"的症结和问题所在，从而提高我们对生活的理解，对文学创作泉源重要性的理解，创作出更好的、有艺术质量的好作品。

419

时代、传奇和都市

——2024 年小说创作状况的一个方面

一、新乡土文学的历史延伸

2024 年第 1 期的《人民文学》，发表了柳青的未完成稿长篇小说《在旷野里》，这无疑是文坛的一件大事。柳青虽然于 1978 年去世，但仍是当代文坛最重要的传奇人物，他的《创业史》至今仍然是难以超越的文学经典，他的文学经验仍然是当代中国最宝贵的文学经验之一，他仍然是中国当代文学研究者、评论家最热衷谈论的话题之一。他像一个巨大的文学幽灵无处不在。这就是我们尊敬的柳青先生，时间越久，他的文学成就越具影响力，这个影响力就表现在追随者的络绎不绝。《人民文学》杂志在发表这部长篇小说时发表的"卷首语"说，这部长篇小说"虽是未完成稿，但作品叙事相对完整，表现出对典型环境、典型人物的高超把握，是一部以现实主义品格展现新中国进入社会主义建设时期火热生活的杰作"。我完全同意编者对这部长篇小说的总体评价。小说的背景是 1957 年 7 月初的盛夏时节，故事发生在陕西渭河平原某县，内容是新县委书记朱明山上任遭遇的人与事。因此，小说亦可以看作是"县委书记上任记"。朱明山到任遇到的重要问题，是棉蚜虫害的发生。在这一核心情节中，在与官僚主义和各种复杂关系的博弈和破解中，生动地塑造了县委书记朱明山的典型形象。同时塑造了副书记、县长、组织部部长、宣传部部长以及众多基层干部和普通群众的形象。因此也可以说是一部表现新的世界和新的人物的长篇小说。

朱明山离开了"高级领导机关"，到县上来了。这是他主动的要求，因此他心情爽朗又兴奋，这是他熟悉和喜欢的工作环境。在新的岗位，在和副书记聊天的时候，他眼前看到的是这样的情景——

这是农村里最迷人的夏夜——没有耀眼的电灯，月牙和繁星从蓝天上透过树丛，把它们淡淡的光芒投射到模糊的瓦房上和两片竹林子的院落里。四处幽雅得很，街巷里听不见成双结伙的游人的喧闹，水渠在大门外街旁无声地流过去，各种爱叫的昆虫快活地聒噪，混合着什么高处宣传员用话筒向在打麦场上乘凉的居民报告最新的新闻。

421

这是什么样的世界？这就是社会主义的新农村。这虽然是前现代乡村中国最常见的景观，但它的秀丽、自然和温馨，从一个方面表达了朱明山此刻的心情和对乡村世界由衷的热爱。但是，这个优美的自然世界，也从另一个方面衬托了社会的复杂性。新的环境里，用副书记赵振国的话说：老区干部没文化，一套老经验已经使唤完了。老区来的干部苦恼旧前土改完了争取战争胜利，而今土改完了路长着哩，一眼看不到头，模糊得很，复杂得很。而新干部有文化，劲头大，开展快，但又不切实际。这是一个普遍的现象，而具体的问题是县长梁斌的官僚主义。在日常工作中，包括治理蚜虫的过程中，朱明山和县长梁斌显然存在着思想方法的矛盾。梁斌是一个强悍的领导：

> 梁斌一接任正职，马上就变了另一副神气。他在党委会上开始不断地和常书记发生争执，固执地坚持意见；他在县政府里，好像成了"真理的化身"，凡是他的话一概不容争辩。他新刷了房子，换了一套新沙发，加强了他的权威气氛。他站在正厅的屋檐底下对着宽敞的大院子，大声地喊叫着秘书或科长们"来一下"。而科员和文书们给他送个什么公示或文件，要在他房外侦察好他不在的时候，进去摆在他办公桌的玻璃板上拔腿就走，好像那里是埋着什么爆炸物

的危险地区。日子长了，他发现了这个秘密，咯咯地笑着，从这些下级的可笑的胆怯里感到愉快。

这些细节从一个方面生动地表达了初期社会主义官僚主义的面孔。更严重的是，梁斌自以为是，喜欢会上发表长篇大论，反复强调"严重的问题是教育农民"；他对"重视调查研究"非常不屑，称是"跑烂鞋"作风；他文过饰非，他的工作作风使很多县区干部都要"看他脸色"，搞得大家人心浮动都不安心在本县工作。朱明山和梁斌的第一次正面接触，是在湄镇区上。这次见面既是商讨工作，同时也是不同观念和工作作风的交锋和碰撞。梁斌身上的问题几乎一览无余。对官僚主义形象的塑造和揭示，是柳青敢于面对生活矛盾，敢于以真实的笔触展开鲜明的批判，是坚持现实主义文学精神的具体实践。

朱明山和梁斌是相互比较和衬托的人物形象。在比较中，两人的性格、领导水平以及人格差异一目了然。朱明山虽然面对着诸多矛盾和问题，但长期的革命实践铸就了他一身正气，具有革命者和领导干部特殊的气质和人格魅力。即便面对梁斌这样的同事，朱明山也不会居高临下盛气凌人。他能够宽以待人，以商讨的口吻争取团结同事做好工作。当然，朱明山也存在他的苦恼和问题，比如家庭问题，和妻子高生兰的矛盾问题等。他并非一个十全十美金刚不坏的人物。

423

小说对机关干部的塑造，生动又真实；对解放初期农民的塑造，柳青同样用现实主义的态度和笔法。比如，当地干部和农民不信任治理蚜虫的工作队，他们认为"人还能把那虫给治了？"，他们宁愿"抬万人伞祭虫王爷"。但是，农民也有各样的农民。比如小说对植棉能手蔡治良的塑造和发现，是非常重要的一笔。蔡治良是个普通农民，但他是治理蚜虫的关键人物。就在干部群众议论纷纷、众人议而不决的时候，蔡治良想出了办法，用烟叶泡水消耗烟叶太多，他建议用辣椒泡水，加上烟叶，而且辣椒加烟叶和硫黄、石灰不一样，对棉叶没有腐蚀作用。朱明山非常欣赏蔡治良的想法，"不由得走到蔡治良跟前，心里想：这个人的钻研精神比有些干部强百倍"。蔡治良在小说中着墨不多，但却非常重要：一方面他体现了柳青对人民大众的态度，体现了柳青只有人民才是创造历史动力的历史观；一方面表达了朱明山和梁斌对待人民截然不同的价值观。梁斌一直强调"最严重的问题是教育农民"。这是毛主席说过的话，但是，这也诚如冯光祥所说，"老边区以前有一句流行话，说毛主席的话都是真经，可是真经也要看怎么个和尚念哩。歪嘴和尚能把真经念坏"。梁斌就是把真经念坏的和尚，而朱明山则充分调动人民群众无限的创造力。这两种截然不同的历史观和价值观，在植棉能手蔡治良这里得到了具体明确的表达。

　　应该说，这是一部柳青践行毛泽东《在延安文艺座谈会上的讲话》创作的长篇小说。毛泽东希望延安的文艺家们"走向民间"，学习人民群众的情感和语言，表现新的人物和新的世界。柳青在长期的文学创作中，自觉地遵循"讲话精神"，在向生活学习、向人民学习的过程中，也实现了表现新的人物和新的世界的期许。

但是，无可否认，这是一部未完成稿。或者说，是作者还没有来得及修改、打磨和润色的小说。因此，小说的"未完成性"显而易见。比如情节、细节以及叙述的细部等，都还有粗糙的痕迹，人物以及人物之间的关系还略嫌简单。初期社会主义文学遭遇的问题，小说中都程度不同地存在。官僚主义者梁斌的脸谱化、表面化以及同僚们畏手畏脚左右为难的心理和表现，都还流于表面。但是，作为社会主义初期文学，作为表现社会历史大转型时代的长篇小说，我们更应该看到柳青卓越的探索和努力。那个时代还没有提供任何可以参照的同类题材的作品，柳青敢为人先，大胆地探索和实践新的人民文学的勇气，必定给今天仍然探索、实践的中国作家以巨大的鼓舞。他的文学理念，他拥抱生活、讴歌人民、书写新的人物和新的世界的创作道路，是中国文学经验的一部分。这个主题至今仍在延续，而且成为国家文学总体战略的一部分。

任何一个当代作家，都要回应时代的命题，这不是当代作家的宿命，而是百年中国作家的抱负和价值观。但是，有效地、

425

用文学的方式回应时代的命题，却不是一件简单的事情。如果从这个角度讨论问题，我认为沈念的《龙舟》也可以看作是当下的"主题写作"——一个建设美丽新乡村的故事。但是，沈念的不同，就在于他不急于直奔主题——小说的大部分文字，像幽灵一样游荡在小说的主旨内容之外，当然，这是作者的有意为之。即便这是主题写作，我仍然认为《龙舟》提供了新的审美经验，并且继承了湘籍作家的传统和谱系。如果再深入地阐发，我认为《龙舟》关乎到"现代性"和"中国性"的关系。因此，在我看来，《龙舟》起码有这三个问题值得我们讨论。

首先是作家如何回应时代的主题。小说的主要人物是一位从家乡亮灯村走出的大学毕业生，一个建筑工程师。爷爷突然去世，他奔丧赶回家乡。回到老屋或回到家乡，是爷爷的"生命有灵"，是爷爷的死讯招回了"我"。这时的他虽然顶着一个建筑师的头衔，实际是一个失业者。他读完土木工程的研究生，想找对口的工作，没有项目经历，几家公司看不上他这个新手，他又不想去受人管束待遇少的单位，于是跟本科的室友老金合伙办了一家培训学校。老金家是山西开矿的，他拿资金，"我"做运营管理，没想到很快就顺风顺水地做起来了。他们信心爆棚，打算把分校开到武汉、长沙。过了几年扬眉日子，政策突然翻脸，学科类的培训被明令裁减，强制关闭，几个合伙人手忙脚乱，拆东墙补西墙，退学费补工资，经营上没有好的应对之计，唯有把学校关停了。老金不甘心，又鼓动不甘心的合伙人，投了一家网剧视频制作公司，当时他们研判短剧短视频到了风口，随便来阵风就能吹上天。但没想到主事人是条贪食蛇，心急一口吃成个大胖子，同时投了几部网剧，结果最有可能赚钱的那部剧在审查时没通过，因为网上炒作二号演员的生活污点，审查证不能发了。短剧公司人走楼空，当事人感到：自己与世界仿佛都在下沉。这段经历是建筑师——亮灯村丁家孙子的失败史。而亮灯村的"掌门人"陈保水正在琢磨村里的老房子。那些要加固维修的危房，和主人多年在外不管理的空心房，像根鸡肋，天天碍眼，拆了可惜，又没财力悉数改造。他发过一长段言辞恳切的信息，有求助建筑师之意，有回乡之请，但"我"并没有应承，猜他不过是四处撒网罢了。这是小说的铺垫。或者说"我"既不是"大学生村官"，也不是上面派下来的"第一书记"，此刻只是一个在村里四处游荡的失业者，一个失去了爷爷的奔丧人。但他毕竟是亮灯村丁家的子孙，正如给爷爷做假肢的盛田生所说："你爷爷走了，老屋还在，没事也多回来。"一个无所事事的人，一周后，临时改变计划，决定暂时不回北京，要到老屋住些日子。这是小说主角后来与亮灯村重新建立关系的开始。或者说，"我"的重返故里，与我们司空见惯的那些建设美丽新乡村的"外来者"，是完全不一样的。他要在亮灯村留下来，只是一个突发奇想而已。但是，这里作者不经意地

427

做了极为合理的铺垫：首先是亮灯村和他有关，这里是他的家乡，他的爷爷刚刚去世，留下来合情合理；其次，这是一个学建筑的专业人士，村里要对那些老房子进行治理，而这正是建筑师的专业；更重要的是，当事人目光所及，一切都是他熟悉的事物，一切都在他的童年记忆中。他对亮灯村的情感关系就这样被呼唤出来，他留在亮灯村也就水到渠成。这里一个重要的缘由是我们在其他同类题材小说中不曾见过的，就是建筑师留在家乡亮灯村，是情感所致，而不是别的原因。还有什么能够比情感更发自内心、更有说服力吗？

其次是《龙舟》的审美经验和它的谱系。《龙舟》是与主题创作有关的小说，但《龙舟》首先是一部小说。我的意思是，《龙舟》首先是一部有趣、好看的小说。沈念在回应时代命题的时候，他首先考虑的是小说的文学性。《龙舟》的文学性与湘籍作家的文学传统有关。可以说，自沈从文的《边城》起，湘西或湖南的小说，便有了一个不大不小的传统。到了80年代，这个传统得到进一步的传承和发展。古华、莫应丰、谭谈、韩少功、何立伟一直到王跃文、田耳、马笑泉、谢宗玉、于怀岸和沈念，他们对湖湘山川地貌、风情风物、饮食男女以及人际交往等的描摹和状写，使湖南籍作家的小说充满了人间烟火，无论是河流湖泊还是深山老林，青山绿水间，随处都是鲜活的生活景象。湘人小说对生活细节的兴致盎然，表达的是对生活的态度，是对生活的感情。他们对细节的重视，给人的印象尤其深刻，因此湘人小说的辨识度极高。

沈从文在《边城》中写道：

这小城里虽那么安静和平，但地方既为川东商业交易接头处，因此城外小小河街，情形却不同了一点。也有商人落脚的客店，坐镇不动的理发馆。此外饭店、杂货铺、油行、盐栈、花衣庄，莫不各有一种地位，装点了这条河街。还有卖船上用的檀木活车、竹缆与罐锅的铺子，介绍水手职业吃码头饭的人家。小饭店门前长案上，常有煎得焦黄的鲤鱼豆腐，身上装饰了红辣椒丝，卧在浅口钵头里，钵旁大竹筒中插着大把红筷子，不拘谁个愿意花点钱，这人就可以傍了门前长案坐下来，抽出一双筷子到手上，那边一个眉毛扯得极细脸上擦了白粉的妇人就走过来问："大哥，副爷，要甜酒？要烧酒？"男子火焰高一点的，谐趣的，对内掌柜有点意思的，必装成生气似的说："吃甜酒？又不是小孩，还问人吃甜酒！"那么，酽冽的烧酒，从大瓮里用竹筒舀出，倒进土碗里，即刻就来到身边案桌上了。

这里几乎都是具体的细节，浓重的生活气息弥漫在小城的每一个角落，小城的祥和和亲近感便一览无余。

429

到了更年轻的一代，王跃文的《漫水》也在这个传统的序列里。《漫水》是一个村庄，它没有时间或历史的印记。它更像是一部村志："漫水是个村子，村子在田野中央，田野四周远远近近围着山。村前有栋精致的木房子，六封五间的平房，两头拖着偏厦，壁板刷过桐油，远看黑黑的，走近黑里透红。桐油隔几年刷一次，结着薄薄的壳，炸开细纹，有些像琥珀。"然后作家写"漫水的规矩"，写"漫水"作为地名肯定有来历等。这些笔致很是散漫，在看似无心中构建了小说的另一种风韵——这是沈从文小说的遗风流韵。《漫水》写了慧娘娘、余公公等人物，这些人物与风土人情一起构成了湖湘大地的风俗画。作家耐心的讲述，让我们看到了前现代乡土中国的另一种状态——在意识形态和现代商品经济没有进入这个领地之前，它世外桃源的诗意，今天看来竟是如此的感人。王跃文在谈《漫水》创作时说："《漫水》中的余公公可谓乡贤表率，他虽不是旧时那种读书明理的乡绅，但这方土地淳厚的民风如雨露滋润五谷，把他养育得坚韧刚毅、心灵手巧、乐善好施、豪放仗义。慧娘娘贤良、聪慧、宽厚、慈爱，亦是那方水土上随处可见的寻常女人。半个多世纪的中国，是非颠倒好几个来回，人情冷暖若干春秋，余公公和慧娘娘们却从来没有改变过自己做人做事的方式。他们判断世道，不听莫名其妙的政治口号，只凭最原始和最实在的是非标准。外来政治暴力或许会暂时把乡村的人们压服，但流淌在他们血液里的正直善良的禀赋不会永久地失去。"

沈念的小说创作有鲜明的湘籍作家传统的印痕。这方面不仅体现在他获"鲁奖"的散文《大湖消息》以及数量巨大的散文、小说中，同样也体现在他的《龙舟》中。比如沈念对日常生活琐屑事物的兴趣，使小说充满了人间烟火气。"我转进巷子，这条巷子的住户人家，门脸多数改成了售卖鱼制品的小店铺，门口用竹箩盘盛着各种晒干的鱼。毛花鱼、银鱼、细鱼细虾、咸鱼、熏鱼、风干鱼等等，空气中浮着一股黏稠的鱼腥味，细细呼吸时有挂丝的甜味。在北京的时候，父亲一年总要寄两三回咸鱼刀子。咸鱼刀子是个笼统的称呼，有好几种，翘白、青鱼、草鱼，油烧旺，鱼下锅，两面煎成金黄，香气扑鼻，特别下饭。那时爷爷在世，喜欢的一种吃法是把青椒切成小圈口，毛花鱼或小鱼小虾炒一起，猛火一过，鱼虾身体会微卷，焦黄中发光，夹一筷子到嘴里，回香脆口，下酒拌饭，好吃得很。"小说如果不与烟火气建立关系，非常容易和概念化有染。对烟火气的兴致并非可有可无，它的功能既调适了小说的节奏，让小说在情节推动下得到缓释，让阅读得到调整，同时，也将地域的风土人情、生活样貌具象化，让读者对异乡的"一方水土"怎样养育了一方人有了形象的理解，也与中国传统小说，特别是明清白话小说建立了关系。我们经常说的"本土性""中国性"等，在小说的细节中就是这样表现的。好的小说家或者对小说创作确

431

有体会的作家，没有不对这样的细节高度注意和重视的。

还有一点值得我们注意的，是沈念对多样人物的塑造。这里不仅有陈保水这样的年轻的带头人，而且有建筑师这样的"新乡贤"，他在乡村中的作用虽然和余公公那样的乡绅不同，但他在乡村生活秩序中的作用有相似性。而且，小说也塑造了老金这样的人物。他不是我们过去的"中间人物"，他更类似彼得堡作家们塑造的"多余的人"。他幽魂一样游荡在各国，但终将一事无成。

最后是"现代性"和"中国性"的关系。"现代性"和"中国性"的关系，某种意义上也就是传统与现代的关系，这是一百多年来不断被提起和讨论的。自从我们遭遇了现代性之后，这个命题就一直是我们挥之难去、不得不面对的问题。按照李泽厚的说法，"西学"东渐，我们经历了洋务运动—戊戌变法、辛亥革命—五四运动三个时期，由学习西方科学到接受西方进步观念，都是"中体西用"的发展，至"五四"提出"全盘西化"口号，进行新文化启蒙。然而，"中体西用"的演化，并不能改变"中学"的核心。从"洋务运动"到"五四"到八九十年代的"文化热"，对这个问题的讨论一直没有中断，它不断被提起说明的恰恰是问题没有真正得到解决。《龙舟》是一篇小说，但它是用文学的方式参与了对这个问题的讨论。小说从爷爷去世写起。红白喜事是体现乡风乡情最典型的场景，从来往的各种人物到殡葬仪式，不仅表达了地域的风情风貌，而且各种人物关系也得以集中体现。丁家虽然不是亮灯村的大户，但也有几代传人。"爷爷年轻时喜欢往外闯，曾祖父生前交代，无论在外是发达还是破落，把家安好了，天塌下来根还在，就没什么可怕的了。"这是传统家风的力量，也是传统农民对生活的理解。把"家"理解为根，与西方的个人本位主义是完全不同的。因此"老屋"这个意象在《龙舟》中就是根的意味。因此，建筑师"我"对眼中的老屋由衷地充满感情："我站在院子里，打量着眼前变得陌生的房子。青砖黑瓦白石灰墙，挑出走廊几十公分的屋檐，前堂很宽，左右两侧是主次卧，穿过前堂到餐厅和厨房，结构简单，前后与回廊开门相通，各自进出，互不干扰。前廊的梁架上，有一家燕子筑了个瓦罐状的巢。前坪阔绰的东墙角有几块从湖里打捞上来的石头，高高矮矮，现在东倒西歪，无人打理，倒是草木长得葳蕤，像没人看管的一群野孩子，天性就爱争斗抢打。"他也打心眼里叹服："不得不承认，曾祖父盖老屋时花了心思，它看似普通，但与村里其他建筑有着鲜明之别。我后来才知道，他是模仿湖滨教会学校的牧师楼，做了中式风格处理。"这不经意的"中西合璧"，显然也意味深长。从某种意义上也可以说，从"曾祖父"那代开始，中与西就不是完全对立的，而是各有所长的。

老房子、老巷子，既是具体的事物，也都是具有象征意味

433

的意象。它是祖祖辈辈生活的根，也是乡村传统的物化。对新事物、新观念的接受和对新生活的向往，并不意味着将过去全部抛弃或推倒重来。这些意象是带着讲述者的观念一起来到我们阅读感受中的。当然，《龙舟》毕竟不是一篇讨论"传统与现代"的论文，我们也不必从小说的表达中论争沈念究竟意属传统还是现代。我们需要关注的，是沈念的《龙舟》在同类题材中，究竟有怎样新的审美经验，这才是重要的。

"新山乡巨变"是当下主题写作的主流，这是一个时代的命题。不同的是，舒文治的《磁铁碑》在表达时代主题时，更自觉地注意到了文学性。而文学性恰恰是当下"主题写作"面临的最大问题。《磁铁碑》在文学性上有很大的突破，这是它留给我的突出印象。

《磁铁碑》是作家舒文治以一生贡献给乡村建设的老英雄杨驹为原型创作的长篇小说。资料显示，杨驹，湖南省农业厅离休干部。1974年因患骨癌，左腿高位截肢。1988年，他回到故乡汨罗市后，开始了他的扶贫行动，拖着病残的身躯，十年如一日，带领广大干部群众打了一场艰苦卓绝的扶贫攻坚战，谱写了一曲感人的奉献之歌。小说从讲述者甘竹生甘主任读老熊以"日记体"写的"立传笔记"说起。因此，这是一部为英雄立传的小说，是一部向英雄致敬的小说。这部"超乎日记、书信，又不像传记"的笔记，却"把顺驰爹从岁月之河、泥土之中给带了回来，让他从档案材料里渐渐复活"。因此，《磁铁碑》首先是小说对人物的塑造。易顺驰在乡村变革中的悲壮和坚韧，是此前同类小说不曾出现的人物。小说敢于将人物置身于社会历史困境中，这个困境就是典型环境，易顺驰就是典型环境中的典型人物。

他是一个实干家，他一条腿走在平阳、三峒的荒山野岭，遍访他要了解的家家户户；"他把山上的一篇文章作了十二年"，"唱'反调'的文章他也做"。他敢于写出《新湖人民群众为什么这么穷》的调查报告，可以写出《三峒脱贫万言策》，被称为是一份"乡情图""民情书"。他不唯上，不跟风，不拍马。读过全篇，易顺驰的形象，是一个无比热爱山乡的赤子，是为山乡脱贫苦斗一生的斗士，是一个矢志不渝地与荒芜、困难、自己的病痛拼死一搏的战士，是一个苦干、实干、不做任何表面文章的磊落的勇士。小说是易顺驰的赞美诗，作家饱含深情的笔触和崇敬的激情一以贯之，力透纸背。

小说的结构是特别值得称道的。主人公易顺驰老人已经仙逝，作者从追记的角度书写，在结构上并没有按照讲述主体线性的追述，而是通过不同的人、不同的角度，不同侧面的讲述，立体全面地复活了易顺驰的形象。因此，小说虽然是赞美诗或颂词，但由于整体结构的结实，即便是对人物的赞颂，也同样真实可信。我们知道，当代文学某种意义上也可以称为颂歌的文学，在不同的历史时期文学界也曾多有检讨，但这个传统似乎格外强大，无论怎样反思检讨甚至拒绝，它仍然是一股难以改变的巨大主流。原因是，我们歌颂了那么多正面人物、英雄人物和伟大人物，但这些人物并不成功，并不感人。作为经验也好，教训也好，我们有一个体会，就是正面人物真的不好写。正面人物无论在小说、戏剧还是电影里，总是不如反面人物甚至中间人物更生动、更真实、更有魅力。原因在哪里呢？原因就在于我们书写的正面人物或英雄人物不真实，不符合人性。但《磁铁碑》中的易顺驰的出现，将改变我们对正面人物和英雄人物塑造的成见。因为他真实可信。我想这是作家舒文治的一大贡献。

可以说，作家舒文治是带着"主题先行"的观念进行创作的。当下作家要处理的"主题写作"，从本质上说就是"主题先行"的写作，是观念主导的写作。试想，写"新山乡巨变"，写"美丽新乡村建设"，不写它的成功，不写它的巨大成就，难道有别的选择吗？关键是主题先行是否可行，是否能够写出好作品。这个问题和讨论很危险。因为我们有过深刻的教训，比如"文革"期间的文艺创作，基本是主题先行。但话又说回来，比如获诺贝尔文学奖的阿列克谢耶维奇，她写《切尔诺贝利的回忆：核灾难口述史》，有没有主题先行？她对这个灾难性的事件难道会有除了灾难之外的其他想象吗？怎么可能。但是，阿列克谢耶维奇用三年时间采访了切尔诺贝利核电站反应堆爆炸的幸存者们，有第一批到达灾难现场的救援人员的妻子，有现场摄影师，有教师，有医生，有农夫，有当时的政府官员，有历史学家、科学家、被迫撤离的人、重新安置的人，还有妻子们、祖母们……每个不同的声音里透出来的是愤怒、恐惧、坚忍、勇气、同情和爱。为了收集到这些第一线证人们的珍贵笔录，阿列克谢耶维奇将自身健康安危抛诸脑后，将他们的声音绘成一部纪实文学史上不可或缺、令人无法忘记的作品，并借此期盼同样的灾难绝不再重演。主题先行可以，但必须有强大的理由支撑。这个理由不仅是行动、作为，同时更需要信念和精神的力量。易顺驰之所以感人至深，令人们对他扶贫经历的悲壮性深信不疑，就在于舒文治通过精心的结构，建立起了强大的易顺驰的现实世界和精神世界。他甚至强大到了你想要诟病或质疑都会感到为难。这就是艺术真实的魅力和力量。

其次，是小说对乡村细部场景的描摹，细部的乡村生活与周立波的《山乡巨变》、古华的《芙蓉镇》、韩少功的《马桥词典》等构成了谱系关系。细部是小说的血肉，细部充盈才会血肉丰满。因此，《磁铁碑》是新湖乡的风俗画和风情书。

再次，是小说的语言魅力。作者长期工作在基层，对小说表达的生活环境极端熟悉，特别是对湖南东北区域方言的熟悉，使小说不仅具有了鲜明的地域性特征，而且具有了出其不意的艺术表现力。近年来，关于小说的"地域性"多有讨论，方言是

437

地域性的表征，但《磁铁碑》与那些为了表达"地域性"而有意使语言"地方化"的处理不同，而是幻化为人物的血肉和性格之中。比如"年关鬼偷油"故事，不仅将平阳的穷困以极端化的方式呈现出来，而且极其生动。这个生动很大程度上来自语言的魅力。

最后，小说不是那种为了主题而主题的写作。扶贫和乡村建设的历史，也是艰难曲折悲壮的历史。小说虽然有人物原型，但经过文学性的处理，并没有纪实性的痕迹，而是浑然天成，是在一个完整的文学构思中完成的，极具文学想象力。因此，《磁铁碑》是当下主题创作中既有鲜明的符合时代要求的主题，同时又有浓郁的文学性，有巨大文学魅力的好作品。

二、历史风云中的传奇和方志

对历史的书写，是文学创作最重要的题材之一。如何书写历史，作家一直在探寻。彭学明的《爹》是一部威武雄壮的湘西传奇。此前他最具影响力的作品，莫过于长篇散文《娘》。《娘》自 2012 年 1 月由湖南文艺出版社出版以来，至今已有四个版本，发行逾百万。经过修订和增补，从过去的八万字，增至二十七万字，由山东文艺出版社出版。六年间，不时有关于《娘》的消息在文坛传递，有各种评论、报道以及作者现场演讲等。特别是彭学明的现场演讲，声情并茂，有时甚至涕泪交加，令在场者无不动容。写完《娘》的彭学明终于又写出了《爹》。不同的是，《爹》是一部"献给我的湘西父辈"的虚构的长篇小说。

在"楔子"里作者说，他是一个"没爹的孩子"，"尚未出生，爹就把我抛弃了。我恨爹"。"爹"没有养育过他，没喝过他一口水，没吃过他一口饭。他甚至不允许娘提到爹。但他偶然在叔叔家看到了彭氏家谱，才对爹产生了浓厚兴趣，有了了解爹的愿望：彭家云，1916年出生，1971年卒。人称彭木匠，参加过淞沪会战、常德保卫战和雪峰山保卫战，当过土匪也剿过土匪，并随万余名土匪参加志愿军抗美援朝。他是英雄、功臣，却被打为坏分子和苏联特务，娶过两个女人，生有三子一女。因此，这个爹是矛盾的统一体。混杂的历史和经历，使彭家云成为一个五彩缤纷的人。对彭家云的历史追述，也是讲述者亲历的一场"寻父"经历。他走进爹的村子，乡亲们讲述了他爹和父辈们的一生。小说从抗日战争至90年代，大半个世纪的历史，既是"爹"的历史，也是家国民族的历史；既是"爹们"的苦难历程，也是大动荡时代的英雄史诗。对爹的讲述从五叔开始。爹并非一个冷硬心肠的人，他对弟弟妹妹的关爱确有长兄之风，一个十二岁的小孩子要养四个比他小的。用五叔的话说，"你爹养我们，是用命在养"。爹从十二岁就奠定了在残酷环境中敢于担当、有情有义、顽强不屈的形象。

439

彭家云和土匪联系在一起，是因为他的滴水床和木匠手艺被土匪彭武豪看上，他们都姓彭，于是拜把子成了生死之交，彭武豪也就是讲述者的"干爹"。他们的交集非常感人，后来彭家云成了彭武豪家的长工。湘西土匪之间的关系，以及湘西普通人生活的原生态状况，是一种非常混沌的状态，这种状态特别像贾平凹的《山本》，既是秦岭的传奇，也是历史的幽灵化。《爹》的湘西前现代历史，也像演义和传奇。那里的复杂性，难以用阶级分析的方法判断。《爹》对湘西历史的讲述，混杂着多种复杂因素。这里有民间的英雄、匠人、能人，但更多的是普通民众的参与。在过去的历史叙述中，是演员为公众表演，而湘西前现代的历史剧，民众自己就是演员。因此这里也有"凡是中国人的世事，就是中国文化的表演"。小说不是一个人的传奇，它是湘西的传奇，是湘西人特有的性格、湘西的风物人情和地缘地貌的传奇。彭家云的一生随着社会历史的发展演变，被卷入风波浪涌中，他只能在历史的风波浪涌中随波逐流。直到参加了128师，彭家云成为正规军的战士。彭武豪被陈渠珍任命为剿匪上校，使彭武豪和土匪田平这样的人有了本质区别。田平不仅被湘西其他土匪剿杀，也被民国政府围剿。而"湘西王"陈渠珍更是传奇人物，他的人格魅力对彭家云也是极大的感染，彭家云甚至说对三个弟弟说：做人就做陈渠珍。陈渠珍欣赏彭家云做的家具，于是二者有了交集。湘西的共产党是贺龙领导的红二方面军，贺龙和陈渠珍"各为其主"，但二人是好兄弟，并没有真正相互剿杀——所以历史的偶然性是存在的——但湖南政府主席何键威逼陈渠珍必须剿灭贺龙。如果说这些细部的历史事件还属于国内不同政治团体的不同诉求争夺的话，那么嘉善阻击战、抗美援朝等，就是中华民族为抵御外部侵略而做出的生死相搏。彭家云没有死在土匪田平的刀枪下，没有死在反击侵略者的战争中，也没有死在湘西剿匪和抗美援朝的战争中。他死于1971年的一场肠梗阻。

小说一直写到20世纪90年代。因此与其说这是一部关于"寻父"的小说，毋宁说，这是一部试图表达中华民族半个多世纪历史风云际会、国家民族社会历史发展的小说。湘西的历史变化，也是中国社会历史变迁的缩影。小说在艺术上是一个"众声喧哗""多音齐鸣"的叙事，不同声音参与了对"爹"的讲述和塑造，是五叔、韭菜干娘等乡亲们从不同的角度塑造了家云爹和武豪干爹的形象。不同的声音就是不同的角度，多种角度对"爹"彭家云和"干爹"彭武豪的讲述和转述，使这两个主要人物形象生动而真实。

小说湘西方言土语的使用，不仅强化了小说的地域性特征，表达了湘西的风土人情，重要的是也强化了小说讲述的真实性。如果说小说有什么问题的话，我觉得是语言不够简洁，没有表现力的话语过多，特别是对话还略嫌随意，徒增很多文字。现

441

在对一部将近七十万字小说的阅读，是一个巨大的考验。因此，即便今天，简洁仍然是小说创作需遵循的法则。即便如此，我仍然觉得《爹》是一部值得关注的小说。如果说《娘》是泣血书和忏悔录，那么《爹》就是家国情和英雄史。小说超越了个人"寻父"的意义，而是在历史风云中有声有色地演绎了一场湘西传奇。

津子围是当代著名的作家，也是一位非常勤奋和勤于思考的作家，他的创作取得了非常丰硕的成果。比如，他先后发表的《童年书》《口袋里的美国》《十月的土地》等，这些作品都产生了广泛的影响，也从一个方面体现了津子围创作的整体水准，评论界有很高的评价。后来津子围要创作一部以辽河为题材的长篇小说。我曾经在《芒种》杂志上读过一些章节。当时的书名叫《辽河传》，后来我建议津子围改为《大辽河》，觉得这样会使叙述空间更加广阔一些，给作者留下的创作和想象的空间会更大一些。津子围接受了这个建议。现在我们看到的是正式出版的作品，我读过之后觉得这是一部非常好看的小说。从某种意义上，我甚至认为它超越了津子围以前的小说创作。我读这部作品，觉得它是地方志，同时也是边地书。卷一是辽河地理学，他耐心地介绍了辽河的生成史。通过介绍我们才知道从福德店之后叫辽河段。这种地理学对小说非常重要，它的知识性是小说重要的组成部分。然后写二哥出场，以及牵扯出的人物韩老

六、大表嫂等。这一章里人物的对话、行为、食物以及酒楼茶肆，都极具东北特点。它几乎是不能置换的，表现了津子围对东北风情风物的熟悉。特别是大表嫂将自己输给二哥的情节，今天看来不可思议，但在那个时代应该是真实的故事。这一章的人物非常精彩。

第二章写一个越过柳条边的人，这章主要写一个罪犯，流人四叔。这个四叔成为罪犯，是因为科场舞弊案。他的学生犯了案被砍头，他受到了牵连。他被发配到东北，走了两千多里。发配到东北后这一章最精彩。最重要的是四叔，或者流人文化对东北的影响，也就是流人怎样给东北带来了另外一种文化，这个文化就是中原文化。这里面的古琴是非常有意思的一个文化符号，这个符号是中原文化的缩影。我们知道，东北的文脉非常孱弱，如果从清代开始说起的话，除了纳兰性德，除了流人文化，除了吴兆骞的诗歌，再说就只能说到现代的东北作家群了。所以东北文脉还是很弱的。津子围注意到流人文化对东北的影响。监狱老大舒克宽听不懂琴，但他显然接受了琴音，而且他要为四叔保管琴，为的是四叔每个月来给他弹三次琴。四叔不仅弹琴，重要的是他带来了琴的"清、和、淡、雅之品格，寄寓了文人凌风傲骨、超凡脱俗的心态，是古时候读书人修身养性的必由之径"的文化。他还带来了中原文化中的诸多医术，比如针灸拔罐等。

443

这一章写到了萨满文化，老萨满的法事，那个场景活灵活现。这一章还包括四叔给舒克宽的女儿阿木叶授课。四叔不仅讲授抚琴技法，更讲其境界。授课的那些内容，是中原文化最基本的内容，也是重要的内容。这个文化对东北文化的影响是巨大的，甚至怎样估量都不为过。津子围注意到这一点，就注意到了小说最重要的命脉。因为，作家不是写辽河的地理学，他最终要表达的还是辽河文化，辽河文化怎样演变，受到了哪些影响。后来，四叔娶了阿木叶，生了三男一女，六十岁回到了关东。火柴厂的创办，是写工业文明进入了辽河流域。

小说写新移民，写与辽河的关系。辽河和两岸民众的生活息息相关，与辽河生态的变化息息相关。每章都有主要人物。二哥、四叔、老舅、老舅妈、三姐和三姐夫、四表哥等。人物和叙述者沾亲带故，但这部作品又不是家族小说。因此，小说最令人称道的，是对东北日常生活的熟悉和描摹。这种人物关系特别具有东北气息。东北乡村的习俗、说话方式等，将辽河两岸的百年变迁演绎得风生水起，跃然纸上。

三、都市文学的新体验

文化重心向北方转移后，"软性文化"无论是生产还是地位渐次下跌。"硬性文化"或称作"革命文化"作为主流的地位不可撼动。但同时也使包括文学生产在内的文化生产发生了偏移，起码是不够均衡的。改革开放之后，这个缺憾得到了修补，很多作家专门致力于"软性文学"的创作，张欣就是这样的作家。

张欣被批评家雷达称为"当代都市小说之独流"，"是最早找到文学上的当今城市感觉的人之一"。这个评价从一个方面表达了张欣在当下都市文学中的地位和价值。从张欣的创作实绩看，雷达的这一评价非常中肯客观。张欣的都市小说，大多与当下生活有关，在呈现人的无边欲望的同时，也一直没有放弃对人的终极关怀。这是张欣的小说与一般的通俗文学的区别。但这部《如风似璧》离开了当下，写的是广州1932年到1942年十年的历史。这里有时代的风云际会，有革命的风起云涌。但这又不是一部典型的历史小说。张欣在自序中说："我选择了1932年至1942年这段时间的广州，因为民国属于半封建半殖民地社会，所谓上流社会大多由军阀和买办构成，社会风气是异化加变态，表面攀龙附凤、极尽奢靡，实则毫无自立能力，基本是用金箔包裹腐朽。"这段话可以看作是理解这部小说的基本主题。

小说起始于两个重要的场景，一是九如海鲜舫，一是妓寨。万丈红尘处，饮食男女一样不少。在这种环境中既要写得趣味盎然，又要乐而不淫，小说的难度可想而知。张欣设计的几个主要人物，其一是打金店的伙计鹏仔。鹏仔出身卑微，他贯穿整部小说，与书中的三个女人——苏步溪、阿麦和心娇都有过程

445

度不等的交集。苏步溪是富商千金，阿麦是下人使女，心娇是妓寨娼妓。这个结构特别酷似一个男人和三个女人的通俗故事，是一个典型的通俗文学的模本。"通俗性"是张欣小说一贯的风格和样貌。但张欣的"通俗性"，是好看而不是庸俗。通俗性是和严肃文学比较而言的，它是小说的类型而不是等级。如果按照严肃文学的写法，张欣应该写时代的风云际会，比如像广州沦陷这样的大事件，在历史的潮涨潮落中写人物的命运或性格。但在张欣这里，时代性只是她小说若隐若现的背景，而不是浓墨重彩地描摹的重点。她还是在人间烟火中，在俗世生活中，通过男人与女人的关系写她对世事的理解和人物命运的沉浮起落。

鹏仔出身卑微，他唆使阿麦盗了大太太、二太太的珠宝，然后被其席卷而去。可怜的阿麦只是做了一个远走他乡的梦而已，她还是回到了苏家。不久便发现自己怀了孕，对一个底层女性而言，她的命运可想而知。心娇，原名邓秀莲，广东三水西南镇人，出身贫苦人家，幼年丧父，且有七个兄弟姐妹，排行第四。由于家境贫寒，她八岁时被送给广州一位叫六婶的女人做养女，六婶见她样子、嗓音尚可，便请了师傅正式教她琴棋书画，也找了人教她唱曲。粤曲分大喉、平喉和子喉，她本想唱大喉，但因体质太弱改唱平喉。心娇自小机敏聪慧，凡事稍加点拨就做得有模有样，表现不俗，十二岁便可以在茶楼唱曲每晚赚钱，成为六婶的摇钱树。可惜好景不长，六婶得了严重的肺病，治病要花钱，便将她卖到妓寨。苏步溪是苏大阔和二太太生的唯一女儿。婚后的步溪，第一次正式和严瞠肩并肩躺在新房的婚床上，可是一时又无话可说。用讲述者的话说，这样的时刻干柴烈火好办，雪落无声就比较尴尬。漫长的黑暗中，谁都没有说话。几天之后，严瞠留下一封信，走了。他只给步溪留下了一封信，词汇再美也还是一封休书，他叫苏步溪回到自己家去，以后再嫁个好人家。这是《如风似璧》中三个女性的基本命运。张欣说："这三个女性的故事避开了以往这一类题材的套路，第一不是比惨；第二不是走投无路参加革命；第三不是'富人都是大坏蛋，只有穷人才是又好又善良'，对人的书写就是平等对待；第四她们都是凭借一己之力变成主宰自己命运的英雄，因为指望不上任何人。"因此，对女性的悲悯，是《如风似璧》的基本调性。

　　一般来说，这类现代市民小说与传统世情小说有瓜葛的作品，总会和《红楼梦》以及明清白话小说或鸳鸯蝴蝶派沾亲带故脱不了干系。如果从这一点看，小说除了时代背景有巨大差异外，人性的本质还真是没有变化。就吃这一点来说，无论世道如何，一谈到吃，从孔夫子到《如风似璧》上下老少，无不兴致盎然。因此，张欣选择从"吃"透视或表现广州，实在是太有眼光。所谓"吃在广州"，天下无人不知无人不晓。因此，食是人间第一要义。于是，鑫振源的生煎、唐招娣的赤豆猪油膏、

447

卢新年的艾草汤团等一应俱全，烟火街便名实相符。众生相首先是吃相，这个吃相倒不在于食客的凶恶饕餮或彬彬尔雅，更在于食客对形式的讲究。比如喝粥，要到"梯云桥畔的二嫂粥"；喝猪杂粥的妙处，不只是物料新鲜，那猪杂还冒着热气，喝粥可以还魂。更重要的是，这些职业妇女，可以"解开封住脖子的衣领，跷起二郎腿，七嘴八舌评价那些道貌岸然的男人，这个有钱那个没钱，如果是又孤寒又轻薄的人，大家就一起把这个人的坏话说个底朝天，这种宣泄简直救命，否则积攒在肚子里怎么睡得着觉"。这就是知其然还需知其所以然，这才是袅袅余音，这才是醉翁之意和弦外之音。因此，那吃食尽管是美食，如果人们只满足于"口舌之欲"，也不过是"吃货"而已，"口舌之欲"满足后添油加醋的"谈资"，才构成了"职业妇女"和世俗社会的景观。如果是这样，那么，张欣的"通俗小说"便又有了张爱玲的"现代"元素，而广州的俗世生活便也有了些许现代上海的风韵。

除了食材和烹制，餐具亦有大的讲究。比如"苏大阔打电话过来，叫梅贵姐把今晚的餐具换成九如寿宴瓷，这套瓷器是苏老板请花彩堂的老师傅专门烧制的，轻易不肯拿出来"。用于寿宴例牌的瓷器，图案是鹅黄的佛手配粉红色的寿桃，色泽熨帖精疏雅致。碗底印有"九如瓷"三个字。餐桌的中央放着一座玉雕，一条鲤鱼跃出碧波，被四周的荷花、莲叶、水草及浪花簇拥，鳞片镂空成图案花窗，可以窥见鱼肚内再雕琢出来的小鱼虾蟹，妙趣天成。这就是久负盛名的玉雕技艺，象征着富贵有余。是苏大阔送给吴老先生的寿礼。这当然是奢华，但这奢华包裹的腐朽却一览无余。然后是"饱暖思淫欲"，生存条件过剩的阶级，男人的"欲望"总会毫不掩饰。从皇室到富贵人家，"妻妾成群"便在意料之中。

　　女性是这里的主角。写女人的美是题中应有之义。但男人写女人和女人写女人还是不同。写美人尤其难写。所谓的沉鱼落雁、羞花闭月等，不过是比喻，虽是"至美"，终还是抽象的笼统。张欣写美人是"正面强攻"，是她理解的"有图有真相"的美。比如妓寨的"梅贵姐今晚穿一件紫藤色的旗袍，颜色素雅，然而整件旗袍包括袖口和袍脚全部绲上了一圈半寸宽黑色玻璃丝花边，妩媚而神秘，加上高级又时髦的平胸，简直是无法言说的诱惑。听说上海的交际花都这么穿，梅贵姐就是上海女人，细长的丹凤眼，鼻子边上有几粒浅浅的雀斑，嘴唇倒是肉肉的，仿佛一直嘟着嘴，自带几分娇嗔。并不十二分的漂亮但是味道十足"。因此，有客人称"梅贵姐才是女人中的女人"。但红姑又是别样的光景："只见红姑斜着身子倚柱而立，一旁的举举拉着她的手看戒指，红姑的手美得让人失语，笔直的细细长长的葱指涂着鲜红的蔻丹，花生粒大小的钻戒在灯光下闪闪发亮。她今晚穿一件湖蓝色纱丁绸旗袍，高耸的元宝领把她的瓜子脸

449

削得更加尖俏，纱丁绸的颜色饱满靓丽，布料悬垂一泻千里直达脚面，只能从开衩处隐约看到紧裹小腿的玻璃丝袜和嫩粉色的高跟鞋，盈盈腰间一侧是一朵盛开的宫粉牡丹。"这种描写最见作家功夫。

这是广州现代风情之一种，除了对女性"魅惑"的描摹外，广州的"现代"已呼之欲出。不只是高不可攀的盘尼西林已经神秘地进入了广州，欧洲新古典主义住宅巍然耸立，更有欧风美雨东渐，西洋的观念在青年男女那里不胫而走。苏步溪和金流漓的关系便是现代风情之一种。苏步溪学骑马学开车，也可以气势如虹吞云吐雾地抽香烟，时髦的西洋景一样不少。当然，这万种风情是时代的，因此它是现代的。

小说一、二、三节第一句都是"一丝风都没有"。这个安静是蓄势，所谓大风起于青萍之末，大浪成于微澜之间，就是这个意思。这个蓄势，不只意味着三个女性命运的大起大落，同时也示喻了时代即将发生的风云变幻云谲波诡。我一直认为，在当下中国的都市文学中，城市生活最深层的东西还是一个隐秘的存在，最有价值的文学形象很可能没有在当下的作品中得到表达，隐藏在都市人内心的秘密还远没有被揭示出来。这里的原因非常复杂，这里暂不讨论。这时张欣选择了回到历史，选择了透过历史的烟云观察都市生活，她发现了在当下生活中难以言说的人与事，她找到了一种"有限度的自由"，这个"自由"

也让她有限度地塑造了自己"心仪"的文学人物。这些人物——他们的言谈举止和生活方式——不可能生活在当下,但他们作为有血有肉的人物,就在当下的生活中。一切历史都是当代史。这也是文学的辩证法——时代变了,但人的本质、欲望和所有的局限依然如故。这就是《如风似璧》的价值和提供的新经验。

郑小驴刚出版的小说集《南方巴赫》,共有中、短篇小说九篇。这是一部抒写青春期迷茫、孤独、叛逆和苦闷的小说集,是一部表达青春期的生存艰难、性的饥渴和不甘堕落的小说集,是一部心向远方、渴望飞翔、一怒冲天的小说集。在同代人的青春书写中,郑小驴的经验、体悟和才情,超凡脱俗卓然不群。小说集命名为"南方巴赫",为什么不是贝多芬,不是勃拉姆斯?因为只能是巴赫。巴赫不只是"西方现代音乐之父",更重要的是,普遍认为巴赫的音乐深沉、悲壮、广阔,充满了18世纪上半叶德国现实生活的气息,他的《马太受难曲》《约翰受难曲》《B小调弥撒》等,抒发了对人类灾难、痛苦的怜悯和同情,表达了现代人没有精神寄托的孤独和犹疑。因此,此时的巴赫不只是18世纪上半叶的巴赫,他也是郑小驴"南方的巴赫"。或者说只有借助巴赫受难曲所表达的悲哀、沉重和压抑,才可以更透彻、更形象地传达出郑小驴的"南方"感受。在这个意义上,不仅文学艺术是可以通约的,而且在情感领域,中国与世界也是可以彼此感知、共情共鸣的。这大概就是郑小驴《南方

451

巴赫》的用意或隐喻。

　　不同的是，郑小驴不是用音乐，而是用文字书写人物的悲哀、沉重和压抑，是通过年轻人的逃离、迷惘和性苦闷等表现出来的。《南方巴赫》在小说集里是一部权重很高的作品，也是最生动、最感人、最接近巴赫音乐的一部中篇小说。被命名为金宏明的"我"既是讲述者，也是当事人。小说的结构非常复杂，表哥徐三焘、神秘女孩祁诗灵（艾米丽）、她的父亲和继母等复杂的关系纠葛在一起。为了考驾照，父亲将即将入伍的金宏明打发到省城表哥徐三焘这里。一个省城报纸的编辑，受过高等教育，不苟言笑，戴一副深度近视镜，是一个知识分子形象的标配。住进表哥徐三焘的家里，表哥设了密码的电脑，引起了除了考驾照便无所事事的金宏明的极大好奇，他终于破译了密码。他难以想象的是，表哥电脑的一个文件夹里，竟然藏着令人瞠目结舌的性爱视频和照片，他和不同的女人在交媾。这个窥秘行为实现了金宏明的期许。通过"漂流瓶"，金宏明认识了一个名叫艾米丽的女孩，若隐若现的神秘女孩艾米丽终于来到了长沙，他们见了面，吃了肯德基，来到了表哥家里，她看到了表哥一屋子的书，并请求将一本《献给艾米丽的一朵玫瑰花》送给她作为生日礼物。艾米丽隐约地讲述了自己的身世，母亲已去世，怀疑父亲是真凶。他们驱车来到了一片被艾米丽称为"坟墓"的别墅区，金宏明第一次亲吻并抚摸了女性的身体。

从此艾米丽几近消失。金宏明入伍许久后，收到了一封神秘的邮件，这封邮件是一个女孩子的自白，她讲述的是一个九岁女孩的隐秘心理和体验。金宏明不知道她是谁，但所有的读者都一目了然：那是艾米丽对个人身世的一次转述。两年后金宏明退伍，他一门心思寻找艾米丽。通过蛛丝马迹，金宏明来到"金山冶炼"应聘保安。他如愿以偿。在这里，金宏明看到老板祁宏钧和他一家，也明白了祁诗灵——艾米丽的最后命运。他进入了老板祁宏钧的家，祁宏钧貌似镇定却心有戚戚，祁诗灵毕竟是他的女儿，但他的女人用另一种方式"解构"了祁诗灵的叙述。金宏明终于歇斯底里地爆发了，他摔了酒杯，在保安"抓住他"的喊声中仓皇逃离了——

　　雪继续在下。细细的雪粒借着风势，在灯光中急速旋转，飞舞，跳跃。四周一片白茫，整个南方都在乱雪纷飞。我已经多年没见过这么大的雪了。零点已过，2012年的钟声敲响。熟悉的旋律中，我紧握方向盘，就像紧握自己的命运。我没有方向，也没有目的地，但我必须驾驶我的车，在这个雪夜一直开下去，开下去……

　　《南方巴赫》是一部与福克纳的《献给艾米丽的一朵玫瑰花》有关的小说，也可以理解为是向这篇小说致敬的小说。不同的是,《南方巴赫》同时吸纳了流浪汉小说和悬疑小说的元素,形成了郑小驴的特殊文本。特别是巴赫音乐贯穿小说始终,徐三焘在听巴赫,祁诗灵(艾米丽)在听巴赫,祁宏钧也在听巴赫。巴赫成了小说结构的内在灵魂。于是,迷茫、孤独和苦闷的情感体验,就不是金宏明一个人的。那是小说当事人共同的情感体验,尽管他们的缘由并不相同。

《南方巴赫》是书写青春的小说。一段时间以来,青春在小说中几乎是缺失的。当然,小说不乏青春的书写,我指的是那种超越个人经验,能够表达当下青年具有表征意义的青春情感的小说并不多见。郑小驴的价值就在于,他集中地书写了这个时代青春的压抑、孤独和苦闷,并在巴赫的音乐中找到了共鸣。因此,"南方的巴赫"是共情的青春。

小说集《南方巴赫》给我的整体印象是,首先这是一部具有"自叙传"性质的小说。小说中一直有一个神情忧郁的少年,他是故事主要的讲述者。郁达夫说,小说是作者的自叙传,因此,我们大抵可以认为《南方巴赫》也有郑小驴自叙传的因素。《南方巴赫》中的金宏明,《国产轮胎》中的"男孩"文跎,《战地新娘》《一屋子敌人》《衡阳牌拖拉机》中的"我"等,都隐隐约约与作者的阅历或情感经历有关。而他小说中有关情色的描摹,也与郁达夫有不解之缘。《战地新娘》中的"我",曾想到巴塔耶那句惊世骇俗的话:"所谓色情,可以说是对生命的肯定,至死方休"。这个"我"当然未必是作家自己，但作为讲述者的肯定，显然也是作家的肯定。在改革开放初期，刘恒的《狗日的粮食》《伏羲伏羲》，张贤亮的《绿化树》《男人的一半是女人》，王安忆的"三恋"和《小鲍庄》等，都写了人的食和性，都写到了生存的艰窘和性的压抑、苦闷。那个时代作家的勇武几乎所向披靡，今天想来，他们的了不起可能会进一步为我们所认知。郑小驴重新书写了这个主题，并不是简单地复制他的前辈，而是表达了文学基本主题的有效延续。他有了新的体验和新的表达。

第二点，是小说对神秘性的书写。郑小驴小说中的神秘性，既不同于拉丁美洲小说家的魔幻现实主义，也不同于中国本土小说家对神秘世界、通灵人物的描绘。他的神秘，是小说的一种"设计"，是情节和结构的一部分。《南方巴赫》中，对表哥徐三焘电脑密码的破译，"漂流瓶"神秘女孩讲述的"两只羊"的故事；《国产轮胎》中，那张诡异的合影照片，"姑父和母亲的眼睛均被戳穿"等情节的设置，使小说极具文学性。不仅使读者阅读兴致盎然，而且有强烈的"解密"阅读期待。当然，这种神秘性，郑小驴更多布置在中篇小说中。他那些短篇小说比如《火山边缘》《最后一口气》《天高皇帝远》《盐湖城》等，讲述的还是生活的一个片段，更具写实性。

第三点，《南方巴赫》中有一个"意象"非常重要，这个意象是汽车或其他交通工具，比如拖拉机。诸如标致206、日产蓝

455

鸟、吉利豪情、福田牌小货车、中巴以及《一屋子敌人》讨论的"我们的计划是弄辆车""我们终于聊到了车"等，这一具有速度和移动功能的意象，和小说要表达的青春性格有极大的关系。小说中的人物从金宏明开始，到祁诗灵（艾米丽），到《国产轮胎》的小湘西等，几乎都是移动的精灵，他们的躁动、不甘和天马行空的想象，必须借助现代汽车的意象才能实现。有了汽车就是在路上，只要在路上就有变化，就有希望，就有新的可能。因此，汽车的意象不只是小说情节的需要，它更是一种象征，一种隐喻，一种冲决现状的精神需求。我们一次次看到这些带有时代青春气息的年轻人，驾车一路狂奔的时候就知道，无论他们奔向哪里，那不可遏止的青春就是一切。

当下的文学状况，是多种声音、多种形式共存。我一直认为，只要耐心阅读，总会发现好的作品。或者说，那些对文学怀有执念的作家一直存在，他们一直在寻找最好的东西。如果是这样的话，无论文学环境发生怎样的变化，无论现代科技神话如何被夸大，我们对文学还是应该怀有坚定的信心。

2024 年 4 月 8 日于北京寓所

本土"先锋文学"的崛起

——当下小说创作的一个方面

20世纪80年代的先锋文学，业已成为重要的文学遗产写进了历史。先锋文学曾经的辉煌仍在历史深处闪闪发光，照耀着中国文学当下的足迹。因此，我们必须肯定80年代先锋文学为我们带来的新的视野、观念乃至方式方法。那个时代的作家，是否受过先锋文学的洗礼是大不一样的。即便是后来重新回到现实主义立场的余华、格非、孙甘露等，他们的作品中，仍然散发着鲜明的先锋文学的遗风流韵。他们今天的现实主义，是一个开放的、具有强大吸纳力的现实主义，而不是过去故步自封、自以为是的现实主义。但是，我要说的是，80年代的先锋文学，毕竟是受到西方先锋文学观念和具体作家作品影响更大更多，它们的价值是用形式的意识形态打破了统治文坛多年的僵硬格局，为我们的文学提供了更多的可能。作为思潮的先锋文学早已

457

落潮，但先锋文学的精神至今仍在文学中涓涓流淌，长盛不衰。更值得注意的是，今天有一股先锋文学的潮流呼啸而至，这是来自本土生活的先锋文学，是本土生活孕育的先锋文学。它们以先锋的形式和姿态，更本质、更生动也更真实地反映和表达了当下各个层面和角落的生活。我们有必要给予关注和重视。

一、荒诞性和"技术流"的异想天开

多年来，牛健哲笔耕不辍，虽然没有暴得大名，但文学界的朋友都知道，牛健哲是一个坚忍不拔的作家，他对外部的名声并不在意，他只是做他喜欢的事。我读过他一些小说，我认为他是一个特立独行的作家，他对文学的理解以及他关注的小说方向、对小说形式的选择和认知，都不同凡响。

他的《耳朵还有什么用》，是一篇极具后现代意味的小说。妻子白若是一位老师，也是一位作家，写完长篇小说《软骨》不久就去世了。小说没有交代白若的死因，叙述者也没有沉浸在妻子死后的悲痛中。小说集中在《软骨》的阅读和争夺中。妻弟小白在姐姐死后性格变得乖戾，并坚持要回小说《软骨》。这时一个不速之客突然闯入，一个带着酒气的女性莫名其妙地闯入了与她没有任何关系的男主人的房间。她自视甚高，夸耀自己对阅读小说有高超能力——

她在从头阅读，这引起了我一种诡异的感觉，像是熟知她所读内容的优越感，又像是因为什么东西过度暴露给她而产生的不适感。总之我与这部书稿之间的私密关系，第一次遭到了破坏。更过分的是，她咂咂嘴，读出声来。我立即假意用拳头撑着腮帮，同时用拇指按下右耳耳屏，减小入耳的音量。至于左耳，我只能转头让它背离声源。我不可能告饶似的用两只手捂住两只耳朵，这事关一个主人的尊严。这样，开头两段叙写还是断续地钻进了我的耳孔，我听到了一对闺密游历一片山林的情形，听到了一段路上无数旁逸斜出的树枝、那个明晃晃的太阳、山下若隐若现的一泊小湖，还有她们的疲劳干渴。

　　这个诡异的举止，使阅读变得恍惚起来。这个陌生的女子与白若有怎样的关系，那暧昧或若隐若现的神情，使白若之死引发了读者诸多想象。然后是一对没有任何关系的男性和女性共处一室，说着完全不相干的、没有任何逻辑关系的话语。当女人背着窗户阅读时，那个被命名为"耳朵"的狗，从高楼天台摔了下去。女人不知道发生了什么，居然提出了不可思议的要求，要求男主人搂着她，在没有窗帘的窗前和她做出亲昵的动作。楼下并没有狗的尸体，一缕血迹伸向远方。他返回居室时

459

发现:"犹如受了指示,我看了一眼窗外,正对面的窗子里竟真亮着灯,果然有人站在窗口,直直地望过来。那条胖狗在灯光里现了身,堆坐在窗台上自证其胖,眼睛重新睁大了。"更不可思议的是,男人居然像"履行契约一样",他"摆出了亲吻的架势",并"用嘴捕捉到了她朝上的右耳,并且衔了起来。"这当然只是一个表演。

因此,与其说《耳朵还有什么用》是在讲述一个故事,毋宁说是在讲述对生活的一种体悟和感受。小说通篇一直在"荒唐"中进行,这里没有逻辑关系,没有因果关系,人物也只是不同的工具符号,用叙事学的概念说是"能指"。但小说的"所指"就是生活的荒诞。如果对生活有切实的体会,荒诞就是生活的本质。小说要表达的,就是生活中不可能的事。但是,就是这不可能的事,比"反映论"的真实更加令人惊悚,原来生活是这样的。小说中的"耳朵",不只是对一条狗的命名,更重要的是,人已经失去了相互倾听的愿望,每个人都在独语,话语之间没有交集,即便形式上是"交流",实际上仍然是各行其是。牛健哲在荒诞中发现了生活中我们不曾发现或感知的,他就成了生活的发现者和"技术流"小说的创造者。

近年来孙睿的小说引起了很大的关注。他是一个有极强写实能力的作家,特别是对小说细节的注意,我们很难找出破绽。另一方面,孙睿的小说又有鲜明的后现代主义倾向,特别是对

"虚无"的理解。比如他的《酥油和麻辣烫》，一个衣食无忧、生活极其优越的中年女性，不喜欢孩子，憎恨前男友，她不相信任何人，只相信自己。她的宣言是"我的奋斗配麻辣烫"。这种混搭的语言，本身就是一个中年女性的个性，同时表达了虚无的人生态度。当然，这与她患了胃癌有很大的关系。这个疾病也是一种隐喻。就是过于强悍的女性主义者，是先在的疾病患者。她已经过了"诗和远方"的年纪，但还是以强弩之末的姿态去了西藏，也发生了我们可以想象的和那个叫作丹增的藏族青年的故事。她最后的期待就是要吃"麻辣烫"。这种流行的受青年喜爱的食物成为一种最后的期待，表达了这位中年女性主义者不仅未能免俗，同时也示喻了她两手空空一无所有的"虚无"。

《游乐场》中不和谐的夫妻，窘迫的个人生存空间，公司的 DDL，父亲的游手好闲等，琐屑的生活让叙述者对这个世界几乎了无兴致。琐屑的生活可以彻底地击败一个人而产生绝望感，这种绝望不是对象化的，那是无物之阵，那是一个魔鬼和你的纠缠，它不是将你立刻毙命，而是缓慢地，润物无声地将你一点一点地杀死。它让你不厌其烦。当然，这不是生活本身，小说就是要将书写的人物和内容绝对化。这一点，我觉得孙睿的小说某些方面有比利时小说家菲利普·图森的影子。图森塑造的人物也都是游手好闲的年轻人。既有不安分的走动、毫无目的的旅行，也会一个人和衣躺在浴缸里或者站在电话亭发呆。

461

图森对意义世界没有兴趣。我读了孙睿的《斜塔》，是一个大中篇或小长篇。小说四个章节，循环往复，真假相间。老董、范老师、马冬、白某、霍某等人物交替出场。但它不是侦探破案的类型小说，那里隐含了作家对人生不确定性的深刻思考，是一部非常典型的具有后现代气质的小说。场景的变化，人物的死而复生等，使小说充满了可读性和难以预料性。

宁肯的小说集《城与年》，写的是北京四十多年前的生活。四十多年前的历史和生活，今天的作家会有怎样的记忆？他将为我们提炼出什么样的"硬核"知识？他记忆中的那些细节会本质地反映那个时代吗？他会复活我们共同的记忆吗？这是我们对作家的期待和追问，当然也隐含了我们的自我拷问。在我看来，宁肯笔下的历史生活和人物，向我们展示的都是与文化政治相关的内容。首先是人性的荒寒。《防空洞》，开始写孩子们院子里挖防空洞的戏仿，本来是孩子们时代性的游戏，但是，黑雀儿从学习班出来后不一样了，他要大干一场，要挖真的地道。于是，院子当中被挖开一条黑色的口子，这时，时代的荒诞性便如期而至。热火朝天的劳动场面伴随着老戏匣子里《地道战》的电影录音剪辑，一个时代的生活剪影就这样塑造出来了。《火车》中，善良的小芹有零花钱，"每次出门远行小芹都会给我们买冰棍，去时一根回来一根，还买过汽水呢。汽水一毛五分钱一瓶，当然不是每人一瓶，五六个人一瓶，你一口我一口分着喝，喝着喝着我们就打起来"。"我们毫无同情心，没有一次到街上看看小芹。"不可理喻的姥姥以及家长、孩子等人与人之间的关系莫名其妙。这种关系就是一个时代的缩影。但是，到了火车上，这些孩子又是另外一种状况，尽管他们生活贫困又贫乏，但他们谈论的都是天大的话题。这种大而无当的话题没有任何营养，以至于当火车开走，男孩子可以跳车，女孩子小芹被火车拉走的事情，他们都没有告诉小芹的姥姥，姥姥三个月之后死去了。没有同情心，缺乏人性，在孩子相处的过程中被表达得格外触目惊心。一年多以后，小芹回北京时，他们已是满口脏话，传统文明就这样在孩子的口语中被彻底颠覆了。其次是物质生活的贫困和精神生活的贫乏。这是《火车》的日常生活中呈现出来的。

日常生活的乏味和无聊很难书写。这种乏味和无聊，与西方现代派小说和后现代小说完全不同。西方现代小说有一个隐含的对话关系，它们或是反抗，或是解构，都有一个面对的对象，有一个具体的文化所指。但宁肯的小说不是，他要正面书写那个年代的贫乏空虚。精神生活的贫乏，可能是宁肯少年时代最深的创伤记忆。

463

二、山林和钢城的荒诞交响

李修文的《山河袈裟》《致江东父老》等散文作品，从一个方面表达了他的个性和气质。他写的内容除了个人经历，我们大多耳熟能详。特别是他和社会底层的交集。在《致江东父老》的后记中，我读到了这样的文字："是的，一定要记得：为那些不值一提的人，为那些不值一提的事，建一座纪念碑；一定要记得：天下可爱人，都是可怜人；天下可怜人，都是可爱人。"我觉得这不只是体会，这是认知，是价值观。有了这样的认知和价值观，李修文就有了与众不同的格局和气象。

他的《猛虎下山》从内容看，是一部写当下工人生活的小说。镇虎山下的炼钢厂改制转轨，作为炉前工的刘丰收面临着下岗。这是一个给人带来极大压力的坏消息。这个写实性的开篇似乎要以"正面强攻"的方式书写国企改革。事实并非如此，小说并没有沿着这个现实的路径向纵深发展，情节突然旁逸另一个方向：镇虎山上又发现了老虎，为了防止老虎进厂伤人，厂里成立了"打虎队"。刘丰收在面临下岗和老婆林小莉的双重压力下带头参加了"打虎队"。这个情节和京剧《武松打虎》发生关系是完全可以想象的。但刘丰收参加"打虎队"上山打虎，具体的情形和细节还隐含另一个剧本，这个剧本是《林冲夜奔》。因下岗走投无路才加入"打虎队"的刘丰收，妻子和车间副组长张红旗长期通奸，虽然不及林冲妻子被高衙内欺负悲惨，但故事性质有相通之处。《林冲夜奔》写尽了一个"可怜人"的无助和无奈，刘丰收上山打虎何尝不是如此。不同的是，林冲的命运是实实在在地被发配沧州，刘丰收则是自演自导的一出荒诞戏。有趣的是，小说迷幻与现实交织，李修文对中国古代文学资源的深度发掘，使小说呈现出无限的可能。这既是对古代文学传统的当代的继承，也是空前的创造。他出乎史，入乎道，其化用浑然天成，获得了石破天惊的文学效果。

从本质上说，《猛虎下山》是本土崛起的"先锋文学"。所谓炼钢厂改制转轨、工人下岗等，只是小说的背景。这些问题作家是没有能力解决的。作家要处理的，是在这样的背景下，普通人的生存状况和精神状况。李修文没有用写实的方式处理，而是选择了一种极端荒诞的方式。这个荒诞，不是来自西方文学观念的荒诞，不是通过文本传播的荒诞病，而是本土生活提供的，真实的、来自生活的荒诞。因此，《猛虎下山》是本土先锋文学崛起的一个表征。这一点尤其值得我们注意。

"打虎队"起始于一个谎言，镇虎山又出现了老虎。但这个虚构的"老虎"支配了厂长的决定，要成立"打虎队"。这个谎言的制造者是刘丰收。他本来在下岗的名单中，但这个谎言改变了他的身份和命运，他当上了打虎队队长。于是，"上山打虎"成了一出不折不扣的荒诞剧。谎言和权力是结构小说的基本的

465

要素。"老虎皮"和"红色安全帽"，是两个具体的物体，它们风马牛不相及。但在小说里，它们是两个具体的意象，它们都是一种"王"的象征：虎是"山神爷"，是"百兽之王"，它在自己的领地可以为所欲为，百兽望而生畏抱头鼠窜；红色安全帽是"厂长"的专属，那也是"王"的象征。刘丰收敢于率先加入"打虎队"，除了被逼无奈外，与厂长"红色安全帽"的加持也不无关系。于是，"老虎皮"和"红色安全帽"这两个毫无关系的意象，在这里统一了起来——他们都是不同领域权威的象征。刘丰收就在这两个象征权威的物体中，绞尽脑汁纠结不止进退两难。这个"可怜的人"就生活在两个毫不相干的物体之间。他的荒诞性比起所有的荒诞派小说和戏剧，都有过之而无不及。

厂庆日，各单位要出节目，打虎队也得出一个。他们要演《武松打虎》，扮武松的非张红旗莫属。张红旗受伤的小腿骨头还咔嚓响，刘丰收为了整治张红旗，用了包括"激将法"在内的所有手段，张红旗还对着司鼓马忠喊："把鼓再给老子敲快点！"拼了命的张红旗面目狰狞。刘丰收明白这是两个人的争斗，胆怯了的刘丰收突然发现了远处的"红色安全帽"，他——

　　下意识地，冲到背包边，拽出了那只红色安全帽，一刻不停，狠狠地，更是稳当地，给自己戴上了。然后，我转身，缓步走向张红旗，一边往前走，我一边发现，帽子底下

466

的我，顿时就换成了另外一个人。如果有一面镜子，我应该能看见，现在，我眼睛里的光，可称之为精光，那光，比夜晚里的猫头鹰的眼睛都更亮，也更阴冷。果然，只见那张红旗，稍微愣了一下，手脚上的招式就慢了下来。我不说话，继续朝他逼近，一下子，他什么都不会了，走也走不成，跳也跳不起。终于，他认命了，瘫坐下来，抱着受伤的那条腿，想看我，又不敢看我，就连我的影子，影子里的那顶红色安全帽，印在地上，差点盖住他的脸，他也吓得一哆嗦。

是张红旗害怕刘丰收吗？当然不是，张红旗怕的是刘丰收头上的那顶象征权力、象征厂长威严的红色安全帽。可以说，可怜人刘丰收自从当上打虎队队长，就彻头彻尾制服了张红旗。这当然不是刘丰收个人的能力，他是借助自己队长的职务，借助权力象征的厂长的"红色安全帽"。权力在小说中是无处不在，无所不能的。当张红旗对着刘丰收说"我认得你，你变不了，你他娘的，还是那个尿货刘丰收"时，他真说错了。刘丰收真的不是当初的刘丰收了：刘丰收决定将张红旗开除出打虎队。被开除的张红旗疯魔了，他扮虎不成居然扮成了一头猪。后来的张红旗在山洞里被狐狸围攻咬了几口，令刘丰收心里大悦，张红旗和妻子林小莉偷情的仇怨，在这里获得了复仇的快意；不仅如此，他还用一种极端粗暴的方式对待了妻子林小莉，

467

林小莉从未有过的俯首帖耳，同样因为刘丰收的那顶"红色安全帽"。权力的淫威战无不胜。上述那段描述，是对剧情和剧中人心理活动的描述。它酷似戏剧中的道白，句子极短，句式急促，转瞬之间变化无常。李修文大胆借鉴了他熟悉的戏剧文学，神形兼具。这种文体的融汇是一大创造。它极大地拓展了小说表达的边界，丰富了小说的艺术性。

小说中的"导演"是另一个重要人物。他的姐夫，是收购炼钢厂的特钢集团董事长。他要来拍一部厂庆的宣传片。听说了打虎队之后，像打了兴奋剂一样：他们要拍打虎队。他们原本想吓一下导演，把打虎队的生活虚构得惨不忍睹，没想到的是，导演居然认为"戏比天大"，坚持要拍打虎队。"导演"的到来是另一种"异质权力"的加入，这个权力的加入不仅加剧了剧情的复杂性，同时更表达了各种权力相互博弈过程中的权力意志诉求。或者说，每一种权力都代表了一种利益关系。这种关系里埋藏着更加荒诞不经的各种行为。诸如，为了证实确有老虎，他们要吃生肉、腐肉、麦冬和葫芦藓，担心张红旗说破根本就没有老虎的实情，不让队员给张红旗再送粮食等。但该来的还是来了，几个假扮老虎的人，都没有完成吃生肉的桥段，只有张红旗，不仅吃了生肉，还加戏吃了毒蘑菇。这种极端化的表现，使小说戏剧性达到了高潮。李修文的散文《我本是逢场作戏的人》，给我留下了深刻的印象。跟戏班的经历和长期与底层人打交道的经历，为李修文积累了丰富的生活经验，他既了解普通人的生活方式和状态，同时，也深谙戏曲的表演程式和语言。这些经历极大地帮助了李修文《猛虎下山》的艺术处理、人物塑造和语言表达的方式。在这个意义上，我还是要说，无论你用怎样的表达方式，写实的还是荒诞的，生活是难以超越的。

这是一部由谎言、权力以及下岗、偷情、复仇、弄假成真、假戏真做等构成的荒诞剧。从制造山上发现老虎的假象开始，到"导演"的加入，一切都在谎言中。但工人的下岗却是真实的，刘丰收、王义、李好运、冯海洋、冯舰艇、杜向东、张红旗悉数下岗。因此，这又是一部通过荒诞书写普通人命运的小说。他们是荒诞的制造者、参与者，更是受害者。李修文是一个认真体会过底层生活的作家，无论各地游走还是和戏班漂流，他有底层普通人生活的诚实经验。无论是他面对的荒诞不经还是真切的同情，不仅来自他的生活，同时也来自他的认知。这里的丰富性、复杂性和悖论，如此模糊不清地缠绕在一起，因此，那里也有欲说还休、欲罢不能的复杂心理。这就是李修文，这就是《猛虎下山》。我们读过的"先锋文学"，特别是荒诞派小说，大多是整体是荒诞的，但细节还是真实的。《猛虎下山》的不同在于，不仅整体是荒诞的，细节也是荒诞的。因此，这是一部彻底荒诞的小说。作为一个寓言，它不仅是刘丰收的，同时也是我们每一个人的。那弄假成真，因为装扮成老虎也信以

469

为真地变成了老虎的寓言，是我们共同"异化"的表征。小说最后，炼钢厂人去楼空，林小莉得了癌症。这又回到了中国本土叙事：眼见他起高楼，眼见他宴宾客，眼见他楼塌了。人生的虚无感油然而生。读过之后，我们被深深感染的同时，也被别一种忧思和况味缠绕良久挥之难去。

2019年，我有机会去了布拉格，参观了卡夫卡博物馆和他从事创作的故居——布拉格城堡黄金巷22号，而且拜谒了卡夫卡的墓地，献上了一束鲜花。毫无疑问，卡夫卡是80年代对中国先锋文学影响最大的作家。这个影响至今仍在延续。李修文说："我自中学时代接触到卡夫卡的作品，这些年里，对他作品的反复阅读，是我的精神生活里最为重要的部分。我最新的长篇小说《猛虎下山》就受到了他的诸多影响，譬如：如何描述一个令人信服的变形故事，如何赤诚地去发出一种'弱者之声'，等等，等等。毫无疑问，卡夫卡的文学世界深邃无边，最难忘最为着迷的，是一个作家如何依靠自己的本能成为时代的见证者和预言者，就如奥登所言：'卡夫卡之所以对人们如此重要，是因为他的困境就是现代人的困境。'显然，我还将继续阅读卡夫卡，不仅仅是仰慕与追随，而且置身于他的作品中，再去考虑时代中的自己和我可能的写作道路。"（《北京文学·中篇小说月报》2024年第6期）实事求是地说，读过李修文的《猛虎下山》之后，我的第一个反应就是中国本土的先锋文学开始崛起。那里基本是中国本土的生活元素，在艺术上也借鉴了中国传统的文艺资源。他是一个地地道道的中国化的"先锋文学"。但是，刘丰收的"活人扮虎"，不就是中国式的"变形记"吗？李修文并不忌讳这一点。他诚恳地承认是受到了卡夫卡的影响。2024年是卡夫卡逝世一百周年，李修文的《猛虎下山》也是对这位文学大师最好的纪念。

当下的城市文学也好，工业题材创作也好，之所以没有杰作，既无趣又不感人，最主要的是缺乏想象力和文学性。对生活如实的记录，没有超越于生活的任何文学笔法，它的可读性还不如生活本身。《猛虎下山》并非出于对城市生活和工厂生活的无力把握，而是意在另辟蹊径，通过荒诞和迷幻提炼出了时代的整体氛围。这个整体氛围用写实的方式是难以呈现的，而迷幻和荒诞则实现了比写实更为真实的效果。因此，《猛虎下山》为我们提供了另一种创作经验。它不是西方的，也不是传统的，它是通过整合之后中国当代的。它信笔由缰天马行空的气势，既有作家本身的英豪之气，也表达了中国本土先锋文学呼啸而来的宏大气势。

三、乡村中国：不可经验的"回归"

大概从高加林开始，对乡村中国的书写发生了结构性的变

471

化。或者说，小说不再延续"乡村史诗"的路数，讲述一个只发生在村庄里的线性故事，而是融合了城乡两个区域的生活，打破了城乡界限。高加林带领乡亲们奔赴在向城市进发的路上，他们千回百转，一定要努力在城市扎下根，或者用自己的生活置换孩子的未来，经历了再多的困难也坚定无比。另一种是城市人要到乡下去，或者曾经的乡下人要重新回到乡下，但他们失败了。时过境迁，乡村不是无所不包的大容器，乡村有自己无形的秩序和活法。那里并非来去自由。

许多年以前，鬼子的《被雨淋湿的河》《瓦城上空的麦田》等小说，创造了那时文学绝美的风景。那里似乎也没有什么先声夺人的奇异观念和方法，但读过之后就是让你怦然心动，挥之难去。许多年以后，《买话》如苍老的浮云，那个叫刘耳的老人选择了返乡之旅，他要回到故乡，那里有味蕾的深刻记忆，有他初次体会的男女之事，也有他少年和青年时代不曾示人的诸多隐秘。当然，刘耳返乡的口实是要疗治他老年人常见的前列腺疾病。于是刘耳还乡了。

小说从刘耳对一碗玉米粥和青梅竹马的竹子的男女肌肤之亲写起，那是刘耳挥之难去的乡愁和刻骨铭心的青春记忆。他要回乡寻找他的过去。回忆是时间的逆向之旅，也是人生只可想象不能经验的过去。但刘耳的尴尬在于，他返乡背后的原因，也与他一次不光彩的经历有关：儿子的秘书黄秘书安排他体验一次按摩，结果被警察执法发现有伤风化行为，黄秘书通过人脉将其救了出来。因此，刘耳的返乡也有难以言说的逃避心理。但是，乡下并没有成为刘耳的避难所。对个人来说，他临时起意的返乡是一种"试错"行为；从社会历史发展的角度看，现代性没有归途，他重返乡里，是一种"逆向"的选择。双重"试错"，注定了刘耳乡下经历的尴尬和苦痛。

刘耳还乡，最先想起的是瓦村的玉米粥和腌制的辣椒酸，瓦村最好的玉米粥是"老人家"熬制的，老人家是竹子的母亲。二十一岁那年，刘耳和竹子有过一次"闪电般"的亲密接触。前后大约一小时，在刘耳的记忆里，"那真的就是一道闪电"。刘耳和竹子的关系，让人想起高加林和巧珍的关系。高加林和巧珍确立了恋爱关系，当他要进城的时候，义无反顾地抛弃了巧珍。不同的是，在刘耳即将进城的前夜，他和竹子发生了真实的男女关系。虽然讲述者云淡风轻，但竹子的决绝和义无反顾，让我们看到了一个乡村女子对爱情的坚定和隐忍，那里甚至隐含了某种惨烈。给竹子的笔墨极为简略，但竹子和她的情感及行为，是小说最为动人的篇章。小说对女性，包括竹子、二妹、香女、贩鸡的小女孩以及受伤的女战士在内的女性形象的塑造，是小说最有情感力量的章节。

刘耳到竹子的母亲"老人家"家里讨一碗玉米粥，那份卑微隐含了他对竹子的愧对和歉疚。老人家真是不给面子，居然没

473

有满足刘耳一碗玉米粥的要求，她甚至给狗吃了也不给刘耳吃。这该是多大的仇怨啊！这里有老人家对刘耳"始乱终弃"的厌恶和不屑，也是一个风烛残年的老母亲对刘耳能够实施的最严厉惩处——她还能做什么呢？对刘耳来说，这还不是自己还乡最坏的经历。最让他难以忍受的，是他这个曾经的瓦村人，在村里无人理睬，他连一个说话的人都没有。他甚至怀疑自己"算不算村里人"。这时一个叫扁豆的小男孩出现了。"老牧民"的孙子扁豆是来找刘耳借钱的。小孩子扁豆借钱，刘耳询问因由是正常的。可扁豆的执着，也着实让刘耳疑窦丛生。最后扁豆说明了缘由，他是和别人打赌：如果借到了，扁豆就赢了，如果借不到就输了。扁豆看到了香女转送给刘耳的钱，知道刘耳有钱。和扁豆打赌的是村里一个名叫"光棍委员会"的十几个光棍。如果扁豆输了，他们就要用扁豆家的大肥鸭下酒。因扁豆和他说了那么多话，刘耳先后抽出了十张百元钞票，五百元让扁豆去换回他的大肥鸭，五百元给扁豆的爷爷买酒。刘耳说是给的，不是借的："你刚才给我说了那么多真话，我用钱买还买不来呢。这点钱呀，就当是买了你的话吧！"这是小说"买话"的由来。当扁豆把刘耳"买话"的事情告诉爷爷"老牧民"时，爷爷说了这样一段话：

　　他用钱买话这个事，就是种瓜得瓜种豆得豆的一个结

474

果！你就想想吧，他不是从来都不给别人借钱吗？他现在老了，回到村里来了，想吃一碗玉米粥，人家老人家都不给他。这是为什么？他心里不清楚吗？他心里要是不清楚，他会跟你说这钱是买了你的话吗？

无论现实还是过去，刘耳的经历没有风起云涌，但那些云波诡谲的历史改写了刘耳风光无限的过去。我们看到了另一个刘耳。

刘耳还乡后重新经历了"过去"。但物是人非事事休，瓦村已经不是过去的瓦村，重要的是刘耳也不是过去的刘耳。刘耳"重返"过去，是"重返"了他当年不被人知的"秘密"。他隐瞒了置换明通可调到县里做记者的名额，隐瞒了和竹子那道"闪电般"的经历，隐瞒了十四岁的明树惨死的过程，隐瞒了明通和他一起用七个鸡蛋慰问女战士而宣传时只提到刘耳一个人的事实，那是改写明通命运的"鸡蛋事件"。刘耳院子里出现的七个空鸡蛋壳，意在表明，事实尽管被隐瞒，谎言也必定会揭穿。在这七个鸡蛋壳面前，那时狡诈的刘耳现在应该羞愧难当；当时的刘耳恰恰成了"标兵"，成了红极一时的"名人"，他还曾自以为得意地警告明通：

现在的情况是，你出名了，我却快累死了。我这个累，

475

是你给害的吧？你害了我，你就得帮帮我，你要是不帮，那可是天理不容！我现在就告诉你吧，我刘耳真要是这样累死了，我会天天深夜去敲你们家的门，敲你的，也敲二妹的。我让你们到死都成不了夫妻，你信不信？

荒诞的生活是被组装起来的。除了刘耳和明通命运的对比，还有刘耳和竹子命运的巨大差异。那道"闪电"过后，刘耳可能偶尔会想起竹子，但他对竹子的命运一无所知。刘耳后来看到了竹子写给他的"刘耳收"的十封信，这十封信给了刘耳最沉重的一击：他辜负了也伤害了一个痴情又自尊、忍受过巨大伤痛女子的心。竹子因那晚"闪电般"的经历怀孕了，她打掉了孩子便不再有生育能力。这时刘耳的心理处境可想而知。诸如此类，是他还乡后浮现出来的。这是一个人挥之难去的创伤记忆。这个记忆才是真实的刘耳。

我们还看到了《买话》对现实的批判。乡村中国经历了巨大变化，这个变化在文学作品中有不同的讲述，那是《人生》，是《陈奂生上城》，是《种包谷的老人》，是《命案高悬》，是《世间已无陈金芳》，是现在的《买话》。是高加林、陈奂生、冯幺爸，是尹小梅，是陈金芳和刘耳，构成四十多年来乡村人物的序列形象。当然，还有《买话》中的十几个光棍，还有竹子、香女、老人家等。只有走进生活的细部，我们才会了解真实的乡村中国。《买话》的生活化弥漫四方，小说就像一条生活之河，瓦村的生活细节在河流中不时泛起，那里因鲜活生动而赋予了生命。《买话》的细节真实和整体性荒诞构成了它的"先锋"品格和精神。如果说 80 年代的"先锋文学"更多的是来自西方的文学观念，为僵硬的中国文学注入了新的活力和新的可能性的话，那么，以《买话》为代表的、表达当下中国生活的小说，示喻了来自中国本土生活的"先锋文学"正式登场了。另一方面，《买话》的价值更在于它用隐喻的方式，讲述了一个当下乡村中国的故事。表面上它波澜不惊，但只要认真阅读，你就会知道什么是惊心动魄。《买话》的成功，是一切都在云淡风轻的讲述中，生活的力量无比巨大。对普通人来说，他们就生活在历史的皱褶里，历史不会讲述他们，但细节构成的历史是难以颠覆的。曾经光鲜的刘耳，在"重述历史"中轰然倒塌，个人的历史也是经不起拷问的，我们自己也曾想忘记或抹去某些历史，一如史官讲述历史一样。而他要疗治的"前列腺炎"，是老人家用一个葱叶和一支竹筷子治愈的，他的尿道通了也是一个隐喻，那是他自青年时代开始的纠结和谎言被彻底戳穿也就彻底地疗治了。当竹子的母亲、"乡村郎中"老人家去世时，瓦村办了一场盛大的葬礼。所有的人都来了，他们去为一个"老人家"送葬，就是在为一个再也难以经验的生活的凭吊，那里隐含的巨大感伤如惊雷滚地，丽日经天。现代性改变了乡村中国，但现代性的两

477

面性我们并没有充分认知，特别是它的"另一种面孔"。另一方面，现代性是一个未竟的方案，当我们在批判这个不确定性的时候，也要看到它的"历史合目的性"。

四、荒诞路上奔赴的青春

"范特西"是英文"fantasy"的音译，意为"幻想"。孟小书的中篇小说《终极范特西》，是一篇完全虚构的作品。但是，这个虚构不是空穴来风，现实生活为虚构提供了坚实的基础。无论发生在缅北的诈骗案，还是其他资讯不断传播的各种网络诈骗，几乎铺天盖地弥漫四方。这几乎是当下世界最荒谬、最极端的骗局。那个"噶腰子"的"梗"也几乎成了世上最恐怖的民间话语。《北京文学》发表《终极范特西》时写了简短的介绍："网络世界他们都拥有完美人设，她是二次元美少女网红主播，他是开着房车四处旅游的阳光男 K；现实世界她是患有腿疾的大龄女孩，他是在网上寻找'猪仔'的狩猎者。厌倦了恍惚间错认的爱情，她决心不做主播去寻找真实生活，前方等待她的，究竟是更加充满谎言的人生，还是那金色的范特西？"这个简介虽然有蛊惑阅读的意味，却也从一个方面揭示了小说的内核。

小说从一个自媒体主播的直播开始。纷乱的粉丝和评论区，是一幅典型的具有后现代气质的场景，每个人都是主体，每个人都自以为是自命不凡，每个人都是主宰又同时是被掌控者。
这时的博奇，出镜时叫 Leila，唱起了《范特西》：

> 范特西今夜启程
> 与凛冽的冬日相持
> 我手中有一座岛屿
> 金色岛屿洒满余晖
> 我朝着岛屿方向
> 一直游
> 范特西是金色的
> 是我对未来的终极幻想

　　这个《范特西》和周杰伦无关。是作家"征用了"周杰伦自己创作的新词。在直播后台，不可控制的网友瞬间起了争执，然后是疯狂地相互辱骂。"Leila 的情绪终于失控了。也许是因为这首《范特西》让她想起了曾经的自己，使得眼下这一头粉色假发的面孔变得既陌生，又恐怖。她不计后果地退出了直播间，关上音响，拔掉所有电源。"这个混乱的后现代场景只是一个铺垫，更混乱的生活还没有开始。这时一个叫"K"的人出现了。这个"K"就是张存良。

　　场景到了湄公河岸边，那是一个壁垒森严如监狱般的场所。

479

他们称这里是"科技园区"，这个命名是一个登峰造极的反讽。张存良、宝哥、阿水等就在这里。这是"职业新人"，也就是网络诈骗者的据点，他们的"工作"方式是"你要仔细看"。说着，宝哥从工位里拿出了一本已经翻得卷边的手册："手册就是秘籍，里面会告诉你，怎么样开始聊天的第一句话。对了，咱们每天是有业绩要求的，要聊到一百句话。七天后就要开始'开单'。否则下一个惨叫的人就是你。"手册里有各种不同的对象的"攻略"，比如御女攻略、白领攻略、白富美攻略等。"K"和Leila建立了联系。后面的故事我们大体可以想象了。虚拟和现实的不断置换，是今天亦真亦幻生活的模板。但一旦进入小说，那种被放大的荒诞感，比现实更加真实和本质化。这就是虚构的魅力和力量。

作家石一枫在评论《终极范特西》时说："假如一部作品只写恶的环境中的善，假的环境中的真，那么它又应该面貌如何？而从这个角度来说，我和孟小书算是想到一块儿去了，她的新作《终极范特西》恰好就是这样一篇小说。小说的背景环境和《孤注一掷》异曲同工甚至更加广泛，除了我们耳熟而不能详的网络诈骗团伙内部，还有我们眼熟而不能详的大大小小的网红的盈利渠道与生存空间。小说中的人物身份涉及了'杀猪盘'的操盘手、诈骗集团的小头目、半红不红的网红，等等。这些都是以前从未存在，近年来突然曝光在社会聚焦下的全新的事物。

在这儿还得补充一句，关注并表现类似的新事物，也是孟小书小说的一个重要特征，她总能通过类似的新人群捕捉到新生态，从而呈现一个全新的城市生活切面。只不过这种敏锐性上的优势也会给孟小书带来新的挑战：新的职业生态——姑且把诈骗也算一个职业的话——是否仅仅提供了某种戏剧性的故事因素，从而使小说流于一次奇观式的浏览？或者作者又能从满眼惊奇的'新'的要素中发现某种恒定的、稳固的对世界的认识，去帮助我们消化并勉强适应扑面而来的'新'？这或许也是一个称职的作家所需要做到的。"（《北京文学》2024 年 4 期）石一枫目光如炬，他说出了《终极范特西》的全部要义。但是，我觉得小说最令人震惊的，是在"K"的魅惑下，Leila 义无反顾地向他怀抱的奔赴，以及最后"K"的"一念至善"。如果没有这个"一念至善"，Leila 的命运可想而知。

这里的"一念至善"，是小说的核心要义。或者说，当作家完成了一座堡垒所有的要件，即将封顶的时候，她突然将大门敞开，堡垒里隐藏的巨物飞向远方——她改变了小说原本运行的轨迹，在恶贯满盈的"科技园区"，有一双"一念至善"的眼睛，那是"K"的良知未泯发出的光。这部小说对孟小书来说至关重要：她从书写个人经验进入文坛，然后用传统现实主义讲述时代五花八门的人物和故事。这些当然也很重要。但是，到了《终极范特西》，我发现她观察世界的视角有了极大的变化。

这个变化就是她学会了用更复杂的、更具想象力的方式面对今天的世界和生活。她相信无论世界怎样变化，无论有多少恶的存在，至少还有"一念之善"一息尚存。

孟小书在谈到创作《终极范特西》时说："如今，无论在哪个方面，网络已经逐渐改变了人们的生活方式。人们通过网络建立自己的人物形象，创建一个新的自我，一个被想象出来的自我。同质化生活模式，让人们逐渐想摆脱现实中存在的乏味肉身，取而代之的是丰富、有趣、变幻莫测的角色转换和人物扮演。网络就是人们精神幻想的终极目的地。人们在网络中寻求同伴，所寻找的对象同样也是虚幻的。我们已经不知不觉中，生活在了一个被建构出来的世界。"（《北京文学》2024 年 4 期）这当然是孟小书对当下生活、对这个世界的认知。其实，作家未必一定要把世界的真面目看清楚，事实上也看不清楚。我们看到的终究还是世界的"冰山一角"。但是，如果能将这个"冰山一角"用文学的方式呈现出来，那么，也可以将这个世界的本质表达得一览无余昭然若揭。小说写了人生的虚幻，写了人生被痛楚的包裹，但也给了读者以未来，这不是虚妄的允诺。小说如果让读者彻底绝望，我们为什么读小说？！我想这大概也是《终极范特西》值得阅读的价值之一。

将文章题目叫作《本土"先锋文学"的崛起》，并非哗众取宠。我的意思是，当下本土生活的巨变，是我们不曾经历的，这种变化仍然隐含着极大的不确定性。但变化是真实的存在。"存在决定意识",是生活基础决定了文学的变化。上述小说中普遍存在的"荒诞",大概就是"本土'先锋文学'崛起"的佐证。

483

后记

　　这本书原取名《慢的美学》，显然是一种愿望。这个时代，几乎所有的"慢"都是一种奢侈。一切都在加速运转，"快"是这个时代具有统治力的"意识形态"。文学在某种意义上也是如此，各种名目的研讨会几乎没有任何减缓的迹象，但讨论的内容大多乏善可陈。因此对文学创作或批评来说是否有价值，我是非常怀疑的。《历史叙事和时间意识：与文学史和文学现场有关》并非一部关于"慢的美学"的研究专著。它只是在某种意义上表达了我的内心向往而已。

　　这个想法主要是被科技主义神话挤压的结果。近些年来，科技主义几乎笼罩了整个人类，特别是 AI 的出现，几乎无所不能。它甚至有了学习能力，甚至有了灵魂。它就要取代人类的许多工作，人类就业的机会不多了，作家存活的时间不长了，甚至人类也危险了。而这一切都取决于它的"算力"，"算力"就是一切，也就是速度。但事情真是这样的吗？即便 AI 的算力达到了空前绝后的程度，它完全可以取代人类，那么，人类是要急于制造自己的掘墓人吗？这个逻辑能够成立吗？于是我想，与其面对这样"算力"的速度世界，我们毋宁重新过一种"慢的生活"。起码我们不至于每天焦虑 AI"算力"的追赶而灵魂出窍魂不守舍。

感谢广西师范大学出版社的多马先生。他曾多次客气地向我约稿，我则担心因专业内容给出版社带来的为难——文学批评的书真的没有多少人读了——但这也从一个方面表达了多马兄的情怀和情谊。我要向他表示诚挚的谢意。

2024 年 4 月 20 日于北京寓所

485